네   가
젖은 줄도
모 르 고　　.

네가 젖은 줄도 모르고

1판 1쇄 찍음 2015년 5월 13일
1판 1쇄 펴냄 2015년 5월 20일

지은이 | 이아현
펴낸이 | 고운숙
펴낸곳 | 봄 미디어

기획·편집 | 손수화 정수경 박혜진

출판등록 | 2014년 08월 25일 (제387-2014-000040호)
주소 | 경기도 부천시 원미구 소향로17, 304(두성프라자) (우)420-864
영업부 | 070-5015-0818 편집부 | 070-5015-0817 팩스 | 032-712-2815
E-mail | bommedia@naver.com
소식창 | http://blog.naver.com/bommedia

값 10,000원

ISBN 979-11-5810-061-2 03810

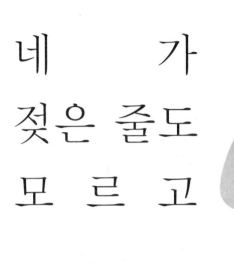

네 가
젖은 줄도
모 르 고

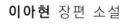

이아현 장편 소설

c o n t e n t s

━━━━━ 1부 ━━━━━

사람을 만났다.
그 사람의 세계에 살고 싶었다.
그 세상을 내 것으로 만들고 싶었다.

chapter 1 달빛 ⋯ 9

chapter 2 목소리를 잃은 라푼젤 ⋯ 81

chapter 3 거품 ⋯ 185

2부

시간이 흘러 그 사람을 다시 만났다.
그와 나의 세계는 여전히 좁혀지지 않은 상태였다.
우리의 시간은 여전히 이별의 순간에 멈춰 있음을.

chapter 1 머리카락이 잘린 라푼셀 ··· 255

chapter 2 눈을 잃은 왕자 ··· 283

chapter 3 내 안의 너는 여전히 ··· 337

chapter 4 네가 젖은 줄도 모르고 ··· 443

epilogue 시간이 흘러도 ··· 507

thanks to ··· 543

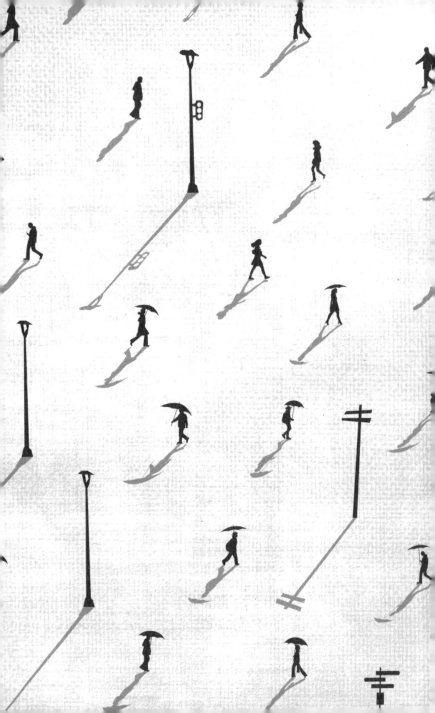

1부

사람을 만났다.
그 사람의 세계에 살고 싶었다.
그 세상을 내 것으로 만들고 싶었다.

chapter 1

달빛

※ ""는 한국어, 「」는 영어입니다.

옛날 옛날, 아주 옛날에 한 부부가 살았다.

부부는 한참을 기다려도 아기 천사가 내리지 않자 신에게 진심을 다해 빌었다.

"아이를 가지게 해 주세요."

신은 기도에 응하기라도 하듯, 소중한 아기 천사를 그들에게 내렸다.

임신을 한 아내는 어느 날 창밖으로 상추밭을 보았다. 상추가 먹고 싶었지만 밭의 주인이 무서운 마녀라는 것을 알고는 참았다. 하지만 날이 갈수록 푸르게 자라나는 상추가 그녀를 유혹했다.

이를 알게 된 남편은 밭으로 몰래 가 서리를 했고, 결국 마녀에게 들키고 말았다. 마녀가 역정을 내자, 남편은 어렵게 임신을 한 아내를 위해 훔쳤다고 말하며 한 번만 봐 달라고 사정했다.

이에 마녀는 남편에게 얼마든지 상추를 뜯어 가도 괜찮으니 아이를 낳으면 자신에게 달라고 했다.

"그, 그건······."
"아이를 주지 않으면 큰 저주를 내릴 거야!"

두려움에 남편은 어쩔 수 없이 그러겠다고 대답했다. 일단 이곳을 빠져나가면 마녀에게서 도망칠 생각으로. 하지만 예쁜 여자아이가 태어나자, 마녀는 약속대로 아이를 데리고 가 버렸다.

마녀는 아이의 이름을 '라푼젤'이라 짓고, 깊은 숲 속의 높은 탑에 가두어 버렸다.

성탑에 갇힌 공주는 그렇게 매일, 홀로 노래를 불렀다.

무언가에 취한 사람처럼 'Alkan—연습곡 1번 가장조'를 연습하는 보미의 손가락이 빠르게 움직였다. 기교를 위해 만들어진 음악에선 그 어떤 감동도, 감정도 느낄 수가 없었다. 아니, 분노만이 느껴졌다.

활짝 열린 창문. 그 창문으로 쏟아지는 볕처럼, 하늘은 극악한 날씨로 유명한 영국이라고는 믿기지 않을 정도로 화창했다.

이 성탑에 갇힌 지도 10여 년. 성탑 속 공주는 오늘도 다른 이들이 원하는 대로 건반을 두드리고 있었다. 감정을 느끼지 않는 예쁜 인형처럼.

고사리 같은 손을 처음 건반 위에 올려놓았을 때와 달리, 자로 잰 듯 완벽한 탄력과 정확한 박자로 건반을 두드리는 솜씨는 보통이 아니었다. 그러나 이마에 맺힌 땀을 닦을 생각도 하지 못한 채 쫓기는 사람처럼 연주를 하는 보미의 얼굴은 절박함으로 일그러져 있었다.

고음과 저음을 넘나들던 손가락이 어느 순간 하얀 건반 위에 안착했다. 3분이 조금 넘는 연주곡이 끝나자 이번엔 한국 사람들에게도 익숙한 모차르트의 '작은 별'이 연주되기 시작했다.

하지만 연습을 위해 만들어진 변주곡은 원곡처럼 반짝이지도, 마음이 콩닥콩닥 뛰지도 않았다. 얼마나 빠르게 연주할 수 있는지 시험이라도 하는 것처럼 손가락을 움직이던 그녀가 'Alkan—(etude, op. 39) No.3 Scherzo Diabolico'를 막 시작하는 순간, 쇼핑백을 든 여성이 문을 열고 안으로 들어왔다.

그와 동시에 빠르게 움직이던 손가락이 멈췄다.

"딸!"

"네, 어머니."

가느다랗고 긴 손가락이 하얀 건반 위에 나비처럼 사뿐히 내려앉았다. 커다란 공간 안에 있는 것이라고는 피아노와 어머니를 위해 마련된 의자뿐이었다. 그것이 이 여인의 삶 전부라는 듯이.

바닥에 아무렇게나 내팽개쳐진 쇼핑백을 보던 보미가 여자를 향해 메마른 눈동자를 움직였다. 그녀는 보미의 친모였다. 그리고…… 이 성탑에 그녀를 가둔 마녀였다.

"이번에 한국에서 대사관 사모들도 함께 들어온 것, 알고 있니?"

"네, 친구한테 들었어요."

보미는 한국에 있는 친구 중 한 명에게 걸려 왔던 전화를 떠올렸다. 어머니가 만들어 준 친구는 이번에 선을 보게 되었다고 했다. 그러면서 주 중국 대사관에 있던 그녀의 부모가 영국을 방문한다는 소식도 전했었다.

"그 고약한 여자들이 나보고 뭐라는 줄 아니? '딸이 훌륭한 피아니스트여서 좋겠어요. 이렇게 함께 영국에 와 있고. 연주회 따라다니느라 힘드시죠?' 라는 거 있지?"

틀린 말은 아니었지만, 어머니는 무척 기분이 나빴는지 인상을 찌푸리며 연신 불만을 토로했다.

"날 깔보는 게 분명해. 네 아버지 소식은 듣고 있냐는 투로 묻기도 했으니까."

보미가 고개를 끄덕이다 말고, 입가에 희미한 웃음을 지었다. 그녀의 아버지는 김두영 의원으로, 차기 대권 주자라는 소릴 듣고 있는 자였다. '잠룡(潛龍) 3인' 중 한 명인 그는 이번엔 한발 물러섰지만 다음 대선에선 사활을 걸어 볼 만하다는 평을 받고 있었다.

보미가 양손을 움켜쥔 후 건반 밑으로 제 손을 숨겼다. 손가락이 차갑게 식어 갔다. 방금 전까지만 해도 손끝이 뜨겁게 타 들어 갈 것 같았는데.

"네 아버지에게선 여전히 소식이 없니?"

눈을 감고 호흡을 가다듬던 보미는 곧 들려오는 말에 눈을 번뜩 떴다. 휘청거리는 감정을 갈무리하려 애쓰며 제 어미를 바라보았다.

"어머니 쇼핑 좀 줄이시라고요."

무심한 음색 속엔 부러 만들어 낸 웃음이 섞여 있었다. 부모의 오작교 역할을 하고 있는 그녀는 제 아비가 한 말을 어미에게 모두 전하지 않았다. 그대로 전했다간 어떤 사달이 일어날지 알고 있었기 때문이다.

쇼윈도 부부, 그렇게만 불리어도 얼마나 좋을까.

보미의 부모는 '부부'라는 틀도 유지하지 않은 채 오랫동안 떨어져 지냈다. 남들의 시선 때문에.

어머니는 '사모님'이란 이름을 포기하고 싶어 하지 않았고, 아버지는 제 앞날을 위해 낭비벽이 심한 어머니를 곁에 두었다. 결국 그 사이에서 피해를 보는 것은 보미였다.

사랑을 받지 못한다, 라는 생각도 하지 못한 채 지냈다. 모든 부모가 이런 것이라는 생각을 하며 자랐다. 그런 생각이 틀렸음을 깨달은 것도 최근이었다.

"너희 아버지는 품행 유지비라는 것도 모른다니? 뭐, 돈이 썩어나도록 많으니 내 마음을 알 리가 없지."

인정머리도 없다며 한참이나 투덜거리던 어미가 몸을 돌려 보미를 바라보았다.

고급 가죽으로 만들어진 의자에 앉아 있는 보미의 친모는 20대 자식을 둔 여자라 보기 힘들 정도로 고혹하고 아름다웠다. 외로움에 찌들어 쇼핑을 하지 않고선 삶을 어떻게 영위해 나가야 하는지도 모르는 불쌍한 영혼이었지만.

그런 제 어미의 눈이 반짝였다. 그 반짝임이 무엇을 뜻하는지 알기에 보미의 심장이 왈칵 내려앉았다.

"이번 연주회가 끝나면 한국에 들어가 네 아버지 좀 설득해 봐. 전화로 해선 들어 먹질 않으니 얼굴을 직접 보이는 편이 좋겠어. 네 아버지 입장에서도 네가 언론에 얼굴을 비치는 쪽이 이득이니까, 별말 안 할 걸? 아니, 오히려 반길 게다."

그녀의 말에 보미의 얼굴이 잿빛으로 타들어 갔다.

"어머니……."

말끝을 흐린 보미가 한숨을 내뱉었다. '왜?'라는 물음이 되돌아왔으나 그녀는 한참 말을 고르고 또 골라냈다.

화려한 무대 위. 그곳은 보미가 평생을 보내 왔다고 말해도 부족하지 않을 장소였다. 화려한 드레스, 사람들의 박수갈채. 많은 이들이 부러워할 만한 것이었으나 보미에겐 털어내고 싶은 먼지와도 같았다.

나 좀 쉬고 싶어요.

그 말이 턱 끝까지 차올랐다. 다른 평범한 20대처럼 지내고 싶었으나 그 말을 꺼낼 수가 없었다. 기대감에 가득 찬 저 눈동자에 슬픔이 머무는 것을 볼 수가 없었다.

"이번 연주회가 끝나면 한국으로 휴가를 다녀올게요."

"휴가?"

"네."

짧게 답한 그녀가 바들바들 떨리는 손을 힘껏 움켜쥐었다.

떨지 말자. 이 정도는 이해해 주실 거야.

그녀는 용기를 내려 몇 번이나 속으로 읊조린 후에야 말을 이었다.

"한국에 머물면서 아버지를 설득할게요."

"설득한단 말이지? 그래, 얼마나 있을 건데?"

"두, 두 달……."

"두 달? 어머, 애! 그건 너무 길어!"

버럭 소리를 지르는 친모의 모습에 보미가 입술을 깨물었다. 오늘도 여기까지만 해야 하는 것일까. 고민하던 그녀는 몸에 힘을 주고 솔직히 제 마음을 털어놓았다. 그녀의 어미에겐 결코 통하지 않을 '변명'에 가까운 말을.

"조금 지쳐서요."

"지쳐? 네가 뭘 했다고 지치니? 이렇게 화려한 삶을 살고 있으면서. 난 다음에 내 딸로 태어나고 싶어. 자기 재능을 살려 주는 사람 밑에서 그 재능을 마음껏 펼치며 살아가는 게 얼마나 행복한데."

그렇게 친모는 또다시 보미의 삶을 재단해 버렸다.

"그럼 설득할 때까지만 있을게요."

"어휴, 그럼 다음 연주회는 넉넉하게……."

빠르게 다음 일정에 대해 고민하는 친모의 모습을 바라보던 보미는 다시 피아노 건반 위에 손가락을 올려놓았다.

느리게 시작된 연주.

4분 9초. 그저 흘려보내기엔 길고, 무언가 하기엔 짧게 느껴지는 시간.

'드뷔쉬—달빛'은 그 시간 안에 달빛이 비치는 밤의 풍경을 단아한 악상과 인상주의적인 화음으로 표현하려 애쓴 곡이었다.

검은색과 흰색이 정갈하게 늘어뜨려져 있는 건반 위를 천천히 노닐며 음을 만들어 가는 보미의 모습은 마치 무언가에 취해 있는 것처럼 보였으나 실상은 달랐다.

제발, 제발요, 어머니.

제발, 제발……

속으로 꾹꾹 울음을 집어삼키며 그녀는 4분 9초 동안 제 슬픔을 녹여 냈다.

달빛이 아름다운 밤.

그 밤은 연주처럼 아름답지만은 않았다.

제 어미의 취향대로 꾸며진 방 안은 박물관을 방불케 할 정도로 고상했다. 가구 하나하나가 몇백 년은 된 것으로, 어머니는 다른 사람들은 구할 수 없는 것을 명품이라 칭했다.

발품을 팔아 명품을 사 모은 그녀는 '피아니스트 김보미'의 취향이 마치 이것인 양 방을 꾸몄다.

화려한 조각이 들어가 있는 상아 의자 등받이에 등을 기댄 보미는 정아와 수다를 떨고 있었다.

가진 자들의 수다라고 해 봤자 보통 사람과 별다를 게 있을까 싶겠지만, 두 사람의 대화 주제는 그들만의 언어인 '정략혼'이었다.

금수저를 물고 태어난 그들만의 책임감. 그 책임감은 평범한 이들이 알 수 없는 것이었다.

—보미 넌 좋겠다. 너희 집은 결혼하라고 난리 치진 않지?

정아의 물음에 보미가 입을 다물었다.

어른들이 이어 준 결혼에 대해 반감을 가지고 있는 아가씨들과 달리, 보미의 입술엔 희미한 웃음이 머금어졌다.

"결혼? 음, 아직은 그런 이야기가 없으시네."

그렇게 해서라도 얻어지는 '남편'이라면, 그렇게 해서 이곳을 나갈 수 있다면, 보미는 기꺼이 받아들일 수 있었다. 이해관계로 얽혔다고 할지라도.

보미가 웃음기 섞인 목소리로 말하자 정아가 언성을 높였다.

—그래, 나도 너처럼 자리만 제대로 잡았으면. 어휴, 스물둘에 무슨 결혼이야!

"식, 올해로 잡혔어?"

—선본 지 일주일 만에 바로 진도 빼시더라.

전화 너머로 한숨 소리가 들려오자, 보미는 작은 목소리로 힘내라며 응원을 보내 주었다.

자리에서 일어난 그녀가 앞에 놓여 있는 슬리퍼도 신지 않은 채 발을 옮겼다. 그리고 창가로 걸어가 밖을 보았다.

저녁이 내려앉은 세상은 온통 어둠뿐이었다. 인기척이 사라진 거리에는 가로등 불빛만이 의미 없이 켜져 있었다. 그 모습을 보던 보미가 창틀에 머리를 기댔다.

"나, 네 결혼식엔 참석할 수 있을 것 같아."

—정말? 언제 들어오는데?

"다음 주."

—와, 얼마 만에 들어오는 거야? 진짜 오랜만이지?

"음, 1년 만인가……."

보미는 1년 전 한국에 들어갔던 때를 떠올렸다. 아버지가 후원하는 고아원 음악회에 참여한 것이 마지막이었다.

아버지의 얼굴이 어땠더라?

겨우 1년 전이었으나, 아버지의 얼굴조차 기억이 나지 않자 보미는 입가에 쓸쓸한 웃음을 머금었다.

조잘조잘, 새소리 같은 정아의 수다를 듣던 그녀는 한국에 오면 식사나 같이하자는 말에 대답하며 전화를 끊었다.

달그락.

창틀에 휴대전화를 올려놓은 보미가 깊은 한숨을 내뱉었다.

"결혼이라……."

결혼을 하면 이곳에서 벗어날 수 있을까?

이런 생활을 하지 않아도 되는 걸까?

아니, 굳이 결혼을 하지 않더라도…… 누군가 자신을 이곳에서 빼내 주기만 한다면…….

그녀의 입술에 슬픔이 맺혔다.

　　　　　🝔　　　　🝔　　　　🝔

텅 빈 집 안을 눈으로 훑던 그녀가 커다란 캐리어를 끌고 주택을 빠져나왔다.

오늘은 한국으로 출국하는 날이었다. 하지만 어머니는 아침 일찍 약속이 있다며 서둘러 나갔고, 보미는 그 뒤에다 대고 '다녀오겠습니다'라고 읊조린 것이 다였다.

그렇게 심플한 이별이었다. 어머니가 집착을 보이는 것은 그녀가 피아노 앞에 앉아 있을 때뿐. 화려한 드레스를 입고 사람들에게 둘러싸여 있을 때, 곁에서 '조력자'로서 그녀를 스타 반열에 올려놓았다는 것을 인정받을 때뿐이었다.

드르륵, 드르륵.

돌을 맞춰 놓은 길바닥은 캐리어를 끌고 가기엔 적당하지 않았다. 하지만 그녀는 지나가는 택시를 타고 공항으로 향하는 순간까지도 입가에 띤 웃음을 거두지 못했다.

잠시의 자유.

그것이 자신을 찾아왔다고 생각했으니까.

인천국제공항.

만남과 이별이 교차하는 공간에 선 보미는 검은 양복을 입은 남자들을 찾기 시작했다. 하지만 주위를 둘러보아도 그녀를 기다리는 사람은 보이지 않았다.

"어떻게 된 거지?"

분명 오늘 입국한다고 말씀을 드렸는데…….

그녀는 이틀 전 김두영 의원과의 통화를 떠올리다 말고 휴대 전화를 꺼냈다. 하지만 통화음만 반복될 뿐, 자신의 아비는 끝끝내 전화를 받지 않았다.

고개를 기울이던 그녀는 일단 기다려 보기로 하고 구석진 곳에 자리를 잡았다.

그러나 10분이 가고, 20분이 가고, 한 시간이 흘렀음에도 휴대전화가 쥐죽은 듯 조용하자 이 기다림이 무의미하다는 생각이 들었다.

택시가 길게 늘어뜨려진 곳으로 걸음을 옮긴 그녀는 기사가 트렁크에 캐리어를 실어 주자 뒷자리에 앉았다. 그리고 목적지를 말한 뒤 이어폰을 꽂고 세상과의 소음을 차단했다. 그러면서도 휴대전화 확인하는 일은 게을리 하지 않았다.

무언가 착오가 생긴 걸까. 집에 도착하기 전까지는 연락해 주시겠지?

워낙 바쁜 분이었기에, 1년여 만에 딸이 한국에 오는 것을 잊을 수도 있다고 스스로를 다독이던 그녀는 부드러운 음률의 클래식 음악 대신 시끄러운 벨소리가 귓가를 파고들자 시선을 내렸다.

〈이재권 보좌관〉

두영의 곁을 지키는 보좌관 중 가장 젊은 이였다. 두영이 정치 후계자로 점찍었다는 이야기를 흘려들었던 기억이 났다.

통화 버튼을 누르자 상대는 그녀가 입을 열기도 전에 본론부터 꺼냈다.

—아가씨, 지금 한국이십니까?

평소의 그와 달리 통화 예절을 잊은 듯한 모습에 보미의 고개가 옆으로 기울어졌다. 하지만 도착했다는 기사의 말에 서둘러 지갑부터 열었다.

"네."

지갑에서 현금을 꺼내던 보미가 전화를 통해 들려오는 다급한 목소리에 눈을 동그랗게 떴다.

—지금 집 앞이십니까?

"네, 이제 내리려고……."

—내리지 마십시오!

"네?"

그의 목소리에 뭔가 잘못되었다는 것을 깨달았을 땐 이미 택시 밖으로 많은 취재진이 모여든 뒤였다.

"누구야?"

"김두영 의원 딸이잖아!"

호들갑스러운 목소리가 들려왔다. 휴대전화를 든 채 멍하니

밖을 바라보자 창을 빼곡하게 매울 만큼 많은 카메라가 자신을 향해 있었다.

순간 겁을 집어먹은 그녀가 파우치로 얼굴을 가렸다.

이게 어떻게 된 일이지?

전화 너머로 연신 재권의 목소리가 들려왔으나, 이명처럼 멀게만 느껴져 뭐라고 하는지 정확히 알아듣지 못했다.

번쩍번쩍!

제 앞에서 터지는 플래시에 정신을 놓은 것처럼 멍하니 기자들을 바라보던 그녀가 택시 기사의 목소리에 고개를 돌렸다. 그의 미간이 종잇장처럼 일그러져 있었다.

"뭐야, 아가씨 김두영 의원 딸이유?"

"네? 아……."

"그 양반, 지금 정치자금법 위반으로 난리가 났는데……. 쯧쯧, 딸인데 그것도 모르고 있었소?"

기사의 말에 보미의 얼굴이 일그러졌다.

몰랐다, 정말.

이제 막 한국에 돌아온 그녀는 오늘 아침 터진 거대 정치 스캔들을 알지 못한 채 적진으로 걸어 들어와 버렸다.

"저, 이, 일단 다른 곳으로 좀……."

보미가 손을 바들바들 떨며 말했다. 하지만 기사는 곤란하다는 듯 조금 짜증스럽게 답했다.

"지금 아가씨 때문에 사람들에게 둘러싸여서 꼼짝을 못 하고 있는데 뭘 어쩌란 거유? 아가씨가 내리기 전까진 안 비켜 줄

24

것 같은데?"

설마, 저 사람들이 아가씨를 잡아먹기야 하겠어?

이어진 말에 보미의 눈망울이 흔들렸다. 잡아먹진 않겠지만 분명 잡아먹으려 들 것이었다.

고개를 들어 앞을 보자 택시 기사의 말대로 범퍼 앞도 기자들이 가로막고 있었다.

하염없이 올라가는 미터기의 숫자를 바라보고 있던 보미는 재권을 향해 중얼거렸다.

"지금 택시 안인데……."

―최 기사와 윤 기사가 나간다고 하니, 우선 몸만 내려서 집 안으로 들어가십시오.

"아버……지는요?"

―사무실에 계십니다.

"……."

이 일을 아버지도 알고 계신가요?

보미는 그렇게 물으려다 말고 입을 꾹 다물었다. 알고 있든 없든, 모두 상처 받을 대답일 테니까.

보미는 현금을 택시 기사에게 건네며 웃었다.

"감사합니다."

"조심해서 가시유."

가벼운 인사를 들은 그녀가 차 문을 열었다.

찰칵찰칵!

귀가 멍멍해질 정도로 한꺼번에 터지는 플래시에 정신이 몽롱해졌다. 얼마 떨어지지 않은 곳에 서 있는 두 사람이 보였으나 그들의 손이 닿기 전, 자리에 털썩 주저앉은 그녀가 귀를 손으로 틀어막았다.

"김두영 의원은 지금 어디 있습니까?"

"김보미 씨는 이 일에 대해서 알고 계셨습니까?"

무엇 하나 해 줄 수 있는 답이 없었다. 멍한 눈을 깜빡이던 그녀는 제 어깨를 끌어안는 손길에 눈을 떴다.

"아가씨, 괜찮으십니까?"

윤 기사였다.

고개를 끄덕인 그녀가 그들의 안내에 따라 집으로 향했다. 계단을 오르던 그녀의 머리카락이 우악스럽게 잡아당겨졌다.

"아!"

고통에 찬 그녀가 손을 들어 입을 틀어막았다. 그리고 돌아간 고개를 따라 멍하니 시선을 두었다.

자신을 둘러싼 악귀와 같은 기자들. 그들과 같은 직업을 가진 것 같은 한 남자가 저 멀리 떨어져 담배를 태우고 있었다.

후우우—

멀리 있어 남자가 깊게 내뱉는 숨소리는 들리지 않았으나 입술에서 새어 나오는 뿌연 연기에 마치 그 소리를 들은 것 같은 착각에 빠졌다.

수백 명의 기자 사이로 보이는 그는 전혀 다른 세계에 서 있는 것처럼 느껴졌다. 자신이 있는 곳은 끔찍한 지옥, 그가 있는 곳은 평온한 일상. 그렇게 느껴진 것엔 그의 무심한 표정 또한 한몫했다. 자신은 전혀 상관없다는 듯한 그 눈빛.

그녀를 무관심하게 바라보던 그가 필터까지 타들어 간 담배를 바닥에 비벼 껐다. 하지만 연기의 잔상은 여전히 그곳에 남아 그녀의 시선을 잡아끌었다.

"아가씨, 뭐하세요? 어서 들어가세요."

몽롱한 분위기에 멍하니 그 모습을 바라보던 그녀는 집 안에서 기다리고 있던 사람들까지 합세해 이끌자 팔을 허우적거렸다.

"자, 잠시만……."

잠시만요. 조금만 더.

제 생각을 말하기도 전, 그녀는 성탑의 입구에 들어서 버렸다.

철커덩.

문이 닫히고 곧 굳건한 창살이 그와 그녀의 앞을 가로막았다.

왕자는 우연히 성탑을 지나가다가 라푼젤의 노랫소리를 듣게 된다.

"이렇게 아름다운 소리라니."

감탄한 왕자는 주위를 두리번거렸다. 높은 나무와 시야를 가리는 풀들 때문에 그 소리가 어디서 흘러나오는 것인지 정확히 알 수가 없었다.

한없이 걸음을 옮겼다. 그러다 왕자는 탑 꼭대기의 창에 기대어 노래를 부르는 한 아가씨를 발견했다.

그 후로 왕자는 날마다 성탑을 찾아 라푼젤의 고운 노랫소리를 한참 동안 듣다가 돌아가곤 했다.

겨울이 절정에 달하는 날이었다. 12월의 날씨는 유독 춥고 삭막하게만 느껴져 가볍게 스치는 바람조차 사람의 몸을 꽁꽁 얼리곤 했다.

높은 담장이 줄지어 서 있는 서초동의 부호 저택 거리는 늘 조용하기만 했다. 그러나 삼엄한 분위기의 그 거리는 오늘만큼은 달랐다.

수십 명의 취재진이 집 앞에 구름 떼처럼 몰려 있었다. 최근 정치계를 핫하게 달구고 있는 김두영 의원의 집이었다.

꽤 독특한 이력을 가지고 있는 그는 대한민국 재계 5위 변성그룹 초대 회장의 손주로, 현재도 변성자동차 최대주주였다.

서민 정책과는 거리가 먼 그였지만, 강남 2구에서 3선 국회의원을 지낼 정도로 많은 인기를 구가하고 있는 정치인이었다. 그런 그에게 최근 불미스러운 일이 일어난 것이다.

"오늘도 얼굴 한 번 안 비칠 건가?"

대운일보 강 기자의 말에 발을 동동 굴리고 있던 태준일보 고 기자가 고개를 저으며 입김으로 손을 녹이려 애썼다. 장갑을 두고 온 게 천추의 한이 될 정도로 한파주의보가 이어지고 있었다.

"전당대회엔 나간다는 정보가 있잖아. 좀 더 기다려 보자고."

전당대회에 나가기로 한 사람이 언제까지고 집에 숨어 있을 수는 없다고 판단한 것인지 확신이 어린 목소리였다.

"그럼 전당대회 쪽으로 가야 하는…… 아, 젠장!"

"왜?"

휴대전화를 보던 강 기자가 얼굴을 와작 일그러뜨렸다. 상스러운 욕설이 연이어 나왔고, 이 현실을 받아들일 수 없다는 듯 곧 한탄이 터졌다.

"전당대회에 떴대. 공쳤다, 공쳤어."

강 기자가 문자를 보여 주자 고 기자 또한 얼굴을 일그러뜨렸다.

"어떻게 빠져나갔대?"

"집에 없었던 거 아니야?"

그들의 이야기는 곧 퍼져 나가 주위 사람들도 웅성거리기 시작했다. 뒷문이 없다는 것을 확인하였으니 김두영 의원이 집이 아닌 다른 곳에 있었다는 설에 무게가 실리기 시작했다.

"아, 젠장."

고 기자가 얼굴을 찌푸리며 머리를 거칠게 쓸어 올렸다. 뼈마디까지 얼어 버린 것인지 몸의 움직임은 어딘가 부자연스러웠다.

그 모습을 가만히 보고 있던 강 기자가 넌지시 제안했다.

"어디 가서 따끈한 국밥 한 그릇이나 하고 복귀할까?"

"순댓국 어때요?"

"순댓국 좋지."

사람들은 잡담을 늘어놓으며 우르르 김두영 의원의 집 앞을 빠져나가기 시작했다. 더 있어 봤자 원하는 것을 얻어 낼 수 없으니 남아 있을 이유가 없었다.

하지만 단 한 사람, 급하게 나온 것인지 유독 얇은 외투를 입고 있는 젊은 남자만은 달랐다.

같이 밥을 먹으러 가자는 사람들에게 뒤따라갈 테니 먼저 가 있으라고 사람 좋게 웃어 준 남자는 휴대전화를 귀에 가져다 댔다. 상대가 전화를 받자 서둘러 본론부터 꺼냈다.

"지금 전당대회에 나타났다는데요?"

휴대전화를 쥐고 있지 않은 손으로 연신 팔을 비비는 남자의 입술은 보랏빛이었다. 식사는 둘째치고 집으로 돌아가 옷만이 라도 갈아입고 나오고 싶었다.

늦잠을 자 뒤늦게 현장에 온 그는 따뜻한 자신의 공간을 떠올 리다 말고 인상을 굳혔다. 그의 선배이자 꼬장꼬장한 이 PD는 그런 마음은 알지 못한 채 심드렁하게 말했다.

─그래도 혹시 모르니까 넌 자리 지켜.

"언제까지요! 이러다 얼어 죽겠어요!"

─죽어도 화면 쓸 만한 것 따고, 제대로 된 정보 하나는 얻 어 내고 난 뒤에 죽어라.

그래야 네가 이 세상에 태어난 의미가 있지 않겠니?

우습지도 않은 이야기를 재미있다는 듯 말한 이 PD가 전화 를 끊자 뒤늦게야 정신이 돌아온 남자가 버럭 소리쳤다.

"선배!"

뚜뚜…….

"이 망할!"

버럭 소리친 그가 멍한 눈으로 액정을 보다 말고 휴대전화를 주머니 안으로 밀어 넣었다. 씩씩거리고 거친 욕설을 내뱉어도 소용없었다. 어차피 잔다르크 이 PD에겐 아무런 말도 하지 못했다.

왜 하필 이런 선배를 만났을까, 한탄을 하던 그는 코가 간질간질하자 크게 숨을 들이켰다.

"홀쩍!"

무슨 부귀영화를 누리자고 이러고 있냐, 조성은.

속으로 구시렁거리던 그는 낮은 방지턱에 앉아 무릎 안으로 얼굴을 묻었다.

칼바람에 안면 마비라도 걸릴 것만 같았다.

연신 코를 훌쩍거리며 집 지키는 개처럼 현관문 앞을 지키고 있던 그가 중얼중얼 비 맞은 중마냥 읊조렸다.

"우라질, 얼어 죽겠네."

날씨는 왜 이리 추운 거야? 춥긴 왜 춥겠냐, 겨울이니까 춥지. 이러다 동태가 되는 건 아닌가. 아니, 난 생선은 아니니까…….

생각이 이상한 곳으로 멋대로 튀자 그는 피식 웃음을 터뜨리며 고개를 내저었다. 이쯤 되자 뇌까지 얼어 버린 것은 아닌가 의심이 들 정도였다.

아, 그냥 몰래 집에 다녀올까?

고민하던 그가 자리에서 벌떡 일어났다.

"이 나이에 얼어 죽을 수야 없지."

씩씩하게 걸음을 옮기려던 찰나였다.

어디선가 피아노 선율이 들려오기 시작했다.

"뭐야?"

이 밤에 CD라도 틀어 났나?

고개를 기울이던 그는 곧 피아노 소리가 들려온 타이밍이 좋지 않다고 생각하며 자리에 털썩 주저앉았다. 집으로 몰래 돌아갈 마음을 먹자마자 들려오는 피아노 소리라니.

"음산하네."

성은은 알지 못하는 '베토벤 피아노 소나타 No. 8 비창'이 활짝 열려진 창문을 통해 흘러나왔다.

그 뒤로, 피아노 소리는 밤이 늦도록 끊임없이 흘렀다. 그 음들을 귀에 담던 성은은 세 번째 곡이 시작되자 심드렁하게 읊조렸다.

"이 집 양반 참 고상하네."

이 밤에 클래식 곡을 이렇게 크게 틀어 놓다니.

부자 동네여서 그런가?

다른 곳이었다면 벌써 소음 신고가 몇 번이고 들어가고도 남았을 텐데. 그러나 거리는 쥐죽은 듯 조용했고, 피아노 선율만이 이곳을 가득 채우고 있었다.

다섯 곡이 이어지고 나서야 활짝 열린 창문으로 인영이 불쑥튀어 나왔다. 인영은 난간을 붙잡고서 고꾸라질 정도로 몸을쭈욱 뺀 후, 아래의 동태를 살폈다.

"우와."

감탄사를 뱉은 것은 보미였다. 반짝이는 눈동자로 남자의 정수리를 내려다보는 그녀의 눈동자엔 호기심이 가득했다.

"아직도 있다."

내 연주를 들어 준 것일까?

그런 생각을 하던 그녀는 그의 고개가 앞으로 푹 꺼지는 것을 보며 눈을 동그랗게 떴다.

"뭐야, 자는 거야?"

쳇.

그녀가 작게 혀를 찼다.

　　　　　　ᴥ　　　　ᴥ　　　　ᴥ

보미는 성은이 홀로 집 앞을 지킬 때면 피아노만 놓여 있는 방을 찾아 창문을 최대한 활짝 열어 놓았다.

그 남자는 오늘도 집 앞을 혼자 지키고 있었다. 다른 사람들은 두영이 다른 곳에 있다는 걸 알게 되면 그곳으로 우르르 몰려가기 바빴지만, 그는 다른 의도라도 있는 것인지 집 앞을 지켰다.

첫날, 한밤의 연주회를 했을 때와는 달리 옷차림은 조금 두꺼워진 상태였지만 그래도 오들오들 떨고 있는 그는 많이 추워 보였다.

선곡의 문제였던 것일까?

연주가 끝나갈 때쯤 꾸벅꾸벅 졸기 바쁜 그의 모습에 실망하기를 몇 번, 이젠 오기가 생겨 그가 자신의 곡을 끝까지 들어 주길 바라며 머릿속을 바삐 움직였다.

오늘 첫 선곡은 파헬벨의 케논 변주곡이었다. 금관악기가 더해져야 웅장한 느낌을 줄 수 있는 곡이었지만, 클래식을 모르는 이들 또한 잘 알고 있는 곡이기에 선택했다.

그녀는 마치 한 마리의 나비처럼 손을 움직였다. 피아노 건반에 가볍게 닿았다가 떨어지는 손길엔 평소와 달리 감정이 담겨 있었다.

들어 줘요.

무엇을 들어 달라는 것인지는 그녀조차 알 수가 없다. 하지만 분노만이 가득했던 음률에 어느새 담긴 것은 간절함이었다.

그녀가 만들어 내는 음에 맞춰 밤은 그렇게 깊어져 갔다.

한 곡을 마치자마자 쪼르르 걸음을 옮겨 창가로 간 그녀가 성은의 모습을 유심히 살폈다.

사방이 어두워 그가 어떠한 행동을 하고 있는지는 잘 보이지 않았다. 하지만 곧 자리에서 벌떡 일어나는 모습을 보니 이번엔 잠들지 않았나 보다.

눈을 동그랗게 뜬 그녀가 손으로 입을 가리며 키득키득 웃었다.

"오늘은 안 잤다."

그녀의 초롱초롱한 눈망울이 기쁨으로 가득 찼다. 세계적인 피아니스트면서, 한 명의 남자가 연주를 들어 준 것이 뭐가 그렇게 기쁜 것인지는 몰라도.

다시 피아노로 돌아가 연주를 시작하려던 그녀는 남자가 허리를 굽히며 심하게 기침을 하는 것을 보고 몸이 바짝 얼어 그자리에 멈춰 섰다.

"아!"

며칠째더라?

그녀가 이 높은 곳에서 그를 내려다본 지도 일주일이었다.

그는 다른 사람들과 같이 낮부터 자리를 지키다 돌아갔고, 저녁 시간이 되면 다시 와 자신의 연주를 들으며 꾸벅꾸벅 졸곤했다.

아무리 튼튼한 사람이라도 중병을 얻을 것만 같은 그런 생활 패턴이었다.

눈을 동그랗게 뜬 그녀가 서둘러 몸을 돌렸다. 두꺼운 외투를 꺼내 입으려던 그녀는 옷장에 붙어 있는 전신 거울에 비친 제모습에 곧 미간을 찌푸렸다.

좀 더 예쁘게 보이고 싶다, 저 사람에게.

왜 그런 생각이 들었는지는 모르겠지만.

옷장에서 옷을 고른 그녀는 마지막으로 자신의 모습을 확인하고선 방을 빠져나갔다. 혹여 다른 사람에게 밤늦은 외출을 들킬까 싶어 발뒤꿈치를 들어 총총걸음을 옮겼다.

"요즘 집에 안 들어오세요."

갑작스런 음성에 그가 고개를 들었다. 멍하니 시선을 돌린 그는 제 앞에 서 있는 여자를 보며 고개를 기울였다.

누구지?

"집무실에서 칩거하고 계세요."

갑자기 나타난 것은 둘째치더라도 김두영 의원이 어디 있는지 아는 것처럼 보이는 여자.

김두영 의원이랑 관련이 있는 사람인가?

성은의 눈빛이 진지해졌다.

기다란 머리카락을 늘어뜨린 단아한 느낌의 여자는 어깨를 덮는 특이한 망토를 입고 있었고, 그 밑으로 원피스와 검은 스타킹을 신고 있었다.

코스프레야?

점잖은 양반집 규수처럼 입고 있는 여자를 보던 그가 미간을 찌푸렸다.

"의혹이 있으면 직접 나와서 밝혀야 하는 것 아닙니까?"

정확히는 모르나 그녀가 어떤 형태로든 김두영 의원과 연관이 있는 사람이라고 생각한 성은이 말했다. 그가 집무실에서 지내고 있다는 사실을 알고 있는 사람이니까.

"아버지께 그렇게 전해 드릴게요."

그래, 딸이 아닐까, 생각은 했다.

무심한 얼굴로 고개를 끄덕이는 여자를 보며 그가 입을 꾹 다물었다.

김두영 의원과 닮은 구석을 찾으려야 찾을 수가 없었다. 스마트한 인상의 김두영 의원과 달리, 여자는 전형적인 미인으로 큰 눈이 인상적인 사람이었다.

돈이 많은 여자이니까 성형이라도 한 걸까? 앞트임과 쌍꺼풀 수술이라면 저 정도 사이즈는 만들 수 있겠지.

그가 또다시 실없는 생각을 하고 있을 때였다.

"제 생각도 그렇거든요."

"그렇게 생각한다면 다행입니다."

무릎을 짚으며 자리에서 일어난 그가 끙, 하고 앓는 소리를 냈다. 아비와 달리 딸은 멀쩡한 생각을 가진 여자 같았다. 엉덩이를 탈탈 턴 성은이 손목시계를 확인했다. 11시. 이제 그만 사무실로 복귀하는 게 좋겠다고 생각한 그는 들려오는 차분한 목소리에 고개를 들었다.

"하지만 답변을 할지는 모르겠어요. 모든 게 의혹이라고 그저 변명만 할지도 모르죠."

그건 성은 또한 같은 생각이었다.

정치 9단은 아니었지만 그래도 꽤 오래 정치판에서 구르며 '모르쇠'로 일관하는 편이 더 좋다는 것을 알고 있는 김두영이었다. 그런 그가 순순히 제 잘못을 인정하리라고는 생각되지 않았다.

놀랄 일은 아니었다. 하지만 그가 눈을 동그랗게 뜬 채 여자를 바라본 것은 그 뒤로 이어진 말 때문이었다.

"제 이야기도 안 들으시거든요."

그 말을 하는 여자는 어찌 된 일인지 쓸쓸하고 아파 보였다. 어떤 말을 해야 할지 몰라 망설이며 그녀를 바라보고 있을 때였다.

순식간에 슬픔을 내던진 그녀가 눈을 동그랗게 뜨며 뜬금없는 질문을 했다.

"어땠어요, 피아노곡?"

이 여자 뭐야?

갑작스러운 질문에 성은은 한참이고 그녀의 모습만 빤히 쳐다보았다.

서행하던 검은 세단이 열린 문 안으로 쑥 들어갔다. 강 기자가 담배를 서둘러 바닥에 지져 끄며 물었다.

"누구야, 누구? 김두영 의원이야?"

"아니야. 이 집 딸."

고 기자의 답에 강 기자는 납작하게 눌린 담배를 보며 입맛을 다셨다. 반도 채 태우지 못해서 아깝다는 생각이 문득 들었기 때문이다.

그는 다시 담뱃갑에서 담배 한 대를 꺼내 입에 물었다. 치익, 라이터가 켜지고 곧 새하얀 막대 끝이 타들어 가기 시작했다.

힘껏 담배 연기를 들이마시자 텁텁한 향이 주위를 메웠다. 뿌연 연기를 연신 내뱉던 그가 말했다.

"이 집 딸, 외국에 있지 않나?"

"이번에 들어왔대. 1년 동안 지구를 몇 바퀴나 돌았는데, 좀 쉬고 싶겠지."

"지구 몇 바퀴요?"

옆에서 두 사람의 대화를 듣던 성은이 슬쩍 물었다. 딱히 비밀스러운 이야기를 하고 있었던 것은 아니어서 두 사람은 젊은 PD를 순순히 대화에 끼어 주었다.

"너 진짜 아무것도 모르는구나?"

한심하다는 얼굴로 말이다. 하지만 그의 말대로 성은은 정말 아무것도 모르고 있었다.

내가 알아야 할 정도로 유명한 사람인가?

성은은 예쁜 얼굴을 떠올리며 혹시 연예계 쪽에서 일하는 사람인가, 생각해 보았다. 하지만 강 기자의 입에서 흘러나온 말은 전혀 예상 밖의 것이었다.

"김보미라고, 피아니스트야. 어릴 적부터 영재 소리 듣고 컸다던데?"

"아······."

그의 표정이 멍해졌다. 문득 지난밤 그녀가 물었던 말이 떠올랐다.

"어땠어요, 피아노곡?"

왜 그런 것을 묻나 생각했는데 이제 보니 본인이 직접 연주했었나 보다.

이제껏 밤마다 들려온 곡은 전부 그 여자가 연주한 건가?

멍하니 고개를 끄덕이던 성은은 겨드랑이 사이로 손을 찔러 넣으며 작게 웃음을 내뱉었다.

"꽤 유명하긴 하다더라. 지 애비보단 아니지만."

얇은 장갑을 끼고 있긴 하였으나 손가락 끝이 차갑게 얼어붙는 것은 어쩔 도리가 없었다.

생각에 잠긴 성은을 보던 고 기자가 의뭉스러운 표정을 지었다.

"근데 방금 창문 내리고 조 PD 본 거 아니야?"

살짝 내린 창문으로 밖을 내다보던 보미를 떠올리며 고 기자가 묻자 강 기자가 자신 또한 그렇게 느꼈다는 듯이 고개를 주억거렸다.

"너도 그렇게 느꼈어? 나도……."

"에이, 아니에요."

저 공주님이 왜요.

성은이 손을 저으며 웃자 두 기자가 그를 의심스러운 눈으로 보았다.

"뭐지? 뭔가 있는 것 같은데……."

고 기자가 조금 더 수위를 높여 물으려고 할 때였다.

달칵.

두꺼운 철문이 소리를 내며 열리자 사람들의 시선이 한곳으로 쏠렸다. 하지만 문을 열고 나온 이는 그들이 기다리던 보좌진도, 김두영 의원도 아니었다. 중년 여자는 집안일을 봐 주는 사람처럼 보였다.

사람들의 시선이 흩어졌다. 강 기자가 다시 성은을 보며 물었다.

"아니야, 분명 조 PD 본 것 같은데? 뭐야, 둘이 무슨 관계야?"

"관계가 있었으면 저 여자가 피아니스트인 것도 몰랐겠어요?"

그리고 밤마다 그녀가 연주한 것을 CD라고 착각하지도 않았을 것이다.

괜히 이상한 여자 취급만 했네.

그가 입맛을 쩝쩝 다시자 이제야 수긍을 한 것인지 두 사람이 동시에 고개를 끄덕였다.

"뭐, 그건 그렇지."

시선을 돌려 높다란 담벼락을 보던 성은은 이틀 전 만났던 보미를 떠올렸다.

김보미, 김보미……. 피아니스트란 말이지?

초연한 얼굴로 웃던 여자의 모습이 눈앞에 아른거렸다. 이제와 다시 생각해 보아도 참 묘한 분위기의 여자였다.

뒷머리를 긁적이던 그가 휴대전화를 내려다보았다. 액정을 확인하자 2시가 조금 넘어 있었다.

점심이나 먹고 올까, 고민할 때 중년 여인이 다가와 묵직한 봉투에서 캔 커피를 꺼내 주위 기자들에게 나눠 주기 시작했다.

사람들과 몇 마디를 주고받던 중년 여인은 성은에게도 커피

를 주었다. 손끝이 저릿해질 정도로 뜨거운 커피에 그가 눈을
동그랗게 뜨며 물었다.

"이게 뭡니까?"

"아가씨가 추운데 고생하신다고 나눠 주라고 하셨거든요."

손바닥을 따뜻하게 녹여 주는 캔 커피를 내려다본 그가 고개
를 기울였다.

아가씨?

김두영 의원의 집에서 나온 중년의 여인이 그렇게 부를 사람
은 단 한 명밖에 없을 것이다. 그의 뇌리에 또다시 보미의 모습
이 떠올랐다.

의아한 기색의 그를 보던 중년 여인이 다른 사람을 대할 때
와는 달리 그에게 한 걸음 더 다가왔다. 그리고 은밀한 이야기
를 하듯 언성을 낮췄다.

"그리고 지금 김 의원님 안 계세요. 4시쯤 돌아오시니 따뜻
한 데 들어가 있다가 오시래요."

그럼 전 전했어요.

빠르게 말을 마치고 안으로 들어가는 중년의 여인을 보던 그
가 고개를 옆으로 기울였다.

"뭐야?"

4시쯤 오니까 따뜻한 곳에 있다가 오라고?

아가씨의 속내는 평범한 청년인 그가 알아차리기엔 너무 심
오했다.

그리고 그 말대로 김두영 의원은 정확히 4시 12분에 나타나

집 안으로 모습을 감췄다.

끼이익, 탕.

저녁 8시. 쇳소리가 들리고 얼마 되지 않아 문이 닫히는 소리가 들렸다.

문을 바라보던 사람들은 모자를 푹 눌러쓴 젊은 사내의 모습에 시선을 돌렸다. 챙이 넓은 야구 모자 위에 후드 모자까지 푹 눌러써 얼굴의 반 이상을 덮은 것도 모자라 목도리까지 두르고 있었다.

기자들을 의식한 차림새라는 것을 자세히 보면 알 수 있었으나, 사내에게 관심을 기울이는 사람은 많지 않았다. 김두영 측근이 아닌 사람은 쓸모가 없었으니까.

의문의 사내는 아무렇지도 않은 척 사람들 사이로 섞여 들었다. 연신 고개를 돌리는 것을 보니 누군가를 찾고 있는 모양이었다.

얼굴이 드러날까 목도리를 손으로 꾹 누르던 그는 드디어 원하던 이를 찾은 것인지 종종걸음을 옮겼다. 신고 있는 운동화가 유독 커 보였다. 그건 옷 또한 마찬가지였다. 마치 제 것이 아닌 것처럼.

걸음을 멈춘 사내가 힘없이 주저앉아 있는 성은의 앞에 쪼그리고 앉았다.

지친 듯 시선을 내리고 있던 성은은 고개를 들어 제 앞에 앉은 사람을 보더니 미간을 찌푸렸다.

목도리를 슬쩍 내린 보미가 커다란 눈을 깜빡이며 그를 바라보고 있었다.

검은색의 후드티와 챙이 넓은 모자를 보던 그가 허탈한 웃음을 뱉었다.

"그 꼴은 뭡니까?"

"위장이요."

목소리는 무심했다. 마치 뭐가 잘못됐냐는 듯 뻔뻔스럽게 들리기도 했다.

말문이 막힌 성은이 아무런 말도 하지 못하자 그녀는 품에서 무언가를 주섬주섬 꺼냈다. 아까부터 배 부분을 부자연스럽게 쥐고 있다 했더니 꺼낸 것은 유리병에 든 우유였다.

"받아요."

"낮엔 커피더니 이번에는 우유입니까?"

"밤이니까."

그녀가 또다시 무감한 표정으로 말했다.

툭툭 내뱉는 어투에 그가 피식하고 웃음을 내뱉었다. 그러더니 그녀의 손에 들려 있는 우유를 받아 들었다. 손에 따뜻한 기운이 번지자 그가 다시 보미를 보았다. 눈을 마주한 그녀는 명령하듯 고저 없이 읊조렸다.

"마셔요."

"지금요?"

"네. 지금 마셔요."

"왜……?"

45

그는 미처 말을 끝맺지 못하고 입을 꾹 다물었다. 어서 잡솨봐, 라는 말과 달리 그녀의 얼굴에는 아무런 표정이 없어서 자꾸 묘하게 그의 신경을 긁어 대고 있었다.

피식, 또다시 웃음을 뱉은 성은이 뚜껑을 돌려 땄다. 우유를 한 모금 마신 후 허공에서 병을 흔들며 됐냐는 듯한 제스처를 취하자 그녀가 고개를 끄덕였다.

"감기 걸릴 것 같아서요."

멍하니 읊조리던 그녀가 입을 꾹 다물며 생각이 많은 표정으로 가만히 그를 바라보았다.

"왜 말을 하다 말아요?"

옆에 병을 내려놓은 성은이 묻자 그녀는 눈을 동그랗게 뜨며 말했다.

"간질간질해요."

"뭐가요?"

"뭔가 하고 싶은 말이 있는데, 하면 안 될 것 같아서. 말을 막으니까 간질간질해요."

간지럼 타는 것처럼요.

마치 자기 자신이 신기하다는 듯 작게 중얼거린 그녀가 한숨처럼 말을 이었다.

"얼굴이 보고 싶어서요."

"네?"

"얼굴 보고 싶어서 왔다고요."

솔직하게 제 생각을 말한 그녀가 두르고 있던 목도리를 풀어 앞으로 내밀었다.

"여자 것 같긴 하지만, 그래도 따뜻해요."

얼굴이 보고 싶다고? 목도리는 또 왜 주는 건데?

참 종잡을 수 없는 사람이었다. 방금 전 들은 말이 머릿속으로 정리되기도 전에 건네진 검은 목도리를 빤히 보던 그가 이해할 수 없다는 듯 고개를 기울였다.

"이걸 왜 저한테 주는 겁니까?"

"춥지 않았으면 해서요."

"에?"

"처음부터 그런 생각이 들더라고요."

보미가 처음으로 웃었다. 입꼬리를 휘어 부드러운 웃음을 짓는 그녀를 멍하니 보던 그가 필터링을 거치지 않은 말을 툭 하니 내뱉었다.

"뭡니까. 지금 작업 거시는 겁니까?"

말을 내뱉고 정작 놀란 것은 성은이었다.

내가 방금 뭐라고 한 거야?

그는 스스로 당황해 입을 꾹 다물었다.

하지만 놀라야 할 보미는 정작 커다란 눈만 느릿하게 깜빡이더니 되물었다.

"그런가요? 이런 게 작업인가요?"

당혹스러운 마음에 성은이 아무런 말도 하지 못하자 보미가 천천히 고개를 끄덕였다. 그리고 멍한 표정으로 자문자답했다.

"몰랐네요."

이 여자, 진짜 뭐야.

예술 하는 사람들은 이렇게 다들 반쯤 정신을 놓고 있는 것 같나?

제대로 된 대화를 나누었을 때 든 생각은 그것뿐이었다.

단순한 호기심이 들었다. 그래, 별다른 사심 없이 말이다.

사무실 가장 구석진 곳에 위치한 자신의 자리에 앉아 있던 성은은 턱을 괴며 심드렁한 표정으로 인터넷 창을 보았다. 어떻게 지금껏 모르고 살았나 싶을 정도로 '김보미'란 이름만으로도 많은 기사가 검색되었다.

네 살에 피아노를 시작한 김보미는 탁월한 예술적 재능과 깊이 있는 음악 해석으로 아홉 살에 이미 국내에선 상대할 사람이 없을 정도였다. 열한 살이 되던 해 국제 콩쿠르에서 입상을 하며 세계적으로 주목을 받기 시작했는데, 세계 3대 국제 콩쿠르 중 하나인 이탈리아 부조니 국제 피아노 콩쿠르에서 최연소로 입상하게 되면서 로스트로포비치, 런던 심포니 오케스트라와 함께 음반을 녹음하게 되었다. 음반에는 CF와 드라마에 사용되며 국민들에게 친숙한 음악이 많이 담겨 있다.

"대단한 여자네."

음악적 소양 따윈 없는 성은에게 화려한 드레스를 입고 어른들 사이에 서 있는 어린 보미의 모습은 생소했다. 당시 9시 뉴스에 나올 정도로 대단했다고 하는데, 그때 성은은 친구들과 운동장에서 뛰어놀기 바빴던 철부지였다.

그녀보다 세 살이 많으니 당시 그의 꿈은 아마도 '대통령'이었을 것이다.

"참, 현실감이 넘치는 꼬맹이였지."

혀를 끌끌 찬 그가 스크롤을 아래로 내렸다. 그러자 그녀의 최근 사진과 함께 활동 리스트가 나왔다.

후엔 베를린으로 넘어가 독일의 주요 오케스트라인 슈만 필하모닉(Schuman Philharmonic), 뉘른베르크 심포니(Nuernberg Symphony)와 협연하며 더욱 유명해졌으며, 영국에서 수학(受學)했다. 현재에도 유럽, 북미, 아시아 전역에서 정기적으로 공연을 열며 세계적인 명성을 쌓고 있다.

외국인들과 서 있는 그녀는 환희에 찬 모습이었다. 그는 유독 가느다랗고 예뻤던 그녀의 손가락을 떠올렸다.

"대단한 여자네."

대운일보 기자의 '아비보단 유명하지 않다'란 말을 가차 없이 부정할 수 있을 만큼 화려한 이력에 그가 고개를 내저었다.

그리고 고개를 돌려 종이 가방을 보았다. 가방엔 그녀가 건네주었던 검은색 목도리가 들어 있었다. 한쪽 끝에 달려 있는 퍼가 여성스러워 그녀에게 건네받은 후로 착용을 하지는 못했다. 몸이 덜덜 떨릴 만큼 추운 날씨였음에도 말이다.

"돌려줘야겠지?"

딱 보아도 비싼 목도리에 그가 미간을 찌푸렸다. 이럴 줄 알았으면 애초에 받지를 말걸.

괜히 신경만 쓰이게 됐다고 생각하던 그는 한쪽 책상에 올려놓은 휴대전화가 울리자 통화 버튼을 누르고 귀에 가져다 댔다. 누구인지 상대를 확인하지도 않은 채.

"여보……."

―야, 당장 튀어 와!

"왜요?"

벼락같은 목소리에 그가 미간을 찌푸렸다. 이 PD였다. 가끔 분위기를 잡고 실없는 심부름을 시키곤 했던 그녀인지라 다급한 목소리에도 심드렁하게 물었다. 하지만 곧이어 들려온 말에 그는 자신도 모르게 자리에서 벌떡 일어났다.

―김두영 의원, 2시에 기자회견 한단다!

"네!"

대답을 하면서 후다닥 사무실을 나서는 그의 뒤로 종이 가방이 덜렁 놓여 있었다.

늘 그랬던 것처럼 성은은 자가용으로 이동하는 대신, 차를 골목 입구에 위치한 유료 주차장에 세운 후 천천히 산보하듯 걸음을 옮겼다.

높은 언덕 위에 듬성듬성 위치한 집들은 오늘도 사소한 잡음 하나 없이 조용했다. 걸음을 옮긴 지 20분이 넘어가자 숨은 넘어갈 것처럼 꼴딱꼴딱 차오르고, 날씨와는 어울리지 않게 이마에도 식은땀이 맺혔다.

저 멀리 김두영 의원의 집이 보였다. 아무리 사람이 없어도 서너 명 정도는 그 앞을 지키더니 오늘은 웬일인지 개미 새끼 한 마리 없었다. 아마도 2시에 있었던 기자회견 때문일 것이다.

"모두 의혹일 뿐입니다. 검찰의 출두 요구를 받아들이고, 의혹을 불식시키기 위하여 성실하게 질의에 응할 것입니다."

그렇게 말한 김두영 의원은 당당하게 기자들을 응시했다. 플래시 세례에도 눈 하나 깜짝하지 않는 그의 표정은 여유롭기까지 했다.

자신에게 불리하게 흘러가는 상황임에도 그는 끄떡없다는 듯 웃었고, 상대 야당의 정치 음모론을 언급하는 기자에겐 호통까지 쳤다.

하지만 법정으로 출두하기 전에 그는 구속 기소가 되었다. 당당하게 법원으로 들어가는 모습을 연출하고 싶었지만 급작스레 결정된 구속 결정에 그는 망연자실한 표정을 숨기지 못했다.

자신의 정치 인생이 끝날 것임을 예감이라도 한 것일까, 핏기가 가신 얼굴로 카메라 앞에 선 그는 '성실히 응하겠다'는 말만 남기곤 법원 안으로 사라졌다.

강도 높은 수사가 이어지고 있는 지금, 김두영 의원의 집을 찾는 이는 없었다. 하지만 성은은 마치 무엇에 홀린 것처럼 이곳을 다시 찾았다. 지난 한 달간, 동태가 되지 않은 것이 다행이라 생각될 정도로 뻔질나게 드나들었던 곳을.

숨을 헐떡거리는 와중에도 걸음을 멈추지 않았던 그는 검은 그림자가 동그랗게 몸을 말고 앉아 있는 것을 보았다.

그가 그녀와 거리를 유지한 채 걸음을 멈췄다. 인기척을 느꼈는지 집 대문 앞에 주저앉아 있던 보미가 고개를 들더니 눈꼬리를 길게 빼며 웃었다.

"왔다."

"……."

"진짜 왔네요?"

마치 자신을 기다렸다는 듯이 반기는 모습에도 그는 걸음을 옮기지 않았다. 그저 말없이 그녀를 내려다보기만 할 뿐.

눈동자는 더 이상 의문을 담고 있지 않았다. 그녀와 만날 때면 늘 혼란이 가득 차올라 있었던 얼굴도 오늘은 무감했다. 그저 작고 앙증맞은 입술만을 바라보고 있었다.

보미가 희미하게 웃음을 지었다. 몸도 마음도 꽁꽁 얼어 버려 움직일 힘도 없다는 듯이 미소 짓던 그녀가 앞으로 손을 뻗더니 애써 웃음기 섞인 목소리로 말했다.

"나, 데리고 도망쳐 주면 안 돼요?"

도망? 뭘? 어디로?

그가 답을 하기도 전이었다.

"목도리 빌려준 값으로."

힘없이 말을 잇는 그녀를 보던 그가 그제야 생각이 난 것인지 제 손을 내려다보았다.

"아."

이 PD에게 전화를 받자마자 사무실을 튀어나왔던 게 떠올랐다. 돌려줘야겠다는 생각은 있었는데, 지난 두 달간 김두영 의원의 정치자금 의혹에 대해 뒤쫓다 보니 정신이 순식간에 그쪽으로 쏠린 모양이었다.

미간을 찌푸린 그가 보미를 보았다.

"여기 있기 싫어요."

그렇게 말하며 그녀가 헤헤 웃음을 내뱉었다. 한 번 보면 그냥 지나칠 수 없을 만큼 애잔한 웃음이었다.

"어디로 도망가고 싶은데요?"

충동적인 물음이었다.

목도리는 나중에 줄 터이니, 오늘은 그만 대화를 끝내는 것이 좋았다. 눈앞에 있는 여자는 사회로부터 지탄받고 있는 김두영 의원의 외동딸이었다. 대단한 집안에서 태어난 공주님의 장난질에 장단을 맞춰 줄 필요는 없으니까.

하지만 그는 물었고, 그녀는 가볍게 고개를 저었다.

"모르겠어요."

도망치고 싶으면서, 어디로 가고 싶은지도 모르는 여자는 끝까지 힘없이 웃기만 할 뿐이었다.

"난 아무것도 몰라요."

새장 속의 새처럼 나약한 모습으로.

⸱ ⸱ ⸱

스스로 미쳤다고 생각했다. 일평생을 살며 이렇게 충동적인 결정을 한 적도 없고, 그것을 행동에 옮긴 적도 없었다. 하지만 그는 보미의 손을 잡고 힘겹게 올라온 언덕을 뛰어 내려왔다. 손목을 붙잡은 손에 힘이 들어가자 아픈지 보미가 움찔 떨었지만 그는 결코 손을 놓지 않았다.

그는 누군가에 쫓기는 사람처럼 가쁜 숨을 내쉬며 차에 오르자마자 내비게이션을 찍지도 않은 채 곧장 액셀을 밟았다.

빠르게 변하는 차창 밖의 풍경에서 시선을 떼지 못하는 보미의 옆모습을 보던 그가 말없이 오디오를 켰다. 라디오 채널에서는 최신 댄스 가요가 흘러나왔다. 야한 노래 가사와 빠른 비트에도 어쩐 일인지 차 안은 평화롭기만 했다.

간혹 음악이 흘러나오지 않을 땐 보미의 평온한 숨소리가 들리는 것 같았고, 부스럭부스럭 옷자락과 몸이 부딪히는 소리도 들려왔다.

휴게소에 들르지도 않은 채 곧장 세 시간을 내달려 도착한 곳은 주문진이었다. 보미는 차에서 내리자마자 신고 있던 하이힐을 벗고 해변에 발을 디뎠다. 발가락 사이로 파고드는 모래의 촉감이 좋은지 보드랍게 웃음 지은 그녀가 물었다.

"당신도 올래요?"

그녀의 물음에 성은은 가볍게 고개를 저었다.

차에 비스듬히 기댄 그는 천천히 걸음을 옮기는 보미를 보았다.

그녀는 마치 세상 밖으로 처음 나온 아이처럼 굴고 있었다. 아니, 강아지라고 해야 하나? 무엇이 되었든 간에 세상의 모든 것이 신기하다는 듯 눈을 빛냈다. 걸음을 옮기다가 온전한 모양의 조개껍데기를 주우며 환하게 웃기도 했다.

이젠 작은 점이 된 보미의 뒷모습을 보던 그는 진동 소리에 주머니에서 휴대전화를 꺼냈다.

〈이진선 선배〉

이름을 확인한 그의 표정이 일그러졌다. 사무실로 복귀해 이번 주 방송분을 편집해야 한다는 사실이 이제야 떠올랐다.

오늘은 정말 자신답지 않았다. 그렇게 열성적으로 임하던 일을 잊은 채 이곳 주문진까지 오다니. 헛웃음을 뱉은 그가 전화를 받았다.

찰싹—

때마침 커다란 파도가 침과 동시에 까르르 웃음소리가 들려왔다.

—야, 너 지금 어디…….

"병원이요."

—파도 소리 들리는데?

시사 PD들은 왜 하나같이 촉이 좋은 것인지.

이미 거짓말이 들통 났음에도 그는 뻔뻔스레 답했다.

"네, 병원이에요."

전화 너머로 잠시의 침묵이 흘렀다. 무거운 침묵을 깬 것은 작은 한숨 소리.

저도 모르게 긴장한 그가 침을 꼴깍 삼켰다.

—내일 복귀할 거지?

"고마워요, 이 선배."

대답 대신 감사의 인사를 전했다.

피곤에 찌든 신입 PD들이 한 번씩 잠수를 타는 것은 으레 있는 일이었다. 물론 2년 차인 성은이 이런 일을 벌일지는 몰랐겠지만.

전화 너머로 잠시 '오늘 너 때문에 철야하게 생겼다, 망할 놈아' 라든가 '니가 날 이런 식으로 배신할 줄은 몰랐다' 등의 볼멘소리가 들려왔다. 신세를 지는 일이었기에 성은은 토를 다는 대신 하하 웃는 것으로 답했다.

하지만 마지막 말은 도저히 참지 못하겠는지 평소의 깐족거리는 모습으로 돌아와 이 PD의 속을 긁었다.

—그래. 사춘기도 오래 겪으면 꼴불견이다.

"선배는 아직도 사춘기잖아요."

—끊어!

괴성에 그가 전화기를 멀찍이 두며 먹먹한 귀를 손가락으로 꾹꾹 눌렀다.

"하여튼 성질은."

"곤란하게 만든 건 아니죠?"

언제 다가온 것일까. 보미가 바로 앞에 서서 걱정스러운 눈으로 올려다보고 있었다. 방금 전까지만 해도 웃음이 가득했던 얼굴이 걱정으로 일그러지자 그가 휴대전화를 주머니에 밀어 넣었다.

"평일에 같이 도망가 달라고 하는 건 충분히 곤란한 일인데요."

바닷바람에 흩날리는 머리카락을 귀 뒤로 넘긴 그녀가 후후 바람 소리를 냈다.

"그렇네요. 미안해요, 몰랐어요."

이 또한 그녀는 몰랐나 보다. 공허한 웃음은 즐거워 보이지도, 슬퍼 보이지도 않았다.

"참 모르는 게 많습니다."

"연습실 밖으로 나가 본 적이 없거든요."

미간을 좁힌 그가 쏘아붙이는 것처럼 말하자 보미는 순순히 인정했다. 그리고 자신이 살아온 인생을 잠시 회고했다.

어릴 적, 친모는 보미가 음악에 재능이 있다는 사실을 알았다. 다른 이들은 모두 반대를 하였지만 그녀는 보미가 열두 살이 되던 해에 영국으로 거처를 옮겼다.

그땐 친모가 보미의 재능을 꽃피우기 위해 내린 결단이라는 말이 돌았지만 지금은 달랐다. 두 사람의 부부 생활이 아주 오래전부터 나빴다는 사실은 호사가들이라면 모두 알고 있었으니까.

친모는 친부에게 쫓겨나 어린 보미를 데리고 영국으로 떠났다. 피부색도, 언어도, 정서도 다른 곳으로. 열두 살의 그녀는 뭔가에 단단히 홀린 듯 자신을 연습실로 밀어 넣는 친모의 말에 따라 피아노 앞에서만 지냈었다.

그림자처럼 붙어 다니는 교사를 통해 영어를 익혀 나갔으나 친구들과 어울리며 자연스레 습득하는 것이 아닌지라 그만큼 더디게 늘었다. 그리고 그럴수록 보미는 더욱 고립되어 갔다. 그렇게 살아왔다. 이 나이가 되도록.

"갑자기 그렇게 살아온 게 너무 후회가 되더라고요. 아주 잠시라도, 조금이라도 쉬고 싶다고 말하려 했는데…… 일이 이렇게 되어 버린 거 있죠?"

스물둘이었다. 다른 사람들이라면 생활 전반에 필요한 사소한 행동들은 식은 죽 먹기로 해낼 나이. 하지만 보미는 달랐다. 아무것도 모르는 어린아이나 다름이 없었다.

물론 무대 위에서만은 달랐다. 훌륭한 피아니스트로서 인정을 받으며 승승장구하고 있었기에 친가에서도 그녀를 받아 주었다.

친모와 함께 생활했던 그녀가 기업 홍보에 도움이 되자 간혹 꽃다발을 보내기도 했고, 직접 무대를 보러 오기도 했다. 그건 친부인 두영도 마찬가지였다. 그녀의 명성을 자신을 위한 도구로 삼았다.

"갑자기 입국을 해도 아버지는 관심이 없어요. 연락 한 통 없는 거 보세요."

보미가 휴대전화를 흔들며 웃었다. 벌써 자정을 넘어가는 시각이었으나 무심한 전화는 울릴 줄을 몰랐다.

다른 이들이라면 배부른 소리라고 할지도 모른다. 스물둘의 여자가 돈 걱정 없이 편하게 사는 것만으로도 얼마나 행복인 줄 아냐며. 더욱 피아니스트로서 그녀의 위치를 생각해 보았을 때 그만한 명예를 쥐는 것이 얼마나 힘든 일인 줄 아냐며 우는 소리는 그만하라고 할 것이다.

돈과 명예를 가진 보미는 사회적인 기준으로 보았을 때 성공한 위치였으나 그녀를 가까이에서 본 성은은 그 말에 동의할 수 없었다.

음악적인 부분에 감정을 모두 소모해서 그런 것일까. 아니면 감정 과잉으로 지쳐 버려 바닥을 드러낸 것일까. 성은은 그녀의 입장에서 들으면 속편할 소리를 했다.

"하고 싶은 대로 하고 살면 되지, 뭐가 그렇게 어렵습니까?"

"하고 싶은 대로?"

고개를 끄덕인 성은은 말을 이었다.

"머리 아프게 생각할 거 있어요? 어차피 한 번 사는 인생인데."

그렇게 말한 그가 고개를 돌려 바닷바람을 맞았다. 차가운 바람에 코끝이 금방 붉게 변하고 뺨이 얼얼해졌다.

그 모습을 멍하니 바라보던 보미가 물었다.

"정말 마음대로 해도 돼요?"

아무런 거리낌도 없이?

성은은 의아한 얼굴로 그녀를 보았다.

"뭐가 하고 싶은데요?"

마치 지금 당장이라도 하고 싶은 게 있다는 것처럼 들렸으니까.

그의 물음에 그녀는 솔직하게 제 속에 있는 말을 꺼내 놓았다.

"당신한테 작업이란 거, 걸고 싶어요."

자극적인 말과 달리, 그녀의 표정은 평화로웠다. 아무런 감정을 느끼지 못하는 사람처럼 멍한 눈을 깜빡이는 보미를 바라보던 그의 시선이 순간 일렁였다.

"잠시의 일탈입니까?"

갑작스런 감정 변화에 그녀의 고개가 옆으로 기울어졌다. 그가 화가 난 것처럼 보여서. 왜 갑자기 화를 내지? 그러한 생각을 하던 보미가 천천히 눈을 감았다.

잠시의 일탈.

어쩌면 그가 말한 것이 사실일지도 몰랐으나 보미는 답하지 않았다. 아니, 답할 수가 없었다.

"뭐, 그래도 이렇게 예쁜 사람이면 마다할 이유가 없죠."

그의 승낙이 먼저 떨어졌으니까.

바닷가와 아주 가까운 모텔에 들어온 성은은 보미가 어깨를 움찔 떠는 것을 느낌과 동시에 거칠게 입을 맞췄다. 달그락, 보미의 발끝에 위태롭게 걸려 있던 힐이 벗겨지는 소리가 들리자 성은이 재빨리 팔을 뻗어 허리를 휘감은 채 마주한 입술에 더욱 집중하였다.

"으음."

누구의 것인지 모를 옅은 신음 소리가 들렸다. 그것이 신호탄이 되었을까, 비스듬히 고개를 꺾고 있던 그가 조심스레 입술을 가르고 입안으로 혀를 밀어 넣었다. 훅 하고 들어온 침입자에 보미의 어깨가 파다닥 떨렸다.

물컹한 혀가 서로 얽혔다. 뿌리가 뽑힐 것처럼 거친 입맞춤에 정신을 차리지 못하겠는지 살풋 일그러진 보미의 얼굴이 보였다. 손을 들어 올려 뺨을 쓰다듬은 그가 옅게 신음 소리를 내뱉었다.

잠시의 일탈. 그것이 주는 쾌락은 달콤했다. 책임이 없는 관계는 서로의 몸에 집중하여 취하면 그만이니까.

하지만 옅게 떨리는 그녀의 몸 때문일까, 아니면 잘 알지도 못하는 여자를 처음으로 안게 된 이 상황에 긴장을 해서 그런 것일까.

그는 이 관계가 단발성으로 끝나지 않으리란 것을 알 수 있었다.

아랫입술을 힘껏 빨아 혀로 살살 훑은 그는 연약한 신음 소리를 들으며 천천히 몸을 그녀에게 밀착시켰다. 나약한 몸은 묵직한 체중에 뒤로 휘었고, 곧 넓지 않은 방 중간에 놓여 있는 침대로 떠밀려 갔다.

그녀의 오금에 침대가 부딪히자 그는 커다란 손으로 등을 받쳐 조심스레 침대에 뉘어 주었다. 그녀의 시선은 온전히 그를 향하고 있었지만 눈동자에 맺힌 것은 달빛이었다. 시린 빛을 받아 투명한 유리알처럼 보이는 눈동자에 성은의 모습은 비치지 않았다.

그것을 가만히 내려다보던 성은이 입술을 비틀어 웃었다.

"불구덩이에 뛰어드는 기분이 어때요?"

그는 물음을 던지는 와중에도 조심스레 그녀의 어깨를 손으로 쓸어내렸다. 생소한 감각에 그녀가 눈살을 찌푸렸다.

"불나방이라도 되는 것처럼 이야기하네요?"

그녀의 물음에 성은은 망설임 없이 고개를 끄덕였다.

"네."

"어째서요?"

"이게 불장난이 아니면 뭡니까?"

그의 물음에 보미가 키득키득 웃음을 내뱉었다. 조금은 가볍고, 조금은 장난스러운 그 웃음소리에 성은은 손을 조금 더 내려 겨드랑이 부분을 손가락 끝으로 더듬었다.

옷 위에서 이루어진 행위였지만 얇은 쉬폰 소재의 옷은 아무것도 막아 주지 못했다. 그의 손길이 고스란히 느껴져 보미의 뺨이 붉게 달아올랐다.

이제야 남자와 관계를 가진다는 것의 의미를 깨달았는지 그녀는 바르작바르작 떨리는 손을 들어 성은의 손목을 움켜쥐었다. 하지만 그 반항은 너무나 미약해서 흥분으로 달궈진 그의 손을 막기엔 역부족이었다.

그는 그녀를 위해 조금의 자비를 베풀기로 했다.

얼굴을 내린 그가 움푹 파인 쇄골에 입을 맞추며 입술을 지분거렸다.

"지금이라면 멈출 수 있을 것 같은데."

"진짜, 요?"

숨을 허덕거리던 보미가 말간 눈동자로 그를 올려다보며 물었다. 커다란 손으로 작은 보미의 뺨을 감싸 쥐며 입꼬리를 끌어 올린 그가 욕망이 들끓는 눈동자를 감추기 위해 눈을 감았다.

"노력하면요."

그렇게 말하면서도 목소리는 연신 열락으로 끓어 넘쳤다. 그를 가만히 올려다보던 보미가 처음으로 손을 뻗었다. 강직한 턱을 손가락 끝으로 조심스레 쓰다듬던 그녀가 해사하게 웃었다.

"그 노력, 하지 말아요."

그 말이 그의 속에 있던 무언가를 툭, 하고 건든 모양이었다.

오랫동안 여자와 관계를 가지지 않아서일까, 그가 조금은 거친 손길로 보미의 옷을 벗겨 냈다.

사락사락, 옷자락과 살결이 부딪히는 소리와 창밖에서 들려오는 파도 소리가 묘한 하모니를 이뤘다. 두 소리가 얽히자 보미는 더욱 긴장한 얼굴로 성은을 올려다보았다. 그는 옷을 벗기는 간단한 행위를 하는 순간에도 그녀를 향한 시선을 거두지 않았다.

싸구려 모텔은 보미와 어울리지 않았다. 시린 달빛을 받아 빛나는 새하얀 살결을 보며 성은은 그러한 생각을 했다.

새하얀 이불에선 모텔 특유의 소독약 냄새가 났다. 하지만 그는 곧 이곳이 정사의 냄새로 가득 차리라는 것을 알고 있었다. 두려움에 눈망울을 떨고 있는 이 여자가 그것을 알고 있으리라는 보장은 없지만.

중요한 부위만 천 조각으로 가려 놓은 채 자신의 시선을 피해 고개를 비스듬히 두는 보미를 그는 두 눈에 담았다.

"날 봐요."

조금은 집착이 묻어나는 목소리로 말한 그가 가느다란 턱을 당겨 자신을 향하도록 만들었다. 그다음엔 탐스러운 과육이 가득할 것 같은 입술을 머금고 혀로 살살 달랬다.

나약한 그녀가 부서지지 않도록, 몸 위에 올라온 상황에서도 양팔로 체중을 유지하고 있던 그는 좀 더 보미를 가까이 느끼고 싶은 것인지 턱을 비스듬히 돌려 혀를 깊숙이 밀어 넣었다.

달콤한 과육이 그의 입안에서 터졌다. 향수를 뿌린 것인지,

아니면 애초에 체향이 그런 것인지 장미향이 가득한 살결을 모두 맛보고 싶었다. 마음이 급해졌고, 눈빛은 뜨거워졌다.

입술을 떼고 새하얀 살결에 자신의 흔적을 남기기 시작하던 그가 움푹 파인 배꼽에서 잠시 입술을 멈췄다. 혀를 길게 빼내 작은 우물 근처를 맛보고 핥고 빨았다. 생소한 곳에 닿는 감촉에 그녀의 허리가 위로 튀어 올랐다. 자극에 약한 것인지 가느다랗고 길쭉한 허벅지가 파르르 떨리기 시작했다.

고개를 든 그가 다시 한 번 달빛에 빛나는 보미의 몸을 내려다보았다. 정성스레 조각한 것처럼 어디 하나 모난 곳이 없는 몸은 아름다웠다.

그가 시선으로 몸을 훑자 보미가 부끄러움에 어깨를 움츠렸다. 새하얀 속옷으로 겨우 모습을 감추고 있는 여성이 신경 쓰이는 것인지 허벅지를 꼬아 그곳을 가리려 애썼다.

"부끄러워요?"

그런 모습이 더욱 자극이 된다는 것을 이 여자는 모르고 있는 것이 분명했다. 아랫배가 긴장감으로 팽팽하게 당겨지고, 제 분신이 꿈틀거리는 것이 느껴졌다.

보미는 시선을 내려 단단한 그의 가슴을 보았다.

그녀의 몸을 가리고 있는 것은 작은 속옷이 전부인데 그는 여전히 옷을 갖춰 입고 있었다. 순간 부끄러운 제 마음이 억울해지기 시작한 그녀가 멍한 눈동자를 깜빡이며 마치 협박하듯 종용했다.

"당신도 벗어요."

"뭐……?"

예상하지 못한 말에 성은이 눈을 동그랗게 뜨자 보미가 작게 입을 벌려 말을 이었다.

"나만 벗고 있잖아요. 당신도 벗어요."

성은이 와락 웃음을 터뜨렸다. 그리고 몸을 일으켜 그녀를 한껏 내려다보았다.

"후회하지 않을 자신 있죠?"

"뭐, 뭐가요?"

"방금 그 말."

"……."

그의 물음에 보미는 고개를 젓고 싶었다. 벌써부터 후회되기 시작했으니까. 하지만 그는 그녀의 위에서 마치 스트립쇼를 하는 사람처럼 천천히 옷가지를 벗어 내려갔다.

어느새 드러난 단단한 상체를 보던 그녀가 천천히 손을 뻗었다. 아름다운 곡선을 그리고 있는 근육의 결을 손가락 끝으로 더듬으며 중얼거렸다.

"아름다워요."

운동으로 가꿔진 몸은 충분히 남성스러웠지만 섬세한 조각처럼 아름다웠다.

여자의 것보다 조금은 두껍고 투박한 쇄골 라인도, 그 밑에 자리한 드넓은 가슴도, 가슴의 정점에 있는 작은 돌기도. 정확하게 구역이 나뉘어 있는 복근에서 더 아래로 시선을 내리던 보미의 뺨이 붉어졌다.

서둘러 시선을 올린 그녀는 순간 그와 눈이 마주치자 흠칫 놀랐다.

"구경 끝났어요?"

"······."

그녀는 아무런 말도 하지 못했다.

"그럼 실컷 구경했으니 이제 내 마음대로 해도 되죠?"

대답을 구한 말은 아니었던지, 어둠 속에 빛나는 보미의 몸으로 곧장 입술을 내린 그가 그녀의 체온을 느꼈다.

방금 전과는 달리 조금 거칠어진 입술은 그녀의 몸에 붉은 반점을 수놓기 시작했다. 소담한 가슴을 혀로 맛본 후 길게 빨아들이는 행위에 그녀의 몸이 긴장감으로 굳어짐을 알면서도.

그는 입술로 뜨겁게 그녀의 가슴 밑 살점을 맛보고, 동시에 손가락은 흥분에 꼿꼿하게 선 정점을 잡아 비틀었다. 순간 여성에서 뿜어져 나오는 액 냄새가 방 안을 가득 채웠다.

"하아, 하아."

힘겹게 신음을 토해 낸 보미가 눈을 떴다. 그리고 제 몸을 핥고 맛보는 남자의 정수리를 내려다보며 손을 내밀었다. 가느다란 머리카락이 손가락을 휘어 감았다. 그 느낌이 너무 좋아 보미는 자신도 모르게 웃음을 내뱉었다.

움찔.

바람처럼 들리는 웃음소리에 성은의 몸이 떨렸다. 시선만 들어 올려다보자 그녀는 웃는 얼굴로 그를 내려다보았다.

와자작.

그녀의 웃음 때문일까, 얼굴을 일그러뜨린 그가 깊은 숨을 내뱉더니 손을 아래로 내렸다. 여성을 겨우 가리고 있던 작은 천 조각을 순식간에 벗기고, 안으로 손가락을 부드럽게 밀어 넣었다.

약한 살결이 손가락을 힘껏 옥죄었다.

이 안으로 들어가면 어떤 느낌일까. 아마 따뜻하고 엄청난 쾌감을 줄 것이 분명했다.

움찔!

보미가 몸을 떨며 서둘러 그의 팔목을 움켜쥐었다. 그리고 거칠게 고개를 내저으며 그가 주는 감각을 받아들이지 못한 채 불안에 떨었다.

"시, 싫어요."

눈가에 금세 습기가 차올랐다. 이런 감각일 줄은 몰랐다는 듯 불안에 떠는 그녀의 모습을 보던 성은이 입술을 부드럽게 휘며 웃었다.

"왜? 방금 전에 자극할 때는 언제고."

"제, 제가 언제요?"

속눈썹이 파르르 떨렸다. 그는 그녀의 반항을 가볍게 무시한 채 손가락을 돌리며 안을 넓히는 수고를 아끼지 않았다.

"지금도 자극하고 있잖아."

"……?"

"당신의 눈이."

힘겹게 허공으로 팔을 들어 올린 보미가 넓은 그의 어깨를 끌어안았다. 온몸에 힘이 들어가지 않는 자신의 상태가 두렵다는 듯이.

찰박찰박!

그의 손길에 여성은 금세 젖어 들었고, 몸은 완벽하게 남성을 받아들일 준비를 마쳤다. 하지만 그는 무엇 때문인지 조금 짓궂게 더욱 여성 안을 괴롭히며 빳빳하게 긴장한 몸이 부드럽게 풀리길 기다리고 있었다.

"으응!"

달콤한 신음이 귓가에 울렸다. 이미 절정으로 향하고 있는 여성이 힘껏 손가락을 조이며 자극을 온전히 받아들이고 있었다.

"그, 그만……!"

그녀가 소리 높여 말했다. 더 이상은 무리라고, 더 이상은 받아들일 수가 없다고.

아랫배가 간질거리며 속에서 무언가가 쏟아져 나오려고 했다. 그러한 생각은 단순한 기우가 아니었던지 곧 그녀의 안에서 액이 뿜어져 나와 그의 팔목을 흥건히 적셨다.

"하아, 하아."

처음으로 맛본 절정. 고통에 가까웠던 쾌락의 끝이 무엇인지 맛본 그녀의 눈매가 부드럽게 풀렸다. 하지만 이제 시작이라는 듯이 자신의 엉덩이를 감싸 쥐는 손길에 놀라 퍼뜩 눈을 떴다.

"왜 그렇게 봐요?"

그의 목소리에 웃음이 배어 있다고 느낀 것은 단순한 착각일까. 아니면 비약일까. 알 수가 없었으나 그녀는 입술을 악물며 힘겹게 말을 토해 냈다.

"왜, 왜……."

그녀의 물음에 그는 답 대신 자신의 손가락을 부드럽게 핥았다. 그리고 그녀의 가운데에 자리를 잡았다. 커다란 손이 하얀 허벅지를 자국이 남을 정도로 힘껏 붙잡았다.

남성을 붙잡아 여성의 외벽에 살살 문지르던 그가 순간 힘껏 안으로 파고들자 비명 같은 신음이 터져 나왔다.

"악!"

"……."

뻣뻣하게 굳은 그녀의 몸은 체온이 없는 시체처럼 느껴졌다. 순간 흥분이 싹 가신 얼굴로 보미를 보던 그가 놀란 눈을 깜빡였다.

"다, 당신……?"

"끄, 끄으……."

눈망울에 맺혀 있던 눈물이 힘없이 아래로 떨어져 내렸다.

툭, 투두둑.

그 눈물을 가만히 보고 있던 성은이 남성을 빼내려 하자 보미가 손을 뻗어 그의 행동을 제지했다. 거칠게 고개를 내저은 그녀가 거친 숨을 토해 냈다.

"우, 움직이지 마, 말……."

움직이지 말아요.

그녀의 애달픈 부탁에 그의 얼굴에 핏기가 가셨다.

단순한 불장난인 줄 알았다. 하지만 아니었다.

"처음이에요?"

그의 물음에 보미가 힘없이 고개를 끄덕였다.

이해할 수 없는 상황에 한참 그녀를 내려다보던 그가 조심스레 손을 내려 땀이 맺힌 보미의 이마를 쓰다듬어 주었다.

"그럼 말해 줬으면 좋았잖아요."

"그, 그럼…… 다, 당신이……."

안아 주지 않을 것 같아서요.

그녀의 말에 그가 눈을 감았다.

이게 뭐란 말인가.

그녀의 속마음을 여전히 알 수가 없었다.

쏴아아—

조금 열어 둔 창문으로 파도 소리가 들려왔다.

눈을 뜬 성은은 고개를 옆으로 돌려 자고 있는 작은 여체를 보았다.

깡마른 어깨와 잘록한 허리선을 차례대로 보던 그가 손을 들어 이마를 짚었다.

순간 어제의 상황이 떠올랐기 때문이다.

그녀는 처녀였다. 단 한 번도 남자의 손길이 닿지 않았던 몸. 스물두 해가 되도록 다른 남자에게 안기지 않으면서 무심하게 자신의 품에 안긴 그녀의 저의를 몰라 그는 한참이고 혼란스러운 눈으로 보미를 바라보았다.

그녀는 기분 좋은 꿈을 꾸고 있는 것인지 고른 숨을 내뱉으며 웃고 있었다.

"나 지금 뭐하는 거냐."

공주님의 일탈에 장단을 맞춰 주는 꼴이라니.

스스로에게 조소를 지어 보인 성은은 천천히 들리는 눈꺼풀을 보았다. 멍한 눈을 연신 깜빡이던 그녀는 성은의 모습이 그제야 들어오는 듯 표정을 굳혔다.

그 모습을 말없이 바라보고 있던 그가 힘없이 웃었다.

"일어났어요?"

그의 말에 고개를 끄덕인 보미가 몸을 일으켰다. 이불에 가려져 있던 여체가 드러났지만 그도, 그녀도 부끄러움은 잊은 채 서로를 바라보고 있었다.

"이제 돌아갈 시간입니다."

보미가 천천히 고개를 끄덕였다. 싸구려 모텔의 방을 눈에 담은 후 어제의 일이 꿈이 아닌 현실이라 받아들인 것인지 조소지었다.

"그렇군요."

짧은 말을 마친 보미가 고개를 들어 그를 올려다보았다. 하고 싶은 말이 많은 눈망울이었지만 어찌 된 일인지 조금 조심스러워 보였다. 늘 부담스러울 정도로 솔직한 여자였는데.

침대에 나란히 마주 보고 앉아 있던 두 사람 사이로 무거운 침묵이 내려앉았다. 하지만 그것도 보미가 조심스레 입술을 달싹였다.

"계속 만날 수 있을까요?"

그녀의 물음에 성은은 아무런 답도 하지 못했다. 그리고 이런 그의 반응을 예상이라도 했다는 듯 그녀가 조금은 서글프게 웃으며 말을 마쳤다.

"그랬으면 좋겠어요."

불장난은 한 번으로 족하다고 생각했다. 속을 알 수 없는 사람을 곁에 두는 것보다 위험한 일은 없다는 생각도 했다. 하지만 성은은 직감적으로 떠올렸다.

또다시 이 알 수 없는 여자와 함께 있을 자신의 모습을.

높은 언덕길을 올라가는 성은의 귀에 이어폰이 꽂혀 있었다. 평소 그의 MP3 목록은 온통 최신 유행 가요가 차지하고 있었다. 하지만 최근 취향이 클래식으로 바뀐 것인지 목록은 피아노곡으로 가득했다.

지난 시간 그녀가 연주해 주었던 음악을 추려 놓았다. 드뷔시부터 시작하여 대한민국 사람들이 사랑하는 차이콥스키, 베토벤, 바하까지. 다양한 피아노곡들 중에 드뷔시의 달빛을 플레이한 그는 가벼운 걸음을 옮겼다.

시간은 무섭도록 흘렀다. 3개월, 결코 짧지 않은 시간이었다. 그동안 참으로 많은 것들이 바뀌어 있었다.

계절은 겨울에서 어느새 따스한 봄으로 바뀌었고, 성은은 2년 차 PD에서 3년 차가 되어 후배도 생겼다.

하지만 어찌 된 일인지 그는 오늘도 제자리걸음을 하는 기분이었다.

두영의 집 앞에 멈춰 서 위를 올려다보았다. 겨울에도 늘 열어 놓던 문은 오늘도 어김없이 활짝 열려 있었다. 마치 그에게 '이리로 들어오세요'라고 말하는 듯이.

역광으로 얼굴은 잘 보이지 않았으나 그녀가 보미라는 것은 잘 알 수 있었다. 지난 3개월간, 그녀는 저렇게 그를 기다렸다. 그리고 눈이 마주치면 아무 말 없이 방 안으로 사라져 연주를 시작했다.

드뷔시 '달빛'.

영국에서 그녀는 간절한 마음을 담아 어머니께 이 곡을 연주해 드리곤 했었다.

제발, 제발 내 이야기에 귀를 기울여 주세요.

아름다운 달빛의 선율에 제 마음을 담았다.

그런 그녀가 지금은 무엇 때문인지 늦은 밤, 그에게 이 곡을 들려주고 있었다. 무슨 말을 하고자 며칠째 드뷔시의 달빛만 연주하는 것인지 성은조차 알 수 없었다. 하지만 그는 멀뚱히 서서 그녀의 방 창을 바라보다 연주가 끝나기 전 몸을 돌렸다.

"계속 만날 수 있을까요?"

그녀의 목소리가 달빛과 어우러져 더욱 슬프게 그의 뇌리를 스쳤다.

하지만 그의 무심한 걸음은 멈출 줄을 몰랐다.

♦   ♦   ♦

일탈은 일탈로 끝나야 한다는 것을 그는 알고 있었다. 그 만 남을 계속 이어 가는 것은 '일탈'이 아니니까.

"조성은, 너 기사 봤어?"

출근을 하자마자 이 PD가 죽을상을 한 성은에게 물음을 던졌다. 그는 지난밤에도 왜 그녀를 찾아간 것인지 답을 찾지 못해 잠을 이루지 못했다.

성은이 고개를 기울이자, 그녀가 신문을 그의 앞에 툭 던져 주었다.

"우리 개고생도 이젠 끝나나 보다."

오늘 아침 시사 1면을 차지한 기사를 읽던 그의 눈매가 날카로워졌다.

대검찰청 중앙수사부는 12일 오후 1시 태용그룹 김인후 전 회장의 정관계 로비 의혹과 관련해 21명, 세무조사 무마 로비 의혹과 관련해 3명을 기소하고 5명을 불기소 처분하는 수사 결과를 발표했다. '죽은 권력에 대한 표적 수사' 논란을 불러 왔던 검찰의 '김인후 게이트' 수사가 29명을 사법 처리하는 선에서 3개월 만에 종결됐다.

김 전 회장으로부터 돈을 받은 김두영 의원은 정치자금법 위반 혐의로 구속 기소됐다.

김두영 의원은 일부 정치자금법 위반 혐의를 받고 검찰에 구속 기소되었다. 하지만 대한민국이란 본디 돈만 있으면 무엇이든 되는 나라가 아니던가.

"후속 취재는요?"

그의 물음에 이 PD가 고개를 내저었다.

"김 검 이야기 들어 보니까, 김두영 의원 잡아넣는 건 무리라고 하더라."

"더 파고들다 잘못하면 독박 쓰겠네요."

"그래, 아직은 때가 아니야."

두 사람은 잠시 대화를 주고받았다.

평소 불같은 그녀의 성질로 봤을 때 집요하게 파고들 줄 알았더니 이번만은 한발 물러서는 모양새였다.

이 PD가 자리로 돌아가자 성은이 한숨을 내뱉으며 자신의 자리 뒤에 놓여 있는 종이 가방을 바라보았다.

봄과는 어울리지 않는 물건이 가방 안에 들어 있었다. 끝에 퍼가 달린 검은 목도리.

"계속 만날 수 있을까요?"

처연하게 웃으며 자신에게 답을 구하던 그녀의 모습이 떠올랐다. 드뷔시의 처연한 음을 연주하고 있을 그녀의 모습도.

문득문득 그녀가 생각날 때가 있었다. 하지만 그때마다 그는 고개를 내저어 이를 떨쳐 냈다.

진지함은 강요되지 않은 관계. 그 관계가 주는 허무함을 그는 어렴풋이 알고 있었다.

고민하는 얼굴로 한참 종이 가방을 보던 그가 자리에서 벌떡 일어났다.

"야, 어디 가?"

"외근 다녀올게요!"

하지만 그 허무함을 알고 있으면서도 매일 밤 그녀를 찾아가는 자신의 모습을 떠올려 보면 이미 답은 나와 있지 않은가.

조성은 이 미친놈.

스스로에게 욕을 하며 그는 그녀에게로 내달렸다.

왕자는 마녀가 탑 밑에 서서 아가씨에게 외치는 소리를 듣게 되었다.

저렇게 하면 아름다운 목소리를 가진 아가씨와 만날 수 있다는 것을 알게 된 왕자는 다음 날 탑 밑으로 가서 똑같이 외쳤다. 그러자 머리카락이 내려왔다.

왕자가 머리카락을 타고 올라가자 라푼젤은 깜짝 놀랐다.

"당신은 누구세요?"

"난 이 나라의 왕자입니다. 당신의 노래에 반했어요."

매일 이 밑에서 당신의 노래를 들었답니다.

왕자는 솔직하게 지금까지 있었던 일을 말해 줬다.

그리고 라푼젤은……

세상 밖에서 온 손님에게 홀딱 반하고 말았다.

chapter 2

목소리를 잃은 라푼젤

거대한 저택은 사람이 살지 않는 것처럼 무거운 침묵이 흘렀다. 일하는 아주머니의 발소리만 간간이 들리는 공간을 눈으로 훑던 그녀가 시선을 돌려 서재를 보았다.

두영이 서재로 들어간 지 네 시간이 흘렀다. 그사이 그를 모시는 보좌관들이 분주하게 그곳을 들락거렸다.

심상치 않은 분위기.

왜 그들이 비상사태에 빠졌는지 그녀도 두 눈으로, 두 귀로 보고 들어 알고 있었다.

걸음을 옮겨 2층으로 향한 그녀가 자신의 방문을 열고 안으로 들어갔다. 그리고 데스크톱을 켰다.

―김두영 의원 정치자금법 위반, 구속수사 진행될 듯.

—'김인후 게이트' 본격 수사!

인터넷 포털 사이트는 온통 '김인후'와 '김두영'으로 도배되어 있었다. 이번 게이트 관련 인사 중 두영이 가장 거물급 정치인이었기에 제일 많이 거론되는 것이리라.

"이러면 안 되는데……."

그녀의 표정이 어두워졌다.

전 세계를 무대로 연주회를 여는 그녀였지만 이번 해엔 모든 일정을 접고 한국으로 오게 되었다. 그건 단 하나의 이유 때문이었다.

어머니, 사랑하는 나의 어머니.

그녀를 위해 모든 인생을 바친 그 가여운 여인 때문이었다.

한참 마우스를 움직여 기사를 클릭하던 그녀는 책상 한켠에 놓아둔 휴대전화가 울리자 손을 뻗었다. 액정에는 너무나 사랑하는 이의 번호가 떠 있었다.

〈어머니〉

그녀를 한국까지 오게 만든 장본인이었다.

전화를 받은 그녀는 신경질적인 음성에 긴장하며 침을 꿀꺽 삼켰다.

—왜 이렇게 전화를 늦게 받니?

"죄송해요."

보미는 자신도 모르게 사과의 말부터 꺼내 놓았다.

―됐어! 그 사람이랑은 이야기해 봤니?

어머니가 말하는 '그 사람'이란 아버지 '김두영'을 의미했다. 부부의 연으로 묶여 보미까지 낳은 두 사람이었지만 결혼 생활은 평탄하지 못했다.

사랑으로 엮인 사이가 아니었기 때문에 결혼 생활은 싸움의 연속이었다. 성향도, 생각도 맞지 않았다. 매일 전쟁 같은 시간을 보내다 어머니는 결국 참지 못하고 보미의 손을 끌고 집을 나갔다.

두영과 보미가 얽히지 않길 바랐던 그녀였지만 이번만은 달랐다.

"아버지가 조금만 생각을 해 보겠다고⋯⋯."

―네가 한국으로 간 지 얼마나 지났는데 아직도 생각 중이래!

벼락같은 음성에 보미의 눈망울이 흔들렸다.

"최근에 아버지께 일이 생겨서요⋯⋯."

―기사는 나도 봤다. 평소에 마음 좀 곱게 썼으면 그런 일도 없지.

쯧쯧, 몇 번이고 혀를 차던 그녀가 히스테릭하게 말을 이었다.

―내게도 사정이 있어. 요즘 하루에도 몇 번씩이나 빚 독촉 전화가 와! 이러다 네 어미 노이로제로 죽을 것 같다고!

"다시 한 번 말씀드려 볼게요⋯⋯."

—이번 주까진 해결할 수 있도록 해! 네가 매달려서라도. 알겠니?

"네, 어머니."

순응하는 보미의 눈동자가 깜빡임을 잊고 멍하니 한곳을 주시했다. 그녀의 시선 끝에 닿아 있는 것은 허공이었다.

반항, 그런 건 생각해 본 적도 없었다. 그저 하라면 하라는 대로 그렇게 살아왔을 뿐이다. 그리고 그건, 이번에도 역시나 마찬가지였다.

—그래. 빨리 정리하고 영국으로 오거라. 너도 다시 연주 시작해야지. 사람들이 네 연주를 얼마나 기다리고 있는지 아니? 한국에서 노닥거릴 시간이 없단 말이야.

"……."

그 뒤로도 그녀는 어디서 협연 요청이 들어왔다느니, 매니지먼트에서 음반까지 준비하자고 난리라느니 호들갑을 떨었다. 이에 대한 그녀의 답은 '네', 그것뿐이었다.

엄마, 나 잠시 쉬고 싶어요. 피아노 앞에만 앉아 있는 삶을 살고 싶진 않아. 이제 그만하고 싶어요.

그 말을 하고 싶었는데. 자신의 의견을 전달하는 일조차 할 수가 없었다.

한참 홀로 미래에 대한 계획을 세우던 여인은 곧 힘이 빠졌다는 듯 한숨 섞인 목소리로 말했다.

—이야기는 다음에 하자. 피곤하구나.

그리고 전화는 답을 하기도 전에 끊겼다.

허망한 눈길로 휴대전화를 보던 보미가 부들부들 떨리는 몸을 일으켰다. 순간 다리에 힘이 빠져 주저앉을 뻔했지만 무릎을 손으로 짚어 앞으로 꼬꾸라지는 불상사는 막을 수 있었다.

기운이 쭈욱 빠진 얼굴로 그녀가 걸음을 옮겼다. 비틀비틀, 술에 취한 사람처럼.

계단을 내려와 부엌과 서재, 안방과 거실로 향하는 길목 그 앞에 선 그녀가 아래로 뚝 떨어뜨린 고개를 들었다. 집 안은 여전히 적막이 내려앉아 있었다. 서재 안에서 간간이 음성이 들려오긴 하였으나, 무엇을 말하는지 알 수 없을 정도로 작았다.

그녀가 주먹을 움켜쥐었다.

"그래, 지금은 바쁘시니까……."

다음에, 다음에 이야기하자.

고개를 돌린 보미가 시선이 닿은 곳으로 걸음을 옮겼다.

창밖은 낮이었으나, 보미는 침대에 누워 있었다.

잠은 오지 않았다. 하지만 누군가를 만날 약속도, 취미도 없었기에 그녀가 할 수 있는 것은 침대에 누워 멍하니 천장을 올려다보는 일뿐이었다.

그녀는 시선을 돌려 협탁 위에 고요히 놓여 있는 휴대전화를 보았다.

할 일은 없었지만 기다리는 연락은 있었다.

"계속 만날 수 있을까요?"

그녀에게 잠시의 일탈을 선물해 준 사람, 조성은. 그녀가 처녀성을 내던진 남자는 그 물음에 아무런 답도 해 주지 않았다.

자신에게 아무것도 기대하지 말라는 듯 떠나는 순간까지도 가벼운 인사 한마디 해 주지 않던 그였으나 왠지 연락이 올 것 같았다. 아니, 그래 줄 것이다. 그녀는 그렇게 믿고 있었다.

왜 그런 느낌이 들었는지는 몰랐으나, 처음 그 남자의 존재를 깨달았던 그 순간부터 그는 자신이 원하는 말을 해 주고, 원하는 일을 해 줄 것만 같았다.

왜 그랬지?

그녀는 곧 처음 눈이 마주쳤을 때 자신이 누구인지 알아채지 못하고 곧바로 고개를 돌렸던 성은을 떠올리며 키득키득 웃었다.

"참 이상한 사람이야."

그의 기준에선 자신이 이상한 사람이겠지만 말이다.

성은을 만난 것은 김두영 의원의 정치자금 사건이 막 터졌던 때였다. 수많은 기자가 집 앞에 진을 쳤고, 그는 그중에 섞여 있었다. 그날 한국에 들어왔던 보미는 아무것도 모른 채 택시를 타고 집 앞에 도착했다.

순식간에 기자들에게 둘러싸인 건 두말하면 잔소리였다. 수백 명의 기자가 잡아먹을 것처럼 자신을 둘러쌌을 때, 성은만

이 멀찍이서 관심 없다는 듯 거의 다 타들어 간 담배를 바닥에 비벼 껐다.

뿌연 연기에 둘러싸인 그에게서 시선을 떼지 못했었다. 알 수 없는 기분에 한참이고 멍하니 그 모습을 바라보았다. 수행원들이 나와 자신을 질질 끌듯 집 안으로 데리고 가기 전까지.

성은을 떠올리자 의식이 몽롱하게 멀어져 가는 기분이었다. 그녀는 무거운 눈꺼풀을 깜빡이다 곧 깊은 잠에 잠겼다.

평소 꿈은 잘 꾸지 않았다. 꾸더라도 늘 확연하지 않은 세계 속에서 한참 걸음만 옮기는 꿈이었다. 늘 그랬던 것처럼 오늘도 다리가 아플 때까지 걸음을 옮길 줄 알았던 그녀는 시야에 확연히 들어차는 어머니의 모습에 어깨를 움찔 떨었다.

"보미야, 착한 딸이 되어야 한다. 너마저 내 속을 썩이면 난 살아갈 힘을 잃어."

젊은 시절의 어머니는 자신의 어깨를 붙잡고 그렇게 부탁했다.

그것은 열세 살 때, 연주회 직전에 들었던 말이었다. 보미는 자신의 어깨를 붙잡은 손이 아파도 뭐라 말하지 못한 채 힘차게 고개만 끄덕였었다. '네'라든가, '열심히 할게요'라는 말조차 하지 못한 채.

하지만 꿈속에서의 그녀는 달랐다.

"엄마, 얼마나 더요?"

그 물음에도 어머니는 예전 그녀에게 했던 말만을 읊조렸다.

"자랑스러운 내 딸, 사랑스러운 내 딸, 넌 내 인생의 전부란다.
아가."

아가, 넌 나를 위해 살아 줘야 해. 알겠니?

번뜩 눈을 뜬 그녀가 비쩍 마른 손을 들어 눈가를 더듬었다.
손에 투명한 눈물이 묻어났다.

상체를 일으킨 그녀가 손을 들어 얼굴을 가렸다. 파르르 떨
리던 어깨가 아래로 무너졌다. 몸을 세우고 있을 힘도 없다는
듯 허리를 접은 그녀가 끅끅 울음을 터뜨렸다.

난 부속품이야. 엄마의 부속품. 아빠의 부속품.

나란 사람은 세상에 없어.

과거가, 현재가, 미래가 그러했다. 세상에 김보미는 없었다.
김두영의 딸, 장한나의 딸, 피아니스트 김보미만 있을 뿐이었
다.

이런 인생을 원한 것은 아닌데.

자리에서 일어난 그녀가 무언가에 취한 것처럼 걸음을 옮겼
다. 곧장 피아노가 놓여 있는 방으로 향한 그녀는 그랜드 피아
노 위에 손을 올려놓았다.

눈을 감자 눈물이 주르륵 쏟아졌다.

"조금, 즐거웠는데."

피아노를 치는 일이 조금은 즐거워졌었다. 한 남자로 인해.

가슴에 생긴 커다란 구멍에 스산한 바람이 불어닥쳤다.

두 눈이 붉어질 때까지 울음을 터뜨린 그녀는 몸에 진이 빠지고 나서야 쓰러지듯 의자에 앉았다. 피아노를 바라보는 그녀의 눈동자에 원망이 가득했다.

내 세상은 여전히 저것이 전부였다.

   💧   💧   💧

세상은 또다시 어둠을 물리고 새로운 시작을 알렸다. 새벽이 되어 겨우 잠이 들었던 보미는 해가 정상에 떠오르고 나서야 몸을 일으켜 방 한쪽에 붙어 있는 욕실로 걸음을 옮겼다.

거울 안에 끔찍한 몰골의 여자가 비쳤다. 밤새 터뜨린 울음은 다음 날까지 여파를 남겨 눈가를 붉게 물들이고, 눈두덩을 톡 터질 듯 부풀게 했다.

사락, 사락.

옷자락과 살결이 스치는 소리가 들리길 몇 번. 옷을 벗어 던진 그녀가 샤워 부스 안에 섰다. 샤워기에서 차가운 물이 쏟아져 내리자 천천히 눈을 감았다.

얼음물에 몸을 담근 것처럼 체온이 빠르게 식어 갔다. 딱딱, 이가 부딪치며 입술이 보랏빛으로 변했으나 그녀는 자학을 하는 사람처럼 한참이고 그 아래에 서서 몸을 차갑게 얼렸다.

손을 들어 퉁퉁 부은 눈두덩이 어느 정도 가라앉았는지 확인하던 그녀가 곧 샤워 부스를 나왔다. 가운 하나만 걸친 채 밖으로 나온 그녀는 화장대 앞에 앉아 정성스레 화장을 하기 시작했다.

오늘은 색조 화장을 했다. 지난밤, 미친 사람처럼 울어 버린 흔적을 감춰야 했으니까.

피부보다 한 톤 어두운 비비크림을 얼굴에 펴 바른 그녀는 창백한 피부가 가려지자 만족스러운 듯 차례대로 색을 덧입혔다.

옷까지 갈아입고서 방을 벗어난 그녀는 계단을 내려오다 말고 문득 발길을 멈췄다. 재권이었다. 아버지의 후계자.

그는 기다리고 있었다는 듯 보미를 발견하자마자 걸음을 옮겨 다가왔다. 허리를 숙여 인사를 건넨 그는 불안한 눈빛을 하고 있는 보미에게 왜 자신이 이 시각에 저택을 찾은 것인지 설명을 시작했다.

"아가씨, 의원님께서 구속당하셨습니다."

"……아."

옅은 신음을 뱉은 그녀가 얼굴을 일그러뜨렸다.

아직 아버지에게 다시 한 번 부탁하지 못했다. 어머니의 빚을 갚아 달라고. 처음 한국에 들어왔을 때 언급했던 이야기이기에 아버지는 기억하지 못할지도 몰랐다.

이를 어쩌나.

두영에 대한 걱정보단 제 어미의 실망을 어찌 감당할까, 그것이 두려웠다. 히스테릭한 음성을 떠올리는 것만으로 벌써 겁을 잔뜩 집어먹은 그녀는 입술을 잘근잘근 씹었다.

보미의 모습을 무심한 눈길로 바라보던 남자가 속주머니에서 메모를 꺼내 내밀었다.

"의원님께서 전해 달라고 하셨습니다."

말없이 받아 든 그녀는 쪽지를 펼칠 생각도 하지 못한 채 멀뚱히 재권만 바라보았다. 그는 자신이 할 일은 끝났다는 듯 다시 한 번 허리를 숙여 인사한 뒤 몸을 돌렸다.

그 뒷모습을 보던 그녀는 재권이 현관을 나서고 나서야 쪽지를 펼쳐 보았다.

네 어미의 빚은 갚아 주마. 넌 내 뜻에 따라 할 일이 있으니 기다리고 있거라.

아버지의 필체가 맞았다.

한참이고 메모를 보던 그녀는 '내 뜻에 따라 할 일' 보단 앞에 적힌 '어미의 빚은 갚아 주마'라는 문장을 읽고 또 읽은 후, 활짝 웃었다. 너무나 바랐던 글귀였기에 자신이 꿈을 꾸는 건 아닌가, 생각했는데 현실이었다.

다행이었다. 어머니의 모진 전화를 더 이상 받지 않아도 되어서.

"고맙습니다."

창가에서 쏟아지는 햇살이 그녀의 얼굴 위에 닿은 후 가루가 되어 부서졌다.

총총총 걸음을 옮겨 다시 방으로 돌아온 보미가 책상에 앉아 쪽지를 보고 또 볼 때였다.

띠리리—

재미없는 벨소리가 들렸다. 자신의 번호를 아는 사람은 아버지와 어머니, 그리고 성은뿐이었다. 아버지는 수사 중일 테니 전화를 건 사람은 어머니와 성은 둘 중 하나일 것이다. 두 사람 중 누구더라도 기쁜 마음으로 받을 수 있기에, 보미의 걸음은 그 어느 때보다 가벼웠다.

휴대전화 액정을 확인한 그녀의 얼굴이 순식간에 밝아졌다. 성은, 그였다.

전화를 받았음에도 그는 아무런 말이 없었다.

무슨 말을 해야 할까?

'여보세요?'가 좋을까, 아니면 친숙하게 그의 이름을 부르는 것이 좋을까?

고민을 하는 사이, 침묵을 견디지 못한 그가 먼저 운을 뗐다.

—지금은 연주 안 해요?

"네?"

—매일 연주했잖아요. 아, 저녁에만 하나?

순간 이상함을 깨달은 그녀가 몸을 돌렸다. 피아노가 놓여 있는 방으로 향한 그녀는 빠르게 걸음을 옮겨 창문을 힘껏 얼어젖혔다. 그러자 늘 서 있던 그 자리, 그곳에 성은이 있었다.

"저녁에만 오지 않았어요?"

─그건 일 때문이고요. 오늘은 개인적인 용무.

보미가 고개를 기울였다. 그는 가끔 이런 수수께끼 같은 말을 던지곤 했다. 그가 자신을 만나러 온 것이 '개인적인 용무'라는 건가?

그녀가 아무런 말도 하지 못한 채 입을 꾹 다물자, 성은은 곧 망설임을 접어 내곤 밝은 어조로 물었다.

─소주 마셔 봤어요? 그거, 기분 더러울 때 마시면 좋은데.

소주? 기분이 더러울 때?

눈을 동그랗게 뜬 보미는 어떤 답이 좋을까 고민을 했다. 그러다 곧 지금 가장 궁금한 것을 물어보았다.

"그건 무슨 맛인데요?"

"정말 그러고 갈 겁니까?"

보미는 자신을 보자마자 눈을 동그랗게 뜨는 성은의 모습에 고개를 옆으로 기울였다. 뭔가 문제 있나? 고개를 내려 자신의 모습을 보던 그녀가 물었다.

"네, 왜요?"

"……분명히 소주를 마시자고 했던 것 같은데."

"네, 소주요. 아주 맛있다면서요."

그렇게 말한 보미가 입술을 크게 늘어뜨려 웃자 성은이 뒷머리를 긁적였다.

그녀는 봄에 어울리는 새하얀 원피스를 입고 있었다. 그에

맞춰진 옅은 화장은 싱그럽기까지 했다. 그냥 그녀 자체만 놓고 본다면 데이트를 하러 나온 처자의 모습, 그 이상도 이하도 아니었다.

문제는 오늘 마시기로 한 '소주'에 있었다. 소주 안주는 대부분 구워서 기름이 튀거나 붉은 국물이기 때문이다.

그가 어떻게 할까, 고민을 하다가 물었다.

"메뉴를 바꿀까요?"

"왜요?"

나 그 소주란 거 꼭 마셔 보고 싶은데.

뒤이어진 말에 성은이 미간을 찌푸리며 답했다.

"옷을 버릴 수도 있잖아요."

"괜찮아요. 버리면 세탁을 하면 되니까요."

큰 문제가 되냐는 듯 어깨를 으쓱이자, 멍하니 보던 성은이 와락 웃음을 터뜨렸다.

"좋아요. 고기 정말 맛있는 집 있는데, 그리로 갈까요?"

"네!"

밝게 웃은 보미가 그의 옆에 섰다. 그리고 어서 출발하자는 듯 동그란 눈으로 올려다보며 싱긋 웃었다.

지글지글, 불판 위에서 돼지고기가 맛있게 익어 갔다. 그 모습을 멀뚱히 바라보고 있던 보미는 솜씨 좋게 고기를 굽는 그가 신기하다는 듯 물었다.

"프로 같아요."

"프로죠."

"정말요? PD라면서요."

보미의 눈동자는 마치 '나한테 거짓말했어요?' 라고 묻는 것만 같았다.

농담도 진지하게 받아들이는 그녀의 모습에 기가 막힌 듯 입을 떡 벌리던 그는 이내 그게 아니라는 듯 고개를 내저으며 말을 덧붙였다.

"막내 때 제가 구운 고기 양이 얼만지 압니까? 인간들이 입맛만 더럽게 까다로워서, 조금만 태워도 여기저기서 젓가락이 날아왔단 말입니다."

아주 살벌했다는 듯 가자미눈을 뜨는 모습에 보미가 눈을 깜빡이더니 이내 와르륵 웃음을 터뜨렸다.

맑은 웃음소리를 듣던 그가 잘 익은 고기를 그녀의 앞에 한 점 놓아 주었다.

"자, 먹어 보세요."

"오오."

기대감에 찬 눈으로 바라보던 그녀가 조심스럽게 고기를 집어 입안으로 밀어 넣었다. 오물오물, 입술을 움직이던 그녀가 순간 깜짝 놀랐다는 듯 입을 허공에서 콕콕 가리키더니 이내 엄지손가락을 척 세웠다.

음식을 모두 먹고 나서야 그녀는 입을 열었다.

"생고기를 이런 불판에 직접 구워 먹는 건 처음이에요. 맛있어요!"

"그렇겠죠."

어깨를 으쓱이던 그가 자신을 빤히 바라보는 보미의 눈길을 느꼈는지 말을 덧붙였다.

"어릴 적부터 외국에서 살았잖습니까. 그럼 당연하지."

보미가 눈을 반짝이며 이번엔 소주병을 바라보았다.

간식을 향해 뜨거운 눈길을 보내는 강아지처럼 소주에서 눈을 떼지 못하는 그녀의 모습을 한참이고 응시하던 그가 푸학하고 웃음을 터뜨렸다.

"김보미 씨, 진짜 재미있는 사람이네요."

"뭐가요? 그것보다 얼른 마셔 볼래요."

얼마나 맛있기에 주위에서 잠시도 쉬지 않고 잔을 기울이는 것일까.

기대감에 찬 눈으로 잔을 들어 내미는 보미의 모습에 성은이 고개를 절레절레 젓더니 병을 따 잔을 채워 주었다. 그리고 자신의 것까지 채우고 나서야 허공에 잔을 들었다.

"음, 친구가 된 기념으로 짠할까요?"

그의 물음에 보미가 잔을 향해 있던 시선을 들어 성은을 보았다. 그녀는 얼굴을 와작 찌푸리더니 고저 없는 목소리로 말했다.

"친구끼리 섹스도 하나요?"

"켁!"

깜짝 놀란 성은이 거친 기침을 토했으나, 보미는 거기서 멈추지 않았다.

"조성은 씨는 그런가 보죠?"

도전적이고 또렷한 눈빛이 '난 당신과 친구가 되고 싶지 않아요'라고 말하는 것만 같았다.

빨갛게 변한 얼굴로 보미를 힐끗 바라본 성은은 자신의 실수를 깨달은 듯 입술을 잘근잘근 씹었다. 사실 혀를 깨물고 싶었지만.

"안 해요, 친구랑."

"그런데 왜 친구 된 기념이에요?"

"헛소리예요, 헛소리. 말실수. 미안합니다."

그가 연거푸 사과의 말을 늘어놓았다.

평소라면 이 정도로 딱 부러지게 이야기하진 않았겠지만 상처 받은 듯 일렁이는 그녀의 눈동자를 보자 조금 과하다시피 반응하게 되었다.

말속에 담긴 진심을 느껴서일까, 금세 얼굴을 활짝 편 그녀가 팔꿈치를 테이블 위에 올리며 물었다.

"그럼 무엇으로 짠할 건데요?"

"음."

이번엔 아주 신중하게 말을 고르던 그가 반쯤 채워진 보미의 술잔을 보며 물었다.

"보미 씨의 첫 소주 마시는 날?"

"가볍고 좋네요."

마음에 든 듯 보미가 고개를 끄덕였다. 그리고 팔을 내밀어 잔을 부딪치며 입으로 소리를 냈다.

"짠."

천진난만한 아이처럼 웃음을 터뜨린 그녀가 기대감에 찬 목소리로 물었다.

"이제 마셔도 돼요?"

답 대신 성은이 먼저 잔을 기울였다. 그 모습을 빤히 보던 보미도 이내 기대감에 소주를 머금었다.

쌉쓸하게 혀끝을 스치는 소주는 처음엔 달게 느껴졌다. 하지만 곧이어 알코올에 가까운 향이 입안은 물론이요, 코끝까지 스쳤다.

"엑! 켁켁!"

그녀가 채 반도 마시지 못한 잔을 테이블 위에 서둘러 내려놓았다.

전혀 예상 못 한 맛에 얼굴이 붉어질 때까지 기침을 한 뒤에야 입을 거칠게 닦았다. 립스틱을 발랐다는 생각 따윈 머릿속에서 깨끗이 지워진 후였다.

"이게 뭐가 맛있다는 거예요?"

그녀가 따지듯 물었다. 높아진 음성은 황당한 일을 겪은 사람처럼 격앙되어 있었다.

하지만 성은은 예상했던 반응이라는 듯 방긋방긋 웃으며 주위를 둘러보았다.

"왜요, 주위에서 다 맛있다며 마시고 있잖아요."

"거짓말! 쓰단 말이에요."

이 사기꾼!

보미가 거칠게 소리쳤다. 그리고 혐오감이 가득 담긴 눈으로 한참이고 술잔을 노려봤다.

"그래서, 그만 마실 거예요? 난 계속 마실 건데."

그가 개구쟁이처럼 웃었다. 누가 보아도 도발하는 모습이었다.

김보미는 바보가 아니었다. 저 도발엔 넘어가선 안 되었다. 하지만 그녀의 선택은 바보에 가까웠다.

"……줘요."

"좋은 선택."

잔을 채운 그녀는 그것을 다시 테이블 위에 내려놓은 후 힘껏 노려보았다.

이게 뭐가 맛있다는 거야.

그런 생각이 고스란히 표정에 드러나는 것 같아 그가 입을 가리며 작게 웃음을 내뱉었다. 그리고 곧 그녀의 의문을 풀어 주었다.

"좋은 사람과 분위기를 음미하면서 마시면 아주 맛있는 술이 된답니다, 이 소주가."

"왜요?"

이해할 수 없다는 듯 그녀가 고개를 기울이자 그가 낮은 음성으로 말했다.

"적당히 마시면 기분이 좋아지고, 조금 더 취하면 본심을 말할 수도 있거든요."

입가에 달달한 웃음이 내걸렸다.

그 미소가 너무나 매혹적이어서 보미는 넋을 놓고 그를 보았다.

그녀는 화려한 세계에서 살아가는 사람이었다. 김두영 의원의 딸로도 그러했고, 피아니스트로도 그러했다.

화려한 옷, 값비싼 장신구, 수많은 사람들이 모인 파티, 그녀만을 비추는 조명. 인생의 대부분을 그것들이 차지하고 있다고 말해도 될 정도였다.

하지만 보미의 주위엔 그처럼 소탈하게 웃는 사람이 없었다. 진심을 다하는 이도, 달콤한 음성으로 조곤조곤 제 생각을 전하는 사람도 없었다.

주위에 있는 사람들은 모두 '이해관계'로 얽혀 있을 뿐이었고, 보미의 내면 따윈 궁금해하지 않았다. 그리고 보미 역시 이제껏 '사람의 내면'이 궁금하지 않았다.

방금 전까지만 해도.

"그래요? 그럼 우리 취해 볼까요?"

하지만 조성은이란 사람의 내면은 궁금했다. 그는 어떤 사람일까? 날 어떻게 생각하고 있는 걸까? 난생처음 그런 것들이 궁금해졌다.

그녀의 물음에 성은의 미간이 구겨졌다.

"내가 보기에 김보미 씨는 두세 잔 더 마시면 취할 것 같습니다만?"

"안 그래도 후끈후끈해요."

보미가 정확하다는 듯 손으로 뺨을 쓰다듬었다. 손바닥 밑에 닿는 살결이 평소보다 뜨거웠다. 그 모습을 보던 성은이 고개를 저었다.

"그럼 당신만 본심을 말할 거 아닙니까?"

"아⋯⋯."

이제야 깨달았다는 듯 보미가 작게 소리 내며 고개를 끄덕이자 그가 유쾌한 웃음을 내뱉었다. 그리고 웃음기가 담긴 목소리로 물었다.

"궁금한 게 뭡니까? 대답할 수 있는 거면 굳이 취하지 않더라도 해 줄게요."

"정말요?"

"정말."

"음⋯⋯."

확언에 보미가 눈알을 도록도록 굴렸다.

어떤 질문이 좋을까.

고민하던 그녀는 이번에도 역시나 솔직한 물음을 내놓았다.

"성은 씨는 우리 아버지를 미워하는 거 아니에요?"

"그게 갑자기 무슨 말입니까?"

예상 밖의 질문에 술잔을 기울이던 그가 되물었다. 보미는 그에게 연락을 받은 그 순간부터 궁금했던 마음을 솔직히 터놓았다.

"미워하는 것 같아서요. 그런데 나한테는 잘해 주니까."

그녀가 시무룩하게 말했다.

"이상하잖아요."

"연좌제는 1894년 갑오개혁 때 폐지되었는데요."

생각할 게 있냐는 듯 그가 무뚝뚝하게 내뱉었다.

"자식은 부모의 부속품이 아닙니다. 죄든, 미움이든 대신 감당해야 할 필요가 없습니다."

그녀의 부모가 누구든 상관없었다. 아마 살인자라 하더라도 그는 지금처럼 보미와 마주 보고 술잔을 기울였을 것이다. 상대와 술잔을 기울이고 싶은 마음이 든다면 이상할 것이 없는 일이었다.

"……."

보미가 입을 꾹 다물었다.

커다란 눈동자가 파동을 일으키며 잔잔히 흔들리자 혹여 또 실수한 것은 아닐까, 자신의 말을 되새겨 보던 그가 결국 문제점을 찾지 못하고 물었다.

"왜요, 김보미 씨는 김두영 의원의 딸이고만 싶습니까? 그런 것치곤 이룬 게 많잖아요."

흔들리는 시선으로 성은을 바라보던 그녀가 고개를 뚝 떨어뜨렸다.

참고 있던 숨이 순간 터져 나와 거친 소리를 냈다. 가슴께가 아파 손을 들어 그 자리를 꾹꾹 눌렀다.

아, 정곡. 찔려 버렸다.

입가에 호를 그린 그녀가 속으로 그런 생각을 하며 눈을 감았다.

"아니요."

짧은 대답에 성은은 잠자코 이어질 그녀의 이야기에 귀를 기울였다.

"이룬 거 없어요."

"네……?"

"김보미는 아무것도 이룬 게 없어요."

그래, 자신은 이룬 것이 아무것도 없었다.

김보미가 어떤 사람인지 자신조차 모른다. 자신은 삶의 주체가 아니었다. 자신의 삶에 대한 주체는 부모님이었다. 그것이 가끔 신물이 나도록 싫을 때가 있었다.

하지만 주위에 이런 말을 해 본 적은 없었다. 아니, 할 수가 없었다. 이야기를 들어 줄 사람이 없으니까. 그런데 그토록 하고 싶었던 말을 오늘에서야 성은에게 꺼냈다.

고개를 든 그녀가 성은을 바라보았다. 초연해진 표정 때문일까, 그가 눈을 제법 크게 떴다.

와, 놀랐나 보다.

보미가 애써 입꼬리를 끌어 올리며 웃었다.

"하나 더 물어보고 싶어요."

그가 고개를 끄덕이자 보미가 손을 뻗어 술잔을 들었다. 그리고 눈을 질끈 감아 술을 들이켠 후 억눌린 소리를 냈다.

쓰디쓴 맛에 눈물이 찔끔 고였다. 순간 시야가 두 개가 되었다가 다시 하나로 합쳐졌다.

그를 붙잡고 싶은 마음은 전에도 있었다. 이 사람이 마음에 들었다. 좋았다. 그런 감정은 처음 느껴 본 것이었다.

붙잡고 싶다, 이 사람의 끈을. 힘껏 붙잡고 놓고 싶지 않아졌다.

"다음에 또 만날 수 있어요?"

몸이 따뜻해졌다. 그게 자신이 내뱉은 말 때문인지, 아니면 급하게 들이켠 술 때문인지는 알 수 없는 노릇이었다.

가슴이 터질 것처럼 부풀어 올랐다. 연주회에서도 이 정도로 떨어 본 적이 없었는데, 지금은 사지가 바들바들 떨렸다. 그의 입술에서 어떠한 말이 나올까 싶어.

거절을 하는 것은 아닐까?

그럼 정말 가슴이 아플 것 같았다.

그녀를 놀란 눈으로 바라보던 성은은 한참이고 말이 없었다. 그리고 곧 얼마의 시간이 흐른 후 되돌린 말.

"다음엔 하고 싶은 걸 말해 줘요. 그걸 해요, 우리."

그녀의 얼굴에 기쁨이 어렸다.

그 뒤로 그녀는 더 이상 술을 마시지 않았다. 교육의 힘이란 마지막 순간까지도 그녀의 이성을 붙잡게 만들었다.

그와 어깨를 맞닿은 채 높은 언덕을 오르던 그녀는 저 멀리 집이 보이자 걸음을 멈췄다.

이제 이별의 시간이다. 다시 만나자고는 했으나 구체적인 약속은 잡지 않았다. 또 긴긴 기다림이 시작되겠지.

헤어짐이 싫어 그녀는 마음을 담아 그를 올려다보았다.

조금 더 앞에 선 남자. 자신과는 달리 굵은 선에 커다란 손을 가진 남자.

보미는 자신의 뺨에 와 닿는 손길을 느꼈다. 그리고 점차 다가오는 그의 얼굴을 피하지 않은 채 받아들였다.

두 사람의 입술이 따스하게 마주했다. 가볍게 맞춰진 입술이 마치 허락을 구하는 것처럼 느껴졌다.

몸을 뻣뻣하게 굳히고 있던 보미가 힘을 뺐다. 그리고 한 걸음 그에게 다가가 가슴을 마주했다.

두근두근.

마주한 심장은 하나의 하모니를 만들며 뛰었다.

그의 몸과 맞닿은 부분이 아팠다.

조심스러웠던 입술이 곧이어 거칠어졌다. 혀로 길을 낸 그가 그녀의 양 뺨을 붙잡은 후 고개를 비스듬히 기울였다.

조금의 빈틈도 없이 꼭 맞춰진 입술 사이로 열락이 오고갔다. 뜨거운 숨결을 주고받자 녹아내린 것처럼 다리에 힘이 들어가지 않았다.

주저앉을 것처럼 보미가 힘없이 내려앉자 그가 서둘러 허리를 끌어안았다. 그녀를 바라보는 눈동자에 열기가 담겨 있었다.

"이거 작업 거는 거예요?"

그녀가 묻자 성은의 입술에 개구진 웃음이 머물렀다.

"비슷합니다."

다리에 힘을 준 그녀가 발뒤꿈치를 들어 쪽 하고 입을 맞췄다. 깊었던 키스와 달리 가벼운 장난 같은 입맞춤이었다. 하지만 꽤 큰 데미지를 준 것인지, 그는 동그랗게 변한 눈으로 그녀를 내려다보았다.

"나도 작업 비슷한 거예요."

그녀의 눈동자가 가로등 불빛을 받아 빛났다.

반짝반짝.

새로운 지식, 새로운 세계를 접하는 일만큼 가슴이 뛰는 일
은 없다. 그건 누구에게나 적용되는 것으로서, 자신이 살아오던
세계가 우물 안이었다는 것만 인정하면 많은 것을 즐겁게 받아
들일 수 있게 된다.

　보미가 그랬다. 그녀는 자신의 세계가 좁음을 인정했고, 밖
의 세상을 동경했다. 누구보다 즐겁게 변화를 받아들이자 성격
또한 밝아졌다.

　붉은색으로 옷을 갈아입은 북한산은 예뻤다. 서울 도심의 산
이라는 생각이 들지 않을 정도로 커다란 나무들이 새색시처럼
곱게 옷을 갈아입은 채 눈을 어지럽히자, 보미가 자리에 멈춰
단풍나무로 손을 뻗었다.

　처음 하는 등산에 지칠 법도 하건만 그녀는 여기저기를 둘러

보며 웃고 있었다. 산에 오른 지도 40분. 손가락 끝에 닿는 퍼석퍼석한 촉감에 그녀가 신기한 듯 눈을 동그랗게 떴다.

"안 힘들어요?"

조금 앞서 걷던 성은이 보미를 보며 물었다. 오늘 그녀는 평소 입던 치마가 아닌 조금 두꺼운 재질의 바지를 입고 있었다.

위태로운 구두 대신 밑창이 폭신폭신한 운동화까지 챙겨 신은 그녀를 보던 그가 물통을 건넸다.

손을 뻗어 통을 받아 들려던 보미의 몸이 중심을 잃고 기우뚱거렸다. 재빨리 움직인 그는 그녀가 넘어지기 전 아슬아슬하게 허리를 붙잡으며 땅을 짚었다.

"아아……."

깜짝 놀라 눈을 동그랗게 뜬 그녀는 제 허리를 감싼 단단한 팔과 바닥을 짚고 있는 커다란 손을 번갈아 보았다. 갑자기 벌어진 상황에 당연히 입을 통해 나와야 할 말이 흘러나오지 않았다.

몸을 바로 세운 성은은 그녀를 잘 살펴보았다. 다행히도 다친 곳은 없어 보였다.

하지만 그녀의 눈은 그의 손을 향해 있었다. 방금 전 그녀가 넘어지는 것을 막기 위해 땅을 짚었던 오른손이었다.

"왜……?"

멍하니 읊조리는 모습에 성은이 그제야 제 손을 내려다보았다. 돌부리에 찍힌 것인지 피가 흐르고 있었다. 심각한 상처는 아니었지만 서둘러 그의 손을 쥐는 그녀의 표정은 심각해 보였다.

"미천한 내 손이랑은 다르니까요."

"비꼬는 거예요?"

"아니요, 진심입니다만."

그렇게 말한 성은이 입술을 늘어뜨려 웃자, 보미는 눈을 뾰족하게 떠 그를 올려다보았다. 의도와는 다르게 그녀가 조금 삐뚤어지게 말을 받아들였나 보다.

정말 아니라는 듯 그가 다시 한 번 웃어 보이자 보미가 시무룩해진 얼굴로 말했다.

"우선 치료부터 해야겠어요."

"이 정도는 괜찮……."

"아니요. 꼭 치료해야 해요. 흉터가 남으면 안 되니까."

그렇게 말한 보미가 저만치 굴러간 물통을 향해 걸음을 옮겼다. 그 모습을 멍하니 보던 그가 뒤늦은 답을 내놓았다.

"그렇게 호들갑 떨 것까진 없는데……."

이미 손바닥엔 여기저기 흉이 가득했다. 부모님이 주신 몸이라고 소중하게 대하는 타입은 아니었다. 작은 상처는 그냥 내버려 두었더니 몸 여기저기 흉터들이 가득했다.

물통을 주워 온 보미는 뚜껑을 따 깨끗한 물로 손바닥에 난 상처를 깨끗이 닦아 냈다. 메고 있던 가방에서 깨끗한 손수건을 꺼내 정성스레 묶어 주는 그녀의 모습을 내려다보던 성은이 웃었다.

"들어야 할 말을 못 들은 기분인데."

그의 말에 상처를 손수건으로 단단히 매어 준 그녀가 고개를 들었다.

"……고마워요."

"정답."

그가 다치지 않은 왼손을 뻗어 어색하게 머리를 쓰다듬어 주었다. 평소 쓰지 않는 손이어서 그런지 움직임이 더디고 어딘가 요상했다. 그래서일까, 보미는 괜스레 그의 얼굴을 한참이나 바라보았다.

마치 한 폭의 그림처럼 그들의 주위로 아름다운 풍광이 가득 들어 차 있었다. 그것이 만들어 내는 묘한 분위기가 두 사람 사이를 감싸고 흘렀다.

북한산 아래에 위치한 손두부집은 맛집이라고 소문이 자자해서 그런지 발을 디디기 힘들 정도로 많은 사람들이 가득 들어 차 있었다. 도떼기시장처럼 시끄러운 분위기를 어색한 눈으로 훑던 그녀가 제 앞에 놓인 막걸리와 두부김치를 보며 고개를 기울였다.

두부김치는 위험하다고 느낄 정도로 짙붉은 색이었다. 고소한 참기름 냄새가 허기를 깨우긴 했지만, 처음 보는 음식에 대한 두려움 때문인지 보미는 접시엔 손도 대지 못한 채 멀뚱멀뚱 바라만 보았다.

"이상한 나라의 앨리스 같네요."

그의 말에 보미가 고개를 들었다. 그리고 턱을 괴고서 젓가락으로 막걸리를 휘휘 젓고 있는 그를 힐끔거렸다.

"네?"

"그렇잖아요. 내가 데리고 오는 곳마다 어색한 표정을 짓고."

그가 중얼거리자 보미가 동그랗게 떴던 눈을 부드럽게 휘며 웃었다.

"지금도 그래요?"

"네. 두부김치가 그런 표정을 지어야 할 만큼 특별한 음식이었는지 고민할 정도로요."

"아……."

고개를 끄덕인 보미가 다시 두부김치를 멀뚱히 보았다. 이번엔 어떻게 먹어야 할지 모르겠다는 표정에, 그가 젓가락을 움직였다.

적당한 크기로 두부를 자른 그는 그 위에 김치 한 조각과 작은 돼지고기를 올렸다. 그리고 그녀의 접시에 놓아 주며 웃었다.

"나 같으면 그렇게 고민하기 전에 한번 먹어 볼 것 같은데."

"음, 그게 정답이네요."

고개를 끄덕인 그녀가 조심스러운 기색으로 두부김치를 입 안에 밀어 넣었다. 기대감에 찬 얼굴로 보미를 바라보던 성은이 물었다.

"어때요?"

"오."

짧게 감탄사를 내뱉은 그녀가 이내 얼굴을 붉히며 입을 가리더니 마치 겁을 잔뜩 집어먹은 사람처럼 눈을 동그랗게 뜨고 앓는 소리를 냈다.

"매워요."

"그래서 막걸리도 같이 시킨 거예요."

막걸리잔을 들어 허공에서 흔들자, 보미도 재빨리 잔을 들었다. 챙, 낡은 양푼이 묵직한 소리를 내며 부딪쳤고, 성은은 곧 말없이 술을 들이켰다. 바닥까지 비우는 그의 모습을 바라보던 그녀도 따라서 막걸리를 들이켰다.

톡 쏘는 맛에 그녀가 입에 막걸리를 머금은 채 성은을 보자 그가 괜찮다는 듯 고개를 끄덕였다. 그 반응에 시원하게 막걸리를 들이켠 보미는 커다란 눈을 깜빡였다.

"맛있어요."

"이런, 술에 너무 맛들이면 곤란한데."

장난스러운 답에 보미가 키득키득 웃음을 내뱉었다. 조금은 고됐던 등산이 끝난 후 맛보는 두부김치와 막걸리는 꿀처럼 달았다. 이젠 조심스러운 기색을 완벽하게 지워 낸 채 두부김치를 집어 먹는 그녀의 모습을 보던 그가 물었다.

"오늘 등산은 어땠어요?"

"즐거웠어요. 생각했던 것보다 훨씬 더."

"다음은 뭐가 하고 싶어요?"

"한강 공원에서 자전거가 타고 싶어요."

"……"

오늘 등산도 그녀가 하고 싶다고 한 것이었다. 비단 등산뿐

만이 아니었다. 보통 스무 살 초반의 여자라면 기피할 곳들만 족족 골라서 함께하고 싶다고 말하는 보미는 특이함을 넘어서 어딘가 기괴하게 느껴졌다.

자동차 극장을 가고 싶다는 얘기를 들었을 땐, 무슨 플레이를 원하는 건가 진지하게 고민까지 했으니 말이다.

곰곰이 생각에 잠겼던 성은이 고개를 주억거리며 물었다.

"자전거는 탈 줄 알아요?"

"그럴 리가 있나요?"

"이런."

당당하게 말하는 보미는 뻔뻔하게 보이기보단 귀엽게 느껴졌다.

장난스럽게 장단을 맞춰 준 그가 이것 참 곤란하다는 듯 테이블을 손가락으로 톡톡 두드리자, 그녀는 산에서 내려오자마자 근처 약국에 가서 치료했던 그의 오른손을 말간 눈으로 보았다.

"하지만 오늘처럼 다치게 만들진 않을게요."

"어? 아, 괜찮……."

"자신 있어요."

말을 끝맺기도 전이었다.

눈을 빛내는 모습에 그가 속으로 웃음을 삼켰다.

양 주먹을 쥔 채 파이팅까지 외치는 모습이 푼수처럼 보여서.

보미의 새로운 면모에 대해 알아 가는 일들이 즐거워지기 시작했다.

♭ ♭ ♭

상처는 아문다. 제아무리 크고 심각한 것이라 하더라도 사람의 생명력은 그마저도 상쇄시킬 만큼의 힘이 있었다. 하지만 흉이 남는 것은 어쩔 수가 없다.

성은은 제 손바닥에 남은 상처를 봤다. 안절부절못하던 보미의 모습이 아직도 눈앞에 선했다.

피식, 바람 빠지는 소리와 비슷한 웃음을 내뱉은 그가 손가락을 동그랗게 말아 주먹을 쥐었다. 마치 무언가를 놓치고 싶지 않다는 듯이.

그 모습을 지나가던 이 PD가 발견하곤 인상을 찌푸렸다. 다 죽어 가는 자신과 달리 반짝반짝 빛나는 성은이 못마땅하다는 얼굴이었다.

"너 요즘 좋은 일 있냐?"

"글쎄요. 손에 든 건 뭐예요?"

의자를 돌려 이 PD를 본 성은이 물었다. 머리를 대충 둘둘 말아 볼펜으로 쿡 찔러 고정해 놓은 이 PD가 자신의 손을 내려다보았다.

3년 차씩이나 된 성은이 제 손에 들린 게 촬영 영상이란 걸 모를 리 없을 것이다. 다만 좀비 같은 모습으로 이 많은 테이프를 가지고 편집실로 향하는 자신이 의아하겠지.

방금 전까지만 해도 이 많은 것들을 언제 다 볼까, 고민하던 그녀의 머릿속에 기가 막힌 아이디어가 떠오른 듯 죽어 있던 눈동자가 생기 있게 빛났다. 그녀는 심드렁한 표정을 부러 지어 보이며 말했다.

"다음 주 촬영 인터뷰 영상."

그녀의 말에 성은이 고개를 끄덕였다. 별 관심을 기울이지 않는 모습에 이 PD가 오버스럽게 발을 쾅쾅 굴려 댔다.

"아, 죽겠다. 이거 언제 다 보냐고!"

그러면서 슬쩍, 그를 곁눈질했다.

"같이 볼래?"

"아니요."

"야!"

"오늘 데이트 있어요."

"……."

젠장.

아무것도 발려 있지 않은 도톰한 입술에서 그런 욕이 흘러나온 것 같기도 했다. 자신은 편집실에서 죽어 가는 승냥이처럼 시름시름 앓아야 하는데 후배라는 녀석은 데이트를 하신단다!

잔뜩 뿔이 난 얼굴로 성은을 노려보던 이 PD가 숨을 크게 들이마셨다가 내뱉었다.

후배 녀석이 괘씸하긴 하였으나 어찌 되었든 이 많은 테이프를 보게 된 것은 자신의 고집 때문이었다. 그리고 성은 또한 잊을세라 이를 언급했다.

"프리뷰* 알바 구하지 그래요?"

"내 눈으로 직접 봐야 안심이 된단 말이야."

이 PD도 이런 자신의 성격이 피곤하다는 듯 눈두덩을 손가락으로 꾹꾹 눌렀다.

제 일은 혼자서 꼼꼼히 살펴야 하는 완벽주의자이기도 했으나 다루는 소재들이 소재들인 만큼 외부로 알려져선 안 되었다.

이 PD가 앓는 소리를 내며 들고 있던 테이프들을 추스르자 성은이 가방을 챙겨 들며 심드렁하게 말했다.

"전 믿고요? 선배도 참 성격 이상해요."

"뭐?"

"다녀올게요."

"야!"

뒤에서 괴성이 들렸으나 성은은 이를 무시한 채 걸음을 옮겼다. 입가엔 어느새 부드러운 웃음이 머물러 있었다.

한강 공원은 오늘도 가볍게 산책을 즐기러 온 사람으로 북적거렸다. 대여소에서 빌려 온 자전거를 옆에 세운 채 보미를 보던 그가 피식 웃음을 내뱉었다.

"그 신발로 자전거를 타려는 건 아니죠?"

그의 시선이 조막만 한 발을 향해 있었다. 그제야 시선을 내

---

*프리뷰:방송국이나 혹은 외주프로덕션에서 촬영한 원본 테이프를 보면서 대본, 등장인물들의 대화, 상황, 영상의 시간을 모두 기록하는 업무.

려 자신의 신발을 본 보미가 얼굴을 일그러뜨렸다.

"이런."

짧게 신음을 내뱉은 그녀가 고개를 들어 말간 눈을 반달로 휘며 웃었다.

"나 진짜 바보 같지 않아요?"

굽이 얇은 아슬아슬한 하이힐을 신고서 자전거를 탈 생각을 하다니.

보미는 스스로 생각해도 참 어처구니없다며 낮은 웃음을 뱉어 냈다.

이렇게 웃음이 많은 사람이었던가. 성은은 요즘따라 자신의 앞에서 시도 때도 없이 웃음을 보여 주는 보미를 바라보다 매고 있던 가방에서 검은 비닐봉지 하나를 꺼냈다.

"멋없이 싸 왔죠?"

부스럭부스럭, 요란한 소리를 내며 봉지에서 작은 운동화를 꺼낸 그가 그것을 보미에게 내밀었다. 한쪽 무릎을 굽히고 앉은 채였다.

보미가 놀란 눈으로 내려다보았지만 성은은 신경 쓰지 않는 듯 그녀의 발을 끌어와 묶여 있는 끈을 풀었다.

"그래도 직접 고른 거니까 예쁘게 신어 줘야 해요."

성은이 작은 발에 신발을 신겨 주며 말했다. 손가락 끝이 닿자 간지러운지 보미가 발가락을 오므렸다. 그 모습마저도 귀여워 그가 웃음을 삼켰다.

이번에는 반대쪽 신발 끈을 풀려고 할 때였다. 보미가 미간을 찌푸렸다.

"부담스러워요."

"그럴까 봐 검은 봉지에 싸 왔어요. 그 성의를 봐서라도 별말 하지 말죠?"

조금은 항의 섞인 목소리에 그녀는 그 이상 아무런 말도 못하고 입을 꾹 다물었다. 그의 말엔 하등 틀린 것이 없었으니까. 가끔 성은은 너무나 섬세할 때가 있었다. 여자인 보미보다.

"이 구두를 신고 자전거를 탈 수도 없을 테니까."

"알고 있었군요? 말도 안 되는 신발을 신고 오리라는 걸."

허공에서 구두를 콕콕 가리키는 성은을 보며 보미가 허망하게 웃었다. 그의 눈빛은 마치 이 모든 상황을 예상하고 있었다는 것 같았다.

커다란 눈을 깜빡이며 답을 기다리는 모습에 성은이 끈까지 제대로 매어 준 후 가느다란 발목을 놓아 주었다.

"당신이랑 함께한 시간이 벌써 반년인데요? 모르면 내 눈썰미가 무뎌졌다는 거겠죠."

낮은 단화를 신고 있는 모습은 어색했다. 늘 여성스러운 옷과 신발만 착용하던 그녀라 그렇게 느껴지는 것인지도 모르겠다.

고개를 든 성은이 그녀를 올려다보며 말했다.

"편하죠?"

"······고마워요."

짧게 고개를 끄덕이며 감사의 인사를 건네자 그제야 성은의 입가에 만족스러운 미소가 떠올랐다. 몸을 일으켜 무릎을 탁탁 털어낸 성은이 자전거에 걸쳐 둔 가방을 둘러멨다.

몸치인 보미에게 본격적으로 자전거를 가르쳐 주기 위해 손목을 이리저리 돌리던 그가 곁에서 들려오는 말에 고개를 돌렸다.

"신발 선물해 주면 도망간다고 하지 않나요?"

"그러라고 사 준 거라면요?"

그의 말에 보미의 얼굴이 일그러졌다. 순간 아차 싶었던지 성은이 서둘러 정정했다.

"장난이에요."

그러나 보미의 얼굴은 도통 펴질 줄을 몰랐다. 그 말속에 담긴 작은 진심을 들여다보아서 그런 것일지도 모른다.

두 사람은 무엇으로도 정의 내릴 수 없는 애매한 관계였다.

일탈에서 시작된 관계의 종착점이 어디일지, 똑똑한 조성은은 알고 있었다. 그리고 아마 김보미 또한 알고 있으리라. 하지만 두 사람은 부러 이 문제에 대해선 함구하고 있었다. 그 끝이 아무리 보잘것없고 슬픈 것이라 하여도 미리 준비하는 멍청한 짓은 하지 않는 사람들이었으니까.

성은은 웃으며 손을 뻗었다.

"그런 미신은 안 믿어요."

그의 손이 작은 머리 위로 안착했다. 더 이상 좋지 않은 생각을 하는 것은 두 사람의 관계에 도움이 되지 않는다는 무언의 강요가 담긴 손길이었다.

성은은 말없이 보미의 머리카락을 쓰다듬으며 팔딱팔딱 뛰는 심장을 아래로 내리눌렀다.

넘어질 뻔한 것을 몇 번이나 붙잡아 주었는지 모른다. 커다란 바퀴 두 개에 의지해 조금도 앞으로 나가지 못하는 보미를 뒤에서 잡아 주고 앞으로 이끌며 그는 충실한 선생님이 되어 주었다.

결국 혼자 자전거를 탈 수 있는 수준까지 되자 뛸 듯이 기뻐하는 그녀를 보며 그도 함께 웃었다.

높은 웃음소리가 그치고, 두 사람은 한강 벤치에 앉아 캔 맥주를 함께 기울였다.

톡 쏘며 목을 시원하게 지나가는 알코올을 즐기는 그와 달리, 사방이 뚫린 곳에서 무언가를 먹어 보는 것이 처음인 보미는 조금 어색한 듯 눈알을 데굴데굴 굴렸다. 하지만 곧 그를 따라 맥주를 기울이며 선선한 바람을 즐겼다.

이젠 여름도 끝나 가고 있었다. 이 여름이 끝나면 다시 원래 있던 세계로 돌아가야 한다. 즐거웠던 휴가가 그렇게 끝이 나고 있었다.

가족 나들이를 온 사람들을 멍하니 보던 보미가 들고 있던 캔을 감싸 쥐었다. 막 다 마신 것인지 새로운 맥주 캔을 따는 소리가 옆에서 들려왔다.

치이익—

안에 있던 탄소들이 밖으로 뿜어져 나오는 소리에 보미가 멍한 눈을 깜빡였다.

엄마로 보이는 사람은 유모차를 끌고, 남자는 허리춤까지 오는 아이의 손을 잡으며 걸음을 옮기고 있었다.

"부러워요."

짤막한 말에 성은의 시선도 그들을 향했다.

자세히 보자 아빠의 손을 잡은 아이는 울고 있었다. 작은 손가락이 가리키고 있는 곳은 방금 전 두 사람이 캔 맥주를 산 편의점이었다. 성은이 옅은 웃음을 지으며 말했다.

"저 사람들은 보미 씨가 더 부러울걸요?"

그의 말에 보미의 시선이 그를 향했다.

"성은 씨도 내가 부러워요?"

"아니요."

"왜요?"

"가까이에서 보면 알게 되는 것들이 있잖아요. 저 사람들은 보지 못하고, 나만 볼 수 있는."

그의 말에 보미의 동공이 조금 커졌다.

성은은 항상 한 걸음 떨어져 보미를 보았다. 가까이에서 어깨를 나란히 하고 있었지만 간혹 저 멀리서 걷고 있는 사람들과 별반 차이가 없다고 느껴질 때가 있었다.

마음의 거리 때문이었다. 그는 항상 그녀와 선을 그어 놓은 듯 지냈다. 그것이 못내 서운할 때가 있었다.

가까이 다가와 주면 안 돼요?

그 말만큼 이기적인 것이 없다는 사실을 알고 있으면서도,

지금 이 순간 확인하고 싶어졌다. 생살을 섞고, 즐거운 시간을 보내고, 대화를 하는 그에게.

우린 어떤 사이예요?

우린…… 아주 가까운 사이 맞죠?

"우리 가까운 것 맞죠?"

보미는 순간 자신이 말을 하고도 놀라 고개를 퍼뜩 돌렸다. 두 사람의 시선이 다시 멀어졌다. 가까웠던 마음의 간극도 다시 그렇게 멀어지는 듯했다.

"네."

하지만 곧 옆에서 들려오는 대답에 보미가 그를 향해 시선을 움직였다. 그는 웃고 있었다. 방금 전 그녀에게 들은 말이 기쁘다는 듯이.

보미는 작게 입을 벌린 채 그를 보다 무릎 위에 있던 손을 들어 성은의 손을 붙잡았다. 그리고 그 체온에서 무언가를 느끼고 싶은 사람처럼 눈을 감았다.

"제 인생을 가장 깊은 곳까지 들여다본 사람이에요, 성은 씨는."

그녀의 이야기에 성은은 맥주를 한 모금 들이켰다. 그리고 기다렸다. 그녀의 다음 말을.

잔잔하게 흘러가는 시간 속에서 들려오는 진심은 그에게 어떠한 기대감을 불러일으켰고, 그 기대감은 그의 심장을 곤두박질치게 만들었다.

이런 마음을 알고 있는 것일까. 거침없이 고개를 돌린 그녀가 시선을 맞춰 오며 제 마음 속에 있는 것들을 꺼내 보였다.

"그래서 가끔 부끄럽기도 해요."

"어떤 점이요?"

"보여 주고 싶지 않은 부분까지 모두 보여 주는 것 같아서."

그녀의 말에 성은의 입술이 굳게 다물렸다.

"음."

답 대신 나온 것은 작은 신음뿐.

두 사람은 한동안 그렇게 시선을 맞추고 있었다.

어느새 어두워진 세상. 가족 단위의 사람들은 모두 집으로 돌아가고 손을 꼭 마주 잡은 연인들만이 한강을 걷고 있었다. 두 사람은 마치 자신들뿐인 것처럼 서로에게 집중했다.

한참 보미의 눈동자를 보던 그가 입술을 길게 늘어뜨렸다.

"그런 게 전 귀여운데요?"

"네?"

그런 말은 처음이라는 듯 그녀가 눈을 크게 떴다.

어느 누가 김보미에게 귀엽다는 이야기를 했겠는가. 김두영 의원의 외동딸이자 화려한 무대 위에서 살아가는 그녀는 '귀엽다'는 말보단 '멋있다'라는 말이 어울리는 사람이었다.

무엇 하나 부족함 없이 살아온 조용한 성품의 그녀가 맹한 구석을 보여 주는 이는 조성은뿐이었다.

커다랗게 눈을 뜬 보미를 바라보던 그가 팔을 뻗어 핑크빛으로 변한 뺨을 엄지손가락으로 문질렀다. 입술을 통해 흘러나오는 목소리는 그의 행위와 비슷한 달콤함이었다.

"보미 씨, 귀엽다고요."

"아⋯⋯."

터질 듯 붉어진 얼굴을 숨기기 위함일까. 성은을 올려다보던 보미가 고개를 뚝 떨어뜨렸다. 어느새 귓가까지 화르륵 타올라 정말 119라도 불러야 할 것 같았다.

어느 날, 왕자가 라푼젤에게 말했다.

"이곳을 빠져나가 같이 사는 방법이 없을까요?"

라푼젤은 그 말에 기뻐 어쩔 줄을 몰라 했다.
그리고 탈출할 방법을 모색하기 시작했다.

싸아—

차갑게 쏟아지는 물줄기 아래 서 있는 성은은 젖은 머리카락을 연신 쓸어 넘겼다. 짬이 날 때마다 틈틈이 운동을 해 둔 몸은 군살 없이 탄탄했다.

샤워기를 잠그자 근육이 만들어 낸 길을 따라 물방울이 송글송글 맺혔다. 숨을 훅 하고 몰아쉰 그가 샤워 부스에서 나왔다.

수건으로 몸을 닦던 성은은 고개를 돌려 거울에 비친 제 모습을 보았다. 자신도 모르게 웃고 있는 모습에 멈칫 행동을 멈췄다.

"얼빠져선."

한심한 듯 읊조린 그가 거울로 다가가 쇄골에 난 상처를 보았다. 시간의 흐름에 따라 옅어져 있었지만 흔적만으로도 상처가 얼마나 깊었는지 알 수 있었다. 그가 손가락으로 부위를 만지작거렸다. 분명 차가운 물로 체온이 내려갔는데, 그 부위는 여전히 뜨거웠다. 과거의 기억으로 인하여.

시선을 내린 그는 무릎 옆으로 나 있는 철길 같은 상처를 바라본 후 고개를 돌려 욕실을 나섰다.

옷장 앞에 선 그는 어느새 콧노래를 부르고 있었다. 따스한 봄이 찾아온 것처럼 그의 마음에도 비슷한 훈풍이 불고 있었다.

무엇을 입을까, 고민하던 그의 손길이 어느새 분주해지기 시작했다. 약속 시간이 성큼 다가왔음을 눈치챘기 때문이다. 셔츠를 걸친 그가 거울을 확인한 후 서둘러 집을 나섰다.

주차되어 있는 차에 오르려던 그는 오늘 아침 보미가 밝은 목소리로 했던 말을 떠올렸다.

—오늘은 대중교통에 도전해 볼래요.

무슨 그런 일에 도전까지 하냐며 타박을 주었지만 그는 유쾌한 웃음을 터뜨렸다. 그리고 지하철과 버스를 골고루 갈아타며 목적지까지 함께 가자고 답했었다.

지하철역으로 향하는 동안 그의 머릿속은 온통 보미로 가득했다.

이상한 나라에 온 앨리스. 혹은 왕자가 듣는 줄도 모르고 노래를 불렀던 라푼젤. 둘 중 무엇이 되었든 그녀는 동화의 주인

공처럼 독특한 사람이었다. 자신과는 사상도, 생각도 달랐다.

사람이 모두 천편일률적으로 똑같은 생각을 하며 살아갈 수는 없지만 마치 자석의 양극처럼 다른 생각만 하는 걸 문뜩 느낄 때면, 이렇게 맞지 않는데 왜 자신은 그녀를 계속 만나고 있는 걸까 하는 생각이 들었다.

평소의 그였다면 다른 사람과 함께 있다는 사실에 불편함을 느꼈을 것이다. 하지만 보미와 있을 땐 아니었다. 새로웠다. 놀라웠다. 그리고 계속 가슴이 뛰었다.

막 지하철 개찰구를 통과한 성은의 발걸음이 우뚝 멈췄다. 놀라운 듯 눈을 동그랗게 뜨던 그는 뒤에서 오던 사람이 제 어깨를 부딪치며 지나가자 다시 걸음을 옮겼다.

"뭐 어때."

그래.

이게 호기심이든, 관심이든, 혹은 그 이상의 감정이든. 뭐 어떤가.

보미의 손을 붙잡고 지하철역에 온 그는 교통카드 대신 표를 직접 구입했다. 개찰구를 먼저 통과한 그가 그녀에게 오라는 듯 손을 뻗었고, 보미는 반짝이는 눈으로 표를 넣어 개찰구를 통과한 뒤 손을 들었다.

그 모습을 어색한 얼굴로 바라보던 성은이 손바닥을 마주쳐 하이파이브를 하자 보미가 자리에서 폴짝폴짝 뛰었다. 그가 개찰구에 꽂혀 있는 표를 빼내 그녀에게 건넸다.

"이거 가지고 가야죠."

"아아! 그거 있어야 해요?"

"없으면 무임승차가 된답니다."

마치 유치원 교사가 아이를 가르치듯 차근차근 설명한 그는 고개를 힘껏 주억거리는 보미를 보며 목에 팔을 둘렀다. 그 무게 때문에 몸이 앞으로 확 쏠린 보미가 눈을 동그랗게 뜨자 성은이 입가에 웃음을 머금었다.

"여기서부턴 꼭 붙어 있어야 합니다."

"응? 지금도 꼭 붙어 있는데요?"

"어디로 튈지 모르는 사람이라 더 붙어 있고 싶은데 장소가 장소이니만큼 참겠습니다."

"……에?"

한 템포 늦게 그의 말을 이해한 보미가 눈을 깜빡거렸다. 그러다가 거리낌 없이 고개를 들어 그의 입술에 쪽 하고 입을 맞추었다.

그녀의 어깨에 걸쳐 있던 팔이 힘없이 아래를 향했다. 놀란 눈으로 바라보는 그의 시선에도, 그들의 입맞춤에 놀란 듯한 주위 사람들의 눈초리에도 그녀는 전혀 신경 쓰지 않고 입술을 길게 늘어뜨려 미소 지었다.

"왜요? 하면 되지."

"……."

"나 또 뭐 잘못한 거예요?"

눈을 동그랗게 뜨며 오히려 되묻는 모습에 그가 벌리고 있던 입술을 다물었다.

아, 이런 사람이었지.

순간 그런 생각이 머릿속을 스치고 지나갔다.

그녀가 평범한 삶을 살지 않았다는 것을 알고 있다. 보통 사람들과 다른 유년기를 보냈고, 성장기를 지냈다.

평범한 학생이 학교 공부에 목숨을 걸고 있을 때, 그녀는 어른들 사이에 섞여 음악을 배웠고, 세계를 누비며 연주회를 열었다.

그녀가 만약 음악적으로 천부적인 재능이 없었다 하더라도 한국에서 김두영 의원의 딸로 살아갔다면 그 역시 평범한 사람들은 모르는 세상이었을 것이다. 그래서 그녀의 행동은 평범한 그가 예측할 수 없었다.

"아닙니다."

고개를 돌린 그가 손으로 입을 가렸다. 뭔가 말이 터져 나올 것 같은데, 그 말은 지금 하면 안 될 것만 같은 기분이 들었다. 무슨 말을 하고 싶은 것인지도 모르면서.

그 모습을 유심히 살피던 그녀는 성은이 얼굴을 보여 주지 않으려 요리조리 피하자 허리를 숙이는 노력까지 했다. 그리고 붉게 물들어 있는 그의 귓가를 발견하는 순간 검지손가락으로 척 가리키며 '세상에 이런 일이'라는 표정을 지었다.

"어? 얼굴 빨개졌다!"

"……아닙니다. 잘못 봤겠죠."

"아닌데요? 진짜 빨개졌는데요?"

"잘못 본 게 확실합니다만."

그가 계단을 쪼르르 내려가며 말하자, 보미가 그 뒤를 재빠르게 따르며 발랄한 목소리로 연신 '아닌데, 빨간데, 빨간데!'를 외쳤다.

사람들의 시선을 느낀 그가 걸음을 순간 멈춘 후 휙 돌아봤다. 그의 얼굴이 무심하게 변해 있자, 겁을 집어먹은 그녀가 뒷짐을 지며 몸을 배배 꼬았다. 역시나, 그는 그녀의 걱정대로 협박을 서슴지 않았다.

"자꾸 그러면 놀이동산 안 갑니다."

"……치사해!"

그녀가 빽 소리를 질렀다. 하지만 성은은 그 어느 때보다도 심드렁한 표정으로 그녀에게 스스로의 위치를 다시 한 번 확인시켜 주었다.

"치사해도 어쩌겠습니까? 내가 갑인데."

"……."

"당신은 내가 없으면 놀이공원까지 가지도 못할 거고, 가더라도 혼자서 놀이기구를 마음껏 타지도 못하겠죠."

이어지는 말에 그녀가 입술을 깨물었다. 그의 말엔 하등 틀린 것이 없었다. 더 놀렸다가는 놀이공원은커녕 이곳에서 미아가 될지도 몰랐다.

한숨을 푹 내뱉은 그녀가 이성적인 판단을 마쳤다는 듯 빠르게 대답했다.

"알았어요. 꿈과 희망의 동산으로 가기 위해선 내가 포기해야지."

놀리는 것을요?

그는 삐죽한 표정으로 그렇게 말하려다 말고 고개를 내저었다.

조성은, 이 여자한테 휘둘리지 마. 너까지 같이 유치해질 필요는……

"원숭이 엉덩이는 빨개, 빨간 건 성은 씨 얼……"

"거기까지."

더 하면 혼구녕을 내주겠다는 듯 그가 엄한 표정을 짓자 그녀가 정자세를 취하며 손을 들었다.

"넵."

손바닥을 보이며 장난스럽게 답하자 그의 손이 다시 그녀의 목덜미로 향했다.

"갑시다."

무심하게. 하지만 따스하게.

주말의 놀이공원은 발 디딜 틈 없이 사람들로 가득 차 있었다. 그와 함께 왔어도 마음껏 놀이기구를 탈 수 없을 만큼.

하지만 그녀는 사람들과 뒤섞여 몸이 부딪치고 살결이 맞닿는 상황이 기분 나쁘지 않은 듯 연신 해맑게 웃고 있었다.

지나가다 커다란 솜사탕에 눈길을 빼앗겨 그의 지갑을 열게 만들었으며, 탈을 쓰고서 손을 내미는 아르바이트생과 악수를 하며 까르르 웃음을 터뜨리기도 했다.

아이들이나 관심을 가질 법한 장난감 가게 앞에 멈춰 선 보미는 거북이가 달린 머리띠를 집은 후 그를 올려다보았다. 반짝이는 눈동자에서 불길함을 느낀 그가 더듬더듬 걸음을 물린 뒤 미간을 찌푸렸다.

"꼭 써야 합니까?"

"로망이에요."

"……."

"소원이에요."

"……."

"꿈이었어요."

"……후."

한숨을 쉰 그가 한참이고 그녀를 내려다보았다. 반짝이는 그녀의 눈동자에서 물러섬은 없을 것이란 사실을 깨달았는지, 성은은 허리를 굽혀 순순히 제 머리를 내밀었다.

그의 머리에 거북이 머리띠를 씌운 그녀가 이번엔 토끼귀가 앙증맞게 달린 머리띠를 스스로 썼다. 그리고 그의 팔에 대롱대롱 매달리며 웃었다.

"토끼와 거북이네요."

"좋습니까?"

그의 물음에 보미가 당연한 걸 묻냐는 듯 고개를 기울였다. 하지만 그는 이 상황이 그녀가 자신을 놀리고 있는 것이라 생각하고는 의심의 눈초리를 거두지 않았다.

사실, 당신도 이 머리띠가 부끄럽지?

하고 나서도 이건 좀 아니라고 생각하는 거지?

그의 눈동자에서 생각을 읽은 그녀가 의심하지 말라는 듯 단호하게 답했다.

"네."

"……어후."

한숨을 내뱉은 그가 손을 들어 머리띠를 만졌다. 푹신푹신, 인형 안에 들어 있는 솜이 만져지자 이내 포기한 듯 고개를 저었다.

남자로 태어나 난생처음 하게 된 머리띠는 마음에 들지 않았지만 로망이라며, 소원이라며, 꿈이었다며 입술에 침 한 번 안 바르고 말하는 그녀의 앞에서 차마 싫다고 할 수는 없었다.

"어머, 저 남자 봐."

옆에서 들려오는 목소리에 그의 손이 또다시 슬금슬금 머리띠로 향할 때였다. 올라가는 팔을 낚아챈 그녀가 사람들이 우글우글 모여 있는 곳을 가리키며 밝은 목소리로 말했다.

"퍼레이드 한다! 가요, 가요, 저기 가 봐요."

호기심 가득한 눈동자에 그는 거북이를 제 머리 위에서 내려놓는 걸 다시 한 번 포기하고 그녀에게 이끌려 퍼레이드 장소로 향했다.

퍼레이드 카를 향해 손을 흔드는 그녀는 어린아이처럼 순수했다. 어른이라면 콧방귀도 뀌지 않을 것들에 환호하고 웃고 방방 뜨는 모습은 심드렁한 그조차도 즐겁게 만들었다.

빠른 속도로 치솟다가 아래로 떨어지는 기구 위에서도, 천천히 올라가서 세상 구경을 시켜 주는 기구에서도, 다양한 나라의 전통 의상을 입은 인형들 사이를 거니는 기구에서도, 그녀는 한결같은 모습만 보여 주었다.

웃고, 웃고, 또 웃고.

많은 사람들 사이에서 정신없이 시간을 보냈던 둘은 해가 저물고 나서야 벤치에 앉았다. 유모차를 끌고 지나가는 여자의 모습을 멍하니 바라보던 보미는 곁에서 들려오는 목소리에 고개를 돌려 그를 바라보았다.

"커피? 아니면 주스?"

"커피가 좋겠어요. 이제부터 정신 바짝 차려야지."

그녀의 말에 성은이 고개를 기울였다. 왜 집에 돌아갈 마당에 정신을 빠짝 차리냐며. 그러자 그녀는 손뼉을 치며 흥분을 감추지 않았다.

"인터넷에서 봤는데, 오늘 8시부터 불꽃놀이가 있대요. 시간 다 되어 간다."

"그럼 전 그때까지 커피를 사 오면 되는 거군요?"

"같이 갈까요?"

"아니요. 집에 가는 마당에 미아 신고 낼까 봐 무섭습니다."

장난스럽게 말한 그는 얼마 떨어져 있지 않은 커피숍으로 향했다. 그 모습을 바라보던 그녀가 크게 기지개를 켜더니 방긋 웃었다.

커피숍에 당도한 그가 몸을 돌려 바라보자 그녀는 팔을 길게 뻗어 양쪽으로 붕붕 흔들었다. 마치 '나 여기 있어요'라고 말하는 것처럼.

그는 앨리스를 이상한 나라로 안내하던 말하는 토끼 같았다. 자신이 잘 알지 못하는 것들을 설명해 주었고, 하고 싶다는 것은 무조건 하게 해 주었다.

"나, 데리고 도망쳐 주면 안 돼요?"

예전, 절망에 빠져 허우적거릴 때 그에게 그렇게 부탁했었다. 제발 이 현실에서 꺼내 달라고. 자신이 있는 현실은 홀로 도망갈 수 없는 곳이어서 다른 사람의 힘이 필요하다고.

그 말에 그는 기꺼이 자신을 데리고 도망가 주었다. 그리고 도착한 바닷가. 마음을 내려치는 파도를 바라보며 슬픔에 젖어 있을 때, 그가 했던 말이 아직도 뇌리에 박혀 있었다.

"하고 싶은 대로 하고 살면 되지, 뭐가 그렇게 어렵습니까?"

하고 싶은 대로.

남의 눈치 보지 않고, 내가 하고 싶은 대로.

누군가 그 말을 해 주길 바랐다. 그리고 그는 기가 막히게 그 말을 한 후 시니컬한 웃음을 지었다.

"머리 아프게 생각할 거 있습니까? 어차피 한 번 사는 인생인데."

그래, 어차피 한 번 사는 인생, 내가 하고 싶은 일은 모두 해 보자.

그렇게 그와의 일탈은 시작되었다. 일평생 단 한 번도 해 보지 않았던 일을 그와 함께 '추억'이란 이름으로 차곡차곡 쌓고 마음에 담았다.

"일탈……."

그와의 관계를 그 단어로 정리할 수 있을까.

자신도 모르게 고개가 저어졌다.

일탈이 아니다, 그와의 만남은.

그와의 만남은 이제 그녀에게 '동아줄'이자 삶의 또 다른 이유였다. 평생 부모님과 피아노만을 곁에 뒀던 그녀에겐 커다란 변화였다.

"그래, 난 그를……."

그녀가 커다란 등을 보며 멍하니 읊조릴 때였다.

생전 울리지 않던 휴대전화가 울렸다. 주머니에서 웅웅 진동이 울림과 동시에 귓가를 날카롭게 파고드는 벨소리에 멍하니 눈을 깜박였다. 그러다가 속눈썹이 찌그러질 정도로 힘껏 눈을 감았다.

윽.

입술에서 옅은 신음이 흘러나왔다.

⟨어머니⟩

"일탈이 아니에요, 어머니······."

전 어느새 그를 사랑하게 되었어요. 그러니까 제 삶의 이유를 부러뜨리지 말아 주세요.

그렇게 말해야 했다. 전화를 받아 제 어미에게 생각을 솔직하게 전한 후 이해를 구해야 한다.

자리에서 일어난 그녀는 커피숍을 힐끗 바라본 후 걸음을 옮기며 끈질기게 울리는 전화를 받았다.

—너 왜 이렇게 전화를 늦게 받니!

가슴이 찢길 만큼 날카롭고 질책 가득한 음성에 그녀의 몸이 움찔했다. 파르르, 속눈썹이 떨렸다. 그녀는 휴대전화를 세게 움켜쥐며 용기를 냈다.

"죄송해요. 밖이에요."

—이 시간까지 밖이란 말이니? 어서 집으로 돌아가. 괜히 이상한 소문 돌지도 몰라.

"······."

세상이 험해서가 아니라 다른 사람들의 눈 때문에 집으로 돌아가라는 그 말에 그녀가 입을 굳게 다물었다. 처연해진 눈빛은 불꽃놀이를 보기 위해 모여드는 사람들을 향했다.

행복한 얼굴로 남자의 팔짱을 끼며 걷는 여자. 아이와 남편의 손을 꼭 잡은 채 조잘조잘 이야기를 하고 있는 여자. 친구들과 함께 온 것인지 어깨를 툭툭 치며 장난스럽게 걷는 여자. 여자. 여자. 세상의 행복한 여자들…….

—입금된 것은 확인했다. 이번에는 금액이 꽤 크더구나. 이제 볼일 끝났으니 돌아와야지?

그 뒤로 제 어미는 한참 동안 다음 연주 스케줄에 대해 이야기하기 시작했다. 홍콩 필하모닉 오케스트라와 콘체르토(Concerto)를 하게 되었다며, 곡은 모차르트 심포니 40번이라 했다.

아름답고 우아한 곡이라 너에게 딱이라며 조잘조잘 이야기하던 그녀는 뉴욕 필하모닉과의 협연도 줄줄이 잡혀 있다며 빨리 돌아오라는 말을 덧붙였다.

그녀의 이야기를 멍하니 듣고 있던 보미가 앞뒤를 모두 자른 채 말했다.

"돌아갈 수 없어요."

—……그게 무슨 말이니?

"소중한 사람이 생겼어요."

순간 전화 너머로 비명이 들려왔다. 보미는 멀뚱히 선 채 고개만 돌려 커피를 들고 있는 성은을 봤다. 방금 전 자신이 앉아 있던 자리를 바라보던 그가 서둘러 주위를 돌아보는 것이 보였다.

아, 안 돼.

비명이 터져 나올 듯한 입술을 꾹 깨문 채 그녀가 서둘러 걸음을 옮겼다. 그에게 지금 제 모습을 보여선 안 된다. 비참하고 음울한 모습은 보여 주고 싶지 않았다.

숨을 헐떡일 만큼 빠르게 걸음을 옮긴 그녀가 어두운 곳으로 숨어들었다. 그사이에도 전화 너머로는 연신 날카로운 음성이 들려왔다.

—너 지금이 어떤 시기인지 몰라? 피아니스트로서 이제 겨우 자리 잡았어! 반년이면 나도 많이 봐줬다!

"다 필요 없어요."

—뭐?

"그건 제가 원한 인생이 아니에요."

내가 원하는 게 아니에요, 그런 건!

내가 원하는 건 행복한 여자예요.

평범하지만 나만 바라봐 주는 사람과 함께 있는 것. 그것이 보미가 원하는 것이었다.

"나도 행복해지고 싶어요."

다른 사람들처럼 평범하게, 사랑하는 사람과 함께하고 싶었다.

하지만 그녀의 어머니는 그 마음을 싹둑 재단해 버렸다.

—헛소리하지 마! 지금 남자에게 인생을 걸겠다는 말이니? 그게 얼마나 멍청한 짓인지 이 엄마를 보고도 몰라?

어머니는 아버지를 사랑하셨나요?

아버지는 어머니를 사랑하셨나요?

그렇게 묻고 싶었다. 그러다 보미는 고개를 내저었다.

사랑의 끝이 깊고 긴 음울의 시작이라 할지라도 그녀는 괜찮았다. 잠시의 행복을 위해 인생을 내던지는 미친 짓거리라 할지라도 좋았다. 지금은 그저 성은의 옆에 남고 싶었다.

—내가 널 어떻게 키웠는데! 당장 돌아와서 연주회 준비해!

"제발 제 이야기 좀 들어……"

—더 들어 볼 것도 없다. 일주일 안에 돌아와.

달칵.

마지막 인사도 없이 전화가 끊겼다.

일주일…… 일주일…….

너무나 짧았다. 자신은 아직 그와 해 보고 싶은 것이 아주 많은데.

다리에 힘이 풀려 털썩 주저앉은 그녀는 연신 '짧아요'라는 말만을 읊조렸다. 그러다가 들고 있던 휴대전화가 진동을 울리며 문자가 도착했음을 알리자 고개를 돌려 활자를 읽었다.

〈어디예요?〉

그였다.

갑자기 사라진 자신을 걱정하는 기색이 역력하게 느껴지는 내용에 그녀가 서글피 웃었다.

"빨리 연락해야겠다."

이러고 있으면 그가 정말 미아 신고를 내겠지.

자리에서 일어나기 위해 다리에 힘을 주던 그녀는 그러나 또다시 주저앉았다.

눈가에 순식간에 눈물이 맺혔다. 모친이 자신의 감정을 찍어 내리듯 무시했는데도 화 한 번 내지 못했다.

평생 억압 속에서, 어른들이 만들어 낸 세계 속에서 살았던 그녀는 그런 소리도 제대로 못 하는 바보였다.

고개를 숙인 그녀가 무릎 사이에 얼굴을 묻었다. 끅끅, 어깨가 파르르 떨렸다.

싫은데, 싫은데, 돌아가기 싫은데. 난 그의 옆에 있고 싶은데. 왜 그런 말조차 하지 못하는 걸까, 내 입은!

스스로를 타박하던 그녀가 흐르는 눈물을 거칠게 닦아 냈다. 젖은 속눈썹을 쓸며 저미는 가슴을 수습하지 못할 때, 저 멀리 뜀박질을 하며 주변을 살피는 성은의 모습이 보였다.

그도 곧 그녀를 발견한 것인지 서둘러 달려왔다. 그리고 그녀의 앞에 한쪽 무릎을 굽히며 작고 동그란 어깨를 붙잡았다.

"뭐해요?"

커다랗게 떠진 그의 눈동자가 일렁였다. 갑자기 사라져서 많이 놀란 모양이었다. 손을 들어 그의 뺨을 감싸 쥔 그녀가 부러 만들어 낸 밝은 목소리로 말했다.

"길을 잃었지 뭐예요."

"전화는 왜 안 받았고요?"

"몰랐어요."

그녀의 말에 성은의 미간이 구겨졌다.

"거짓말하지 마요."

그가 딱 잘라 말했다. 그러자 보미는 거짓말이 아니라는 듯 고개를 붕붕 저었다.

"그걸 어떻게 알아요?"

"지금 나 똑바로 안 보고 있잖아요."

비스듬히 아래로 내려가 있던 고개가 위로 향했다. 그의 표정이 굳어져 있었다. 그 모습조차도 보미의 마음을 설레게 만들었다.

아아, 중증이야.

그녀가 속으로 웃으며 물었다.

"성은 씨, 우린 무슨 사이예요?"

꿈틀.

성은의 뺨이 움직이는 것을 멍하니 보던 그녀는 자신의 입술에 닿는 거친 키스에 호흡을 멈췄다.

고개를 비스듬히 비껴 입을 맞춘 그가 작은 입술을 머금고 힘껏 빨았다. 마치 모든 것을 집어삼킬 것처럼. 그러다 곧 그녀가 밉다는 듯 이를 세워 물컹한 살을 깨물고 핥으며 무자비하게 굴었다.

"으."

보미의 입에서 옅은 신음이 흘러나왔으나, 그는 어깨를 잡고 있던 손을 등 뒤로 둘러 작은 몸체를 자신 쪽으로 더욱 잡아당겼다. 그녀가 도망가지 못하도록.

그의 감촉에 그녀의 가슴이 들썩이고, 게슴츠레 떠 있던 눈이 질끈 감겼다.

아파서, 그가 미워야 하는데도, 폭행과도 같은 입맞춤에 그를 밀어내야 함에도, 그녀는 온전히 그를 받아들였다. 그리고 형벌과도 같은 입술을 고스란히 받아 내었다.

입술을 뗀 그가 부풀어 오른 입술을 엄지손가락으로 쓰다듬어 주었다. 그리고 촉촉하게 젖은 눈동자를 바라보다 여전히 화가 풀리지 않은 목소리로 물었다.

"그걸 아직도 모릅니까?"

어떠한 답도 하지 못한 채 보미가 바라보자 그는 방금 전까지 자신의 손에 커피와 함께 들려 있던 머리띠를 떠올리며 이를 악물었다.

"왜 수학여행을 마지막으로 생전 오지 않던 놀이공원을 오고, 왜 그 우스꽝스러운 머리띠를 썼겠습니까?"

물음을 던지는 동시에 그의 눈동자가 말했다.

당신 때문입니다.

당신이 원해서 그런 겁니다.

"얼마나 바보면 그걸 모릅니까?"

그의 힐난에 보미의 눈동자에 눈물이 차올랐다.

그 모습을 바라보던 그가 깊은 숨을 내뱉었다. 미친 듯이 날뛰는 감성을 겨우겨우 억누른 그는 하는 수 없다는 듯 웃으며 확답을 내려주었다.

"우리 연애하는 사이입니다."

그들의 뒤로 불꽃들이 하늘을 수놓기 시작했다.

펑, 펑.

짧게 닿았다가 떨어지는 입술에 몸이 녹아내릴 것 같았다. 마치 달콤한 초콜릿이라도 된 착각에 빠졌다.

움푹 파인 쇄골을 핥고, 소담한 가슴을 한입에 머금은 입술이 부드럽게 아래로 향하더니 작은 우물처럼 쏙 들어가 있는 배꼽 위를 핥았다.

그의 숨결이 닿는 곳곳에 뜨거운 불꽃이 피어올랐다. 아랫배를 간질이는 달콤한 감촉에 찔끔, 눈물이 날 것만 같아 보미가 입술을 악물며 참아 냈다.

행복해서 눈물이 난다는 말.

부푼 가슴에 심장이 터져 버릴 것 같다는 말도.

그녀는 믿은 적이 없었다.

행복하면 웃어야지, 왜 슬픔에 가까운 감정을 느끼냐고.

하지만 직접 경험하고 나자 그녀는 깨닫게 되었다.

아프구나, 행복은 참 아픈 거구나, 하고.

몸 이곳저곳에 닿았던 그의 입술이 다시 위로 올라왔다. 그리고 이에 짓눌려 새하얗게 변한 입술 위에 가볍게 닿았다가 떨어졌다.

솜털처럼 가벼운 입맞춤 뒤엔 뇌가 하얘질 만큼 달콤하고 따스한 손길이 몸을 훑었다. 그리고 이마에 그의 입술이 안착한 순간, 그녀의 눈에서 눈물이 흘렀다.

"왜 웁니까?"

그가 조금 놀란 듯 물었다. 보미는 얼른 마른 손을 들어 제 얼굴을 가렸다.

"지키고 싶어요."

"뭘 말입니까?"

"지금 이 순간을."

울먹이는 목소리에는 괴로움이 가득했다.

가만히 보미를 내려다보던 그가 커다란 손을 뻗었다. 얼굴을 가리고 있던 손을 떼어 낸 그는 젖어 있는 눈동자와 시선을 마주했다.

"지키고 싶다면 울지 말고 웃어요."

"……."

"저 어디 안 갑니다. 김보미 씨가 지키려 노력한다면 늘 이 자리에 있을 겁니다."

그의 말에 보미가 양팔을 뻗어 그의 목을 끌어안았다. 살결에 그의 옷자락이 닿았다. 실오라기 하나 걸치지 않은 몸을 뜨겁게 그에게 부딪히고 애달피 매달렸다.

그는 자신에게 뼈와 살을 나눠 준 부모보다 더욱 자신을 이해하고 있는 사람이라고 생각했다. 아니, 그렇게 믿고 있었다.

그의 목을 놓으면 당장 목숨을 잃는 사람처럼 그렇게 매달리고 입을 맞췄다.

"으, 으응."

보미의 입술에서 옅은 신음이 흘러나오자 그가 몸을 일으켰다. 그리고 입고 있던 옷가지를 벗은 후 천천히 다가왔다.

첫 관계 때와 달리 보미는 그의 움직임 하나하나를 모두 살폈다. 그리고 시선의 끝, 다리에 길게 드리워진 흉터를 발견하곤 손을 뻗어 상처를 어루만졌다.

"다쳤어요?"

"아주 예전에요."

그의 말에 보미가 '아팠겠다'라고 읊조렸다. 그는 이 분위기에서 상처를 유심히 바라보며 따스한 손길로 쓰다듬는 그녀가 마음에 들지 않는 듯 콧잔등을 찌푸렸다.

하지만 어디 평범한 이들이 가지고 있는 '눈치'가 있는 여자던가. 그녀가 고개를 들어 물었다.

"언제 다쳤어요?"

"고등학교 1학년 때요. 교통사고였어요."

덕분에 몸에 철심이 네 개나 들어가 있어요.

그 말에 보미가 눈을 크게 뜨며 놀라움을 감추지 않았다.

"네 개나요?"

"네. 불행하게도 군 면제까지 됐죠."

"아⋯⋯."

"하지만 같이 타고 있던 친구가 죽었던 걸 생각하면 아주 운이 좋았다고 생각합니다."

그의 말에 보미의 눈빛이 흐려졌다. 동승자가 죽을 정도였다면 아주 큰 사고였을 것이다. 아주 오래전이었으나, 그녀는 방금 전에 일어난 일인 것처럼 아찔한 기분이 들어 눈을 깜빡였다.

그가 손을 뻗어 보미의 머리카락을 부드럽게 쓸어 주었다. 다정한 손길과는 달리 입술을 통해 흘러나오는 말은 개구쟁이처럼 장난스러웠다.

"그건 그렇고, 우리 계속하면 안 됩니까? 벌써부터 난린데."

그가 시선을 아래로 내리자, 보미의 시선도 그를 따라갔다. 그리고 당장에라도 뜨거운 열기를 뿜을 것 같은 단단한 남성을 마주하게 되었다.

"……."

할 말을 잃은 보미의 얼굴이 뻘겋게 달아오르자 그가 촉촉하게 젖은 입술을 또다시 맞추며 눈을 게슴츠레 떴다.

"지하철역에서 당당하게 입 맞추던 여자는 어디 갔습니까? 이제 와서 부끄러워하깁니까?"

놀라울 정도로 저돌적이면서, 가끔 이렇게 뺨을 붉히는 것을 볼 때마다 그의 가슴은 콩닥콩닥 뛰었다. 그녀의 여러 모습을 마주하는 것만 같아 기뻤다.

그가 다시 한 번 입을 맞추며 아랫입술을 부드럽게 빨아들이자 그녀가 오물거리며 투덜댔다.

"그래도 이렇게 자세하게 보는 건 처음인 걸요."

"……."

방금 전까지 부끄러워하던 여자의 입에서 나왔다고 하기에는 너무나 낯부끄러운 말에 그가 표정을 굳히며 그녀의 어깨를 밀었다.

자연스레 침대에 털썩 누운 그녀가 천장을 바라보며 눈을 깜빡이자, 그가 그녀의 새하얀 허벅지 쪽으로 손을 내렸다.

그의 손끝이 보드라운 숲에 닿았다. 갑작스러운 침입에 그녀의 허리가 위로 튀어 올랐다가 아래로 툭 떨어졌다.

"으아, 갑자기……."

"갑자기라니요. 아까부터 애달픈 눈으로 쳐다보는 것 못 느꼈습니까?"

그의 물음에 보미가 입을 꾹 다물었다. 입이 열 개라도 할 말이 없었다.

조용해진 그녀의 모습을 바라보던 그가 몸을 낮췄다. 장난스럽게 휘어진 입술이 여성에 툭 하고 닿았다.

"아아!"

하지 말아요, 신음처럼 옅은 비명이 터져 나온 것 같았다. 하지만 그는 혀를 길게 빼내 달콤한 사탕을 핥듯 여성을 핥으며 곧 남성으로 가득 찰 곳을 부드럽게 만들었다.

기겁한 얼굴로 눈을 동그랗게 뜨던 보미는 부끄러움에 팔을 들어 후끈거리는 제 얼굴을 가렸다.

추릅.

여성이 뿜어내는 액을 집어삼키는 소리에 그녀가 까무러치듯 허리를 비틀었다. 하지만 허벅지를 단단하게 붙잡은 손은 그녀가 어디로든 도망가지 못하게 만들었다.

"그, 그만요!"

보미가 외쳤다. 그가 주는 감각은 그녀가 감당해 내기엔 무리가 있었다. 하지만 그는 그녀의 몸 안에 있는 수분을 모두 맛보려는 것처럼 부드러운 살결을 괴롭혔다.

손가락으로 여성 안을 휘저은 그는 그녀가 모든 준비를 마쳤다는 사실을 깨닫곤 허벅지 사이에 자리를 잡았다. 그리고 아직까지 자신을 바라보지 못하는 그녀를 향해 낮게 웃음을 보냈다.

"저번보단 안 아플 겁니다."

"하지만 부끄러워 죽을 것 같아요."

"음…… 죽을지도 모르겠네요."

하하, 웃음소리에 눈을 가리고 있던 손가락 사이로 그를 올려다보던 그녀가 입술을 뾰족하게 내밀었다. 무언가에 취한 듯 몽롱한 와중에도 그가 얄밉다는 표현이었다. 하지만 곧 남성이 자신의 안을 파고들고, 제 자신이 그를 부드럽게 받아들이는 감각에 몸을 파르르 떨었다.

"아아, 아…… 이상해요!"

보미가 깜짝 놀라 외쳤다. 혹여 무슨 문제가 있나 싶어 그가 허릿짓을 멈춘 채 보미를 내려다보았다. 눈빛이 마치 '뭐가요?'라고 묻는 듯했다.

"기분 좋아요!"

"뭐, 뭐라고……."

당황해 더듬더듬 되묻자 반짝이는 눈동자가 오로지 그에게 꽂혔다.

"이렇게 기분이 좋은 일이군요. 사람과의 관계가."

"……김보미 씨."

"역시, 지켜야겠어요."

말을 하는 와중에도 부드럽게 휘어져 있던 입술이 이내 굳어졌다. 그리고 그에게는 들리지 않을 만큼 작은 목소리로 뒷말을 내뱉었다.

"무슨 수를 써서라도."

"네? 지금 뭐라고 했습니……?"

그가 말을 다 끝마치기도 전 그녀가 허리를 움직여 남성을 자극했다. 자신의 분신을 끊임없이 자극하는 그녀의 몸짓에 그의 표정이 살짝 찌푸려졌다.

아, 이 요물.

멍하니 그녀를 바라보던 그가 힘차게 허리를 움직여 그녀의 안으로 깊숙이 파고들었다. 그러자 두 사람의 신음이 하모니처럼 동시에 터져 나왔다.

"윽!"

"아……!"

고개를 내린 그가 작게 벌어진 입술 사이로 제 숨결을 불어넣었다. 달큰한 공기는 정신을 쏙 빼놓을 만큼 신세계였다.

첫 관계는 일탈이었다.

하지만 지금은 단순한 일탈이 아니었다.

마음을 인정하고, 서로만을 바라보는 관계. 그 관계는 무서운 힘을 가지고 있었다.

밤이 깊었다. 놀이공원과 이어져 있는 호텔에 곧장 들어와 뜨거운 관계를 몇 번이나 가졌는지 모른다. 그는 그녀의 온몸을 힘껏 빨아들이고 잇자국을 남기며 자신의 존재를 새기고 또 새겼다. 밤이 하얗게 새도 모자란다는 듯이, 그렇게 뜨거운 집착을 내뿜었다.

새벽, 동이 틀 무렵이었다. 이젠 집으로 돌아가야 한다는 것을 인지하고 있으면서도 보미는 성은의 손가락을 만지작거리고 있었다.

그의 손가락은 자신의 것보다 두껍고 단단했다. 검지손가락에 밴 굳은살은 평소 손글씨를 많이 쓰는 사람이라는 것을 알려 주고 있었고, 손가락 마지막 마디까지 딱딱한 감촉은 평소 운동도 꽤 즐긴다는 것을 알려 주었다.

그렇게 그의 손을 보며 그가 어떤 사람인지, 평소엔 어떤 시간을 보내는지 가늠하던 보미는 느른한 목소리에 서둘러 손을 뗐다.

"뭐해요?"

그녀의 장난에 잠이 깬 듯했다.

"아."

뺨을 붉힌 보미가 그의 팔 사이로 얼굴을 묻었다. 그 모습이 강아지나 고양이처럼 보여 머리카락을 살랑살랑 어루만지던 그는 이내 기가 막힌다는 듯 웃었다.

"부끄러워하는 겁니까?"

"……."

왜 또 이 타이밍에서 부끄러워하는지 이유를 몰라 키득거리며 묻자 보미가 고개를 번뜩 들었다. 그리고 전투적인 표정으로 몸을 일으키더니 그의 배 위에 안착했다.

위에서 자신을 내려다보는 그녀의 모습에 그가 당황한 표정을 지으며 물었다.

"뭐하는 겁니까?"

당장 내려오라는 눈으로 올려다보자 보미가 팔짱을 척 끼며 고집스럽게 말했다.

"솔직히 말해 주면 내려갈게요."

"안 내려오면 또 잡아먹습니다."

"……."

"원합니까?"

"……나쁜 사람. 다리에 힘도 안 들어간다고요!"

그녀가 울먹이는 목소리로 말했다. 그리고 손가락으로 제 다리를 툭툭 가리키며 진심이라고, 믿어 달라고 항의했다. 여전히 그의 배 위에서 내려올 생각을 하지 않은 채.

"이 각도도 참 예쁘네요."

그가 당장이라도 잡아먹을 것처럼 음흉한 눈빛을 보내자 보미의 어깨가 움찔 떨렸다.

지금이라도 내려갈까? 이러다가 정말…….

그녀의 머릿속이 바쁘게 움직일 때였다. 혹여 제 말에 도망가지 않도록 양손을 뻗어 그녀의 가느다란 허리를 잡은 그가 진중한 목소리로 말했다.

"나도 솔직히 말할 테니, 김보미 씨도 솔직하게 말해 주세요."

그 말에 그녀의 눈동자에 긴장이 서렸다.

자신의 질문은 꼭 답을 듣고 싶은 것이었다. 그의 눈동자를 보아하니 그 또한 자신의 마음과 같은 듯했다.

그러나 어려운 질문일 것 같은 느낌에 그의 말을 듣기가 꺼려졌다. 하지만 그의 질문에 답을 해 주어야 자신 또한 궁금증을 풀 수 있다는 것쯤은 알고 있었다.

"처음에 왜 저에게 접근한 겁니까?"

그의 물음에 보미는 자신도 모르게 미소부터 지었다. 필터링을 걸치지 않은 솔직한 말이 입술을 통해 흘러나왔다.

"제가 처음 본 사람이에요."

"무슨 말입니까?"

이해할 수 없는 답에 그가 되물었다. 그사이, 그의 손길은 그녀의 납작한 배를 쓰다듬고 있었다. 뜨거운 밤을 함께 나눈 사이라고 믿기지 않을 정도로 욕망은 정돈된 채였다.

그의 손을 붙잡은 그녀가 해사한 웃음을 지었다.

"어느 세계에도 속해 있지 않은 사람. 조성은 씨는 그런 사람이었어요."

어느 세계에도 속하지 않은 사람? 그게 무슨 뜻일까.

이야기를 들을수록 이해를 할 수가 없었다.

"당신이 있는 세계로 가고 싶다고 생각했어요."

"이해하지 못하겠습니다."

솔직한 답에 그녀가 고개를 끄덕였다.

"저도 이해하기까지 아주 오래 걸렸으니까, 성은 씨도 그럴 거예요. 하지만 확실한 한 가지는…… 성은 씨뿐이란 거예요."

내 세계에.

그녀의 말에 기분이 좋아야 하는 것인지, 아니면 그녀를 위로해 주어야 하는 것인지 판단하지 못한 채 그가 고개를 끄덕였다.

연민을 느꼈나.

그렇게 생각하던 그는 그녀의 질문을 듣고 입가에 웃음을 피웠다.

"그럼 조성은 씨는요? 왜 제 일탈에 응해 주신 건데요?"

"예쁘니까."

"나쁜 남자네요."

보미가 심통 맞은 표정을 짓자 그가 손을 뻗어 흘러내린 그녀의 머리카락을 넘겨 주었다.

"그렇습니까?"

그가 왜 자신이 나쁜 남자인지 모르겠다는 듯 뻔뻔스레 묻자 그녀가 빠르게 말을 이었다.

"제 외모만 마음에 든다는 거잖아요."

어떻게 그럴 수가 있냐며 어깨를 축 늘어뜨린 보미가 실망감이 뚝뚝 떨어지는 얼굴로 그를 내려다보았다.

그가 팔을 뻗어 그녀의 등을 끌어안아 아래로 내렸다. 조심스러운 손길에 몸을 겹친 그녀가 성은의 심장에 귀를 기울였다.

콩닥콩닥.

심장이 예쁜 소리를 내며 뛰었다. 마치 아가를 재우는 어미의 자장가처럼 들리기도 하였다. 따뜻한 소리. 하지만 그 소리는 그녀가 귀를 기울이면 기울일수록 빨라지기 시작했다.

"아."

그녀의 입에서 신음이 흘러나왔다.

"예쁜 사람입니다."

"……."

"귀여운 사람입니다."

그녀의 눈이 느른하게 감겼다.

잠이 올 것 같았다.

다정한 체온에, 음성에, 뜀박질에.

"그래서 계속 좋아지고 있습니다."

"앞으로도 계속 좋아해 줄래요?"

그녀가 잠긴 목소리로 물었다. 그러자 성은은 더 이상 생각할 필요도 없는 문제라는 듯 곧바로 답했다.

"원하신다면."

불장난이 위험한 이유. 그 이유를 자각하는 이들이 얼마나 될까.

아무것도 생각하지 않기에, 그 무엇도 가늠할 수가 없다.

그래서 불장난은 참 위험하다. 끝을 예감하면서도 그 끝이 언제인지 모르고, 만남을 지속하면 할수록 덧대어지는 감정의 크기조차 함께 있을 땐 알 수 없으니까.

그 감정의 크기를 깨닫는 순간 알게 된다. 순식간에 빠져 버린 제 마음을.

보미는 방 한구석에 고이고이 숨겨 두었던 종이 가방을 꺼내 들었다.

부스럭부스럭, 종이가 구겨지는 소리와 함께 안에서 나온 것은 평소 성은이 잘 입고 다니는 색상의 티셔츠와 청바지였다. 눈을 반짝이며 뿌듯한 얼굴로 옷을 바라보던 그녀가 다시 가방에 그것을 넣은 후 자리에서 일어났다.

"아가씨, 어디 가세요?"

계단을 내려와 막 현관으로 향하던 그녀는 자신을 붙잡는 목소리에 걸음을 멈췄다.

"잠시 앞에……."

"의원님도 안 계신데, 요즘 귀가가 너무 늦으세요."

여주댁은 귀가가 늦는다 말했지만, 외박을 하고 돌아온 다음 날 딱 마주쳤던 적이 있었기에 그녀는 입술을 깨물었다.

그녀가 슬쩍 곁눈질하자 여주댁이 미간을 찡긋거렸다. 나가지 않았으면 하는 모양이었다.

"오늘은 금방 올 거예요."

"아가씨."

"진짜예요, 진짜!"

"의원님이 나중에 아시면……."

"비밀로 해 주세요, 제발."

여주댁이 미간을 좁혔다. 비밀로 할 게 따로 있지, 라고 생각하는 모양이었다. 하지만 곧 양손까지 모으며 간절한 눈빛을 보내는 보미를 보자 한숨을 내뱉었다. 결국, 오늘도 졌다.

"오늘은 일찍 들어오셔야 해요. 저녁 준비해 놓을게요."

"네, 아주머니. 감사해요."

통통 뛰며 서둘러 현관을 벗어나는 보미의 뒷모습을 본 여주댁이 혀를 끌끌 찼다.

"곧 의원님 돌아오실 텐데, 어쩌려고 저러시나."

툭툭.

시계를 보며 이제나 저제나 언제 보미가 올까 기다리고 있던 성은은 자신의 어깨를 툭툭 두드리는 손길에 몸을 돌렸다. 그러자 몸을 웅크리고 있던 보미가 자리에서 폴짝 뛰며 오두방정을 떨었다.

"짠."

골격 자체가 가느다란 그녀는 만지면 툭 부러질 것같이 여린 동시에 아름다웠다.

하지만 오늘의 그녀는 조금 달랐다. 활동적인 옷을 입고 서 있는 그녀에게서 그 나이에 맞는 활발함이 보였다.

"오늘 어디 가요? 왜 이렇게 차려입었대?"

그가 낮은 단화를 살펴보며 물었다. 김보미에게 캐주얼은 특별한 의상이었으니까. 그러자 보미가 활짝 웃으며 그의 팔에 매달렸다.

"오늘은 이태원을 가고 싶어요."

"……왜요?"

"복잡하대서. 사람이 엄청 많다고 해서!"

"……사람 구경이 하고 싶은 겁니까? 그거라면 지난주 놀이 공원에서 실컷 했잖아요."

"그 복잡함과 이태원의 복잡함은 무척 다를 거예요."

"……."

그렇죠? 다르죠?

초롱초롱, 커다란 눈망울에 가득 찬 기대감을 바라보던 그가 어쩔 수 없다는 듯 고개를 저었다.

"외국인 한국 관광시키는 것 같습니다."

"어머, 나 외국인이라고 해도 되는데요? 꼬맹이 때 유학 갔으니까."

"……."

"자, 더 이상 할 말 없죠? 출발, 출발!"

싫은 티를 팍팍 내는데도 보미는 아무것도 모르는 척 그를 질질 끌며 힘차게 외쳤다.

주말의 이태원은 예상했던 대로 도떼기시장을 방불케 했다.

불가능하긴 했지만 평일에 시간을 내서 올 것을 그랬다며 벤치에 앉은 그가 한숨을 푹 내뱉었다.

길에서 산 모자를 요리조리 보던 보미가 머리에 푹 눌러쓰더니 그를 향해 방긋방긋 웃었다.

"어때요?"

안 어울립니다.

괜히 삐뚤어진 마음에 그렇게 답하려던 그가 손바닥을 펴 그녀의 머리를 한 손에 잡았다.

"아파요."

"아프라고 하는 겁니다."

고개를 팩 돌리면서 말하자 그제야 그의 안색을 살핀 그녀가 눈을 동그랗게 떴다.

"피곤해요?"

"오늘 새벽 4시에 편집이 끝났거든요."

"그런 건 미리 말해 주지……."

그럼 이렇게 질질 끌고 다니지도 않았을 텐데.

미안한 마음에 웅얼거리는 그녀를 보던 그가 주머니에서 동전을 꺼내 앞으로 내밀었다. 주먹을 쥔 채 허공에 팔을 뻗은 그가 고개를 기울이자, 보미가 제 손을 앞으로 내밀었다.

펼쳐진 손바닥 위로 동전을 짤랑짤랑 떨어뜨린 그가 다시 몸을 벤치에 기대며 다리를 꼬았다.

"이게 뭐예요?"

"저~기 자판기 보이죠?"

"네네."

"미안하면 다녀와요. 자판기 커피는 밀크인 거 알죠?"

멍한 표정을 짓던 보미가 와르륵 웃음을 터뜨렸다. 그러더니 자리에서 벌떡 일어나 여전히 웃음기가 맺혀 있는 목소리로 말했다.

"한번 마시고 싶었어요."

쪼르르 걸음을 옮겨 자판기 앞에 선 그녀가 동전을 넣는 곳을 찾는 듯 연신 주변을 두리번거렸다. 그 모습을 보던 그가 입을 가리고 웃었다.

저 여잔 세상이 그렇게 신기한 것일까.

동전을 넣고 버튼을 누르자 털커덩 하고 내려온 종이컵이 신기한 듯 그녀는 쪼그리고 앉아 구경을 하기 시작했다. 성은은 허리까지 접으며 큭큭 웃었다.

양손에 종이컵을 든 채 조심스럽게 걸음을 옮기는 것을 보던 그가 자리에서 일어났다. 그리고 빠르게 다가가 종이컵 하나를 받아 든 뒤 그녀의 머리를 쓰다듬었다.

"잘했어요."

"칭찬 받을 일인지는 모르겠지만, 커피는 감사해요."

커피를 쏟지 않도록 조심스럽게 자리에 앉은 그녀가 달짝지근한 커피 맛에 눈을 동그랗게 떴다. 그도 커피를 한 모금 마시며 입술을 느른하게 늘어뜨렸다.

"이 달짝지근한 커피로 인생의 피곤함을 달래는 사람들이 세상엔 참 많거든요."

300원짜리 커피 한 잔에 인생을 논하는 사람들도 있었다. 누구나 간편하게 마실 수 있는 싸구려 커피. 하지만 5,000원짜리 커피보다 진한 맛은 여운이 깊어 하루의 피곤함 따윈 시원하게 날려 주었다.

가출했던 정신이 돌아오는 기분에 그가 옆으로 고개를 기울였다. 심오한 맛 세계를 탐구하는 듯 조심스레 잔을 기울이는 그녀를 보다 턱을 괴었다.

"어때요?"

"네, 그런 것 같아요."

고개를 끄덕인 그녀가 웃었다.

"다니까 좋네……."

웅웅.

그녀의 말이 끝나기도 전 가방에 넣어 두었던 휴대전화가 진동했다. 안에 있는 물건과 부딪혀서 그런지 진동 소리가 선명히 들려오자 두 사람의 시선이 동시에 가방으로 향했다.

조심스럽게 가방 안에서 휴대폰의 액정을 확인한 그녀의 눈동자가 순간 불안으로 일렁였다.

"안 받아요?"

"아, 받아야죠."

보미가 가방을 들고 자리에서 일어나자 성은이 손을 뻗어 그녀의 팔목을 붙잡았다.

"여기서 안 받아요?"

"아, 그게……."

"남잡니까?"

"그럴 리가 없잖아요."

"그럼 왜 여기서 안 받는 겁니까?"

"……."

대화가 이어지는 동안에도 진동은 끊임없이 울려 댔다.

보미가 곧 울음을 터뜨릴 것처럼 그를 내려다보다 팔을 살짝 비틀며 놓아 달라는 듯 바르작거렸다. 하지만 무심한 눈동자는 그녀가 솔직히 말할 때까지 놓아주지 않을 거라 말하고 있었다.

하는 수 없다는 듯 전화기를 꺼낸 그녀가 성은의 앞에 액정을 보여 주었다.

"어머니예요. 아마 일 때문에 전화하셨을 거예요."

제법 그럴싸한 변명이었을까. 팔목을 잡은 손을 푼 그가 어깨를 으쓱였다. 그사이 끊겼던 전화가 또다시 울리자 보미가 거칠게 배터리를 분리한 후 가방에 집어넣었다.

"어머니 전환데 안 받습니까?"

"지금은 성은 씨랑 있으니까요."

그의 눈이 살짝 커졌다가 원래대로 돌아왔다.

"정말 아무 일도 아니죠?"

"네."

"정말이죠?"

"네."

앵무새처럼 짧은 답만 하는 보미의 모습에 그가 커피를 모두 마신 후 종이컵을 쓰레기통에 집어 던졌다.

"그럼 이제 가요."

세상에 어둠이 내려앉을 무렵, 둘은 손을 함께 잡고 길을 걸었다. 차에 오르고 그녀의 집으로 향할 때, 세상은 이미 검게 물들어 있었다.

나지막한 언덕에 차를 세운 그는 보닛을 돌아 보조석 문을

열어 주었다. 그러나 무릎 위에 가만히 손을 올려놓은 그녀는
고개를 푹 숙이기만 할 뿐, 내릴 생각을 하지 않았다.

"화났어요?"

기어 들어가는 목소리로 물은 그녀가 입술을 꾹 깨물었다.
마치 혼나기 전의 아이가 겁을 잔뜩 집어먹는 것과 같은 모양
새였다.

"뭐가요?"

"오는 내내 아무 말도 없고……."

그녀가 시무룩한 표정으로 그를 올려다보았다. 예상했던 대
로 그는 표정 하나 없이 그녀를 내려다보고 있었다.

무섭다.

그저 자신을 보고 있기만 하는데도, 마치 거칠게 내쳐지는
기분이 들었다.

"그럼 화났다고 치고. 제가 왜 화가 났을까요?"

"모르겠어요."

읊조린 그녀의 눈망울이 눈물로 번들거렸다.

"무서우니까 그만해요."

뚝뚝, 눈물을 흘리는 모습에 성은이 입술을 깨물었다.

그녀는 나약한 사람이었다. 정신적으로 성숙되지 않은. 불안
한 상태의 그녀와 교감을 나누며, 느낀 것은 단 한 가지.

그녀를 움켜쥘 수가 없다.

놓을 수가 없다.

그것뿐.

"미안해요, 그러니까 울지 말아요."

성은이 한쪽 무릎을 굽혀 고개를 푹 숙이고 있는 보미와 눈을 마주했다.

그녀의 얼굴은 눈물로 엉망이었다. 세상에게서 내던져진 사람처럼 울고 있었다.

"나 계속 나쁜 생각이 들어요."

울먹이는 목소리에 그가 팔을 뻗어 그녀를 끌어안았다.

그렇게 체온으로 그녀를 다독였다.

달밤.

모두들 잘 준비를 하는 그 시간.

성은은 피아노가 놓여 있는 방에 불이 켜지는 것을 보며 가로등에 등을 기댔다.

늘 그녀는 집으로 돌아가면 가장 먼저 피아노 앞에 앉았다. 그리고 마치 그가 듣는 것을 알고 있다는 듯 흥겨운 곡들을 표현해 주었다.

그가 잘 알고 있는 것부터 모르는 것까지, 곡은 다양했다. 그러나 항상 밝은 음색이어서, 그는 연주가 끝날 때까지 가로등 아래서 피아노 소리를 들었다.

그리고 오늘도 여지없이 열려진 창문으로 피아노 음이 춤을 추기 시작했다.

그는 잘 몰랐으나, 그녀가 고른 것은 차이콥스키의 사계로 '열두 개의 성격적 소품' 이라는 부제가 붙은 피아노곡집이었다.

1년 열두 달 각각의 성격을 음으로 묘사한 것으로, 그녀가 연주 중인 것은 제11번 '트로이카에서'였다. 눈 덮인 들판을 달리는 트로이카에 몸을 맡기고, 괴로운 심경을 노래하는 곡이었다.

하지만 잘 모르는 사람에게 그 선율은 흥겹게만 느껴졌다. 중반을 넘어가자 종소리를 표현한 흥겨운 음이 춤을 췄다.

괜찮은 걸까.

많이 울었는데.

한참 들려오던 피아노 소리가 갑자기 뚝 끊기더니, 그녀의 마음이 변한 것인지 제9번 '사냥'으로 넘어갔다. 늘 나비처럼 사뿐사뿐 건반을 두드리던 그녀가 오늘은 힘차게 음을 만들어 내고 있었다.

평소와 조금 다른 음색에 그가 기대고 있던 몸을 곧게 세울 때였다.

쾅!

주먹으로 건반을 내려치는 소리가 들렸다.

역시나 괜찮지 않다, 그녀는.

성큼성큼 걸음을 옮긴 그가 창을 보았다.

쾅쾅쾅!

연이어 건반을 부수는 것 같은 기괴한 음들이 이어졌다.

휴대전화를 꺼낸 그가 보미에게 전화를 걸어 보았지만 통화음만 무심히 흘러갔다.

"김보미, 전화 받아!"

그가 허공에 대고 외쳤다. 하지만 열린 창에선 방금처럼 기괴한 음조차 들리지 않았다.

정적이 흘렀다.

성은은 그 침묵이 두려워 견딜 수가 없었다.

"김보미! 김보미!"

그가 애타게 그녀를 부를 때였다.

"꺅! 아가씨!"

창 너머로 비명이 들려왔다.

몸을 돌린 그가 대문으로 향했다. 그리고 뒷일은 생각하지도 않은 채 초인종을 눌렀다.

딩동, 딩동딩동!

동네가 떠나가라 초인종을 누르던 그는 핏기가 가신 채 문을 여는 중년의 여인에게 고갯짓을 한 후 서둘러 집 안으로 들어섰다.

계단을 오른 그는 유일하게 불이 켜져 있는 방으로 달렸다. 그리고 그 안에서 무표정한 얼굴로 아래를 내려다보고 있는 보미의 모습을 발견하고는 주먹을 움켜쥐었다.

그녀의 오른손이 아래로 힘없이 늘어져 있었다. 방금 전 어떤 일이 있었는지는 짐작 가능했다.

"무슨 짓입니까!"

"……지키고 싶어서요."

"뭘요, 도대체 뭘!"

성은이 그녀의 어깨를 움켜쥐었다. 고저 없는 모습에 그의 심장이 아래로 왈칵 내려앉았다. 하지만 그녀는 여전히 초연한 얼굴이었다.

"아플 줄 알았는데, 아프지 않아요."

그러나 말과는 달리 피아노 뚜껑에 찌인 손가락은 바들바들 떨리고 있었다. 푸르스름하게 멍이 올라오는 손가락 마디마디에 그의 얼굴이 일그러졌다.

도대체 왜!

그가 입 밖으로 터져 나오려는 비명을 억눌렀다.

"더 큰 아픔을 늘 예상하고 있었더니⋯⋯."

"⋯⋯."

"이까짓 아픔쯤은⋯⋯."

그녀의 말이 끝나기도 전이었다. 오금 밑으로 팔을 찔러 넣은 그가 가벼운 여체를 번쩍 들어 올린 후 억눌린 목소리로 말했다.

"지금은 제발 조용히 하고 있어요."

몸을 돌린 그가 막 방을 빠져나가려고 할 때였다. 어둠 속에 숨어 있던 여주댁이 두 사람의 모습에 바들바들 떨며 길을 가로막았다.

"아, 아가씨를 데리고 어디를⋯⋯."

"여기서 제일 가까운 병원이 어딥니까."

"아⋯⋯ 대, 대한세종대학병원이요."

그가 거침없이 걸음을 옮겨 어둠 속으로 사라졌다.

보미는 제 오른손을 감싸고 있는 붕대를 멀뚱히 내려다보았다.

"아프다……."

이제야 아픔이 닥쳐왔다. 아까까지만 해도 전혀 아프지 않았었는데.

망설임 없이 뚜껑으로 내려친 것치고 부상은 깊지 않았다. 손가락 다섯 개가 죄다 부러질 줄 알았는데, 겨우 중지만 부러지고 다른 손가락은 멍이 들었을 뿐 멀쩡했다.

하지만 이것으로 되었다고 그녀는 안도했다. 다섯 손가락 중 하나라도 다치면 피아노를 연주하는 것은 무리니까.

보미는 자신의 옆에 말없이 앉아 있는 성은을 보았다. 왜 그런 것인지는 몰랐으나 그는 상처 받은 사람처럼 보였다.

한참 성은을 바라보고 있던 그녀는 그가 자리에서 일어서자 시선을 옮겼다.

"여기 있어요. 병원비 계산하고 올게요."

"……미안해요."

그녀의 말에 성은은 가볍게 고개를 저으며 수납처로 향했다. 그의 뒷모습을 시선으로 좇던 그녀가 주머니를 뒤져 휴대전화를 꺼냈다. 어머니였다.

나의 사랑하는 어머니. 애증으로 변질되어 버린 감정까지 알게 만든 나의 어머니.

"여보세요?"

—너 왜 내 전화를 피하니?

"피한 적 없어요."

—피했어!

고막이 웅웅 울릴 정도로 커다란 목소리에도 보미는 표정 하나 변하지 않고 말했다.

"피한 적 없어요."

—그래, 피한 적 없다고 치자. 그렇게 하자고. 약속했던 시간이 훌쩍 지났는데, 비행기 티켓은 예매했니?

"……."

나에게 주어진 시간.

선심 쓰듯 던지는 말에 그녀가 고개를 숙였다.

난 다쳤다. 그러니, 어머니의 뜻대로 돌아가지 않아도 된다. 그래, 그러니까…….

"엄마, 다쳤어요."

제발, 이번만 내 뜻대로 하게 해 주세요.

이번만, 이번만.

"연주회는 캔슬해 주세요."

어머니…….

—위약금이 얼만지 아니?!

어디를 얼마나 다쳤냐며 묻는 것은 기대조차 하지 않았다. 하지만 가장 먼저 나온 이야기가 위약금일 줄은 몰랐다.

그녀가 고개를 힘껏 치켜들었다. 얼굴을 숙이고 있다간 눈가에 맺힌 눈물이 또다시 흘러넘칠 것만 같았다.

울면 안 된다. 울면…… 더 비참해질 것이다.

"제가 하겠다고 한 것 아니에요."

─뭐?

난생처음으로 딸아이가 반기를 들자 모친은 당황한 듯 되물었다. 하지만 곧 정신을 차린 것인지 날카롭게 그녀를 힐책했다.

─너 지금 남자에 미쳐서……!

"네, 미쳤어요."

미쳐도 단단히 미쳤어.

지금이 너무 행복해서 미쳤어.

"그러니까 제발…… 나 좀 가만히 내버려 두세요, 제발. 어머니가 원하는 인생을 저에게 강요하지 마세요!"

격렬하게 외친 그녀가 들고 있던 휴대전화를 집어 던졌다. 그리고 허리를 숙여 무릎 사이에 얼굴을 묻었다.

영혼이 깨어져 나가는 기분이 들었다.

투벅투벅.

둔탁한 소리가 들렸다. 자신의 앞에 길게 드리워진 그림자를 힐끗 바라본 그녀가 다시 무릎 속에 얼굴을 묻었다.

"무슨 짓을 한 겁니까?"

그의 손에 들려 있는 휴대전화는 대리석 바닥에 부딪혀 액정에 금이 가 있었다.

그녀가 고개를 들어 성은을 올려다보았다. 표정을 보기 전까지는 그가 자신을 비난하고 있으리라 생각했으나 그 생각은 시선을 맞추자마자 바뀌었다.

그는 걱정하고 있었다. 아무것도 말해 주지 않는 그녀에게 화가 남과 동시에 슬퍼하는 모양새를 하고 있었다.

그녀의 입술이 서글프게 일그러졌다.

"아무 일도 하지 않았어요."

"네? 지금 그걸……."

"이제껏 아무 일도 하지 않았어! 그래서 이제 하려고 하는 거야!"

온몸을 뒤흔들며 그녀가 발악했다. 심장이 뜯겨져 나가는 고통에 가슴께를 손바닥으로 꾹 눌렀다.

"당신 곁에 있으려고 하는 거야!"

"……"

"이까짓 손가락! 몇 번이고 부러뜨릴 수 있어! 난 이곳에 있고 싶어요! 당신의 옆에, 당신이 있는 세계에 있고 싶어!"

그녀가 제 가슴을 내려쳤다. 거칠게, 아프게. 그 모습을 황망히 바라보던 그가 팔을 뻗어 그녀의 손을 붙잡았다.

힘주어 잡는 손길에 그녀가 눈을 깜빡였다. 속눈썹조차 눈물로 젖어 축축했다.

"성은 씨…… 나는……."

그녀가 변명을 내뱉으려고 하자, 성은이 고개를 저었다.

"손가락을 부러뜨리지 말고, 내게 도움을 청하세요. 다음부터는."

"……."

입술이 새하얗게 질릴 때까지 악문 그녀가 고개를 끄덕였다.

그는 자신이 원하는 것은 무엇이든 들어주는 사람이었으니까. 도움을 청하면 그 또한 들어줄 것이다.

거칠게 들썩이던 가슴이 원래의 속도를 찾고, 숨 또한 갈무리되자 그가 물었다.

"피아노가 싫어요?"

그의 물음에 보미는 아무런 말도 하지 못했다. 그녀조차도 알 수 없었으니까.

하지만 성은은 그런 마음을 이해한다는 듯 부드러운 어조로 말을 이었다.

"결국 당신과 날 이어 준 것도 피아노 아닙니까. 당신의 오랜 친구도 피아노였을 것 같은데."

"당신이 해 주면 안 돼요?"

오랜 친구.

말을 못 하는 친구는 필요 없어요.

그녀의 말에 성은의 눈빛이 어두워졌다.

"난 다 필요 없어. 당신만 있으면 돼요."

다른 것은 그 무엇도 필요 없다고 그녀가 말했다. 그러다 순간 무언가를 깨달은 듯 말을 멈추며 그의 눈치를 살피기 시작했다.

"맹목적이면…… 무서워요?"

그녀가 더듬더듬 물었다.

만약 입장을 바꿔 생각해 본다면 자신은 무서울 것 같았으니까. 감정을 강요하는 것이 얼마나 끔찍한지 그녀는 잘 알고 있었다.

하지만 성은은 고개를 저은 후 팔을 뻗어 그녀의 머리카락을 소중히 쓰다듬어 주었다.

"사랑스럽습니다."

그리고 그녀가 듣고 싶어 하는 말을 해 주었다.

상체를 일으킨 그녀가 아래에서 위로 입을 맞추었다. 짧은 입맞춤에 보미는 눈가에 맺혀 있던 눈물을 모두 털어냈다.

그의 뺨에도 그녀의 슬픔이 닿았다. 하지만 그는 이를 지울 생각도 하지 못한 채 그녀를 향해 부드러이 웃어 주었다.

"하지만 본인을 망가뜨리진 마세요. 그건 전혀 귀엽지도, 예쁘지도, 사랑스럽지도 않아요."

아프지 말아요.

그가 그렇게 속살거렸다.

사랑은 가랑비가 되어 어느새 그들을 젖게 만들었다.

마녀가 만든 성처럼 그녀를 고립시키는 집.

보미는 저 멀리 보이는 고래 등처럼 큰 집에 걸음을 멈췄다.

평소라면 빛 한 점 없이 어두울 집이, 어찌 된 일인지 높다란 담벼락 위로 보이는 창에서 빛이 뿜어져 나오고 있었다. 아마도 그렇게 나간 자신을 걱정하며 여주댁이 기다리고 있는 것이리라.

보미는 언덕을 더 오르는 대신 고개를 돌려 성은을 보았다.

이 사람이 좋았다.

날렵한 눈매가 부드럽게 휠 때 얼마나 예쁜지 그녀는 이제 안다.

장난스럽게 휘어 있는 입술 사이로 흘러나오는 낮은 음성이 다정한 말을 내뱉을 때, 얼마나 강력한 힘을 가지는지 그녀는 알고 있다.

무심한 어투에서 수수께끼를 푸는 것처럼 감정을 찾아내는 일은 즐거웠다.

숨을 쉬는 공기도, 그 공기가 마주한 입술에서 흘러올 때도, 그녀의 가슴은 뛰었다. 아니, 그의 따스한 살결이 닿을 때마다 그렇게 심장이 뛸 수가 없었다.

그가 만들어 내는 분위기도…… 좋다. 그렇게 좋았다.

그의 모습을 가만히 올려다보던 보미가 옷자락을 붙잡았다.

"가기 싫어요."

그와 헤어지기 싫었다.

밤이 제일 싫다. 주말의 밤은 '이별의 예고'와 같았으니까.

평일의 그는 아주 바빴다. 일탈이란 이름으로 그에게 폐를 끼친 적이 있기에 아무리 얼굴을 보고 싶어도 참았다. 꾹꾹 누르고 참은 후 그를 만났을 때의 행복은 극에 달했다.

그런데 점점 힘들어졌다. 매일매일 그가 보고 싶었고, 함께

하고 싶었다. 그러면 안 되는 것을 알면서도.

그녀가 떼를 쓰는 모습에 놀란 듯 눈을 크게 뜨던 그가 이내 표정을 갈무리하며 그녀의 손을 내려다보았다. 하얀 붕대가 칭칭 감겨 있는 것을 보던 그의 얼굴이 차디차게 굳었다.

그녀의 마음이 엉망이 되어 버린 것처럼 그 또한 그랬다. 그가 손을 잡아 들어 올렸다. 성은이 하는 대로 시선을 옮기던 그녀는 붕대 위에 짧게 입을 맞춘 후 가볍게 움켜쥐는 그를 보고 작게 입술을 벌렸다.

"아주머니께서 걱정 많이 하실 겁니다."

하는 말과는 달리 목소리엔 아쉬움이 뚝뚝 묻어났다. 그녀가 이별이 힘들어지는 것처럼 그 또한 그랬으니까.

보미가 표정을 굳힌 후 장난스럽게 고개를 옆으로 팩 돌렸다. 토라져도 단단히 토라졌다는 것을 알려 주기 위한 행동이었지만 그의 입술에 닿아 있는 손을 빼지도, 입가에 묻어나 있는 미소를 지우지도 않았다.

그 모습을 보던 그가 허리를 굽히며 작게 웃었다. 그리고 다정한 손길로 그녀의 긴 머리카락을 붙잡은 후 쭉 잡아당겼다.

"아, 아파요!"

조심스런 손길이었음에도 그녀가 빽 소리를 질렀다. 그러자 그가 고개를 옆으로 기울이며 뻔뻔한 표정을 지어 보였다.

"왜요. 유치하게 굴기에, 나도 똑같이 해 준 건데."

"……허."

"초등학생 코스프레랄까?"

생글생글, 그가 눈을 호로 만들며 웃었다. 그 모습을 허망한 얼굴로 보던 보미가 눈을 삐죽 떴다.

"초등학생은 좋아하는 사람을 괴롭힌다던데, 성은 씨도 그런 거예요?"

"정확합니다."

그가 진중하게 그녀를 바라본 후 고저 없는 목소리로 읊조렸다.

"가끔씩 김보미 씨를 막 울리고 싶을 때가 있거든요."

"……뭐, 뭐예요?"

"특히 침대에서."

잠시 무거운 침묵이 내려앉았다.

이 남자 뭐지?

그녀가 얼굴에 불을 화르륵 지르며 그의 어깨를 주먹으로 내려쳤다.

"어우, 느끼해!"

그 뒤 두 사람은 웃음을 와르르 쏟아 냈다. 조용한 골목에 청아한 웃음소리와 낮고 그윽한 웃음이 뒤섞여 묘한 울림을 만들어 냈다.

성은은 눈가에 맺힌 눈물을 닦아 내는 보미의 손을 붙잡았다. 그리고 먼저 걸음을 옮겨 그녀를 이끌었다.

"다음에 갈 곳은 제가 정해도 되겠습니까?"

"어디요?"

그의 뒤를 따르며 그녀가 궁금한 듯 물었다.

두 사람의 만남은 일주일 중 주말뿐. 성은의 일이 조금 한가할 땐 금요일 저녁에도 만났다. 수도 없이 많은 곳에 갔으며, 함께 많은 추억을 쌓았다. 추억이 가진 힘은 강력했고, 그것은 곧 예쁜 색을 가진 감정을 만들어 냈다.

두 사람이 만나고 계절이 세 번이나 바뀔 때까지, 성은이 먼저 어딜 가자고 한 적은 없었다. 그런 그가 함께 가고 싶은 곳이 있다고 말한 것이다.

보미가 기대에 찬 눈동자를 반짝이자 그가 조심스러운 음색으로 물었다.

"저희 집 어때요?"

"아……."

"왜요, 싫어요?"

멍한 표정을 짓는 보미의 모습을 본 성은이 표정을 굳혔다.

집이란 공간은 가장 개인적인 곳이었다. 그 사람이 평소 어떤 생활을 하고 있는지 가장 잘 보여 주는 곳으로, 그곳에 들인다는 것은 제 속을 모두 내보인다는 의미와 같았다. 그것이 너무 과한 해석이라 하더라도 보미는 그렇게 생각했다.

"싫긴요, 좋아요."

그래서 보미는 들뜨는 마음을 막을 수가 없었다.

그의 집.

조성은의 집.

심장이 널을 뛰었다.

"언제요?"

"금요일이요."

"5일 뒤……."

보미가 아쉬운 목소리로 읊조렸다.

지금 당장 가고 싶은데.

그의 집에 갈 생각을 하자 마음이 그렇게 조급해져 왔다. 하지만 집 앞에 도착해 손목시계로 시각을 확인한 성은은 더 이상 그녀를 붙잡고 있을 수 없다는 듯 단호하게 말했다.

"그러니까 오늘은 이만 들어가요."

남자인 그가 돌아다니기에도 늦은 시각이었다. 이런 그의 마음을 알 길 없는, 아니, 알아도 모른 척하는 보미가 다시 한 번 그의 옷자락을 붙잡았다.

"싫어요."

조금만 더 같이 있어요.

그녀의 손길이 말을 했다.

"김보미 씨."

"나 고집 엄청 센 거 알죠?"

"나한테만 그런 것 아닙니까?"

물음에 응수한 그는 얼굴을 왈칵 찌푸리는 그녀의 모습에 한숨을 푹 내뱉었다. 그리고 손을 뻗어 그녀의 미간을 쿡쿡 찔렀다.

"미간 펴요."

"정곡을 찔려서 그렇잖아요."

"그럼 갑니다."

그가 몸을 홱 돌리자 보미가 뒤에서 발을 동동 굴렸다.

저런 매정한!

"너무해! 나 갈 거예요."

몸을 홱 돌린 그녀가 인터폰을 누르자 누군지 확인도 하지 않은 채 문이 열렸다.

씩씩거리며 그녀가 안으로 들어간 순간, 멀리서 그 모습을 지켜보고 있던 그가 중얼거렸다.

"조심히 들어가요."

뒤에서 들려오는 따스한 음성에 보미가 몸을 획 돌리자 허공에 손을 흔들고 있는 그의 모습이 보였다.

"연락할게요. 전화 꼭 받아요!"

"알았어요."

"만나는 순간까지 전화해서 괴롭힐 거예요."

"알았어요."

"매일 밤마다 할 거예요."

"알았어요."

성은이 앵무새처럼 같은 답만 했다. 그리고 그 답을 들으면 들을수록 그녀의 입가에 커다란 웃음이 맺혔다.

"좋아해요!"

"알아요."

"뭐야. 좀 더 다이나믹한 답을 해 줄 수는 없어요?"

그녀가 투덜거리자 가로등에 등을 기대고 있던 그가 몸을 곧게 세웠다.

"사랑해요."

"……."

"사랑합니다, 김보미 씨."

"아."

보미의 입에서 옅은 신음이 흘러나왔다. 기습 공격을 당한 심장이 아플 정도로 뛰었다.

"울리지 말아요."

"그럼 싫어한다고 해요?"

"나 갈 거야."

콧방귀를 낀 그녀가 대문 안으로 쏙 들어갔다. 그리고 미친 듯이 널을 뛰는 심장 위로 손을 내렸다.

콩닥콩닥, 춤을 추는 심장이 예쁜 소리를 내며 뛰는 게 확연히 느껴질 정도였다. 이 떨림을 만든 것은 조성은, 그였다. 그녀를 들뜨게 만드는 존재.

현관문을 열고 안으로 들어온 보미는 커다란 소파에 앉아 있는 두영의 모습에 자신도 모르게 몸을 떨며 걸음을 멈췄다.

"이제 놀이는 끝낼 시간이다."

"……아버지."

나지막한 음성에 보미의 눈동자가 울렁였다.

놀이.

그 단어가 무엇을 뜻하는 것인지 그녀는 알고 있었다. 오지 않았으면 했던 시간, 그 시간이 온 것이리라.

자리에서 일어난 두영은 그녀의 모습을 훑어본 후 혀를 찼다.

그녀가 만나는 남자가 자신의 눈에 차지 않는 사람이라는 것을 알면서도 두영은 이를 묵인했다. 잠시의 일탈을 즐긴다 하여 뭐라고 잔소리를 해 댈 생각은 없었으니까.

그리고 드디어, 그 시간이 왔다.

"이젠 약속을 지켜야지."

chapter 3

거품

왕자는 라푼젤의 부탁으로 명주실을 가져다주었다.

라푼젤은 그 실로 열심히 줄을 만들었다.

그런데 밧줄이 거의 완성될 무렵, 마녀가 그만 명주실을 발견하고 말았다.

"라푼젤, 무슨 일을 꾸미는 게냐!"

마녀의 다그침에 라푼젤은 그만 모든 사실을 털어놓고 말았다.

"사랑하는 남자가 생겼어요. 그와 함께하고 싶어요."

그렇게, 이루어질 수 없는 소망을 품었다.

아버지가 여긴 어떻게.

그 말이 가장 먼저 흘러나왔다. 충격을 받은 뇌는 사고회로를 제대로 작동시키지 못했다. 왜 아버지가 여기 있는 걸까. 왜 그와의 만남을, 내 마음을, 우리의 관계를 놀이라고 하는 것일까.

보미는 무엇 하나 명확하게 받아들이지 못한 채 멍한 눈을 깜빡였다.

"그 남자 이름이 조성은이라지?"

"아, 아버지……?"

책을 보고 있던 두영이 소리 내 책장을 덮었다. 그리고 자리에서 일어나 길을 잃은 아이처럼 불안한 얼굴로 주위를 두리번거리는 보미를 보았다.

그녀는 지금 어떠한 말을, 어떠한 행동을 취해야 할지 몰라 당황하고 있었다. 두영의 입에서 성은의 이름이 나왔으니까.

어떻게 아시는 걸까. 아니, 얼마나 많은 걸 알아낸 것일까!

"어떤 학교를 나왔는지, 어떤 직장에 다니는지, 생활은 어떤지, 부모는 어떤 사람인지…… 아마 내가 너보다 더 잘 알고 있을 게다."

보미의 몸이 휘청거렸다. 지지대를 잃은 것처럼.

그녀의 안에서 많은 것들이 변해 가기 시작했다. 처음엔 두려움, 그다음엔 걱정, 그다음엔 분노. 차근차근 쌓인 감정은 무겁고 음습해서 보미의 낯빛을 순식간에 차갑게 식혔다.

"그렇게 좋다고 난리치는 사람이니 너도 궁금하지?"

"……."

고저 없는 말에 보미가 주먹을 움켜쥐었다. 하지만 두영의 말은 거기서 끝나지 않고 그녀를 더욱 겁박했다.

"그 사람이 다치길 원하니?"

"아버지……."

"엉망으로 망가지는 걸 보길 원해?"

보미의 입술이 비틀렸다. 한다면 하는 사람이라는 걸, 성은을 진창에서 뒹굴게 할 사람이란 걸 알고 있었으니까.

안 돼요, 그 사람 다치게 하지 말아요.

그 말을 해야 한다.

하지만 그 말을 내뱉는다는 것은 그에게 백기를 든다는 의미였다. 그가 원하는 것을 수용해야 한다는 뜻이기도 했다.

하지만 보미는 이미 그에게 '약속'을 했다. 어머니의 빚을 갚아 주는 대신, 그가 원하는 것을 들어주기로.

그것이 무엇인지 보미는 알고 있었다. 그녀가 사는 세계에선 당연한 것. 으레 수용하고 가야 하는 것. 아버지는 그걸 그녀에게 시키려고 하는 것이다.

"남자란 생물이 얼마나 단순한지 넌 모른다. 시궁창에 구르게 되면 사랑조차 원망으로 바뀌지. 무리의 우두머리가 되려하는 것이 남자란다. 그런 남자가 여자로 인해 인생이 피폐해지면 널 계속 옆에 두겠니?"

"원하는 걸 말하세요."

"이재권 보좌관 어떠냐."

보미의 입이 굳게 다물렸다.

원하는 것은 알고 있었으나 누구와 함께하길 원하는지는 알지 못했다. 전혀 의외의 인물이 거론되자 그녀의 눈동자에 놀라움이 머물렀다.

정계보단 재계의 인물일 줄 알았다. 대선 자금을 탄탄하게 받쳐 줄 수 있는 그런 집안. 하지만 그는 전혀 다른 선택을 했다. 이미 충분한 부를 축적하고 있었으니까.

"이번 일에 아주 큰 공을 세웠지."

검찰에게서 쉬이 풀려난 것을 '공'이라 칭하는 두영을 보며 그녀가 입술을 악물었다.

재권이 무슨 수를 써서 두영을 지금 그녀의 앞에 세워 놓았는지는 모른다. 하지만 두영을 풀려나도록 했고, 결혼을 제안받게 되었다.

그녀는 젊은 보좌관을 떠올렸다. 얼굴을 자세하게 본 적도, 신경을 쓴 적도 없었기에 이목구비가 하나도 떠오르지 않았다. 늘 날렵한 슈트 차림과 굳어 있던 표정만이 아른거렸다.

보미가 한 걸음 두영에게 다가섰다. 이제 두영의 패는 모두 보았으니 자신의 패를 꺼낼 때였다.

"전 그 사람이 아니면 안 돼요."

그녀가 잘라 말했다. 성은이 아니면 상상도 할 수 없다고. 하지만 그런 그녀의 모습이 귀엽게만 보이는 것인지 두영의 입술에 비웃음이 서렸다.

"그 사람도 그렇게 생각하니?"

"네."

"내가 움직이고 나서도 그렇게 생각할까?"

"……."

체온이 식어 갔다. 힘을 가진 자의 앞에서 그는 속수무책으로 당할 수밖에 없을 것이다. 슬픔이, 성큼 다가온 기분이 들었다.

"유희는 좋다. 하지만 여기까지야."

유희가 아니에요, 아버지.

"선을 지키거라. 그 이상은 용서하지 않아."

이미 선을 넘어 버린 걸요.

보미의 눈이 천천히 감겼다.

내가 무엇을 할 수 있을까.

지금, 그에게 아무런 답조차 할 수 없는데.

　

걸음을 옮기는 두 발은 차가웠다. 하지만 감정들이 지나간 곳은 어디와도 비교할 수 없게 뜨거웠다.

보미는 홀로 멍하니 창밖을 보고 있었다. 아무런 말도, 아무런 행동도 취하지 않은 채 그렇게.

이성적으로는 이 모든 상황들이 정리가 되었으나 감성적으론 그렇지 않았다. 숨이 막히고 가슴이 답답해져 왔다.

한 번 사는 인생, 내 마음대로 할까?

거리낌 없이 굴어 보는 것도 좋으리라.

하지만 그가 다치면?

"내가 움직이고 나서도 그렇게 생각할까?"

두영의 말이 뇌리를 스쳤다.

자신 때문에 엉망으로 망가졌다는 사실을 알게 된 그가, 과연 곁에 남아 줄까?

"……남아 줄 거야."

보미가 슬프게 읊조렸다.

"웃어 주겠지……."

그래, 그는 그런 사람이니까.

자신이 원하는 것은 무엇이든 들어주는 사람. 사랑을 주었고, 세상이 무엇인지 가르쳐 준 소중한 사람.

그렇기에 남을 수가 없다.

그는 자신의 곁에 남겠지만 망가진 그의 모습을 자신이 견딜 수 없을 것이다.

휴대전화를 보던 보미가 손을 뻗었다.

오늘은 그와 만나기로 한 날이 아니었다. 수요일 저녁. 그를 보려면 이틀이나 더 기다려야 했다.

하지만 그녀에게는 지금처럼 슬픔으로 가득 채워 흘려보내는 시간이, 무던히 잊혀져 가는 시간이 너무나 아까웠다. 그와 얼마나 더 있을 수 있을지 몰랐다. 어쩌면 아버지의 뜻에 따라 그를 영영 보내야 할지도 몰랐다.

보고 싶어. 만나고 싶어.

그녀의 눈동자가 일렁였다.

시선을 돌린 그녀가 자신의 손을 내려다보았다. 여전히 하얀 붕대가 감겨 있는 손을 보고서도 아버지는 어쩌다 그렇게 된 것인지 묻지 않았다. 여주댁이 말을 해 주었겠지만, 피아니스트인 그녀에게 손가락이 얼마나 중요한지 알고 있으면서도 한마디, 단 한마디도 하지 않았다.

그저 그의 본론을 꺼냈고, 그가 원하는 것만 말했다.

보고 싶었다. 자신의 손을 보며 괴로움에 일그러졌던 그 얼굴이 너무 보고 싶어 가슴에 사무쳤다.

그의 시간을 뺏을지도 모른다고, 그의 일을 방해할지도 모른다고 생각했다. 그러면 안 된다는 자각도 있었다. 하지만 통화음이 흐르고 곧 그의 목소리를 듣는 순간, 이성이 와르륵 무너지고야 말았다.

—보미 씨?

"성은 씨, 바빠요?"

—시간이 몇 신데 바쁘겠어요.

그 말에 보미가 고개를 돌려 벽에 걸린 시계를 보았다.

새벽 1시.

193

이 시간까지 바쁜 삶을 사는 사람이라면 아마 몸이 축나 요절할지도 모르겠다. 하지만 성은은 이 시간까지 바쁜 사람이었고, 잠자는 시간을 쪼개어 일에 매달리는 워커홀릭이었다. 물론 인생 전부를 피아노에 내던진 그녀가 할 말은 아니었지만.

"벌써 시간이 이렇게 됐네요. 집이에요?"

─네, 지금 막 들어왔어요.

그가 낮게 한숨을 쉬는 소리에 보미가 입을 다물었다.

보고 싶어요. 나 지금 당신이 무척 보고 싶어요.

그렇게 말하고 싶었다. 하지만 역시나 입술은 본드를 붙여 놓은 것처럼 꽉 다물려 말이 밖으로 튀어나오지 않았다.

성은 씨, 아버지가 날 협박해요. 당신을 만나지 말라고. 당신을 만나면 당신의 모든 것을 부수겠다고.

처음부터 최악을 생각해 온 나인데, 이번에는 그러지 못했어요. 각오가 안 되어 있어 지금 더욱 아프고 슬픈 걸까요?

아니면…… 내가 생각했던 것보다 당신을 향한 내 마음이 그렇게나 큰 걸까요.

그녀의 얼굴이 괴로움으로 일그러졌다. 그에게 티를 낼 수 없어 더욱 아팠다.

홀로 그렇게 괴로워했다. 전화 너머의 그는 모르게. 썩어 문드러지는 가슴을 부여잡고, 끝을 알 수 없는 바다으로 끌어내려졌다.

그때였다.

─나 지금부터 영화 볼 생각인데, 함께 볼래요?

"네……?"

—오늘 선배 하나가 노처녀 히스테리를 부려서 이 스트레스를 풀고 자야 내일이 괜찮을 것 같거든요. 어때요? 너무 늦은 시간이라서 힘든…….

"아니요!"

보미가 소리쳤다. 다급한 외침에 그가 낮게 웃음을 터뜨렸다.

—데리러 갈…….

"아니요, 혼자 갈 수 있어요. 주소만 가르쳐 주세요."

—이 시간에 어떻게 혼자 와요.

"택시 타고 가면 금방인 걸요. 정 걱정되면 집 앞에 나와 있으면 되지?"

말을 하는 와중에도 보미의 움직임은 부산스러웠다. 거울 앞에서 자신의 몰골을 확인한 그녀가 욕실로 뛰어 들어갔다.

—알았어요, 그럼 택시 타면 연락 줘요.

"네."

짧게 답한 그녀는 '조금 이따가 봐요'라고 말하는 목소리에 서둘러 그의 이름을 불렀다.

"성은 씨."

—네?

"고마워요."

—천만에요.

역시나.

그는 자신의 마음을 알고 있었던 거다. 숨기려고 해도 숨길 수 없는 지금의 제 마음을.

끊긴 전화를 한동안 보던 그녀가 다시 걸음을 옮겼다. 깨끗하게 씻고 옷을 입은 뒤, 막 지갑과 휴대전화를 챙기려던 찰나였다.

테이블 위에 올려 두었던 휴대전화가 울리기 시작했다. 혹 성은일까 싶어 고개를 돌린 그녀는 액정에 떠 있는 이름에 움직임을 멈췄다.

〈lily〉

영국에서 생활을 봐 주는 아주머니였다. 무슨 일인지 듣지 않아도 어머니와 관련된 일이라는 걸 단번에 알 수 있었다.

전화를 받을까 말까, 고민하던 보미는 결국 통화 버튼을 눌렀다.

「안녕, 릴리. 무슨 일이에요?」

—연락이 되어서 다행이야, 보미.

뭐가 다행이라는 걸까.

—요즘 사모님의 상태가 좋지 않아. 곧 큰일이라도 날 것 같아.

「그게 무슨 말이에요?」

—방에서 나오지 않아.

단식 투쟁이라도 하시는 걸까.

그녀의 얼굴이 구겨졌다.

「너무 걱정하실 필요 없어요. 어머니는 늘 그러시니까요.」

자신이 마음대로 움직여 주지 않을 때, 어머니는 칩거를 하곤 했다.

연습실이 너무 답답해 가출을 했던 적이 있었다. 늦은 새벽 집으로 돌아갔을 때, 어머니는 방 안에서 나오지 않았다. 그 후로 사흘이 지날 때까지.

—아니야, 이번엔 조금 심각해.

릴리 역시 그러는 것을 몇 번이나 봐 왔지만 이번엔 조금 다르다 느낀 것인지 어조가 제법 심각했다.

「괜찮아요.」

—보미.

「이번에도 자신이 원하는 대로 내가 움직여 주지 않아서 그러는 거니까, 괜찮아요.」

—식사도 안 해.

「늘 그러셨죠.」

—방문을 두드리는데 기척도 없고.

「그것 역시 늘 있던 일이고요.」

히스테릭한 반응은 하루 이틀 일이 아니었다. 그런 어머니의 모습에 원하는 대로 해 주었을 때도 있었다.

하지만 지금은 아니다. 제 인생은 제 것이라는 사실을 알았고, 어머니가 원하는 대로 삶을 살아가지 않겠다고 결심했다.

어머니의 대용품이 되어 살아가는 것은 지쳤다.

아버지의 예쁘장한 상품이 되는 것 역시 지쳤다.

―한국에 들어가고 싶어 했어. 널 만나기 위해서.

「그건 아버지가 허락하지 않을 거예요.」

―보미…….

「미안해요, 약속이 있어서 나가 봐야 해요.」

이젠 정말 그렇게 살고 싶지 않았다. 난 어머니와 다르다. 외모는 닮았을지 모르지만, 생각과 가치관은 전혀 다른 사람이었다. 그들의 뜻대로 휘둘리며 살아가고 싶지 않았다.

「어머니껜 제가 연락드릴게요, 릴리. 잘 지내요.」

그녀는 차갑게 잘라 말했다. 더 이상 이 문제로 이야기하고 싶지 않다는 듯이.

그녀의 반응에 릴리 역시 포기한 것인지 깊은 한숨을 내뱉었다.

―후, 알았어.

끊긴 전화를 바라보던 그녀가 애써 시선을 떼어 냈다. 그리고 거칠어지는 호흡을 갈무리하며, 어떻게든 마음을 수습하려 노력했다.

그러고 있기를 몇 분. 그녀가 걸음을 옮겼다. 성은이 기다리고 있었다. 그에게 가야 한다. 그의 품에 안겨, 현실 따윈 가볍게 무시하면 된다.

생각이 복잡해지는 것은 막아야 했다. 그랬다간 자신의 마음이 사각사각 갉아 먹힐 테니까.

계단을 내려오던 보미는 거실 한가운데 서 있는 남자의 모습에 걸음을 멈췄다.

"당신이 왜 여기에 있죠? 아버지 곁에 있어야 하는 것 아닌가요?"

두영은 어젯밤 사무실로 향했다. 그런데 그의 보좌관인 재권이 거실 가운데 떡하니 서서 그녀를 차가운 얼굴로 바라보고 있었다.

"의원님께서 이곳에 남으라고 하셨습니다."

"뭐라고요?"

"지금은 의원님보단 사위 자리를 지키라고 하시더군요."

"……."

보미가 말없이 그를 바라보았다. 그리고 입술을 비틀어 웃었다.

사위 자리를 지켜라…….

참 재미있는 말이었다. 코미디가 따로 없었다.

"당신은 내가 좋나요?"

그가 입술을 달싹이며 무어라 말을 하려고 하자 그의 답 따위 필요 없다는 듯 그녀가 스스로 답했다.

"좋아할 리가 없죠."

"아가씨."

"제겐 사랑하는 남자가 있어요."

자신의 마음은 다른 곳을 향해 있다고 그녀는 명확히 말했다. 하지만 재권은 눈 하나 깜짝하지 않았다.

"잠시의 방황일 뿐입니다. 의원님께서 허락하지 않으실 테니까요."

그녀가 사는 세계는 그런 곳이었다. 계산적으로 사람을 만나며, 결혼을 이용했다. 부를 지키기 위해. 그리고 눈앞에 있는 남자는 그녀가 있는 세계로 들어오기 위해 백조의 발짓을 하고 있었다. 그녀에게 남자가 있다고 해도 상관없는.

하지만 그녀는 아니었다. 그녀는 평범한 세계로 향하고 싶었다. 사랑하는 사람과 삶을 영위하는 것이 얼마나 행복한 것인지 알게 된 아웃사이더였다.

"아버지가 그러시더군요. 이건 놀이라고."

그녀의 목소리에 자조가 섞여 나왔다. 그 말은 상처가 되어 여전히 그녀의 가슴을 뒤흔들고 있었다.

그녀는 무슨 생각을 하고 있는지 알 수 없는 그의 얼굴을 보며 'IF'를 꺼내 들었다.

"만약, 정말 만약에 제가 당신과 결혼하게 되더라도 말이죠."

결혼이란 단어에 그가 움찔거렸다. 그렇게 원하는가, 자신과의 결혼을. '김보미'가 아닌 '김보미의 배경'을. 하지만 곧이어 나온 말에 그의 표정이 차디차게 굳어졌다.

"놀이는 그쪽일 거예요."

"……."

"그래도 좋아요?"

"상관없습니다."

성급한 답이 나왔다. 하지만 보미의 생각은 달랐다. 그게 상관없었던 부모님이 어떠한 방식으로 살아왔는지 똑똑히 보았으니까.

"상관있을 거예요."

"아닙니다."

"확신하지 마세요."

만약 그가 자신과 결혼하여 모든 것을 얻는다고 하더라도, 후에 오늘 일을 뼈저리게 후회할 것이었다.

세상은……

"돈이 전부가 아니니까. 명예가 전부가 아니니까. 성공이 전부가 아니니까."

"……."

"그 모든 것을 가진다 하더라도 행복이 없으면 부질없어요."

수치로 만들어진 것이 아니니까.

그것 말고도 중요한 것이 세상엔 너무나 많았다.

"당신은 부질없는 삶을 살고 싶으신가요?"

"하지만 그중 하나라도 빠지면 행복할 수 없습니다."

그는 사랑보다 수치가 더 중요하다고 말하고 있었다. 젊은 야망가의 삶의 목표는 그것이었으니까.

만약 성은을 만나기 전이었다면 그와 결혼을 했을지도 모르겠다. 쇼윈도 부부처럼 겉으로만 예쁘고 우아하게 살면서. 끔찍한 가정에 그녀의 입가가 길게 늘어뜨려졌다.

아, 생각만 해도 괴롭다.

시선을 들어 그의 눈을 똑바로 바라보던 그녀가 마저 계단을 내려온 후 앞에 섰다.

그의 눈빛은 예쁘지 않았다. 높은 코는 도도했으나 그녀의 취향이 아니었다. 사무적인 말만 늘어놓는 입술을 틀어막고 싶었다. 그의 체취도, 공기도, 분위기도, 그녀의 마음을 뒤흔들어 놓을 수 없었다. 성은과는 달리.

그녀의 입술이 벌어졌다.

"이재권 씨, 이제 보니 재미있는 분이셨군요."

고개를 기울이며 움찔 미간을 찌푸리는 모습에 그녀가 웃음기 섞인 목소리로 뒷말을 이었다.

"내가 행복하지 않다고요."

"김보미 씨."

"내가 행복하지 않은데, 굳이 당신과 놀이를 이어 나갈 필요는 없겠죠."

"……."

"재미도 없는데."

내가 얻는 것은 하나도 없는데 아버지의 제안을 받아들일 필요는 없다.

그와 약혼을 하게 된다면 얼마 가지 않아 결혼식을 올려야 할지 모른다. 아버지의 협박에 굴해 성은이 아닌 사람을 선택해야 하는 상황이 오더라도 눈앞의 남자를 선택할 일은 없었다.

웃던 그녀가 순식간에 표정을 굳힌 후 그를 스쳐 지나갔다. 보미가 걸음을 옮겨 현관으로 향하자 재권이 다급히 손을 뻗어 그녀의 팔을 붙잡았다.

"가지 마십시오."

"놓으세요."

그가 붙잡고 있던 보미의 팔목을 놓은 후 숨을 훅 하고 몰아쉬었다. 순종적인 아가씨였던 보미의 변한 모습이 영 적응되지 않는다는 듯이. 마론 인형이었던 과거와 달리 그녀는 자신의 생각을 그에게 명확하게 전달하고 있었다.

"왜요?"

"정말 몰라서 물으십니까?"

"당신이 저와 결혼을 하게 된다면 이런 상황쯤은 쉽게 견디셔야 할 거예요."

가시 돋힌 말에 그가 이번에도 말문이 막힌 듯 입술을 깨물었다. 그 모습을 바라보던 그녀가 다시 몸을 돌렸다.

"평생 당신의 여자일 가능성은 없으니까."

티끌만 한 마음까지 모두 끌어다가 성은에게 주었으니까.

재권에게 향할 마음 따윈 남아 있지 않았다.

한산한 도로를 바라보던 성은이 자리에 주저앉았다.

뒤통수에 손을 가져다 댄 그는 자신의 꼴이 한심하게 느껴져 웃음을 뱉었다.

충분히 피곤했다. 이번 주 주말에 나가는 방송 편집이 아직 끝나지 않아 사실 지금도 편집실을 지키고 있어야 했다. 그게 아니라면 이틀 만에 돌아온 집에 감격하며 지금이라도 당장 침대 매트리스에 몸을 묻어야 했다.

하지만 무언가를 꾹꾹 억누르듯 괴로운 그녀의 목소리에 피곤함도, 일도 모두 뒤로 미룬 채 그녀를 자신의 집으로 초대해 버렸다.

내가 원래 이렇게 무모한 성격이던가?

분명 오늘 그녀를 만나면 며칠 동안 그 여파로 병든 닭처럼 꾸벅꾸벅 졸게 될 테지만, 그 사실을 인지하고 있는 지금도 실실 웃음만 내뱉을 뿐이었다.

"조성은, 어쩌다가 이렇게 됐냐."

그가 기가 막힌다는 듯 스스로를 비웃었다.

여자 때문에 이렇게 가슴 뛰었던 적이 있었던가. 아니, 인생의 무료함에 설레었던 적이 없었다. 예전엔 일에 대한 열정으로 하루 24시간이 부족하다 느꼈지만, 요즘은 시간이 참 더디게 흘러갔다.

보미를 좀 더 자주 보고 싶었다. 그녀를 제 곁에 두고 싶은 마음이 무럭무럭 자라났다. 만난 지 얼마나 되었다고. 그녀를 벌써부터 미래에 두려 하고 있었다. 아니, 벌써부터 미래에 살고 있었다.

그의 생각이 끝도 없이 미래로 성큼성큼 걸음을 옮길 때였다. 저 멀리 택시 한 대가 달려오는 것이 보였다. 자리에서 일어난 그는 문을 열고 내리는 보미에게로 향했다.

그녀는 성은을 발견하자마자 빠르게 걸음을 옮겼다. 허공에서 하얀 원피스 자락이 휘날리고, 기다란 머리카락이 바람에 나부꼈다.

그의 품에 와락 안긴 그녀가 가슴에 얼굴을 묻었다. 그리고 '보고 싶었어요'라고 읊조리며 연신 그의 체취를 느꼈다.

"어리광쟁이."

머리를 쓰다듬은 그가 정수리에 입술을 묻었다. 품에 안겨 있던 그녀가 여전히 그리움이 뚝뚝 묻어나는 목소리로 물었다.

"그럼 안 돼요?"

"아니요, 됩니다."

안 되는 게 어디 있겠는가.

김보미인데.

웃음기 섞인 대답에 고개를 든 그녀가 눈꼬리를 길게 늘어뜨리며 웃자 그가 손을 뻗어 보미의 다친 손을 엄지손가락으로 어루만졌다.

"손가락은 어때요?"

"죽지 않을 만큼 아파요."

"정말입니까?"

"우와."

"왜요?"

그의 물음에 고개를 젓는 보미는 방금 전보다 더 햇살같이 웃고 있었다.

나 걱정해 주는 사람은 조성은 씨밖에 없어요.

그 말은 아무리 김보미라 하더라도 할 수 없는 것이었다.

성은이 그녀의 손을 잡아 오피스텔 입구로 향하며 물었다.

"배 안 고파요?"

"배는 안 고파요."

"흠."

고개를 돌린 그가 심각한 듯 바라보자 보미가 눈을 동그랗게 뜨며 자신의 모습을 살펴봤다.

아무리 봐도 이상한 곳은 없는데.

혹여 얼굴에 뭐가 묻었나 싶어 손을 들어 뺨을 쓰다듬은 그녀가 아무것도 묻어나지 않는 손바닥을 보며 물었다.

"왜요?"

"좀 먹어야 할 것 같아서."

그 말에 보미가 반박하듯 목소리를 높였다.

"나 엄청 잘 먹어요!"

"엄청 잘 먹는다는 사람치고 잘 먹는 사람을 못 봤는데."

엘리베이터 버튼을 누른 그가 놀리는 것처럼 말하자 보미가 오늘 먹은 음식에 대해 줄줄 읊기 시작했다.

"아침에 일어나서 샐러드 먹고, 점심은 오렌지 주스랑 토스트를 먹었어요. 그리고 저녁은……."

"안 먹죠, 원래?"

"소화가 잘 안 되니까……."

"그럼 결국 오늘 먹은 건 풀과 빵뿐이란 거네요?"

힘껏 고개를 끄덕이던 그녀가 무언가 잘못되었다는 걸 깨달은 것인지 눈을 깜빡였다. 성은이 엘리베이터에 오르며 말했다.

"일단 뭐부터 먹읍시다."

"에……."

"보통 성인 여성들이 그런 식단을 짤 땐 다이어트를 할 때뿐이거든요."

"다이어트 안 하는데……."

"그러니까 잘못되었다고요."

딱 잘라 하는 말에 보미가 눈을 동그랗게 떴다. 뭐라 항의를 하려던 순간 엘리베이터가 멈춰 서더니 문이 열렸다.

그가 사는 곳은 오피스텔이었다. 일반 오피스텔보단 큰 평수로 구성되어 있어 한 층에 열 개의 가구가 살고 있었다.

그가 걸음을 성큼성큼 옮겨 문 앞에 서자, 뒤따르던 보미가 침을 꼴깍 삼켰다. 긴장한 기색이 역력했다. 고작 집에 들어서는 일이었으나 그녀에겐 꽤 특별한 일인 것 같았다.

그 모습을 가만히 내려다보던 그가 입가를 휘어 웃었다. 하는 수 없다는 듯이. 이런 그녀를 순식간에 마음에 담고 사랑하게 된 일, 그건 참 어쩔 수 없는 일이었다는 듯이 말이다.

"포동포동 살부터 찝시다."

그의 말에 보미가 미간을 찌푸렸다.

"어머니가 싫어해요."

"뭘요?"

"살찌는 거."

"음…… 설마 어릴 때도 그렇게 먹은 건 아니죠?"

"……"

"설마가 맞는 모양이네요."

이번엔 성은의 미간이 찌푸려졌다.

"다행이네요."

"뭐가요?"

"잘 자라서."

그의 시선이 그녀의 전신을 훑더니 이내 가슴에서 멈췄다. 장난스러운 시선에 그녀가 멍한 표정을 짓더니 이내 손으로 제 가슴을 가리며 빽 소리를 질렀다.

"엑!"

이 변태!

그녀가 왁왁 소리를 질러 대자, 그가 손을 뻗어 작은 입술을 가렸다. 그리고 손가락을 입술 위에 길게 세우며 엄한 표정을 지었다. 마치 말 안 듣는 다섯 살 아이를 훈계하듯이 말이다.

"다른 집에 민폐입니다."

"헉!"

"쉿."

그가 오피스텔 문을 열고 먼저 안으로 들어섰다. 곧이어 조심스레 현관에 발을 디딘 그녀가 호기심 가득한 눈동자로 집 안을 보았다.

"우와."

감탄사를 내뱉는 그녀의 모습에 신발을 벗고 집 안으로 들어

선 그가 고개를 돌렸다. 그녀는 여전히 현관에 서 있었다.

"왜요?"

"좁다."

그렇게 말한 보미가 혀를 쏙 빼 내밀자, 그가 어깨를 으쓱였다. 예상했던 반응이었으니까.

여전히 안으로 발을 디뎌도 될지, 그의 공간 안으로 성큼 들어가도 될지 고민하는 그녀의 모습에 성은이 걸음을 옮겼다.

성큼성큼, 그가 순식간에 보미의 앞에 멈춰 섰다. 그리고 허리를 굽혀 그녀와 시선을 맞춘 후 웃었다.

"그래도 지금은 좁은 게 좋지 않아요?"

쪽.

두 사람의 입술이 소리 내어 마주했다. 갑작스러운 입맞춤은 깃털처럼 가벼웠고 간지러웠다.

토끼처럼 눈을 동그랗게 뜨는 모습을 바라보던 그가 팔을 뻗어 그녀의 뒷목을 부드럽게 잡은 후 자신 쪽으로 당겼다.

이번엔 두 사람의 입술이 좀 더 무겁게 닿았다. 입술을 벌려 그의 침입을 받아들이는 보미와 그녀의 안으로 깊숙이 들어가기 위해 비스듬히 고개를 돌리는 성은. 질척한 소리와 함께 두 사람의 혀가 뒤엉키고, 마음이 닿았다.

그녀의 허벅지 아래를 붙잡은 그가 보미의 몸을 가볍게 들어 올렸다. 발이 허공에 뜨자 자연스레 다리로 그의 허리를 휘감고, 손으로 그의 목을 붙잡은 그녀가 마치 죽음을 목전에 둔 사람이 끈을 붙잡듯 힘껏 성은을 끌어안았다.

빙그르.

그녀의 몸이 허공에서 돌려졌다. 성은의 걸음은 자연스럽게 침대로 향했고, 그사이에도 두 사람의 입술은 거칠게 서로를 탐했다.

게슴츠레 눈을 뜬 채 자신의 입술을 찾는 보미의 모습을 바라보던 그가 한 손으로 그녀의 머리를 쓰다듬었다. 부드러운 손길에 천천히 눈을 뜬 그녀가 일렁이는 눈망울에 그를 담았다.

"역시 많이 먹여야겠습니다."

"지금은……."

그녀가 축축하게 젖은 목소리로 읊조렸다.

조물조물 움직이는 입술을 뚫어져라 바라보던 성은은 곧이어 숨을 고른 후 확 하고 토해지는 말에 또다시 그녀의 입술을 거칠게 집어삼켰다.

"당신의 사랑이 고파요."

딱딱한 선반 위에 맥주 두 캔과 팝콘이 놓여 있었다. 브라운 관 안에선 괴상한 표정을 짓고 있는 남자가 여자를 향해 손가락질을 하고 있었다.

"먼저 헤어지자고 한 건 너야!"

"그건 네가 알아주길 바라서 그런 거라고!"

"도대체 뭘!"

"매일 화만 내고, 예전엔 그러지 않았는데! 매일매일 불안했다고! 이러다가 우리 끝장나는 게 아닐까, 했단 말이야!"

"그래, 결국 네가 끝장냈지."

파란색 이불로 실오라기 하나 걸치지 않은 몸을 가리고 있는 보미의 모습은 곧 부서질 것처럼 나약해 보였다. 가느다란 팔은 한 줌도 되지 않았고, 길게 늘어뜨려진 머리카락은 금실처럼 반짝였다.

그런 보미의 어깨를 감싸 안고 있는 성은 역시 그녀와 마찬가지로 살결을 드러내고 있었다. 단단한 상체는 완연한 남성의 것이었고, 너른 품은 그녀를 폭 안을 수 있을 정도로 다정했다.

두 사람의 시선은 브라운관에 고정되어 있었다.

오래된 연인은 그렇게 다투었다. 불안감에서 시작된 여자의 의심은 그가 자신을 사랑하지 않는다는 결론까지 도달하였고, 결국 그녀가 먼저 백기를 들었다.

영화를 한참 보던 성은이 고개를 돌려 보미를 힐끔거렸다. 그는 배꼽이 떨어져라 웃을 수 있는 영화를 보려고 했으나, 보미는 예전부터 보고 싶었다며 이 작품을 골랐다.

영화는 어느새 클라이맥스로 향하여 두 남녀는 결혼을 약속하고 있었다. 재미없는 작품이라고는 할 수 없었으나, 성은은 그 어떠한 것도 느끼지 못했다.

별점은 3점. 현실의 연애를 리얼리티 있게 풀어낸 것에 대해서만 점수를 줄 수 있을 것 같았다. 결국 고개를 돌린 성은은 다시 그녀의 모습을 살폈다.

격렬한 다툼을 할 땐 콧잔등을 찌푸렸고, 두 사람의 상황이 좋을 땐 해사하게 웃었다. 이별을 생각할 땐 울었고, 함께 있기로 약속했을 땐 다행이라는 듯 안도의 한숨을 내뱉었다.

표정의 변화는 재미있었고, 드라마틱했다. 그녀는 감정이 풍부한 사람이었으니까.

"진짜 이런 영화가 보고 싶은 겁니까?"

"로맨틱하잖아요."

도대체 어디가?

그는 물어보고 싶었다.

현실의 연애는 찌질하고 궁상맞았다. 그리고 영화 속 커플은 그 점을 아주 잘 반영하여 하루가 멀다 하고 다투며 감정적으로 부딪혔다. 눈을 가늘게 뜬 그가 물었다.

"설마 저랑 싸우고 싶은 겁니까?"

"후후."

성은의 물음에 보미가 바람 소리를 내며 웃었다. 그리곤 '그것도 괜찮겠네요' 하며 미소 지었다.

"결혼…… 행복할 것 같아요."

치열한 전투의 끝, 사랑의 결실을 맺고 막 웨딩부케를 던지는 여자 주인공을 바라보며 보미가 멍하니 중얼거렸다.

사랑하는 사람과 평생 함께 살겠노라, 다짐하는 일은 얼마나 행복할까. 결혼이란 두 사람의 감정만으로는 되지 않는다는 것쯤 보미도 알고 있었다. 하지만 지금, 그녀는 가상의 세계 속

두 사람이 너무나 부러웠다.

보미의 옆모습을 바라보던 성은이 들고 있던 맥주 캔을 향해 시선을 돌렸다. 허공에서 흔들어 보니 안이 거의 비어 있었다.

다시 보미를 바라본 그가 맥주 캔 뚜껑을 손으로 이리저리 돌려 분리했다. 그리고 힘없이 놓여 있는 보미의 오른손을 잡아다 손가락에 이를 밀어 넣었다.

뚜껑은 손가락 마디에 턱 걸렸다. 아무리 보미의 손가락이 얇더라도 이 작은 구멍에 밀어 넣기는 무리였나 보다.

보미가 뭐하냐는 듯 올려다보자 성은이 무심한 얼굴로 말했다.

"나랑 합시다. 행복할 것 같으면."

"네?"

"결혼하자고요."

프러포즈라기엔 너무나 삭막하고 재미없었다. 화려한 풍선이나 값비싼 반지, 이벤트도 없었다. 하지만 그래도 괜찮았다. 그의 눈빛이 진지했고, 그녀의 가슴이 부풀어 올랐으니까.

시선을 내린 보미가 멋없는 뚜껑을 보았다.

이 뚜껑의 가격은 얼마일까.

아마 몇십 원 혹은 몇백 원 정도일 것이다.

하지만 아주 값비싼 다이아몬드처럼 반짝이는 기분이 들었다.

"물론 당신이 사는 화려한 세계는 아니겠지만, 늘 당신이 하고 싶어 하는 일을 함께해 줄게요."

"……."

"어때요, 나랑 계속 불장난해 보는 건?"

아아.

보미의 입에서 신음이 흘러나왔다. 손을 든 그녀가 눈가를 가리며 터져 나온 울음을 뱉어 냈다.

엉엉.

마치 어린아이 같았다. 숨길 것 없이 제 감정을 오롯이 쏟아 내며 그녀가 아이처럼 울었다.

값비싼 자개로 장식된 보석함 안에 덩그러니 놓여 있는 캔 뚜껑을 뚫어지게 바라보는 보미의 입가에는 기쁨이 서려 있었 다.

끔찍하게 제 목을 죄는 주위의 상황에 숨조차 쉴 수 없었다. 하지만 그런 것들을 모두 무시하게 될 정도로 그는 아주 멋들 어진 말을 해 주었다.

"물론 당신이 사는 화려한 세계는 아니겠지만, 늘 당신이 하고 싶어 하는 일을 함께해 줄게요."

그 말이 주는 힘이 얼마나 강력한지 성은은 알 수 있을까.

아마도 모를 것이다. 그런 말을 자신이 얼마나 바라고 또 바라 왔는지.

싸울 수 있을 것이다. 분명 아버지의 의지를, 어머니의 바람을 꺾을 수 있을 것이다. 그와 함께라면.

오늘 그를 만나 보미는 모든 것을 솔직히 이야기하기로 했다. 지금 자신이 어떤 상황에 놓여 있는지. 자신이 살고 있는 세계엔 정략혼이라는 것이 있고, 아버지가 지금 그걸 요구하고 있다고.

그는 자신을 데리고 어디로든 도망가 줄 것이다. 아니면 아버지와 싸워서라도 자신을 그가 사는 세계에 옭아매 줄 수 있을 것이다.

보미의 얼굴에 기쁨이 가득할 때였다.

성은에게서 전화가 오자 그녀가 서둘러 통화 버튼을 눌렀다.

어디로 가면 되나요? 퇴근은 했어요? 오늘은 피곤하지 않아요?

그에게 조잘조잘 이야기하고 싶은 것들이 너무나 많았다.

하지만 그 많은 말들 중 무엇 하나 할 수 있는 게 없었다.

─오늘은 못 만나겠어요.

미안함이 뚝뚝 떨어지는 목소리에 보미가 시무룩해졌다. 그처럼 바쁜 사람이 이제껏 자신과 꼬박꼬박 만남을 가졌다는 게 기적에 가까운 일이라는 것을 알고 있었다. 어쩔 땐 그가 잠잘 시간조차 없다는 것도.

하지만 서운한 것은 어쩔 수가 없었다. 기대감에 부풀어 올랐던 마음이 푸시식 아래로 꺼졌다.

"갑자기 왜요?"

—국방부에서 연락이 왔네요. 군 면제 문제로.

"네?"

—재검을 받으라고 해서 지금 급하게 나왔어요. 미안해서 어쩌죠?

그의 물음에 얼굴이 창백해진 보미가 눈을 질끈 감았다.

"아니에요, 성은 씨."

—그렇다면 다행이고요.

안도하는 듯한 목소리를 들으며 그녀가 숨을 왈칵 몰아쉬었다.

아니에요, 성은 씨.

미안해할 사람은 나예요.

김두영 의원은 국회 근처에 따로 사무실을 하나 더 두었다. 중요한 이야기는 그곳에서 모두 나누었는데, 사무실이라기보다는 가정집에 더 가까운 모습이었다.

그의 뒤를 따르는 사람들, 혹은 그를 대통령으로 만들기 위해 킹메이커 역할을 하는 사람들은 오늘도 그의 사무실에 모여 있었다. 최근 검찰청을 들락날락거리며 엉망이 된 이미지를 어떻게 쇄신하여야 할지 기나긴 회의가 이어졌다.

어떤 이는 장애인 시설에 봉사활동을 가자고 말했고, 어떤 이는 야당에서 원하는 정치적 사안 하나를 여당인 그가 직접 나서서 해결하는 것도 한 방법이라고 이야기했다. 그것이 어떤 사안인지는 상관없다는 태도였다.

이 상황을 전략적으로 잘 이용하면 국민들의 마음도 꽤 돌아서리라는 말에 두영이 고개를 끄덕였다.

그때 밖이 소란스러워졌다.

"아가씨, 이러시면 안 됩니다."

"비켜요."

두꺼운 원목 문을 통해 비서와 보미의 목소리가 번갈아 들려왔다. 사람들의 시선이 순식간에 문으로 향하자 두영이 앞으로 굽히고 있던 허리를 곧게 폈다.

"10분 정도 쉬었다 하지."

"네."

갑작스런 회의 중단에도 사람들은 군말 없이 자리에서 일어났다. 보미와 그의 대화를 위해 자리를 비켜 주려는 듯이.

가죽소파에 앉아 있던 사람들이 사무실을 빠져나가기도 전, 문이 벌컥 열리더니 비서를 밀어낸 그녀가 휘청거리며 들어왔다. 몸의 중심이 무너져 위태로워 보이던 그녀는 곧장 자세를 잡은 후 두영을 향해 와락 외쳤다.

"아버지……!"

다른 사람들의 모습은 보이지 않는 것인지 그녀는 곧장 두영을 향해 걸어왔다. 그리고 앞에 서서 무서운 눈으로 제 아비를 내려다봤다.

두영이 눈짓을 하자 사람들이 순식간에 썰물처럼 빠져나갔다. 커다란 공간 안에 남은 것은 분노한 보미와 그런 그녀를 가

소롭다는 듯이 올려다보고 있는 두영뿐이었다.

"차 한잔하겠느냐."

두영의 물음에 보미가 주먹을 움켜쥐었다.

"아버지와 오래 이야기하고 싶지 않아요."

"잘됐구나."

보미의 얼굴이 일그러졌다. 그는 에둘러 말하고 있었다. 그녀에게 많은 시간을 내어 줄 수 없다고. 시간낭비를 줄이고 싶다는 말에 속에서 무언가 울컥 올라오는 기분이 들었다.

"성은 씨, 아버지가 그러신 거죠?"

보미의 말에 일자로 닫혀 있던 두영의 입꼬리가 부드럽게 하늘로 올라갔다. 그 모습에 보미는 답을 듣지 않아도 알 수 있었다.

정말 아버지구나, 정말 아버지가 한 것이구나.

"군이 아니라 교도소일 수도 있다."

날 이런 식으로 뒤흔들어 놓으시는구나.

"알아서 잘 처신하거라."

날 이렇게 어둠 속에 처박으시는구나.

보미의 눈빛이 처연히 빛났다. 창을 통해 들어오는 빛으로 인하여 평소보다 옅은 톤으로.

가만히 두영을 바라보던 그녀는 눈가가 뜨거워지자 힘을 주었다. 지금 이 상황에서 울어선 안 된다. 그럼 오히려 아버지에게 승리감만 안겨 주겠지. 그건 싫었다. 죽어도 싫었다.

아버지의 뜻대로 일이 돌아가고 있으며, 그로 인하여 자신이 패배감을 느꼈다는 사실을 알리고 싶지 않았다.

늘 순종적이기만 했던 그녀가 이를 악물며 날카로운 가시를 세웠다.

"건들지 마세요, 제 사람이에요."

그는 내 사람이다. 내 사람은 내가 지켜야지. 그래, 울지 마, 김보미.

그녀는 속으로 끊임없이 되새겼다. 무릎을 꿇으면 안 된다고, 절대 안 된다고. 어떻게 해서든 지금의 행복을 지켜야 한다고.

하지만 두영은 이런 그녀가 귀엽게 느껴지는 것인지 잠시 웃음을 내뱉었다. 그녀의 얼굴이 일그러지는 것을 미술품 감상하듯 바라보던 그가 천천히 입술을 달싹였다.

"네 사람? 지킬 수 없는 것은 곁에 두지 않는 게 좋아."

"……."

"그렇지 않으면 괴로울 게다."

보미의 눈이 감겼다.

"지킬 수 없을까요?"

그리고 되물었다, 두영에게.

이제라도 가만히 두면 안 되냐고. 약속이라는 걸 지키지 않으면 안 되냐고. 어머니는 당신의 아내이지 않느냐고.

하지만 두영은 더 이상 생각할 문제가 아니라는 듯 고개를 저었다. 그 움직임은 너무나 가벼워 오히려 더 큰 상처로 다가왔다.

안 되는구나. 이해해 주지 않으시는구나, 하고.

"만날 거예요."

"……."

"마음껏 사랑할 거예요."

두영이 어디 한번 계속해 보라는 듯 팔짱을 끼자 그녀가 이를 악물었다.

까드득, 까드득.

이가 갈렸다.

사각, 사각.

마음이 갈려 나갔다.

"결혼도 할 거예요……. 행복하게 살 거예요. 내가 원하는 사람과. 평생 함께, 지낼 거예요."

"그래, 네가 원하는 대로 해 보거라."

그의 말에 보미의 얼굴이 일그러졌다.

"그럼 부술 거죠?"

두영이 팔을 들어 시계를 확인했다.

"이미 망가졌을지도 모르지."

"……네?"

"난 성격이 급한 사람이지 않느냐."

그의 말에 보미가 몸을 돌렸다. 머리카락이 휘날리며 뺨을 때리고, 빠르게 옮겨지는 걸음 때문에 뒤꿈치가 아팠다. 하지만 그녀는 무언가를 예감한 사람처럼 내달렸다.

그를 만나야 한다.

그를 만나, 그가 무사한지 두 눈으로 확인해야 해.

다급해진 마음이 그녀를 재촉했다.

◆　　　◆　　　◆

엘리베이터에 오른 성은은 연신 자신의 팔을 내려다보며 기가 막힌다는 듯 헛웃음을 뱉었다. 보미와 같은 오른손에 흰 붕대를 칭칭 감은 그가 길었던 하루를 떠올리며 눈을 깜빡였다. 그러다 보미에게 연락을 하지 않았다는 사실을 상기시켰다.

"말 안 하는 게 좋겠지?"

아마 다쳤다는 소릴 들으면 크게 걱정할 것이다.

다음에 만나서 이야기해야겠다고 생각하며 그는 엘리베이터에서 내려 걸음을 옮겼다.

복도를 걷던 성은이 저 멀리 문 앞에 웅크리고 있는 인영을 발견하곤 발을 멈췄다. 눈을 게슴츠레 떠서 살피자, 무릎에 얼굴을 묻은 채 바닥에 힘없이 앉아 있는 보미가 명확히 보였다.

깜짝 놀란 그가 보미에게로 다가설 때였다. 인기척을 느낀 그녀가 고개를 번쩍 들더니 성은의 모습을 발견하곤 자리에서 일어났다. 그리고 서둘러 달려와 소리쳤다.

"왜 전화 안 받아요!"

"보미 씨?"

격렬한 반응에 깜짝 놀란 성은이 눈을 크게 떴다.

불안함에 떠는 모습이 심상치 않았다. 혹 무슨 일이 있었나 싶어 그가 팔을 뻗어 그녀의 뺨을 감싸 쥐었다.

"무슨 일 있었어요?"

"어, 얼굴이……."

뺨에 닿는 붕대의 감촉을 느낀 그녀가 놀란 듯 그를 보았다. 얼굴 여기저기 나 있는 자잘한 상처와 압박 붕대로 감아 놓은 손을 이제야 발견한 듯했다.

그녀의 얼굴이 절망으로 일그러졌다. 그녀가 왜 이토록 아파하는지 알 리 없는 성은은 다친 자신을 걱정하는 것으로 받아들이곤 고개를 작게 내저었다.

"조금 다쳤어요."

"이게 조금이에요?"

그녀의 목소리가 떨렸다.

두영이 협박을 하고 있었다. 그의 얼굴에 난 상처로, 팔을 감은 붕대로.

영원히 이 사람의 얼굴을 보지 못해도 되겠니?

아버지는 자신을 그렇게 협박했다.

보미가 자신의 뺨을 감싸 쥐고 있는 그의 손등 위에 제 손을 겹쳤다. 그리고 목소리에 떨림을 담아 말했다.

"우리 헤어지지 말아요."

"네?"

"죽어도 내 옆에 있어요."

"김보미 씨."

불안정한 모습에 성은이 다친 손을 뻗어 그녀의 어깨를 감쌌다. 그녀의 정수리에 제 뺨을 가져다 대며 포근히 안아 주었다.

뭐가 이렇게도 불안할까?

딛고 서 있는 땅이 뒤흔들리니까 그런 것 아닐까?

그는 그렇게 생각했다. 자신이 단단한 땅이 되어 주리라, 넓은 울타리가 되어 주리라, 그렇게 마음먹었다.

"안 죽을 거니까 걱정 마세요."

그 말에 보미는 눈물이 흐를 것 같았다.

차라리, 차라리, 그러지 않겠노라 말했다면 이렇게 슬프진 않았겠지. 이 남자를 지킬 수 없는 자신의 처지를 비관하지도 않았겠지…….

그래, 그렇겠지?

집으로 돌아가는 길.

보미는 성은의 집이 멀어지자 그제야 엉엉 울음을 터뜨렸다.

지나가는 사람들이 자신의 모습을 힐끗힐끗 보는 게 느껴졌음에도 눈물을 멈추지 않았다. 세상이 무너진 듯, 그렇게 울고 또 울었다.

울다 진이 빠져 거리에 주저앉고서도 눈물은 멈추지 않았다.

"아가씨, 괜찮아요?"

지나가던 중년의 여인이 걱정스럽게 다가와 물었다. 멍한 눈을 들어 여인을 바라보던 보미는 거칠게 도리질을 쳤다.

"119라도 불러 줄까요?"

보미가 또다시 고개를 저었다. 마치 정신을 놓은 사람처럼 고개만 저어 대는 모습에 중년의 여인도 조금 무서워진 것인지 자리를 피했다.

"젊은 아가씨가 예쁘게 생겨서는."

흘리듯 하는 말이 기분 나쁠 법도 한데 보미는 멍하니 눈만 깜빡였다.

그렇게 얼마의 시간이 지났을까.

주섬주섬 주머니에서 휴대전화를 꺼낸 그녀가 주소록에서 번호 하나를 찾아 통화 버튼을 눌렀다. 꽤 오랫동안 통화음이 이어지고 나서야 상대는 전화를 받았다.

―김보미?

전화를 건 이가 의외의 인물이라는 듯한 반응에, 보미가 울음이 뒤섞인 목소리로 말했다.

"내일…… 시간 어때?"

―너 목소리가 왜 그래?

"지욱아, 나한테 시간 좀 내주라."

―…….

어릴 적부터 함께 자라다시피 한 소꿉친구에게 연락을 한 그녀는 그렇게 떼를 썼다. 그런 보미의 모습은 처음이라 지욱은 한동안 말없이 그녀의 울음소리만 듣고 있었다.

보미가 손을 들어 눈물을 닦았다. 그리고 방금 전까지와는 달리 힘 있는 목소리로 말했다.

"나랑 거래 좀 하자."

볕이 강렬해졌다. 성은을 처음 만났던 그날은 참 추웠었는데.

강남 네거리 중심, 태론호텔 스카이라운지에 앉아 있는 그녀는 세상 가장 높은 곳에 앉아 고고히 아래를 내려다보고 있는 것 같았다. 그러다가 힘없이 손을 뻗어 어느덧 외워 버린 성은의 번호를 눌러 메시지를 보냈다.

〈미안해요, 성은 씨. 갑자기 일이 생겨서 오늘은 못 만날 것 같아요.〉

그리고 전원을 끈 휴대전화를 가방에 넣었다.

자신의 결심이 흩어지지 않도록.

그때 저 멀리서 지욱이 걸어오는 게 보였다.

아직 완연한 남자라는 느낌은 없었다. 이지욱은 그녀와 동갑이었고, 대한민국에서 최고로 손꼽히는 대학에서 법을 공부하고 있었다.

그 또한 그녀와 마찬가지로 이쪽 세계의 사람이었다. 그의 아버지는 대한민국 최고 로펌의 대표였고, 지욱이 그 로펌을 물려받길 원하고 있었다.

그녀와 마찬가지로 그 또한 꼭두각시로 살아가고 있었다. 원치 않았음에도.

매끄러운 동작으로 자리에 앉는 지욱을 시선으로 좇던 보미가 힘없이 웃었다.

"더 멋있어졌네?"

"그런 소리 하려고 부른 거 아니잖아."

그가 무심히 말했다. 그러자 보미가 장난스럽게 팔을 들어 제 어깨를 문질렀다.

"어우, 추워. 찬바람 쌩쌩 부는 것 봐."

그녀의 말에 잘 깎은 밤처럼 잘생긴 얼굴이 일그러졌다.

지욱은 이쪽 세계의 여자들이 군침을 흘릴 만큼 매력적인 인물이었다. 대대로 법조인을 배출한 집안은 훌륭했고, 외모는 웬만한 배우보다 잘났다.

그것만으로도 엄지손가락을 척 세우겠지만 그는 두뇌까지 완벽한 사람이었다. 보미는 말없이 물을 마시는 그를 보다가 턱을 괴었다.

"연애는 하니?"

"연애?"

낯선 단어에 인상을 찌푸린 그가 고개를 저었다.

"네 입에서 그런 말이 나올지는 몰랐다."

지욱은 웃음기 섞인 목소리로 답했지만 보미는 지지 않고 물었다.

"사랑하는 여자는 있니?"

"……김보미, 너 설마."

무슨 말을 하기 위해 불렀는지 이제야 알겠다는 듯 지욱이

226

눈을 동그랗게 떴다.

김보미는 영악한 사람이 아니었다. 세상 물정 모르는 온실 속 화초. 그런 사람이었다. 사람의 손길이 필요했고, 그 손길을 받지 못하면 금방 시들어 죽어 버리는.

하지만 지금의 그녀는 잡초 같았다. 원하는 것을 무슨 수를 써서든 손에 넣으려고 하는.

"없지?"

보미가 힘없이 물었다. 그러자 지욱이 팔짱을 끼며 등을 의자에 느슨히 기대었다.

생각에 잠긴 듯하던 그가 잘생긴 이마를 구기더니 손을 들어 관자놀이를 꾹꾹 눌렀다. 냉철한 얼굴이 순간 감정으로 뒤섞였다.

그는 이성이 앞서는 사람이었다. 이성적으로 생각해 보았을 때 그녀의 거래를 받아들이는 것이 좋을지 모른다. 하지만 그는 또한 김보미의 오랜 친구였다. 그녀가 걱정이 되는 것은 어쩔 수가 없었다.

"거래가 그거냐?"

"음."

긍정도 부정도 아닌 대답이었다. 그에게 사랑하는 여자가 없다면 거래는 성사될 것이고, 있다면 결렬이었다.

그녀의 모습을 한참 바라보던 그가 기가 막힌다는 듯 고개를 옆으로 돌렸다.

"이 나이에 무슨 약혼이고, 결혼이야."

"어른들이 보기에 상품성이 있다고 생각하는 나이니까."

상품성. 그 말에 그가 픽 하며 웃음을 터뜨렸다.

"많이 컸다. 그런 말도 할 줄 알고."

"들었어. 너도 집에서 이야기가 나오고 있다지? 어느 그룹 아가씨니?"

"장아영."

그가 짤막하게 이름을 내뱉자 보미가 아는 사람이라는 듯 고개를 끄덕였다.

"아아, 아영이. 장선그룹 둘째 딸이지?"

IT 분야에서 최고라 손꼽히는 그룹이었다. 재계 서열 9위였지만 앞으로를 생각한다면 그 위로 올라가면 올라갔지, 아래로 꺼지진 않을 곳. 꽤 좋은 상대였으나 보미의 생각은 다른 것인지 입술을 휘어 웃었다.

"할 생각이니?"

"하고 싶진 않은데 해야 하는 상황."

이런 일에 굴할 이지욱이 아닌데, 말하는 것을 들어 보니 그에게도 꽤 중요한 조건이 붙은 모양이었다.

"넌 어떤 조건이 붙었는데?"

"자유."

짤막한 두 음절에 보미의 눈망울이 흔들렸다.

자유.

그녀라도 그 조건을 들었다면 아마 어른들이 하는 일에 토를 달지 않고 고개를 끄덕였을 것이다. 결혼은 어차피 미래의 일이었고, 잠시라 할지라도 자유는 너무나 달콤하니까.

"자유를 준대."

지욱이 다시 한 번 힘주어 말하자 보미가 자조 섞인 목소리로 물었다.

"줘도 못 써먹을걸?"

"당장 집에서 나가고 싶어. 숨 막혀."

끔찍하다는 듯 말한 그가 물었다.

"넌?"

그러자 보미가 어깨를 으쓱이더니 고개를 옆으로 돌렸다.

하늘은 참 푸르렀다. 눈이 멀어 버릴 것처럼.

"어머니 빚."

지욱의 미간이 찌푸려졌다. 보미 어머니의 사치라면 이 바닥에서도 유명했다.

"근데, 사랑하는 남자가 생겼어."

"김보미……?"

"그 남자와 함께 있고 싶어. 그런데 지금은 불가능해."

"너희 아버지도 어마어마하지."

"어때? 나랑 거래할래?"

그녀가 조금 성급하게 물었다. 방금 전까지만 해도 감정을 꾹꾹 억누르는 것 같았던 어조와 달리.

가만히 보미의 얼굴을 바라보는 지욱의 눈빛은 진중했다. 머릿속으로 과연 이 자리에서 결정지어질 사항들이 올바른 것인지 수없이 생각하는 모습이었다.

그의 고민을 아는 듯 보미가 다시 한 번 물었다.

"힘이 생길 때까지 우리, 손잡지 않을래?"

그녀의 모습을 가만히 보고 있던 지욱이 굳혔던 표정을 부드럽게 풀었다. 그러더니 몸을 앞으로 굽혀 옆에 있던 티슈를 빼내 그녀에게 건넸다.

그의 행동에 보미가 팔을 들어 눈 밑을 더듬었다. 축축했다. 아마, 자신은 지금 울고 있나 보다.

그녀는 받아 든 티슈로 눈가를 콕콕 찍었다.

"후회할 거야."

"응. 하지만 어쩔 수 없잖아."

어쩔 수 없는 일. 세상에서 가장 한심하고 바보 같은 말이었다. 하지만 사면초가에 놓인 그녀는 그 말을 할 수밖에 없었다.

"그 사람을 지키기 위해선 힘이 필요해."

그를 지켜야 하니까. 그가 정말 다칠 테니까.

"그래서 널 찾은 거야. 그 힘을 가지기 위해서."

보미의 말을 끝까지 들은 그가 깊은 한숨을 내뱉었다.

사랑하는 남자가 있다며 약혼을 해 달라 부탁하는 그녀를 어떻게 해야 할지 모르겠다는 듯이. 하지만 그녀에겐 이지욱이 유일한 열쇠였다.

"난 그 사람을 지킬 힘이 생길 때까지, 넌 사랑하는 여자가 생길 때…… 그리고 자유를 얻으면, 그때 우리 관계를 끝내는 거야. 어때?"

"후회할 거야."

그가 다시 한 번 그녀에게 말했다. 분명 그리 될 것이라고.

그러자 보미의 얼굴이 종잇장처럼 일그러졌다.

"그 남자에겐 말해 봤어?"

"……."

"상처 받겠네."

입을 꾹 다물며 답을 회피하는 모습에서 그 어떠한 긍정보다 강력한 힘을 느낀 그가 고저 없는 목소리로 말을 이었다.

"그 남자에게 먼저 말해. 그리고 함께 이 상황을 풀어 가. 나와의 약혼은 답이 아니야. 그게 답이야."

"사람을 썼나 봐."

"……뭐?"

"내게 협박을 했어. 어디로든 보내 버리겠다고."

"단순한 협박일 뿐이야."

딱 잘라 하는 말에 보미가 고개를 저었다.

"우리 어머니가 왜 한국에 못 들어오는 줄 알아?"

"……."

"아버지 때문이야. 들어오면 외가 쪽 식구들을 가만히 두지 않겠다고 했거든. 취재진을 피해 외국에서 지내라고 했어. 그 말을 무시하고 어머니가 한국에 들어왔을 때……."

"삼오식품이 무너졌군."

보미가 입술을 휘며 웃었다. 마치 그래, 라고 답하는 것 같았다.

비록 서류상의 부부일 뿐이라고 해도 배우자 집안의 사업까지 몰락시켜 버린 사람이었다. 그런 사람이 평범한 성은을 어떻게 할지는 불 보듯 뻔했다.

그녀의 눈가에 또다시 습기가 차올랐다. 그가 다치는 모습을 상상하는 것만으로도 마음이 너무나 아팠다.

"어쩔 수 없잖아…… 어쩔 수 없어……. 나에겐 힘이 없어, 지금. 그 사람을 지킬 힘이…… 내겐 없어."

어둠이 내려앉은 집.

보미는 서재로 들어가기 전 꺼 두었던 휴대전화를 켰다.

〈부재중 전화 4통, 문자 5통〉

삐릭삐릭, 액정에 새겨진 글자에 그녀가 잠시 걸음을 멈췄다. 손가락을 움직여 부재중 전화를 확인하니 모두 성은으로부터였다.

한 시간 간격으로 찍힌 그의 번호를 보던 그녀가 이번엔 메시지함을 열었다.

〈보미 씨, 일은 어떻게 됐어요?〉
〈아직 안 끝난 겁니까?〉
〈전에 우리 함께 왔던 한강 공원에 왔어요, 취재차.〉

〈식사는 했습니까?〉

일상적인 메시지를 읽던 그녀가 제일 위에 찍혀 있는 메시지를 보고선 눈을 질끈 감았다.

〈부모님께 말씀드렸습니다, 보미 씨의 존재. 곧 만나 보자고 하셨습니다. 부담됩니까?〉

"아니요."

부담이 될 리가 없잖아요.

사랑하는 남자를 낳아 준 분들을 만나고 싶은 건 당연한 일이잖아요.

그런데요, 성은 씨. 그러질 못할 것 같아요. 내가 너무 보잘것없어서. 내가 너무 바보 같아서.

이런 나…… 이해하지 못하겠죠?

당신, 많이 아파하겠죠?

질끈 감았던 눈을 뜬 그녀는 희미한 불빛이 새어 나오는 서재로 향했다.

똑똑.

노크를 하자 안에서 들어오라는 음성이 들렸다. 문을 열고 들어가자 막 안경을 벗던 두영과 눈이 마주쳤다.

"앉자."

그의 말에 보미가 먼저 소파에 앉았다. 상석에 자리를 한 두영이 긴 다리를 꼬자 그녀가 시선을 돌렸다.

이제 와서 마음이 흔들리면 어쩌자는 거야.

다시 한 번 두영에게 성은의 존재를 이야기하며 그를 받아들여 줄 수는 없냐고 부탁하려던 그녀가 입을 악물었다. 지금 그런 말을 하는 것은 상황을 악화시킬 뿐이겠지.

"이 대표에게 전화는 받았다."

이 대표, 그게 누구인지 단번에 눈치챈 그녀가 입가에 희미한 웃음을 머금었다.

"네가 선택한 게 이지욱이냐? 하하하!"

커다란 웃음소리가 서재를 쩌렁쩌렁하게 울렸다. 그는 그녀의 선택이 마음에 든 모양이었다. 표정을 보아하니 '과연 내 피를 물려받았구나' 라고 생각하는 것 같기도 했다.

그녀가 얼굴을 차디차게 굳혔다. 지금부턴 정신을 바짝 차려야 했다. 그래야만 원하는 것을 모두 받아 낼 수 있을 테니까.

"좋다. 대어를 물고 왔으니, 나에게 바라는 게 있겠지?"

역시나.

상을 내리겠다는 그의 말에 보미가 무릎 위에 올려 두었던 손을 동그랗게 말았다. 그리고 여기까지 오면서 생각하고 또 생각했던 말을 꺼내 놓았다.

"유학 갈래요. 어머니가 있는 곳으로는 돌아가지 않겠습니다."

"뭐?"

우선은 한국을 떠나야 했다. 그래야 지욱과의 결혼을 미룰 수 있었다. 그리고 어머니가 있는 곳은 피해야 했다. 또다시 새장에 갇힐 수는 없었다.

고개를 돌린 보미가 두영과 시선을 마주하며 좀 더 힘 있게
말했다.

"이후의 인생은 제가 하고 싶은 대로 하겠다고요."

"뭐, 좋다."

"그리고 한 가지 더 있어요."

한 가지 조건이 더 있다는 말에 두영이 미간을 찌푸렸다. 요
구가 많아졌기 때문이란 것을 알면서도 그녀는 물러서지 않고
가장 중요한 조건을 말했다.

"조성은 씨도 건들지 마세요. 그 사람이 저 때문에 아프지
않았으면 합니다."

"아프지 말아요."

그가 병원에서 속살거렸던 목소리가 들려왔다.

그럴수록 마음은 더욱 차분하게 가라앉았다.

"그 사람, 괴롭히지 마세요."

"흐음."

"그 사람이 사는 세계에, 그대로 있게 해 주세요."

그 자리에 그대로, 아주 좋은 사람으로 남겨 둬 주세요. 자상
하고 다정한 성품 그대로 있게 해 주세요.

그녀의 말에 두영이 턱을 쓰다듬었다.

"부탁이냐?"

그 물음에 보미의 입술이 비틀렸다.

"협박입니다."

"네가 무얼 할 수 있다고 협박이지?"

"그 사람 건들면, 죽음으로라도 아버지의 모든 것을 세상에 알리겠어요. 어머니와의 관계, 그리고 어머니가 한국에 돌아올 수 없도록 아버지가 하신 짓들도."

두 사람 모두 철저하게 감정을 숨긴 목소리로 말하고 답했다. 늘 나약하던 김보미는 이 자리에 없었다. 자신보다 더 소중한 사람을 지키기 위해. 자신을 특별한 세상으로 인도했던, 말하는 토끼를 지키기 위해, 그녀는 힘을 냈다.

그녀가 한쪽 입술을 하늘로 끌어 올렸다.

"아버지, 국회의원은 이미지로 먹고 살잖아요?"

짝!

두꺼운 손이 순식간에 그녀의 뺨을 내려쳤다. 고개가 옆으로 팩 돌아간 보미가 순간 자신이 무슨 일을 당했는지 알아차리지 못한 채 눈을 깜빡였다.

뺨이 뜨거웠다. 곧 퉁퉁 부을 것처럼.

"가소롭구나."

그의 말에 악이 받쳤다.

고개를 돌린 보미가 자리에서 일어났다. 아버지와의 거래는 모두 끝났다. 하지만 그녀가 하고 싶은 말은 아직 끝나지 않았다.

턱을 치켜들고 눈을 내리깐 그녀가 자신을 올려다보고 있는 두영을 향해 웃음기 섞인 목소리로 말했다.

"저 역시 그래요."

그녀는 입가를 부드럽게 휘며, 해사한 웃음을 지었다.

"이 세상이 너무 가소로워요."

인정할 수밖에 없었다. 자신이 헛된 꿈을 꾸었다는 것을.

모든 것을 놓는 순간, 그녀는 그렇게 웃을 수밖에 없었다.

어느 철학자가 말했다. 신은 대립되는 요소를 모두 껴안는다고. 낮인 동시에 밤이고, 겨울인 동시에 여름이고, 전쟁인 동시에 평화이며, 풍족함인 동시에 결핍이라고.

대립되는 것들이어도 원 안에서 시작과 끝은 하나라고.

어떻게 보면 당연한 말이었지만 그 당시의 성은은 알지 못했다. 시작한 순간 늘 끝을 예상했으나 이별은 갑자기 다가왔다.

손에 지갑과 휴대전화만 든 채 성은이 한강 길을 뛰었다. 여름에서 가을로 흘러가는 골목, 밤이 되면 쌀쌀함에도 얇은 외투와 헝클어진 머리카락이 그가 급히 집에서 뛰쳐나왔음을 알려 주고 있었다.

빠르게 주위를 둘러보며 누군가를 찾던 그는 저 멀리 검은 인영을 보며 걸음을 멈췄다.

하아, 하아.

잠시 거친 숨을 고르던 그가 손을 들어 바람에 엉망으로 헝클어진 머리를 정리한 후 걸음을 옮겼다.

밤늦게 메시지가 도착했다.

〈보고 싶은데.〉

짧은 문자였다.

하루 종일 통화가 안 되어 걱정을 하던 참에 도착한 메시지에 그는 한참이고 답을 하지 못했다.

마치 그것이 처음 보는 글자라도 되는 듯 한참이고 액정을 바라보았다. 그리고 걸었던 전화. 전화를 받자마자 보미는 떨리는 목소리로 그에게 와 달라 청했다.

무슨 일이 있었던 것일까. 늘 보여 주던 웃음이 떠오르지 않을 정도로 그녀는 슬픈 표정을 짓고 있었다.

보미의 앞에 선 성은이 한쪽 무릎을 꿇고 앉았다. 그리고 퉁퉁 부어 있는 보미의 왼쪽 뺨을 보며 눈살을 찌푸렸다.

"어마어마하네."

"전 이 정도로 끝난 걸 다행이라고 생각하는데요?"

그녀가 희미하게 웃었다. 방금 전까지 운 것이 분명한 눈가에 그가 한숨을 내뱉으며 손을 뻗었다.

그의 손이 화끈거리는 뺨에 닿으려던 순간, 보미가 고개를 옆으로 돌려 버렸다. 명백한 거절에 성은의 얼굴이 굳어졌다.

그런 반응을 보미도 눈치챈 것일까. 보지도 않았으면서 애써 웃는 얼굴이나 높아진 톤이 그랬다.

"아버지도 많이 늙으셨나 봐요."

김두영 의원에게 맞았다는 말에 그가 눈을 감았다.

그녀는 평소에도 아주 솔직한 사람이었다. 가끔은 생각을 하고 이야기를 하는 걸까, 싶을 정도로 안에 있는 것들을 무자비하게 밖으로 끄집어내는 사람이었다.

그런 사람이 김두영 의원의 이야기를 하면서 시선을 피하고 있었다. 이건 다른 생각은 할 수 없을 정도로 명백한 '회피'였다.

여기서 끝인가요, 라는 말이 목구멍까지 올라왔다. 하지만 그 말을 차마 하지 못한 것은 그 자신이 그녀와 끝을 맺고 싶지 않았기 때문이다.

"성은 씨⋯⋯."

떨리는 목소리로 이름을 부른 보미가 고개를 천천히 돌려 그를 마주했다. 방금 전과는 달리 흔들림이 없는 시선이었다.

무언가가 목울대를 힘껏 치는 것 같았다. 꿀꺽, 침을 넘기는 것이 힘들었으나 그는 애써 표현하지 않은 채 그녀를 올려다보았다.

듬성듬성 놓여 있는 가로등 불빛을 받고 있는 그녀는 눈이 부셨다. 단순히 조명 때문인지, 아니면 정말 이 아름다운 여인의 외모 때문인지는 몰랐으나 눈을 게슴츠레 떠야 할 정도로 밝은 빛이었다.

눈동자가 아팠다. 무언가가 적시는 것만 같다.

"두 가지의 길이 있어요. 그런데 두 가지 모두 최악일 경우, 차악을 고르는 것이 과연 좋은 선택일까요?"

그 물음을 듣는 순간 그는 알았다.

아, 그녀는 나와 다른 생각을 하고 있구나. 가슴이 저렸다.

"둘 다 선택하지 않으면요?"

그가 메마른 목소리로 물었다. 이미 답은 알고 있으면서.

그리고 똑똑한 김보미는 끝끝내 답을 하는 수고를 하지 않았다.

갑자기 왜 이럽니까. 우리의 관계가 깊어졌기 때문입니까?

그는 그렇게 묻고 싶었다. 하지만 묻지 않았다.

혹여 우리의 관계에 질린 겁니까?

그렇게도 묻지 않았다.

그녀의 지금 모습만으로, 물어봤자 아무것도 변하지 않으리란 것을 알았기 때문이다.

사랑이었다.

그녀도, 자신도.

하지만 그녀는 아무것도 말해 주지 않은 채 이별을 고하고 있었다.

그래, 아무것도 말해 주지 않은 채.

이야기를 하라고 소리를 질러야 할까.

당장 그 작은 머리통 속에 있는 것들을 죄다 말하라며 닦달이라도 해야 하는 걸까?

울컥.

많은 감정이 한꺼번에 쏟아지려 하자 그가 주먹을 움켜쥐었다.

체온이 뚝 떨어졌다. 그 정도로 많은 시간이 흘렀다.

천천히 자리에서 일어난 성은은 어느새 웃고 있었다. 홀가분하다거나 기뻐서 웃는 것이 아니었다. 그것보다 더 많은 감정이 담겨 있는 공허한 얼굴로 그가 고개를 끄덕였다.

"좋아요, 김보미 씨."

그의 말에 보미의 시선이 천천히 위로 올라갔다.

"그만해요."

그렇게 그는 보미의 이별을 받아들였다.

차디찬 한강. 그곳에서 성은은 이별을 말한 뒤 한참이고 보미를 내려다보았다. 무어라 말할 염치도 없어서일까, 보미는 꼼짝도 하지 않은 채 늘 그랬던 것처럼 곧은 자세를 유지하고 있었다.

평생 이렇게 살아온 사람이라 생각하던 그는 붉게 변한 보미의 손을 보며 입고 있던 외투를 벗었다. 순간 얇은 니트 사이사이로 바늘처럼 날카로운 바람이 찔러 들어왔다. 하지만 그는 보미의 어깨에 외투를 걸쳐 주고 나서 그 자리를 떴다.

김두영 의원과 무슨 일이 있었는지 물어볼까. 아니면 두 가지의 길이 무엇인지 물어볼까. 몇 번이고 생각을 하며 그곳을 벗어났다.

그리고 한 달이 지난 지금까지 그녀가 말한 '차악'에 대해선 알지 못했다. 아니, 못했었다. 어제 저녁 미처 살피지 못한 기사를 읽기 전까진.

"이것 때문이었네."

사무실 안, 데스크톱 앞에 앉아 있던 성은은 경제면 헤드를 차지하고 있는 기사를 보며 허탈하게 웃었다.

—세계적인 피아니스트 김보미, 전격 약혼 발표!

참 유치한 구닥다리 헤드카피는 그렇다손 치더라도 이 기사가 왜 예술면이 아닌 경제면에 분류된 것인지는 알다가도 모를 일이었다. 하지만 기사의 제목을 누르는 순간 알 수 있었다.

사진 속 보미는 노란빛이 도는 원피스를 입고 있었다. 그리고 그녀의 곁에는 무감한 표정의 앳된 남자가 서 있었다. 그녀의 약혼자가 될 사람은 이지욱이었다. W&B 수장의 독자이자, 부족함이 없는 남자. 아마도 보미와 비슷한 삶을 살아왔을 것이다.

순간 성은은 허탈감에 웃음을 내뱉었다. 김두영 의원이 최근 이경욱 대표에게 많은 도움을 받았다더니 자식 장사라도 한 모양이었다.

보미가 어쩔 수 없는 상황에 놓여 있다는 건 알고 있었다.

하지만 제 심정은?

마음은 그녀를 용서하지 말라고 하고 있었다. 어쩔 수 없는 상황이라고 하더라도 그녀는 자신에게 일말의 설명도 하지 않았으니까.

이해를 구하지도 않은 사람의 심정 따위, 그 사람과의 관계 따위 생각하지 말라고 말하고 있었다. 그 역시 냉혹하게 잘라 내라고.

하지만 아무것도 느끼지 않는 것처럼 무감각한 표정의 보미를 보자 차마 그렇게 할 수가 없었다.

둘 다 최악의 길이라 했다. 그리고 둘 중 하나의 길을 가기로 했다던 그녀의 말이 떠올랐다. 그녀에게 차악은 무엇 하나 부족함이 없는 이지욱과 약혼식을 올리는 것이었다.

적어도 차악을 선택했다면, 그래서 자신의 손을 그렇게 쉽게 놓았다면, 행복하게 웃진 않더라도 감정은 내보여야 했다. 하지만 그녀의 텅 비어 있는 눈동자에서 보이는 것은 불행뿐이었다.

당신을 어떻게 하면 좋을까.

당신을 어떻게 하면…….

그의 생각이 깊어질 때였다.

띠리리—

날카로운 벨소리와 함께 책상 위에 올려 두었던 휴대전화가 몸을 떨었다.

〈김보미〉

그 이름이 다시 한 번 비수가 되어 내리꽂혔다.

천천히 버튼을 눌러 전화를 받자 인사도 없이 본론부터 꺼내는 청아한 목소리가 들렸다.

—지금 밑에 있는데 잠시 만날 수 있을까요?

내가 왜. 이제 와서 왜. 변할 것이 아무것도 없는데 굳이 왜.

수많은 '왜'를 뱉을 수 있었으나 성은은 잠잠히 그녀의 목소리를 들었다.

그녀는 자신이 약혼 기사를 봤다는 사실을 알고 있는 것 같았다. 그렇게 목소리의 작은 떨림만으로도 그녀의 긴장을 알아차릴 정도가 되었다.

순간 탁, 하고 웃음이 터져 나왔다.

조성은 미친놈.

알고 있었다. 끝이 이러하리라는 것은.

알면서도 그녀를 마음에 품은 자신을 아주 멍청한 머저리라고 생각했지만 멋대로 움직이는 입술만은 막지 못했다.

"지금 내려갈게요."

방송국 로비 소파에 앉아 있는 그녀의 모습은 멀리에서도 한눈에 들어왔다. 대한민국을 떠들썩하게 만들고 있는 김보미였지만 방송계에서 일하는 사람들은 누구 하나 그녀에게 신경을 두지 않았다.

이별을 받아들였던 그날과 달리 성은은 망설임 없이 보미에게 다가갔다. 곁에서 느껴지는 인기척에 그녀가 그를 돌아봤다. 그리고 눈이 마주치자 환하게 웃었다.

성은은 시선을 내려 보미를 보았다. 자신과 만나는 동안에 그녀의 복장은 서서히 활동적으로 바뀌었다. 두꺼운 코트 밑의 하늘하늘한 원피스가 조금 낯설었다.

시선을 좀 더 내린 그는 높은 하이힐을 보며 웃었다. 이제야 보미가 완벽하게 그녀의 세계로 돌아갔다는 것이 실감 났다.

그녀는 더 이상 자신이 알던 김보미가 아니었다. 세계적인 피아니스트이며, 대한민국에서 첫 번째로 꼽히는 W&B 로펌 후계자의 약혼녀였다. 자신에게 이별을 고한 지 한 달이 채 지나기도 전에.

"자리 옮길까요?"

보미의 모습을 머리부터 발끝까지 살펴본 성은이 물었다. 그러자 보미는 작게 고개를 저으며 희미하게 웃었다.

"그러면 또 시간을 빼앗잖아요."

"……."

"데리고 도망가 달라고 했던 그날처럼."

이젠 아득한 기억처럼 느껴지는 그날, 성은이 했던 말이었다. 평일에 직장인에게 무작정 데리고 도망가 달라는 말을 하는 것은 곤란하다고.

그가 아무런 말 없이 그녀의 맞은편 소파에 앉았다. 긴 시간 이야기를 하지 않겠다는 그녀에게 더 이상 무언가를 말할 수는 없었다.

찾아온 이유를 얘기하라는 듯 성은이 보미를 지그시 바라보았다. 그러자 예쁜 핑크빛 립스틱을 발라 놓은 입술이 달싹였다.

"유학을 가게 되었어요."

유학, 유학이라.

이것 때문에 그녀는 차악을 선택한 것일까.

그는 여전히 알 수가 없었다.

"어디로 가는데요?"

"미국이요."

"미국?"

"네."

작게 호흡을 가다듬은 보미가 또렷한 눈으로 그를 마주했다.

"다른 걸 공부해 보고 싶어졌어요. 계속 음악만 해 왔으니까."

막힘없는 말은 진실처럼 들렸다. 도망을 가는 것이 아니라는 생각에 순간 성은은 자신도 모르게 안도해 버렸다.

"약혼은요?"

"역시 알고 있었네요."

"모르길 바랐다면…… 어쩔 수 없잖습니까. 내 직업이 이런 걸요."

"아……."

보미가 그의 목에 걸린 사원증을 보며 작게 고개를 끄덕였다. 성은이 김두영 의원을 취재하면서 두 사람의 만남이 시작되었음을 다시 한 번 깨달았다.

"유학을 가는 조건이었어요."

보미의 말에 성은은 이제야 의문이 완벽히 풀렸다는 듯 고개를 끄덕였다. 자신의 예상이 맞았다.

하고 싶은 말은 그것이 전부냐는 듯 성은이 그녀를 바라보았다. 그러자 보미는 아직 대화가 끝나지 않았음을 알리듯 작게 고개를 저었다.

방금까지와는 달리 보미가 호흡을 가다듬은 후 조심스럽게 물어 왔다.

"나 밉죠?"

짧고 간단명료했다.

순간 그녀와 주고받았던 문자가 떠올랐다.

〈보고 싶은데.〉

보고 싶다고 해서 그는 급히 그녀에게 전화를 걸었었다. 그리고 떨리는 목소리에 그녀를 만나러 달려갔었다.

이별을 전하기 위해 그러한 말을 해야 했을까.

순간 괴로운 생각이 그의 머릿속을 휘저었다.

"아니."

"……."

짧은 답은 시렸다. 바늘이 되었던 바람이 여전히 온몸에 꽂혀 있는 것처럼.

따끔.

순간 무언가가 심장을 쿡 찌르는 느낌이 들자 성은은 바람이 그곳마저 침입했나, 생각했다.

멍하니 자신을 올려다보는 보미를 향해 그가 무감하게 말했다.

"아무것도 없는 관계였으니까. 이런 문제조차 상의하지 않는 관계였으니까. 미울 리 없잖아."

그녀를 향한 말이 아니었다. 자신을 향한 말. 무언가를 놓아버린 듯 허망한 어투였다.

아무것도 아닌 관계가 아니었다. 두 사람은 미래를 이야기했고, 조촐한 프러포즈까지 했다. 하지만 끝이 이렇다면…… 결국 아무것도 없는 관계와 같았다.

두 사람의 시작이 잠시의 일탈이었던 것처럼, 잠시의 일탈로 끝내면 된다.

일그러지는 보미의 얼굴을 보던 그가 팔을 들어 손목시계를 보았다. 더 이상 이 자리를 유지하고 싶지 않다는 무언의 몸짓이었다.

"먼저 일어나도 되겠습니까?"

"……네."

답이 들리자 그가 자리에서 일어났다. 뒤로 돌아선 자신을 바라보는 시선을 느끼면서도 힘껏 걸음을 옮겼다.

따끔따끔.

바늘이 좀 더 깊은 곳까지 비집고 들어왔다.

이번에는 그가 먼저 이별을 고했다.

완벽한 이별을.

그녀가 뒤에서 울고 있는 것도 모른 채.

아니, 알아도 모른 척.

2부

시간이 흘러 그 사람을 다시 만났다.
그와 나의 세계는 여전히 좁혀지지 않은 상태였다.
우리의 시간은 여전히 이별의 순간에 멈춰 있음을.

chapter 1

머리카락이 잘린 라푼젤

밧줄을 만들어 높은 성탑에서 탈출하려던 라푼젤은 마녀에게 들키고 말았다.

"라푼젤, 무슨 일을 꾸미는 거야!"

마녀는 분노했다.

그리고 다그쳤다.

라푼젤의 배신에 화가 난 마녀는 그녀의 아름다운 머리카락을 싹뚝 자르고 숲 속으로 내쫓았다.

2007년 2월 9일.

성은 씨, 잘 지내요? 저 김보미예요.

메일을 보낼까 말까 수없이 고민했는데,

하지만 결국 이렇게 보내게 됐어요.

잘 지내요?

아프진 않고요?

전 무척 잘 지내고 있어요. 자유분방한 나라에서.

난 그렇게도 바라던 대로 무척 잘 지내니까,

당신도 그렇게 지내요.

달칵.

메일이 성공적으로 발송되었습니다.

2007년 7월 4일.

과외를 시작했어요. 연주회는 그만두기로 했어요.

또 메일을 보낼까, 몇 번이고 고민을 했어요. 내 소식이 당신을 아프게 하진 않을까, 나의 이기심으로 당신을 괴롭히고 있는 건 아닐까, 그런 생각도 해 보았고요.

하지만 보내게 된 이유는,

혹 내 소식이 들리지 않아 당신이 걱정을 하고 있지 않을까, 부질없는 생각이 들었거든요.

전 아이들이 좋은 것 같아요. 화려한 무대보단 아이들의 실력이 커 가는 것을 지켜보는 게 더 좋고 행복해요.

당신은 행복한가요?

달칵.

메일이 성공적으로 발송되었습니다.

2008년 9월 29일.
성은 씨, 오늘은 아주 멋진 남자와 데이트를 했어요.
아, 이런 말을 하는 건 실례인가요?
그래도 알려 줘야 할 것 같아서요.

당신에게도 좋은 사람이 생겼겠죠?
시간이 많이 흘렀으니까.

이제 와서 생각해 보면 우리의 시간은 정말 잠시의 일탈이었던 것 같아요.
기억은 다 희미해져 버렸지만, 고마워요.
나에게 좋은 추억을 주어서.

달칵.

메일이 성공적으로 발송되었습니다.

2008년 10월 28일.

사진을 보내요.

날씨 좋죠?

이곳은 너무나 행복하고 평화로워요.

당신의 삶 역시, 나처럼 그러길 바랄게요.

달칵.

메일 보내기에 실패했습니다.

JS033123_2 님의 메일 용량이 초과되었습니다.

2009년 1월 2일.

성은 씨, 사실 나 다 거짓말이었어요.

잘 지내고 있지 않아요.

어머니가 무척 아프세요. 마음의 병이래요. 살아가는 게 힘겨워요. 그래서 가끔 달을 보며 멍하니 생각에 잠겨요. 이렇게 살아서 뭐할까. 내 곁엔 당신이 없는데.

그리움은 시간이 흐를수록 옅어질 줄 알았더니, 그게 아니에요. 당신을 향한 그리움은 시간이 흐를수록 쌓이고 진해져요. 하지만

난, 당신에게 갈 수가 없어요. 가고 싶은데도 그럴 수가 없어요.

간혹 생각해요.
간혹, 아주 간혹.

어떻게 해야 당신의 곁으로 갈 수 있을까.
이 무딘 삶을 모두 살아야지만 당신의 곁으로 갈 수 있을까.
어떻게 하면, 어떻게 하면.

달칵.

메일 보내기에 실패했습니다.
JS033123_2 님의 메일 용량이 초과되었습니다.

2009년 4월 15일.
세상이 온통 연인들로 가득해요.
그들이 너무 부러워 카페에 앉아 한참 동안 그 모습만 보았어요.

당신은 날 여전히 사랑하나요?
난, 여전히 당신을 사랑하고 있어요.

달칵.

메일 보내기에 실패했습니다.

JS033123_2 님의 메일 용량이 초과되었습니다.

2009년 5월 20일.

예전엔 어머니의 딸이었는데, 화려한 피아니스트 김보미였는데, 지금은 정말 아무것도 아닌 게 되어 버렸어요.

건막염이래요. 아주 오랫동안 쉬어야 하는 병이라고.

피아노를 연주할 수 없게 되었어요. 아프대요. 더 이상 무대에는 설 수 없어요. 예전엔 그렇게도 싫었던 곳인데, 이제 그곳으로 돌아갈 수 없다 생각하니 마음이 아파요.

그리고, 저보다 어머니가 더 아팠나 봐요.

어머니가 돌아가셨어요.

결국 평생 절 힘들게만 하고, 그렇게 가 버렸어요.

어머니가 나에게 준 것은 빚뿐이에요. 이 빚을 아버지에게 갚아 달라고 하면, 나는 당신과 더 멀어지겠죠.

너무 그리워요.

당신과 있었던 시간이.

마음이 아파요.

그 행복을 붙잡을 수도 있었다는 생각에.

한국에 가요.

우리 어머니는 죽어서야, 고국을 밟았어요.

그리고 나는,

어머니를 보내고 나서야 당신과 같은 아래 하늘에 설 수 있어요.

당신은 보지 못하겠죠.

차라리, 내 곁에 어머니가 있었으면.

.

.

.

달칵.

메일 보내기에 실패했습니다.

JS033123_2 님의 메일 용량이 초과되었습니다.

5년 만이었다. 고국을 밟는 것은.

이곳으로 돌아오기까지 그렇게 오랜 시간이 걸렸다.

또각또각, 낮은 굽의 구두를 신은 그녀는 커다란 캐리어 하나를 끌고 있었다.

긴 시간 해외에 나가 있었던 것치고는 너무나 단출한 짐이었다. 모든 것을 정리하고 돌아왔음에도 불구하고.

걸음을 옮기던 보미가 인천공항 밖에 위치한 벤치에 앉았다. 기나긴 비행에 찌뿌듯해진 근육을 풀기 위해 크게 기지개를 켠 그녀는 몸을 축 늘어뜨렸다.

"아, 좋다."

고국의 공기. 그 공기를 맡으며 보미가 눈을 감았다.

어머니의 장례를 치르기 위해 무더워지기 전 입국했던 것을 마지막으로 그녀는 다시 영국으로 돌아가야 했다. 마지막까지 어머니는 엄청난 빚을 남겼고, 그녀는 그것을 갚기 위해 고군분투했다.

돌아가시기 전까지, 아니, 돌아가시고 나서도 자신의 목을 죄는 어머니가 미웠던 적도 있었다. 하지만 차근차근 빚을 갚아가며, 그녀는 느꼈다. 이것이 없었으면, 어쩌면 자신 역시 제 어미의 뒤를 따랐을지도 모르겠다고.

눈도 감지 못하고 숨을 거둔 어머니 앞에서 그녀는 초연한 표정을 지켰다. 타인이어도 그런 얼굴은 하지 않을 텐데, 비쩍 말라 있는 어머니를 그녀는 한참이고 그렇게 바라보기만 했다.

그리고 손을 잡았다.

어머니, 어머니는 죽어서야 한국으로 돌아가게 되었어요.

그렇게 말하며 눈을 감았다.

한참이고 속살거리다 지친 기색이 역력한 얼굴로 한국에 있는 그를 떠올렸다.

어머니 덕에 그와 같은 하늘에 설 수 있다는 것에 감사해야 하나요, 슬퍼해야 하나요.

보미는 알 수 없는 상황에 자조 섞인 미소만을 지었다.

"강산이 변했네요."

그를 처음 만났던 것이 10년 전, 이별을 한 것이 9년 전이었다. 짧다고 바락바락 우기기에도 우스운 시간. 그사이 그녀의 많은 것이 바뀌었다.

찬란하던 젊음을 잃었고, 반짝이던 빛을 잃었다. 모든 것을 놓아 버린 어린 여자는 힘겹게 세상을 살아갔고, 그 흔적은 얼굴에도 남았다.

그녀가 성마른 손을 들어 눈두덩 위에 올려놓았다.

"얼마나 힘들었나 몰라요."

여기 오기까지…… 얼마나 지치고 고됐나 몰라요.

엉덩이를 앞으로 빼 벤치 등받이에 머리를 내려놓은 그녀가 푸르른 하늘을 보았다.

가을의 하늘은 높았다. 그리고 그리운 이를 떠올리게 할 만큼 예뻤다.

그는 날 만나 줄까.

그는 내 곁에 다시 있어 줄까.

그가 있는 세상으로 날 들여보내 줄까.

"성은 씨……."

"아무것도 없는 관계였으니까. 이런 문제조차 상의하지 않는 관계였으니까. 미울 리 없잖아."

시작하지 않았으니 끝도 없다.

그가 자신에게 토해 냈던 말을 떠올리던 그녀가 눈을 감았다.

우린 정말 아무것도 시작하지 않은 걸까.

차라리 그런 것이었으면 했다. 그러면 '끝'이라는 종지부도 찍지 않은 것이 될 테니까.

태양빛에 명확하게 눈을 뜨지 못한 그녀는 말을 이었다.

"난 여전히 당신이 있는 세계엔 들어서지 못했어요."

찬란한 세상에.

이지욱 검사.

보미는 자신의 미래를 내맡겼던 남자의 이름을 보았다.

자유를 찾아 자신과 거래를 했던 소중한 벗은 여전히 그것을 찾지 못했나 보다.

"바보."

이지욱, 너도 바보고 나도 바보야.

차악을 선택했던 결과가 이것이라니, 참 멍청하지 않은가.

팔을 뻗어 노크를 한 그녀는 안에서 답이 들려오기도 전에 문을 열었다. 꽤 나이가 있어 보이는 남자와 젊은 여자의 시선이 그녀에게 동시에 닿았다.

"무슨 일로 오셨나요?"

젊은 여자의 물음에 보미가 가방을 움켜쥐었다. 정신이 번뜩 들었다.

"아…… 이지욱 검사님을 뵈러 왔어요."

"잠시만 기다리세요."

중년 남성이 자리에서 일어나더니 사무실 안쪽으로 걸음을 옮겼다.

"검사님, 손님이 찾아오셨는데요?"

안에서 들려오는 소리에 몸을 돌린 그녀는 창문을 향해 서 있던 남자와 눈이 마주쳤다.

20대 초반에 미래를 약속했던 친구는 어느새 완연한 남자가 되어 있었다. 커다란 키와 단단한 몸, 완벽에 가까운 얼굴을 차례대로 훑던 보미의 얼굴에 웃음이 비쳤다.

이지욱, 더 멋있어졌네?

만약 그의 얼굴이 자신을 보고서 실망으로 물들지 않았다면 그녀는 그렇게 가벼운 말을 던졌을 것이다. 기다리던 이가 있었는지 그의 얼굴에 수많은 감정이 교차했다.

또각또각.

걸음을 옮긴 보미가 무심한 얼굴로 지욱을 올려다보았다.

참 오랜 시간이 걸렸다. 지욱을 만나러 오는 데에도.

"잘 지냈어?"

"네가 여긴 어떻게……."

"아버님께 이야기 못 들었나 보구나?"

일그러지는 그의 얼굴을 보던 보미가 웃음을 뱉었다. 이경욱 대표에게 자신이 입국한다는 소식을 듣지 못한 모양이었다.

한국으로 돌아오기 전, 지욱의 아버지인 W&B 이경욱 대표에겐 연락을 해 두었었다. 그들은 서로 만날 필요가 있었고, 정리할 문제가 있었으니까.

자신의 세계엔 멀쩡한 부모와 자식 관계인 사람이 몇 없음을 다시 한 번 느꼈다. 웃음을 머금은 그녀가 손을 내밀어 그에게 악수를 청했다.

"나 이번에 입국했어."

지욱은 그녀의 손을 내려다보기만 할 뿐, 악수를 받아 주지 않았다.

고개를 기울여 그의 얼굴을 바라보던 그녀가 초연하게 웃었다.

자신에게도 참 길었던 시간, 그 시간 동안 그에게도 많은 일이 있었던 모양이다.

"나가서 이야기 좀 나눌까? 우리 할 말 많잖아."

불편한 족쇄를 제안한 것은 그녀였다. 그 족쇄로 인하여 친구의 인생조차도 엉망이 되었다는 것을 보미는 알고 있었다.

"보미야, 나 사랑하는 여자가 생겼어."

5년 전이었다.

어머니의 사십구재에서 그는 말했다. 이제 그만 우리의 관계에 종지부를 찍자고.

하지만 그때의 보미에겐 선택의 여지가 없었다. 어머니의 빚을 갚아 달라며 다시 아버지를 찾아갈 수가 없었다. 그래서 아주 못된 부탁이라는 것을 알면서도 말할 수밖에 없었다.

"지욱아."

"……"

"미안해."

마치 저승의 것처럼 끔찍했던 자신의 목소리가 귓가를 울렸다.

"내게 조금만 더 시간을 줄래?"

그리고 자신의 말에 일그러졌던 그의 얼굴도 눈앞을 스쳤다.
착한 이지욱. 멋진 내 친구.
그는 그렇게 부탁을 들어주었다.
서울중앙지방검찰청 근처에 위치한 커피숍에서 커피 두 잔을
사 들고 지욱의 차로 향한 두 사람은 잠시 침묵을 지켰다. 각자
회한에 젖어 과거를 생각하고 있는 모양이었다.
약혼이 이렇게 길어질 줄은 두 사람 다 몰랐다. 끽해야 5년 정
도라 생각했다. 그 정도의 시간이면 두 사람 모두 부모의 그늘에
서 벗어나 홀로 살아갈 힘이 생길 것이라 생각했다.
하지만 보미의 어머니가 세상을 떠났고, 시간은 배로 늘었다.
그리고 지욱은 그녀를 위해 그 긴 시간을 견뎌 주었다.
고마웠다. 감사했다. 몇 번이고 인사를 전해도 모자랐다.
"얼마 만이지?"
"5년."
"망설임 없이 답이 나오는 걸 보니까…… 썩 좋지 못한 시간
이었나 보다."
보미의 말에 커피를 움켜쥔 그의 손이 떨렸다.
"왜 그렇게 생각하는데?"

그의 시선이 그녀의 손가락으로 향했다.

길거리에서 구입한 것이 분명해 보이는 싸구려 반지가 그녀의 약지에 끼워져 있었다.

"좋은 기억은 쉽게 잊어. 하지만 좋지 못한 기억은 오랫동안 남아 있어."

그녀의 시선이 지욱의 손으로 향했다. 그의 손엔 아무것도 끼워져 있지 않았다. 두 사람의 감정처럼 반지 자국조차 없었다.

두 사람이 약속했던 미래는 그렇게 덧없었다.

"사람⋯⋯이 그래."

보미의 말에 지욱이 천천히 고개를 끄덕였다.

그녀의 말이 맞다는 듯이.

시선을 움직여 드디어 보미를 바라본 그가 물었다.

"요즘 활동 안 하더라."

잘 지냈니?

그 물음 대신 그가 에둘러 얘기했다. 잘 지냈냐고 물으면 잘 지내지 못했다는 답이 흘러나올 것만 같아서. 그리고 그녀의 답은 그가 전혀 예상하지 못한 것이었다.

"아파."

"뭐?"

"많이 아팠어. 그래서 시간이 아주 오래 걸렸어."

"⋯⋯그럼."

"더 이상 피아노는 연주하지 못해. 아이들을 가르치는 게 고작이야."

"김보미, 너."

그의 눈이 커졌다. 세상 사람들은 전혀 모르는 일이었고 그 역시 전혀 알지 못했던 사실이었다. 그녀는 완벽하게 이 세상에서 사라진 사람이었으니까.

하지만 그런 것치고 보미는 슬퍼 보이지 않았다.

"다 잃었어. 하지만 많은 걸 얻은 시간이기도 해."

아니, 웃고 있었다.

"힘겨움을 어떻게 참는지 알았어. 사소한 일상에서의 행복함을 알았고, 빚이 줄어 가는 기쁨도 느꼈어."

"……."

"나 이제 요리도 잘한다?"

자랑스럽게 말한 보미가 자신이 만들 수 있는 음식을 줄줄 읊기 시작했다. 양식 위주였지만 그래도 그녀의 홀로서기는 꽤 성공한 모양이었다.

그가 손을 뻗어 보미의 어깨를 툭툭 두드렸다. 그 손길을 밀어 낸 보미는 고개를 작게 저었다.

"위로하지 마. 나 정말 괜찮으니까."

"왜 이제야 온 거야?"

"어머니의 빚을 저번 주에 모두 갚았어. 이제야 벗어날 수 있게 되었어."

잠까지 줄여 가며 치열하게 보냈던 지난 5년을 떠올린 그녀가 고개를 돌려 지욱을 보았다.

이젠 벗어날 수 있게 되었다.

자신을 위해 힘써 온 친구 역시 보내 주어야 할 때였다.

자신은 너무나 많은 것들을 쥐고 있었다. 너무나 많은 사람들을 괴롭히고 있었다. 너무나 소중한 사람을, 그렇게 괴롭히고 있었다.

보내 주자, 김보미.

소중한 친구부터 놓아주어야 할 때야.

그녀의 눈빛이 울렁였다.

"부탁이 있어서 왔어."

"무슨 부탁?"

"파혼해 주라."

사랑하지 않는 사람과의 약혼은 무의미한 것이었다. 나누어 낀 값비싼 반지는 식료품 살 돈이 없어 3일 동안 쫄쫄 굶었을 때 가져다 팔았다. 지욱과의 관계는 그 정도밖에 되지 않았다.

보미는 놀란 기색 하나 없는 지욱을 바라보며 말을 이었다.

"네가 그래 줬으면 좋겠어."

"갑자기 왜?"

보미가 커피를 한 모금 마셨다. 답을 알고 있으면서도 그는 물었다. 그렇다면 이유를 말해 주어야 했다.

"정신 차렸거든."

퍼뜩 정신을 차렸다.

"그 사람을 잃어버리고 난 후에야…… 정신이 들었어."

긴긴 세월이 흐르고 흘러도 그를 잊지 못한다는 사실을.

그와 보냈던 1년 남짓한 시간의 추억으로 평생 살아갈 수는 있었으나, 괴로웠고 아팠다.

"잃어버리는 게, 잊는 게, 더 행복할 수도 있어."

슬픔이 그득 담긴 목소리에 보미의 손끝이 파르르 떨렸다. 하지만 고개를 돌린 그녀는 미소 띤 얼굴로 말했다.

"둘 다 힘들다면 잠시라도 행복한 쪽을 택하는 게 좋아, 이지욱."

너도 힘들구나.

너도 지금, 참, 아픈 사랑을 하고 있구나.

그것이 모두 제 탓처럼 느껴져 마음이 욱신거렸다.

"내 결론은 적어도 그래."

그리고 부탁했다.

지욱아, 돌아가.

네가 사랑하는 사람에게로.

"오랜만에 돌아온 한국은 어떠냐."

보미는 뒤에서 들려오는 음성에 캐리어를 정리하다 말고 고개를 돌렸다.

두영이었다.

예전의 기백은 모두 잃은 이빨 빠진 호랑이.

권력에서 멀어진 두영은 더 이상 두려움의 대상이 아니었다. 가여운 사람, 어머니처럼 참 가여운 사람이었다. 평생을 걸 만큼 원하던 것을 손에 넣지 못했으니까.

원하지 않은 결혼 생활, 아이.

그 모든 것을 감내한 결과가 추석 명절에 손님 하나 없는 상황이라니. 권력에 생의 전부를 걸었던 아버지의 초라한 모습을 보던 그녀는 자조 섞인 생각을 했다. 이래서 인생이 재미있다고 말하는 걸까.

그녀가 다시 손을 움직여 옷가지를 꺼냈다. 대부분의 물건은 버렸다. 오랫동안 사용했던 가구도, 옷도. 한국으로 가지고 들어온 것은 이것이 전부였다. 적은 짐 중에서도 낡은 옷과 신발이 눈에 띄었다.

처음, 한강 공원에서 그가 사 준 신발. 얼빠진 복장을 하고 온 그녀가 부담스러워할까 검은 봉지에 싸 왔던 그 신발을 아직도 그녀는 가지고 있었다.

인사동 거리를 걸었던 그날, 눈을 떼지 못하는 그녀에게 그가 사 준 플라스틱 반지도 여전히 가지고 있었다.

그가 미래를 약속하며 주었던 보잘것없는 맥주 캔 뚜껑조차도, 그녀는 모두 가지고 있었다. 캐리어에 담겨 있는 것은 그와의 추억뿐이었다.

"이지욱 검사와의 결혼을 서두르는 것이 좋겠다. 더 이상 어린 나이가 아니니까."

"지욱이에게 여자가 있다는 사실은 알고 계세요?"

보미가 고개를 들며 물었다. 그러자 새삼스럽다는 듯 두영의 입술이 느른하게 벌어졌다.

"너도 알고 있지 않느냐."

"……."

"용케도 참고 있더구나. 여전히 그대로인데."

그녀의 마음을 꿰뚫어 본 그가 말했다.

그는 알고 있었다.

여전히 보미가 성은을 그리워하고 있다는 걸.

자신 때문에 그에게 가지 못하고 있다는 것도.

하지만 이 상황이 재미있다는 듯 그는 웃기만 할 뿐이었다.

이제 보미는 이런 일로 상처 받지 않았다. 자신을 소중히 여겨 주지 않는 사람의 마음 따위, 무시해 버리는 법도 그녀는 배웠다. 자신을 절절히 사랑해 주는 이만을 위하여 쓸 감정도 남아 있지 않았다. 그러니까, 저런 말에 상처 따위 받지 않아도 된다.

"아버지가 그에게 상처를 입힐지도 모르니까요."

그녀의 말에 두영의 입술이 벌어졌다.

"나를 감시라도 했다는 거냐."

보미가 자리에서 일어났다. 그리고 그의 바로 앞까지 걸음을 옮겼다.

집에서도 슈트 차림인 두영의 모습을 바라보던 그녀가 팔을 뻗어 삐뚤어진 넥타이를 바로 잡아 주고 눈을 내리깔았다.

"많이 늙으셨네요. 예전엔 뭐든 칼 같은 분이셨는데."

"……."

손길은 나긋나긋하였다. 하지만 그녀의 말속에 담겨 있는 뜻을 읽은 그는 얼굴을 굳혔다.

그의 몸에 힘이 들어가는 것을 느낀 그녀가 고개를 들어 웃어 주었다.

"아버지, 제가 왜 이곳으로 돌아왔는지 아시나요?"

익히 알고 있는 모양새였지만 그는 아무런 대답을 하지 않았다. 아니, 대답할 가치가 없다고 생각하는 것 같았다.

"지욱이와의 결혼 때문에? 그걸 제가 원한다고 여전히 생각하시나요?"

"그게 옳은 일이지."

나지막한 말에 그녀가 웃음을 뱉었다.

누가 그 일이 옳다고 정의 내렸나요?

그리 묻고 싶었으나, 대신 마음속에 가득한 말을 내뱉었다.

"용서를 빌러 왔어요."

그에게 잘못을 빌러 왔다.

아주 오래전, 그에게 한마디 말도 없이 떠났던 멍청한 자신의 행동에 대해.

그는 잘 지내고 있을지도 모른다. 사랑하는 여자와 행복한 인생을 보내고 있을지도 모른다. 가슴이 아프지만, 생각하는 것만으로도 가슴이 찢겨 나가는 기분이었지만, 그 편이 그에게 좋은 일일지 모른다.

하지만…… 하지만…….

그렇지 않았으면.

그도 자신처럼 괴로움에 살기를.

자신처럼 지나간 추억을 붙잡고, 지울 수 없는 그 시간들에 매달려 살고 있기를.

그렇게 바라고, 또 바라고. 바라고, 바라고…… 또 바란다.

그녀가 두영에게서 한 발자국 물러섰다.

"그러니 아버지도 이제 제게 사과하시는 건 어떠세요?"

그의 미간이 구겨졌음에도 보미는 눈 하나 깜짝하지 않았다. 이젠 자신의 아버지가, 이 남자가 무섭지 않았다. 지독한 시간을 보내 왔기에. 너무나 아픈 시간을 보내 왔기에. 그것보다 더 끔찍한 지옥은 없으리라, 알고 있기에.

"아버지가 부렸던 욕심으로 미래를 잃었던 저에게 사과하시는 게 어떠세요? 아버지는 권력과 멀어지셨잖아요. 제가 힘겹게 포기한 것이 우습게 느껴질 정도로."

짝!

두영이 힘껏 그녀의 뺨을 후려쳤다.

하지만 그녀는 고개를 돌려 더욱 또렷하고 날카로운 눈으로 그를 올려다보았다.

"권력과 멀어져서도, 딸 얼굴에 생채기가 남는 건 여전히 상관하지 않으시는군요."

명백한 협박.

그녀의 모습에 두영이 더듬더듬 걸음을 물렸다.

하지만 그녀는 더욱 수위를 올려 그를 몰아붙였다.

"여전히 아버지가 이 세상의 왕이라고 생각하시나요?"

"김보미!"

"제 위에 군림한다고 생각하세요?"

"……."

그녀의 표정이 그렇게 되도록 두지 않겠다, 말하고 있었다.

"왜 이 집으로 돌아왔느냐."

그의 말에 보미의 입술이 다물렸다.

눈물을 머금고 살았던 시간이 주마등처럼 스쳐 갔다.

혹여, 그를 만나면 아버지가 손을 쓸까.

전화 한 통이면 괜찮지 않을까.

그렇게 가늠하고 또 가늠해 왔던 지난날이 떠올랐다.

그리고 후회했다.

그에게 솔직히 말할걸. 혼자 이렇게 외로워 시들어 버릴 바엔 그에게 모든 것을 말하고 매달릴걸. 그가 어떠한 행동을 하든, 어떠한 위험에 빠지든, 아버지가 그를 부쉈다면 나조차 부서지면 될 것을. 그의 인생이 엉망이 된다면 나 역시 그와 함께 진창에서 구를 것을. 몇 번이고 후회했다.

하지만 이내 알았다. 시간이 흐름으로써.

아직 풋과일에 가까웠던 자신은 그 상황을 견딜 수 없었음을. 그의 곁에서 더욱 아파하고 아파하다가 결국 파멸했을 것임을.

그렇다면 강해져야 한다. 그를 지킬 수 있는 힘을 가져야 한다. 홀로 설 수 있어야 한다. 그녀는 그렇게 이를 악물며 지질한 그 시간을 보내 왔다.

"방금 전에 말씀드렸잖아요. 아버지를 감시하고 있다고."

그녀의 눈빛에 두영이 이를 악물었다. 다시 한 번 손을 들어 올리자 그녀의 입술이 나른하게 웃음을 머금었다.

"왜요, 아버지. 또 때리시게요?"

"으윽."

나지막한 신음에 그녀가 몸을 돌렸다.

"주위 사람을 너무 믿지 마세요. 제가 한국을 떠났던 그 시간 동안 아버지에게 일어났던 일들이 모두 우연이라고 생각하시나요?"

"너, 너……."

"제가 한국에 왜 들어왔다고 생각하세요? 그 사람을 위해서? 아니에요."

"……."

"전 아버지 때문에 할 일이 있어서 왔어요. 그게 무엇일 것 같아요?"

무릎을 꿇고 캐리어에 손을 뻗은 그녀는 표정이 굳어진 두영을 쳐다보지 않은 채 말했다.

"이만 나가 주시겠어요? 다 큰 딸의 속옷을 보고 싶진 않으실 텐데요."

그녀를 노려보던 두영이 몸을 돌려 걸음을 옮겼다.

탁탁탁.

실내화를 신어 그리 크게 울리지 않는 발소리. 하지만 그 정도 작은 기척으로도 좋았다. 그가 떠났음을 깨달은 것만으로도, 보미는 손을 들어 눈가를 가릴 수 있었으니까.

울면 아무것도 해결되지 않는다.

싸워야 할 땐 맞서 싸워야 한다.

그녀가 깨달은 진리. 그 진리는 그녀를 지키고 성은을 지킬 것이다.

"후후."

옅게 웃음을 내뱉은 그녀가 캐리어 위에 손을 얹었다.

참, 재미있는 것들만 배워 왔다고 생각하며.

chapter 2

눈을 잃은 왕자

너는 내게 처음이라 했다.
나는 아니다.

나는 너에게 일탈이라 물었다.
너는 아니라 했다.

너는 나에게 새로운 세계를 보고 싶다 했다.
난 내가 있는 세계 역시 너와 다르지 않다고 했다.

너는 내게 보고 싶다고 했다.
나 역시 그랬다.

나는 너에게 미래를 이야기했다.

하지만 너는 아닌가 보다.

너는 내게 이별을 고했다.

나 역시 그에 동의했다.

함께 있고 싶은 마음 역시 사랑이라면 난 널 강렬하게 사랑하노라.

뒤늦게 깨달았다.

하지만 깨달았던 그때, 넌 내 곁에 없었다.

보슬비였다, 분명.

부슬부슬 내려서 무시할 수 있는 비였다.

하지만 부슬비는 가랑비가 되었다.

오랫동안 비가 내렸다.

그 비에 몸이 흠뻑 젖었다.

그리고 그 비가 그칠 때쯤 깨달았다.

⋯⋯아, 난 비를 맞고 있었노라.

왕자는 두 사람의 계획을 마녀에게 들켰다는 것도 모른 채 성탑 밑에서 외쳤다. 마녀는 라푼젤을 꼬드긴 왕자가 나타나자 라푼젤의 머리카락을 아래로 내려 보냈다.

　성탑으로 올라온 왕자는 깜짝 놀랐다.

　"네 녀석이 내 딸 라푼젤을 꼬드겼구나!"

　마녀는 왕자를 창문 밖으로 밀었다.

　무성하게 자라 있던 가시덤불 속으로 떨어진 왕자는 눈을 다쳤고, 집 없이 떠도는 신세가 되고 말았다.

서른 중반.

친구들이 시집 장가를 가다 못해 하나둘 토끼 같은 자식을 품에 끼는 나이에도 성은은 여전히 혼자였다. 뭔가 문제가 있다기보다는 일이 좋았고, 혼자 있는 시간에 익숙해져 딱히 누군가가 필요하다는 생각을 하지 못했다.

그런 그의 생각을 깨뜨려 놓은 것은 아버지의 한마디였다.

"선봐라."

"선은 무슨 선이에요."

평소에도 살가운 부자 사이는 아니었기 때문에 메마른 대화가 흘렀다.

"사내자식이 고추 달고 태어났으면 가정을 이뤄야지."

"요즘 사내자식들에게는 가정보다 중요한 것이 많습니다."

"요 아래에 사는 김호영 씨 딸이다. 돈을 많이 버는 것 같지는 않지만 좋은 일 하는 인권 변호사란다."

같은 동네에 살면서 단 한 번도 마주친 적이 없는 그 집 딸보다 호영이란 남자가 먼저 떠올랐다. 텃밭을 가꾸는 인심 좋은 사람이었지만 한편으로 떠오른 것은 동네에 파다한 소문이었다.

이 동네에서 얼굴로는 짱 먹어 준다던 카페로네 여 사장과 만난다던가?

심드렁하게 생각하던 성은은 국을 한 술 뜨며 말했다.

"변호사가 뭐가 좋다고 PD 나부랭이랑 결혼을 하겠어요?"

"사람 구실 안 하고 살 거면 독립이라도 하든가."

"이 집으로 다시 끌고 온 건 아버지입니다만?"

"그건 네가 그렇게 망가졌⋯⋯!"

무지막지한 숟가락이 날아오려던 찰나였다. 차 여사가 성은
에게 물 잔을 건네며 남편을 작게 타박했다.

"그만 좀 해요, 여보."

지난날은 이 자리에 있는 세 사람 모두에게 상처였다.

보미가 떠났다.

아무런 말도 해 주지 않는 그녀에게 화를 냈다.

자신에게 해야 할 말이 있음에도 불구하고 방긋방긋 웃기만
하는 그녀의 모습에 그렇게 화가 났다.

내가 못 미더운가?

처음 든 생각은 그것이었다.

그리고 그녀가 떠난 후, 그는 많은 것들을 알게 되었다.

잠시의 일탈이어야 했다. 그녀의 손을 붙잡고 바다로 갔을 때,
그때 하룻밤을 보내는 게 아니었다. 아니, 그녀를 다시 만나는 것
이 아니었다. 아니, 애초에 그녀의 피아노 연주를 듣는 게 아니었
다.

이렇게 아플 줄 알았다면.

이렇게 슬플 줄 알았다면.

그녀의 이름을 떠올리는 것만으로도 온몸이 산산이 부서질 줄
알았다면.

오랫동안 고통 받게 되는 것이었다면⋯⋯ 애초에 그런 사랑

따위 하지 않았을 것이다.

"성은아, 이것 좀 먹어."

차 여사가 반찬 하나를 앞으로 내밀었다. 모든 어머니가 그렇듯, 자식을 가장 먼저 챙긴다. 입맛이 없는 외동아들에게 이것저것 내미는 그녀는 일그러진 남편의 얼굴은 안중에도 없는 듯했다.

"성은아, 출근 늦겠다. 얼른 한 술 더 떠."

"아."

짧게 신음을 뱉은 성은이 손목을 내려다보았다. 지금 나가야 겨우 지각을 면할 수 있을 정도로 시간이 흘러 있었다.

윤기가 좔좔 흐르는 밥공기를 반도 비우지 못한 상태였지만 성은이 물을 마시며 자리에서 일어났다.

"이만 일어나야겠어요."

탁, 소리 내어 물컵을 내려놓은 성은은 따라 일어서는 모친을 보았다. 자신의 출근 준비를 돕고 배웅하는 것이 삶의 낙이라는 것을 알았기에 굳이 그녀에게 마저 식사하라는 말을 하지는 않았다.

막 현관으로 향할 때였다. 뒤에서 들려오는 끈질긴 목소리에 걸음이 멈춘 것은.

"이름은 김현서다. 그쪽 집안에서도……."

깜짝 놀라 몸을 돌린 성은이 눈을 크게 뜨며 물었다.

"지금 이름이 어떻게 된다고 하셨어요?"

"김현서. 왜?"

그의 표정이 심상치 않아서일까. 방금 전까지만 해도 기세등 등하게 말하던 부친이 한풀 꺾인 기세로 되물었다. 성은은 마 치 얼이 빠진 사람처럼 눈을 깜빡였다.

"인권 변호사 중에서 김현서란 이름을 가진 여자가 많을까 요?"

"뭐?"

"아, 아니, 아니에요."

고개를 서둘러 저은 그는 친모가 들고 있는 가방을 받아 들 었다. 지금은 대화를 길게 나눌 시간이 없었다.

"자리는 만드실 필요 없어요. 제가 사무실로 찾아가면 되니까. 주소는 문자로 보내 주시겠어요?"

"뭐?"

무슨 말인지 이해하지 못한 부친과 모친을 뒤로하고 성은은 출근을 서둘렀다.

인권 변호사 김현서.

그녀에 대해서라면 이미 알고 있었다. 워낙 좋은 일을 많이 하 고 있었고, 법정에서 분을 이기지 못해 욕지거리를 하다가 크게 혼쭐이 난 적도 있었다.

물론 상대 검사나 판사를 향한 욕이 아닌, 상대 의뢰인이 달 려와 머리를 쥐어뜯는 난투극 속에 벌어진 것이라 넘어가긴 했 으나 매스컴을 탈 정도로 큰일이었다.

그리고 그런 것 때문이 아니라도 성은은 그녀를 알고 있었 다. 보미의 약혼자와 친구라는 것을.

"맞을까?"

맞다면 이보다 더한 우연이 또 있을까.

그는 단순하게 그런 생각만 했다.

"조성은입니다."

명함을 받아 들고서 짧게 신음을 내뱉는 현서의 모습에 그는 빙그레 웃었다.

마치 무엇에 쫓기는 사람처럼 출근을 하고, 채 30분도 되지 않아 부친이 보내 온 문자 속 주소를 찾아온 그는 여자를 보자 못내 즐겁기까지 했다.

"조성은 씨 부모님도 선보라고 종용하시던가요?"

"뭐, 그렇습니다."

"관심은 있으시고요?"

제법 직설적인 물음에 성은이 눈을 깜빡였다. 그녀는 마치 법정에서 상대와 설전을 벌이는 것처럼 날카로운 가시를 잔뜩 세우고 있었다.

하지만 조성은이 누구던가. 12년 차 시사 프로그램 PD였다. 웬만한 일에는 눈 하나 깜짝하지 않을 만큼 거친 풍파를 겪은 그가 현서의 앞에서 유들유들하게 구는 것은 껌을 씹는 일보다 쉬웠다.

"처음엔 없었는데 상대가 현서 씨란 이야기를 듣고 관심이 생겼습니다."

"네?"

멍하니 되묻는 목소리에 성은이 입술을 달싹일 때였다. 정면 출입문에 서 있는 인영이 보인 것은.

아아, 이젠 정말 운명이라고 할 수밖에.

문 앞에 서 있는 이는 이지욱이었다. 10여 년 전, 차악으로 선택했던 김보미의 남자. 이젠 흐릿해진 기억 속의 남자가 자신의 앞에 있었다.

시간이란 참으로 무섭다. 5년 전까지만 해도 김보미와 관련된 사람들만 보면 자신도 모르게 피하곤 했는데 이젠 아니었다. 그는 이지욱과 눈을 똑바로 마주하며 천천히 되뇌듯 말했다.

"선은 관심 없는데, 김현서 씨한텐 관심이 있다고요."

그의 시선을 느꼈던 것일까. 현서가 고개를 돌려 지욱을 바라보았다. 순간 그녀의 얼굴에서 사라지는 핏기를 보며 성은이 힘없이 웃었다.

이건 무슨 운명의 장난인지.

"아, 이런. 어쩌지? 한잔 못 하겠는데?"

그녀의 말에 강인한 턱이 꿈틀거리는 것이 보였다.

성은은 스물셋의 이지욱을 알고 있었다. 잘 깎은 밤톨처럼 잘생긴 얼굴은 이제 세월까지 더해 오묘한 분위기를 풍겼다.

단순히 잘생겼다는 말로는 다 설명할 수 없는 남자의 얼굴이 감정을 숨기지 못하고 일그러지는 것을 보며 성은은 자신도 모르게 묘한 쾌감을 느꼈다.

"그래, 연락해라."

짧게 답한 지욱이 뒤돌아서 계단을 내려가자, 현서는 성은이 있다는 사실도 잊은 채 서둘러 그 뒤를 따랐다.

"하아."

이것 참 재미있네?

너무나 이지적인 분위기를 풍기는 남자였다. 아예 감정을 배제하고 이성만으로 움직이는 남자.

본능에 지배되지 않고 무슨 일이든 사회가 정한 법규 속에서 살아갈 것 같은 남자가 감정으로 범벅이 된 표정을 짓는데 어찌 웃지 않을 수가 있냔 말이다.

걸음을 옮긴 성은은 도로에 멍하니 서 있는 현서에게 다가갔다. 이미 지욱은 돌아간 듯 주변은 한산했다.

"왜 네가 질투에 먼 표정을 하냐고, 망할 자식아."

원망이 가득한 목소리에 성은의 표정이 굳어졌다.

단순히 이지욱의 감정만은 아니란 말이지?

그렇다면 김보미는?

오랫동안 애써 떨쳐 내려 했던 여자가 삐죽삐죽 떠오르자 방금 전까지만 해도 즐거움이 가득했던 그의 얼굴이 굳어졌다.

"음, 왜 선에 관심이 없는지 알겠습니다."

몸을 돌리는 현서의 얼굴도 방금 전 지욱과 별반 다르지 않았다. 성은은 확인해야 했다. 무엇을 위한 확인인지는 몰랐으나, 그의 속에 있는 무언가가 그렇게 하라고 종용했다.

"남자 친구입니까? 만나는 사람이 있다면……."

"아니, 아니에요."

현서가 고개를 저으며 힘없이 중얼거렸다.

"만나는 사람."

혹여 호영 몰래 지욱을 만나고 있는 건 아닌가 했는데 그건 또 아닌 모양이었다.

무슨 관계지?

순간 떠오른 호기심에 되물으려던 그는 슬픔으로 가득한 표정을 보고 다른 말을 꺼냈다.

"그럼 저한테도 기회가 있는 겁니까?"

"조성은 씨?"

눈을 동그랗게 뜨는 그녀의 모습에 성은은 쐐기를 박듯 힘주어 말했다.

"빈말 아닙니다. 한번 진지하게 생각해 주세요."

결혼.

그 두 글자는 자신의 인생과 머나먼 것이라고 생각했다. 하지만 자신이 온 줄도 모른 채 서류에 집중을 하는 현서를 보니, 그 '결혼'이란 것도 꽤 해 볼 만하지 않을까 하는 생각이 들었다.

그녀에게 한 말은 빈말이나 단순한 호기심이 아니었다. 현서를 처음 만난 것은 보미 때문이었지만 그녀를 만나고 난 뒤엔 바뀌었다.

그녀는 누구보다 열정적이었고 존경할 만한 사람이었다.

그래, 김현서면 괜찮겠다.

그런 생각이 들었던 것은 자신을 바라보던 이지욱에 대한 감정 때문만은 아니라고, 그는 생각하고 또 생각했다.

"이미 사건 현장은 없어진 지 오래니까……. 흠, 그래도 가 보는 것이 좋을까?"

"재심 청구하실 거면 저와 함께해 보시죠?"

망설임 없이 말이 흘러나왔다. 아차 싶어서 현서를 보자 그녀도 많이 놀랐는지 눈을 크게 뜨며 자신을 바라보고 있었다. 그러다 곧 마뜩잖은 표정을 지었다.

"현서 씨 반응을 보니 조금 상처 받는데요?"

"거짓말을 못하는 성격이라 그래요. 성은 씨가 이해해 줘요."

더 할 말이 있는 것 같았지만 현서는 거기서 입을 닫았다. 아마도 독설을 내뱉으려다가 멈춘 것 같았다.

현서의 얼굴을 멀뚱멀뚱 바라보던 성은이 입술을 크게 늘어뜨려 웃었다.

"그런 사람이니까 좋다는 겁니다."

"조성은 씨."

"우리 결혼합시다."

입 밖으로 꺼내 놓고 보니 더욱 유쾌하게 들렸다. 그래, 이 여자라면 가능하지 않을까. 이 사람이라면. 그러한 생각들이 어지럽게 머릿속을 휘돌았다.

명청하게도 10여 년 동안 단 한 번도 여자를 만나지 않았다. 지독한 워커홀릭이란 소리를 들으며 일만 해 대는 자신의 모습을 문득 깨달았을 때가 2년 전이었다.

혹시 몸에 이상이 있나, 그런 생각도 했었다. 남자라면 당연하게 가지는 '욕정' 또한 느낀 지 오래되었으니까.

그때 성은은 깨달았다. 근본적인 이유가 다른 곳에 있음을. 그리고 짜증스럽게 얼굴을 굳힌 현서를 보자 또 한 번 명치가 찌르르 아플 만큼 무언가를 깨달아 버렸다.

"조성은 씨, 설마 한국말을 못하는 외국인은 아니겠죠? 그 제안은 몇 번이나 거절을 한 것 같은데요."

"혹시 전에 봤던 그 남자 때문입니까?"

확인해야 했다. 두 사람이 어떠한 관계인지.

그래, 전에도 이러한 생각이 들었다. 그땐 왜 그래야 하는지 몰랐으나 이젠 확실하게 제 마음을 알 수 있었다. 명치에 무언가가 얹힌 듯 아팠으니까.

"스치듯 봐서 잘 몰랐는데 이지욱 씨더군요. 서울지방청 검사로 일하고 있고, W&B 로펌 대표 아드님이시죠?"

"뒷조사라도 하시는 건가요?"

"저 시사 프로그램 PD입니다. 그쪽으론 빠삭하죠. 그리고 한 번 보면 잊지 못할 사람 아닙니까."

그 말에 동의하듯 고개를 끄덕인 현서가 입술을 부드럽게 휘었다. 그리고 그녀의 입에서 들려온 말은 이번에도 진실과 먼

것이었다.

"동기예요, 친구고요."

"그런데 왜 표정은 동기도, 친구도 아니라고 말하는 것 같죠?"

초점이 없는 멍한 눈빛을 바라보던 그가 순간 입을 다물었다. 그리고 그녀와 마찬가지로 눈빛을 흐리고 고개를 떨구었다.

사람은 저마다 건드려선 안 되는 부분이 있었다. 아주 오랜 시간이 흘렀지만 지워지지 않는 사람. 그 사람에 대한 이야기를 그는 그 무엇보다 싫어했다. 그건 현서 또한 마찬가지이리라.

"미안합니다, 주제넘게."

"아시면 다시는 찾아오지 마세요. 아버지껜 제가 말씀드릴 테니까."

자리에서 일어난 현서가 자리를 피하려는 듯 걸음을 옮기자 그가 서둘러 그녀의 팔목을 잡았다.

"이거 놓으세요."

마치 어린 새의 날갯짓처럼 연약한 반항이었다. 비쩍 마른 현서와 건장한 성은은 힘으로 상대가 되지 않았다.

시선을 들어 자신을 바라보는 그녀의 모습에 성은은 애써 웃었다. 무척이나 아파 보이는 모습은 과거의 자신을 보는 것만 같았다.

"오지랖 넓게 이런 말씀 드려서 죄송하지만……."

"이제 그만 놓……."

탁!

애써 떼어 놓은 손을 다시 붙잡은 성은이 이를 악물며 말했다.

"약혼녀가 있는 사람은 빨리 마음에서 떠나보내는 게 좋습니다. 임자 있는 사람을 좋아하는 것만큼 가슴 아픈 일은 없으니까요."

그의 말에 현서가 삐뚜름하게 입술을 휘었다. 방금 전까지 어떻게 할 줄 몰라 휘청거리던 여자가 맞나 싶을 정도로 백팔십도 바뀐 모습에 그가 한쪽 눈썹을 일그러뜨렸다. 머릿속에서 위험 경보가 울렸다.

"정확하게 알고 계시는 걸 보니, 조성은 씨도 그런가 보죠?"

찌르르—

명치가 또다시 아파 왔다.

결국 자지 못했다.

한참이고 뒤척이던 성은은 창밖이 어스름하게 변하자 자리를 털고 일어났다. 아직 새벽 4시였지만, 더 이상 누워 있고 싶지 않았다.

곧장 방 옆에 있는 욕실로 들어가 샤워를 했다. 차가운 물이 닿자 정신이 퍼뜩 드는 것 같았다.

"후."

낮은 한숨을 쏟아 낸 성은은 거울 속에 비치는 자신의 모습에 힘없이 웃었다.

"이 나이에 뭐하는 짓이냐, 너."

하지만 거울 속의 그는 보미를 만나던 때와 별반 달라진 것이 없었다.

철이 안 들어서 그런가?

피식 웃음을 터뜨린 그가 물기를 깨끗이 닦아 낸 후 옷을 갈아입었다.

욕실을 나와 그가 가장 먼저 한 것은 데스크톱을 켜는 일이었다. 그는 10여 년 만에 처음으로 인터넷 창에 그녀의 이름을 검색했다.

요즘 들어 오래전의 일을 떠올릴 때가 많아졌다. 그것이 누구 때문인지 그는 잘 알고 있었다.

김현서. 그녀가 아주 깊은 곳에 있던 것들을 거칠게 밖으로 끌어내고 있었다.

"어?"

성은의 얼굴이 굳어졌다. 분명 예전 그때보다 더 화려한 이력과 경력이 추가되어 있을 줄 알았는데 아니었다. 그녀는 정말 피아노를 그만둔 것처럼 보였다. 아니, 세상에서 사라진 것만 같았다.

—세계적인 피아니스트 김보미, 전격 약혼 발표!

—김두영 의원 딸 김보미와 W&B 로펌 이경욱 대표, 사돈지간된다!

─엘리트 커플의 결혼? 초호화 결혼식 예상.

─김보미 양, 한 남자의 여자가 되기로 하다.

작위적인 문구들이 즐비해 있었으나 모두 10여 년 전의 것이었다.

1년이란 시간 동안 자신도 모르게 그녀를 담아 버린 후, 그는 줄곧 상상했었다. 그녀와의 이별을. 하지만 이별을 예상하면서도 사랑을 막지는 못했다.

"참 멍청했지."

스스로에게 자조 섞인 비웃음을 던진 그가 인터넷 창을 껐다. 그리고 오늘 있을 현서와의 미팅을 떠올리며 자리에서 일어났다.

아무것도 변하지 않았다. 그녀가 떠난 10년 동안.

그의 속에 있는 것은 그 무엇도 변하지 않은 채 딱딱하게 굳어 그 자리에 여전히 머물러 있었다.

성은은 빼곡하게 글귀가 적혀 있는 현서의 다이어리를 보았다. 잠시도 쉬지 않고 많은 곳을 다녔다는 사실을 한눈에 알 수 있을 만큼 흰 여백을 찾아보기 힘들었다.

최근 조사 중에 있는 고진경 씨 사건으로 두 사람 모두 지친 기색이 역력했다. 특히 현서의 얼굴은 끔찍하다는 생각이 들 정도였다.

고진경은 아버지를 죽였다는 억울한 누명을 쓰고 15년째 옥

살이 중에 있었다. 사연을 알게 된 현서는 그녀의 재심을 위해 노력하고 있었고, 성은은 그 과정을 취재 중이었다.

좋지 않은 안색으로 그녀가 지금 무리를 하고 있다는 것을 알 수 있었지만, 딱히 위로의 말이나 걱정하는 기색은 내비치지 않았다.

"거기에다가 담당 형사였던 류지혁은 증거물 위조로 한 차례 징계를 받은 적이 있고, 과거 해결했던 사건 중 두 건은 과거사 진상 위원회를 통해 무죄 판결을 받았어요."

류지혁 형사는 그 역시 잘 알고 있는 인물이었다. 과거사 진상 위원회에 회부된 그의 사건을 직접 취재했으니까.

빈정거리며 법적 근거를 가지고 오라고 큰소리치던 중년 남자를 떠올린 그가 인상을 찌푸렸다. 하지만 이와 반대로 현서의 얼굴은 죽상이 되었다.

"더 알아봐야 하는데, 제가 미천한 신분에다가 인맥도 바늘구멍 같아서요. 알아낼 수 있는 건 여기까지였어요. 더욱 취재 사실이 알려지면서 구치소에서도 더 이상 면회를 할 수 없다는 개 같은 답변을 들어야 했고요. 그래서 지금 내가 참 한심하게 느껴져요."

현서는 소파에 등을 기대며 눈을 감았다. 정말 한계까지 온 얼굴이었다.

이만 쉬는 게 좋겠다는 생각에 그가 물었다.

"식사나 할까요? 앉아 있어 봤자 답도 안 나올 것 같은데."

원하던 말이었는지 눈을 뜬 현서가 방금 전보다 생기가 도는 눈동자를 반짝였다.

"이 앞에 내장탕 죽여주게 하는 집 있는데."

"내장탕이요?"

"속이 쓰려서요. 해장해야 될 것 같은 기분이랄까?"

"술이 필요한 게 아니라?"

"내 속에 들어갔다 오셨나? 어떻게 알았대요?"

장난스럽게 말하면서도 현서는 가방 챙기는 것을 잊지 않았다.

함께 어깨를 맞대고 사무실을 나오는 와중에 그녀는 내장탕집에 대해 조잘조잘 얘기했다. 술안주로 삼으면 소주를 마심과 동시에 해장이 된다는, 말도 안 되는 이야기였다.

그런 대화의 주제가 계단을 내려오는 동안 갑자기 진경으로 튀었다.

"고진경 씨 사건을 본격 취재로 돌리는 게 어떨까요?"

"지금도 취재가 힘든데 카메라를 들이대면 잘도 응해 주겠네요."

현서의 말에 성은은 고개를 저었다.

"그러니까 본격 취재로 돌리자는 겁니다. 이런 식이면 후엔 아예 인터뷰 자체가 힘들어질 테니까요. 우선은 사무실로 들어가 취재 아이템으로 정식 채택한 후에 다른 PD들을 투입하는 것이 좋겠어요."

그의 말에 잠시 생각에 잠겼던 현서가 이내 고개를 끄덕이며 말을 이었다.

"이 건에 대해 정식으로 법원에 취재 요청을 하는 것도 좋을 듯해요."

"답변하지 않을 겁니다."

"조성은 씨, 제가 원하는 게 바로 그거예요."

파리해진 안색으로 입술을 길게 늘어뜨려 웃으니 기괴함마저 느껴졌다.

언론을 이용해 법원을 움직이겠다는 그녀의 말은 상당히 위험했다. 아무리 사건을 알아보고 취재를 하더라도 결국 방송을 만드는 것은 사람이었다. 실수가 나올 수 있었고, 잘못된 방향으로 피해를 입는 사람들도 생겨났다.

개개인에게도 그런 일은 일어나선 안 되었지만 무엇보다 사법부에 피해를 주는 것만큼은 피하고 싶었다. 언론으로 인해 법을 다루는 그들이 흔들리는 것은 좋지 못한 현상이니까.

"뒤가 구리니까 답변을 하지 않는다. 이런 느낌을 국민이 받게 되면 어떨까요?"

역시나 자신의 생각과 다르지 않은 답에 성은의 입에서 깊은 한숨이 터져 나왔다.

"지금처럼 입을 다물고 있진 못하겠죠."

"그것이 언론이 할 일이라고 생각해요."

그녀의 생각에 브레이크를 걸어야 할까. 성은은 고민하다가 이내 그러지 않기로 했다.

제 식구 감싸기를 할 그들을 떠올려 보면, 그때 가서 저도 이런 마음이 싹 사라질 것 같았으니까.

이런 성은의 마음을 알아차린 것인지 현서는 자리에서 멈춰서 그를 올려다보았다.

"우선 내일 의뢰인을 만나 보면 답이 나오겠죠."

현서의 말에 성은이 고개를 끄덕였다. 그러자 그녀가 말을 이었다.

"성은 씨가 어떻게 이번 건에 대해 취재를 할진 모르겠지만 전 장기전으로 보고 있어요."

"아직 구성 회의도 하지 않았으니까요."

"15년이란 시간의 간극은 몇 달로 채울 수 있는 게 아니에요."

어깨를 으쓱인 그녀가 다시 고개를 돌려 정면을 주시했다. 그리고 익숙한 차를 보며 씁쓸하게 웃었다.

"시간은 그렇게 무서운 거예요. 지내 온 시간을 되돌리고 채우기 위해선 그 배의 시간이 필요해요."

시간의 간극.

그 말에 그는 동의한다는 듯 천천히 고개를 끄덕였다. 그리고 낮에 보았던 보미의 사진을 떠올렸다. 사진 또한 그와 만났던 20대 초반에 머물러 있었다.

보미와의 간극은 얼마의 시간으로 채울 수 있을까. 자그마치 10년이었다.

그런데 이제 와 그녀가 계속해서 마음에 걸린다. 제 앞에 나타난 것도 아닌데 벌써부터 이러하니 머리가 아파 왔다.

그녀가 다시 나타나든 나타나지 않든 10여 년 동안 알게 모르게 자신을 지배해 온 것은 틀림없었다. 그녀를 잊는 덴 얼마의 시간이 걸릴까. 알 수가 없었다.

고개를 돌린 성은은 내장탕집 방향이 어디냐고 물으려 했다. 하지만 말없이 한곳을 주시하고 있는 그녀의 모습에 물음 대신 그 시선의 끝을 바라보았다.

차에서 내리는 남자.

그 남자는 성은도 잘 알고 있는 사람이었다. 어쩌면 보미와의 이별을 앞당긴 사람일지도 모르고, 어쩌면 적절한 시기에 잘라 주었는지도 모를 남자. 이지욱이었다. 그는 늘 그랬던 것처럼 오늘도 흐트러짐 하나 없는 모습으로 어둠 속에 서 있었다.

"성은 씨, 자리 좀 비켜 주시겠어요?"

"분위기가 심상치 않아 보이는데요."

천천히 걸음을 옮기는 지욱의 표정이 눈에 들어왔다. 굳어진 표정은 자신을 향해 있었다. 자신과 현서가 이 늦은 시간까지 함께 있다는 사실이 마음에 들지 않는다는 듯이.

하지만 이는 성은, 그 또한 마찬가지였다. 그에게 묻고 싶었다.

당신의 마음이 이곳을 향하고 있다면 김보미는 도대체 어떻게 된 거냐고. 그녀는 지금 무엇을 하고 있냐고.

"그래서 비켜 달라고 하는 거예요. 쪽팔리기 싫으니까. 내일 연락 주세요."

그녀는 더 이상 자신들의 문제에 상관하지 말라는 듯이 선을 그었다. 어깨를 으쓱인 그가 어느새 지척까지 다가온 지욱을 무시한 채 작은 어깨를 툭툭 두드렸다.

"무슨 일 있으면 전화 줘요. 올 테니까."

그 후 현서가 붙잡을 사이도 없이 지욱에게로 가까이 다가갔다. 성은은 자신을 바라보는 지욱을 보며 웃었다.

김보미는 무엇을 하고 있습니까?

그녀는 지금 어떻게 살고 있나요?

비틀린 웃음이 머물러 있는 입술은 끝끝내 열리지 않았다.

지금 묻는다면 이지욱은 말을 해 줄 것이다. 하지만 그 대답을 듣고 난 자신이 어떤 기분일지 상상이 가질 않았다. 그래서 물을 수 없었다.

바보 같은 남자.

성은은 마주했던 시선을 비스듬히 돌리며 속으로 그렇게 생각했다. 지욱을 비난하면서도 자신 역시 별반 다르지 않음을 깨달았다.

그래, 자신은 여전히 머저리였다.

뚜벅뚜벅.

무거운 걸음을 옮겼다. 한 걸음, 한 걸음 내딛는 일이 너무나 힘들었다.

저녁 하늘이 내려앉은 한강엔 많은 사람이 있었다.

개를 산책시키는 사람들, 연인과 함께 걷는 사람들, 운동을 하는 사람들…… . 그중에는 자전거를 타는 사람도 있었다. 문득,

그녀와의 기억이 그의 신경을 갉아먹었다.

　"나 진짜 바보 같지 않아요?"

　구두를 신고 자전거를 타러 온 스스로가 황당하다는 듯 웃음을 터뜨리던 그녀의 모습이 떠올랐다.

　전날, 매장을 찾아 골랐던 회색 운동화. 브랜드가 박혀 있는 상자를 들고 가면 그녀가 부담스러워할까 싶어 검은 비닐 봉투에 담아 갔던 자신.

　그의 시선이 손에 들려 있는 검은 봉투로 향했다.

　사각사각.

　아프다, 아팠다.

　자리에 앉은 그가 봉투에서 맥주 캔을 꺼냈다.

　"그날도 그랬지."

　자전거를 탄 후에 함께 맥주를 마셨다. 그녀는 그 일마저 즐겁다는 듯 계속 웃음을 보였다.

　뚜껑을 딴 그가 맥주를 마셨다. 벌컥벌컥, 시원하게 맥주를 들이켠 그가 입가에 쓴웃음을 지었다.

　시선은 어느새 맥주 뚜껑을 향해 있었다.

　"나랑 합시다. 행복할 것 같으면."

　그의 말에 그녀는 울음을 터뜨렸었다.

그날의 일을 떠올린 순간, 그의 입에서 흐느낌이 터져 나왔다.

그녀와의 추억은 여전히 아팠다.

오랜 시간이 흐르고 나서도.

"뭐야, 너 철야했어?"

이 PD는 수건으로 머리를 툭툭 털고 있는 성은을 보며 물었다. 밤을 새고 방송국 샤워실에서 씻은 모양인지 머리가 축축하게 젖어 있었다.

피곤이 그득한 그의 눈동자가 진선을 향했다.

"오늘 고진경 씨 만나러 가야 하거든요."

"그거랑 철야랑 무슨 상관이야? 급한 편집도 없잖아."

"그냥 일이 있었어요."

그의 말에 이 PD가 의심스럽다는 듯 게슴츠레 눈을 떴다. 평소와 다를 바 없는 모습이었으나 눈을 슬금슬금 피하는 모양새가 심상치 않았다.

"너……."

운을 뗀 그녀가 자리로 돌아가는 성은의 뒤를 졸졸 따랐다. 언제나 뻔뻔스런 그와 다른 모습에 걱정이 되는 모양이었다.

"무리하지 마."

"걱정해 주시는 겁니까?"

"또 송장치레할까 봐 무서워서 그런다, 무서워서!"

보미가 떠난 후로 성은의 생활은 엉망이었다. 잠을 자지 않았고, 밥을 먹지 않았다. 극한의 허기가 와야만 겨우 음식을 먹었고, 졸도하고 나서야 눈을 붙였다.

그런 생활을 3년 동안 했다. 일에만 매달리자 승진도 빨랐다. 하지만 사람이 기본적으로 영위해야 할 것들은 잊었다.

이 PD는 또 그런 사달이 날까 무섭다는 듯 그를 보았지만, 성은은 어깨만 으쓱일 뿐 아무런 말도 하지 않았다. 그 모습이 얄미웠는지 그녀가 소리를 질렀다.

"야! 사람이 걱정을 해 주면……!"

"안 죽어요."

"뭐?"

"안 죽는다고요."

"얼씨구? 그럼 사람이 나 죽어요, 하고 죽냐? 어디 미친 소리를……."

'지껄이고 난리야?' 라고 말하려 했다. 하지만 그녀의 잔소리를 듣기 싫었는지 성은이 재빨리 가방을 집어 들었다.

성큼성큼, 기다란 기럭지로 순식간에 엘리베이터를 향해 가는 그의 뒷모습을 보던 이 PD가 외쳤다.

"어디 가!"

"김현서 변호사와 서울교도소에 가기로 했습니다."

"……."

"다녀올게요, 선배."

무심한 얼굴로 허리까지 깍듯이 구부린 그가 발을 돌리자 말문이 막힌 듯 입을 쩍 벌리고 있던 이 PD가 한숨을 푹 내뱉었다.

"쟨 또 왜 저래?"

서울교도소.

누구라도 좋은 마음을 가지고 올 수 없는 장소였다. 하지만 현서와 나란히 걷고 있는 성은의 표정은 유독 심상치 않았다.

진경과 면회를 마친 후 두 사람은 서늘한 바람을 맞으며 각자의 생각에 잠겨 있었다.

요즘은 문득 정신이 몽롱해지곤 했다. 불쑥불쑥 자신의 머릿속을 차지하는 사람 때문에.

그 사람으로 인해 그의 시간은 조금 고단해졌다. 일을 할 때도 한강에서 자전거를 타며 웃음을 터뜨리던 모습이 생각났고, 밥을 먹을 때도 길거리 음식을 신기한 듯 바라보며 눈을 깜빡이던 모습이 뇌리를 스치고 지나갔다.

그리고 그와 함께 떠오르는 것은 이별을 받아들이고 난 후,

약혼 소식을 웹 기사를 통해서 알게 되었을 때의 허탈감이었다.

그때는 그녀보단 제 입장만 생각했다. 자신의 마음은 보미를 용서하지 말라고 했었고, 이해를 구하지 않았으니 그녀의 심정 따위 생각할 필요 없다고 결론을 내렸다.

그래서 방송국으로 그녀가 자신을 찾아왔을 때 냉정하게 먼저 고별했다. 그게 잘못이었던 것일까.

그는 복잡한 생각을 애써 떨치며 현서를 향해 시선을 돌렸다. 면회를 하며 그가 방송국으로 온 제보 내용을 알려 주지 않은 것을 알게 된 그녀는, 화가 난 듯한 얼굴이었지만 이내 어쩔 수 없다는 듯 한숨을 내쉬었다.

"하아, 정말. 내 주위에 있는 남자들은 왜 죄다……."

이지욱, 그와 무슨 일이 있었던 것일까. 사정없이 일그러지는 현서의 얼굴을 보며 그가 장난스럽게 중얼거렸다.

"지금 현서 씨한테 관심 있다고 열렬히 고백한 사람 앞에서 사랑싸움했다고 자랑하는 겁니까? 이런 식의 거절은 조금 가슴이 아픈데요?"

그러나 그의 예상과는 조금 다른 답이 들려왔다.

"조성은 씨, 그만해도 돼요."

"무슨 말……."

"저한테 관심 없잖아요."

"……."

현서가 화를 낼 줄 알았다. 이제 그만하라고. 하지만 아니었다. 그녀는 웃고 있었다. 예쁘게 호를 그리는 입술을 멍하니 바라보던 그가 고개를 옆으로 비스듬히 돌려 버렸다.

놀랐다. 순식간에 마음을 꿰뚫린 기분이 들었다.

달콤한 웃음에 가슴이 뛰었다. 예쁜 웃음 때문이 아니었다. 그녀에게 본심을 들켜 버린 심장이 미친 듯이 날뛰기 시작한 것이었다.

당신, 어떻게 알았어?

마치 심장이 현서에게 그렇게 묻는 듯했다.

"깜짝 놀란 표정 할 것 없어요. 그 정도도 눈치 못 채면 어떻게 변호사질 하면서 밥 벌어먹고 살겠어요? 눈치는 백 단이에요, 저."

하아, 그가 옅은 한숨을 내뱉었다.

"그냥, 모른 척해 줬으면 하는 것 같아서 지켜보고 있었을 뿐이에요."

"깜빡했네요. 김현서 씨가 아주 훌륭한 변호사라는 거."

비행기 태우지 말라는 현서의 말에 성은은 고개를 들어 하늘을 보았다. 새파란 하늘이 펼쳐지자 눈이 가늘게 변했다.

태양이 떠 있는 것도 아닌데 눈이 부셨다. 너무 파래서 그런 것일까?

후후, 옅게 웃음을 뱉은 성은은 고개를 돌려 현서를 보았다.

"이지욱 검사는 현서 씨를 아주 많이 사랑하고 있습니다."

"확신하지 마세요. 한 번 확신해 버린 말보다 무서운 건 없으니까."

"확신합니다."

딱 잘라 말한 그가 걸음을 옮겼다. 그리고 오늘 아침에 있었던 일을 떠올렸다.

오늘도 이지욱은 자신을 잡아먹을 것처럼 눈을 빛냈었다.

"아침에 저와 마주쳤을 때의 눈빛, 못 봤어요? 저번에 현서 씨 사무실 앞에서 마주쳤을 때도 날 찢어 죽일 듯이 봤었고요."

거친 모습에 예전엔 참 많이 놀랐는데, 요즘은 익숙하다고 느낄 정도였다.

고개를 돌린 성은은 얼굴을 일그러뜨리고 있는 현서를 보며 웃었다.

"사랑하지 않는 여자가 다른 남자와 있다고 그런 표정을 짓는 사람이 어디 있어요? 그건 성격 파탄자지."

질투.

그것도 아주 무서운 질투.

살기등등한 눈동자에 성은 또한 한 걸음 뒤로 물러설 지경이었다. 하지만 그는 자신의 감정을 앞세워 윽박지르지 않았다.

"연락할게."

현서를 향해 다정하게 웃어 주던 지욱의 모습이 떠오르자 성은이 눈을 감았다.

머저리 동지인가.

"이지욱이라면 성격 파탄자라고 봐도 무관해요."

"그렇게 행동하는 데엔 이유가 있을 겁니다."

"감정에 휩쓸려 행동할 타입이 아니란 것, 잘 알고 있어요."

"그런데요?"

"하지만 그 아이를 바라본 세월이 가지 말라고 막아요."

그녀의 말에 성은의 걸음이 멈췄다.

순간 속에서 무언가가 비명을 질렀다.

"거칠게 뿌리침을 당했던 과거의 내가 그러지 말라고 해요."

그 말을 듣자 문득 눈가가 시큰해졌다.

"나…… 못된 생각을 하게 돼요."

누구보다 솔직한 사람이 이러한 마음을 품고 있다니. 성은의 눈동자가 어두워졌다.

"그 아이가 나만큼 상처 받았으면 좋겠다고."

그리고 토해져 나온 말에 그가 공감한다는 듯 웃었다.

머저리 동지는 이지욱이 아닌 김현서였다. 자신처럼 과거에 사로잡혀 괴로움에 몸을 떠는 그녀를 보자 심장도 함께 저며 왔다.

누군가가 펄떡펄떡 살아 숨 쉬는 그것에 소금이라도 확 치는 것 같았다. 죽으라고. 죽어 버리라고.

입가에 부드러운 웃음을 머금은 성은이 한숨처럼 말했다.

"그럼 아무것도 해결되지 않습니다."

"알아요. 아무것도 해결하고 싶지 않아요."

"현서 씨……."

"정말 끝내고 싶어요. 지리멸렬한 관계 따윈."

"……."

"내가 너무 구질구질하니까."

걸음을 멈춘 성은이 그녀의 앞을 막아섰다.

그도 그랬었다. 보미가 떠나고 3년간, 제 속이 폭도처럼 난리를 피워도 겉은 평온함을 유지했다.

보미에게 찾아가고 싶었다. 그리고 다시 한 번 묻고 싶었다. 아직도 생각이 변하지 않았냐고. 그 '차악'을 선택한 것을 후회하지 않느냐고. 몇 번이고 묻고 싶었으나 지금 현서의 심정과 같아 그러질 못했다.

"현서 씨, 한마디 해도 될까요?"

"두 마디 해도 돼요."

이제야 모든 것들이 확실히 보이기 시작했다. 해무가 낀 것처럼 뿌옇고 차갑고 질척거리던 세계가 걷히고, 원래부터 그 자리에 있던 것들 하나하나가 확연히 눈에 들어왔다.

"사람은 후회하는 동물입니다."

자신 또한 후회하고 있었다.

그때 한 번 더 붙잡아 볼 것을.

그렇다면 오랜 시간 동안 이러한 마음을 가지고 살진 않았을 텐데.

확실히 정리할 수 있었을 텐데.

"이지욱 씨도, 후회라는 걸 하는 사람입니다."

성은의 눈동자가 풍랑을 만난 것처럼 흔들렸다. 곤두박질치는 심장을 느꼈다. 얼굴이 일그러지고 엉망이 된 심장이 비명을 질렀다.

하지만 곧이어 들려오는 현서의 말에 그는 다시 미소를 되찾았다.

"이것 봐. 당신 나 안 좋아하는 것 맞네."

성은이 희미한 웃음을 지었다.

"미안해요."

참 많은 것이 바뀌었다. 성은은 저 멀리 보이는 카페로 힘차게 걸음을 옮기면서 문득문득 떠오르는 생각에 쓴웃음을 지었다.

현서를 만난 것은 고작 두 달이었다. 그 시간 동안 그녀를 매일 만난 것도 아닌데, 자신의 안에서 드라마틱한 변화가 일어났다.

10여 년 동안 인생은 갑갑할 정도로 평온하게 흘렀다. 지난 두 달 동안 겪었던 일을 엿가락 늘리듯 쭉쭉 늘려 분배한 것처럼.

오늘과 같은 날은 상상도 하지 못했었다. 아니, 어제 저녁 늦게 걸려 온 전화를 예상하지 못했다.

―잠시 만날 수 있겠습니까.

감정이 지극히 배제되어 있는 목소리. 평소처럼 아무것도 느낄 수 없는 지욱의 목소리에 성은은 오늘 만남을 수락했다.

카페는 평일 오후치고는 사람이 많은 편이었지만 듬성듬성 비어 있는 자리가 보였다. 그는 금세 사람들 속에서 지욱을 찾을 수 있었다.

힐끔힐끔 향하는 시선들. 옆자리의 친구에게 속닥거리는 여자들. 그들의 관심이 향해 있는 쪽으로 눈을 돌리자 창밖을 바라보며 사색에 잠겨 있는 지욱이 보였다.

참, 대단한 남자긴 하네.

보미를 통해 그를 접했을 때는 그저 잘생기고 후광이 좋은 앳된 남자라고 생각했었다. 딱 거기까지였다.

하지만 시간이 흐른 후 그를 다시 만났을 때 평은 조금 달라졌다.

젠틀한 이미지는 둘째치더라도 저 남자가 가지고 있는 에너지를 이젠 느낄 수 있었으니까.

성은이 의자를 끌어다 앉자 지욱이 먼저 운을 뗐다.

"바쁘실 텐데 시간 내 주셔서 감사합니다."

반듯한 인상을 보던 성은이 고개를 끄덕였다.

"이 검사님만 하겠습니까."

다소 빈정거리는 말투에도 지욱은 표정 변화 하나 없이 물었다.

"차는 무엇으로 하시겠습니까?"

"괜찮습니다. 마시고 왔어요."

지욱이 가볍게 고개를 끄덕이자 성은은 그의 표정을 살폈다. 역시나 빈틈이 없었다.

오늘 그가 왜 자신을 보자고 했는지는 예상할 수 있었다. 김현서 때문이겠지. 현서와 있을 때 몇 번씩이고 그와 마주쳤기에 언제고 한 번은 이런 자리를 가질 거라 생각했었다.

"들었습니다. 고진경 씨 사건, 동행하게 되었다고요."

역시나 예상했던 이름이 흘러나오자 성은이 고개를 끄덕였다.

"신경 쓰이시나 봅니다."

"당연한 것 아니겠습니까. 조성은 씨가 왜 현서의 곁에 있는지도 아는데."

"무슨 말씀이십니까?"

성은의 얼굴이 일그러졌다.

"모를 줄 아셨습니까? 보미와 성은 씨의 관계요."

"……알고도 약혼하신 겁니까?"

"그땐 그게 최선이었으니까."

보미는 '차악'이라 했는데, 이 남잔 '최선'이라 말한다. 무엇이 최선인지는 말해 주지 않은 채.

있는 사람들은 항상 그런 식입니까?

그는 그렇게 묻고 싶었다. 하지만 물어보지 못했다. 이어지는 지욱의 말 때문이었다.

"보미가 찾아왔었습니다. 파혼해 달라고."

"뭐, 뭐……."

"모르셨나 봅니다."

성은의 얼굴이 창백하게 굳어졌다.

파혼? 이제 와서?

여러 가지 생각이 한꺼번에 들었다.

그녀는 한국에 돌아온 것이냐고, 이제 그 차악이 필요 없어졌냐고, 김두영 의원은 이겨 낼 수 있냐고. 문득 이별의 말을 들었을 때 퉁퉁 부어 있던 그녀의 얼굴이 떠올랐다.

혼란스러움이 가득한 그의 표정을 바라보던 지욱이 입술을 달싹였다. 목소리와 표정에 경고가 담겨 있어 웬만한 사람들은 기가 눌릴 정도였다.

하지만 성은은 방금 전 그에게 들었던 이야기로 인해 정신을 차리지 못하고 멍하니 눈만 끔뻑이고 있을 뿐이었다.

"다른 마음 때문에 현서 옆에 계시는 거라면 그러지 마십시오. 당신과 보미의 문제이지, 현서는 제삼자입니다."

"……."

"두 사람의 문제는 두 사람이 알아서 하십시오."

그의 말에 성은의 고개가 아래로 뚝 떨어졌다.

"두 사람의 문제라고……?"

중얼거리던 성은의 입술 끝이 비틀렸다.

"이게 어떻게 둘만의 문제입니까. 김보미는 내 앞에 나타나지도 않는데……."

그의 눈동자가 일렁였다. 김보미와 조성은을 '둘'로 묶을 만큼 무언가가 남아 있단 말인가.

없었다, 아무것도. 10년이란 시간은 두 사람 사이에 있던 많은 것들을 흔적도 없이 지웠다.

"먼저 만나러 가실 생각은 안 하십니까?"

"파혼이 나와 무슨 상관이란 말입니까. 우린 10년 전에 이미 끝난……."

성은이 말을 끝내기도 전이었다.

"이미 끝난 사람들 표정이 그렇습니까?"

김보미도 나와 같은 표정을 짓고 있단 말인가?

자신의 표정이 어떤지는 쉬이 예상할 수 있었다. 그랬기에…… 성은은 끝내 아무런 답도 하지 못했다.

웅웅.

주머니에 있던 휴대전화가 몸을 떨어 댔다. 휴대전화를 꺼내 액정을 확인한 성은의 표정이 순간 차갑게 얼어붙었다.

〈김보미〉

지우지 못한 번호.

지우지 못한 이름.

여전히…… 비우지 못한 마음.

"……."

"받으세요."

누군가에게 전화가 왔는지 보지 않아도 알겠다는 듯 지욱이 말했다. 하지만 오래전부터 지우지 못했던 그 번호가 그대로 떠

있는 휴대전화를 바라보며 성은은 전화를 받을 생각 대신 멍하
니 말했다.

"번호가…… 안 바뀌었네요."

"당신의 연락을 기다렸으니까요."

김보미가 왜? 자신에게 이별을 고한 것은 그녀였는데. 멋대
로 눈앞에 있는 이 남자와 약혼을 했는데. 그리고 태평양을 건
너 유학을 떠났는데.

왜? 왜 날 기다렸는데?

그러한 의문을 발견하였는지 지욱이 답했다.

"알고 싶지 않으십니까? 왜 우리 둘이 약혼을 하게 되었는
지."

알고 싶었다, 예전에는 분명. 왜 갑자기 이런 일이 일어났는
지.

그땐 정말 알고 싶었다.

그리고 그 물음에 대한 답을 이지욱, 그가 해 주고 있었다.

"전 자유를 얻기 위해서였고, 보미는 어머니를 지키기 위해
서였습니다."

"……."

알지 못했던 일이었다.

놀란 눈으로 지욱을 바라본 성은이 입술을 짓이겼다.

어머니를 지키기 위해서라고?

그 당시 보미는 친모가 영국에 있다고 했었다. 한국으론 같
이 들어오지 않았다고.

지욱이 연이어 말을 이었다.

"예전에 전 사랑이 변하는 건 줄 알았습니다. 그런 말도 있
잖아요. 사랑은 뚜렷한 형태를 그리지 않고 있어서 계속 변화
한다고."

"아……."

"그런데…… 한 가지 깨달은 사실이 있습니다. 아주 최근에."

"아아……."

"사랑은 변합니다. 더 지독한 모습으로. 그리고 그 사람이 지
워지는 것도 아니죠."

신음을 내뱉던 성은의 눈이 질끈 감겼다.

"조성은 씨도 그렇지 않습니까?"

눈물이 날 것만 같았다.

좁은 공간에 많은 사람들이 모여 있었다. 하지만 모인 인원
에 비해 어깨가 짓눌릴 만큼 조용한 침묵이 흐르고 있었다.

잠시 말이 이어지는가 하면 곧 설전이 오고 갔고 이내 또 침
묵을 지키는 것이 반복됐다. 뾰족한 수가 없는 문제 앞에서 사
람들은 서서히 지쳐 갔다.

"좀 쉬었다 할까요?"

팽팽하게 당겨져 있던 신경의 끈이 그 말에 툭 하고 끊겼다.
어떤 이들은 커피를 사 오겠다며 나갔고, 또 어떤 이들은 자리

324

로 돌아가 제 할 일을 하기 바빴다.

하지만 현서는 달랐다.

오늘 그녀는 미팅 내내 다른 생각에 잠겨 있었다. 질문에 꼬박꼬박 답을 하기도 했고, 제 생각을 말하기도 했으나 그렇지 않을 땐 멍하니 허공만 응시할 뿐이었다.

그녀가 저렇게 반응하는 이유는 묻지 않아도 뻔했다. 이지욱이 자신을 찾아왔다는 것은 분명 그녀와의 관계가 무언가 변했다는 뜻이었다.

마치 도망가는 사람처럼 현서에게 금을 긋고 친구로 있던 그가 바뀌었단 뜻이겠지. 그리고 그 뜻을 현서에게 전달했음이 분명했다.

현서의 옆모습을 바라보던 성은은 기계적으로 움직이는 그녀의 손을 보며 물었다.

"마음은 어떤 결정을 하기로 했는데요?"

"……."

그의 물음에도 현서는 멍하니 손만 움직였다. 빙글빙글, 원을 그리는 펜을 보던 그가 자리에서 일어나 책상을 똑똑 두드렸다.

화들짝 놀란 현서가 고개를 퍼뜩 들었다. 그 모습에 피식 웃음을 내뱉은 성은이 다시 앉으며 물었다.

"어떻게 하기로 결정했냐고요."

"뭐가요?"

"계속 고민하고 있잖아요, 현서 씨."

순간 현서의 표정이 변했다.

그가 묻고자 하는 말이 정확하게 무엇인지 알아차렸다는 듯이.

"고진경 씨에 대해서 생각하고 있었어요. 면회 한 번으로 개싸움을 해야 할 수도 있으니까."

"으음."

"지금은 아예 면회가 안 되기도 하고요."

"아하."

그녀는 눈을 날카롭게 떴다. 가시를 세우며 한다는 말이 고작 이것이다.

장난스럽게 반응하는 그의 모습에도 현서는 눈 하나 깜짝 하지 않은 채 말을 이었다.

"전에 나 빼놓고 고진경 씨 만난다는 건 어떻게 됐어요?"

"방금 현서 씨가 말했잖아요. 면회가 아예 안 된다고."

"……."

"우리 회의 내내 그 이야기 했잖아요."

그의 말에 현서가 혀를 씹었다. 제 혀를 물어뜯기라도 하고 싶다는 표정이었다.

정확하게 정곡을 찔러 대는 그가 짜증이 났는지 그녀는 한숨을 쉬었다.

"카운슬링은 고맙지만, 더 이상 상관하지 말아 주세요."

이제야 진심을 애써 외면하지 않는다. 그 모습을 심드렁하게 바라보던 성은이 무감한 목소리로 말했다.

"상관해야 할걸요?"

"뭘요?"

"지금쯤 현서 씨 아버님이랑 저희 부모님이랑 식사를 하고 있을 거예요."

"……"

"어른들 마음이 참 급한가 봐요. 그럴 법도 하지. 현서 씨나 나나 결혼 생각은 없어 보이고 한 살, 한 살 먹어 가기만 하니까. 어떻게든 치워 버리고 싶으신 것 같아요."

그도 아버지의 마음은 충분히 이해했다. 만약 연애라도 했다면 이런 식으로 나오시진 않았을 것이다. 하지만 그는 여자에 관심이 없는 것처럼 굴었고, 실제로도 그런 삶을 살았다. 망가졌던 그 시간 이후로.

후후, 마치 타이어에서 바람이 빠지는 것처럼 힘없는 웃음에 현서가 굳어 있던 표정을 풀었다.

답답한 마음이 고스란히 담겨 있는 눈동자가 그녀를 향했다. 예전엔 현서와 결혼을 하는 것도 나쁘지 않겠다는 생각을 했었다. 그리고 그건 지금도 별반 다르지 않았다.

그녀와 마찬가지로 자신 또한 이성적 감정을 품고 있진 않으나 친구처럼 함께 일생을 사는 것도 괜찮겠다는 생각을 했다.

그런데 왜 이 순간에도 한 여자만 떠오르는 것일까. 그의 가슴이 요동을 쳤다, 철썩철썩.

"조성은 씨."

그녀의 부름에 성은이 눈을 마주하며 희미한 웃음을 지었다.

"걱정하지 말아요. 전에 저한테 말했죠? 제가 현서 씨한테 관심이 없어 보인다고. 그 말이 맞아요."

"그래서 당신은 어떻게 할 생각인데요?"

"저도 현서 씨처럼 고민 중."

피식.

푸스스 허탈한 웃음이 입술 사이를 타고 흘러나왔다.

"말할 용기가 없어요. 다가갈 용기도 없고. 그런데 그걸 너무나 쉽게 하는 상대를 보니까, 화가 나더라고요. 그 사람에게 난 너무 좋은 사람이기만 했나 봐."

현서의 고개가 옆으로 기울여졌다. 아마도 '그 사람'이라는 표현 때문일 것이다.

허탈한 마음으로 그녀를 바라보며 막 '그 사람'에 대해 이야기를 하려고 할 때였다.

웅웅.

테이블 위에 올려 둔 휴대전화가 울렸다. 두 사람의 시선이 동시에 성은의 휴대전화로 향했다. 액정에 뜬 이름을 보자마자 성은이 웃음을 터뜨렸다.

김보미, 당신도 정말 대단하다.

전화를 받지 않는 것이 명백한 거절의 의미임을 알고 있을 텐데도 참 끈질겼다. 예전의 당신은 그렇지 않았던 것 같은데.

벌써 사흘째 그는 연락을 피하고 있었다.

무슨 말이 하고 싶은 것이냐고 묻고 싶지도 않았다. 왜 이제 와서 이러는 것이냐고 따지고 싶지도 않았다. 그저 그녀가 없었던, 아니, 현서를 만나기 전으로 돌아가고 싶은 마음만 간절했다.

평온했던 그때로.

김보미 따위, 잊고 있었다 착각했던 그때로.

눈동자에 떠오른 수십 가지의 감정들. 괴로움에 가까운 감정들 중에서 가장 큰 것은 '갈망'.

성은은 더 이상 도망가지 못한다는 것을 깨달았다. 지욱이 했던 말이 이제야 공감 갔다.

시간이 지날수록 사랑은 지독해진다.

그날을 떠올린 그가 휴대전화를 들어 허공에서 흔들었다.

"지금도 아무렇지 않게 연락이 오는 걸 보면. 누군지 알겠어요?"

"조성은 씨……."

액정에 뜬 보미 이름을 확인한 현서의 얼굴이 혼란으로 물들었다. 그도 그럴 것이다. 단 한 번도 현서에게 보미에 대해 이야기한 적이 없었으니까.

"조성은, 당신 뭐야?"

자리에서 일어나다 말고 성은이 또다시 웃음을 터뜨렸다.

하하하.

맑은 웃음소리였으나 어쩐지 슬펐다.

현서의 앞에 있는 휴대전화를 힐끗 곁눈질하며 말했다.

"현서 씨 휴대전화도 울리네요. 이 이야기는 나중에 하죠."

그가 걸음을 옮겼다.

어쩔 수 없이, 그녀에게로.

10년 전의 일들이 주마등처럼 흘러갔다.

로비로 내려온 그는 저 멀리 소파에 앉아 있는 보미를 보았다.

10여 년 전 그날도 보미는 자신을 찾아왔었다. 로비에 놓여 있는 소파에 앉아 그를 기다렸고, 유학 소식을 전했다.

시간이 흘러 소파는 바뀌었다. 로비의 타일도 한 번 공사를 해서 그때와 색이 달랐다.

하지만 왜 그런 것일까. 마치 그날로 돌아간 것 같은 느낌에 가슴이 시큰거렸다.

아니, 분노인가?

알 수 없는 노릇이었으나 속에서 신물이 올라오는 것을 느끼며 그가 자리에 멈춰 섰다.

더 이상 다가갈 수가 없었다. 지금은 그녀와 만나면 안 된다, 그러한 생각이 머릿속을 휘저었다.

몸을 돌리려고 했다. 서둘러 이 자리를 도망치려 했다. 하지만 어느새 그를 발견한 보미가 서둘러 달려왔다.

팔을 뻗어 그의 옷자락을 붙잡은 그녀는 고개를 거칠게 저었다.

그녀는 그와 달리 많은 것이 바뀌어 있었다. 야구 점퍼에 낮은 단화를 신고 있는 그녀는 서른이 지난 여자처럼 느껴지지 않았다.

그의 시선이 운동화에 머물렀다. 그리고 문득 떠오르는 잔상에 더듬더듬 걸음을 뒤로 물렸다.

"일부러 그러는 거지."

그 신발 신고서 이곳에 온 건, 날 괴롭히기 위해서지?

붉어진 눈망울로, 끔찍한 표정으로, 그가 이를 악물었다.

그렇다면 김보미는 정말 나쁜 여자다. 정말 정말 나쁜 여자다.

"나 밉죠?"

"어."

보미의 물음에 성은은 망설임 없이 대답했다. 그러자 보미가 연이어 질문했다.

"진절머리 나죠?"

"어."

"나 용서해 주면 안 돼요?"

곧바로 나오던 답과는 달리 이번엔 그의 입술이 굳게 닫혔다.

이제 와 그녀가 용서를 구하고 있었다. 이제 와 그 말을 입에 담았다. 10년 전에 이 말을 했으면 참 좋았을 텐데.

"안 돼."

짧게 답을 내뱉으며 그가 눈을 감았다. 혼란이 가득한 마음을 들키고 싶지 않아서.

천천히 호흡을 갈무리한 그가 눈을 떴다. 눈동자는 다시 조금 전으로 돌아가 있었다.

이제 이것으로 되지 않았을까. 그녀에게 듣고 싶었던 말을 들었으니까.

그래, 이걸로 되었다.

그의 마음이 그렇게 흘러갈 때였다.

무서울 정도로 예민하게 감정을 읽어 낸 보미가 서둘러 그의 생각을 붙잡았다.

"이번에는 내가 데리고 도망가 줄게요."

"……뭐?"

그의 입에서 툭 하고 되묻는 말이 튀어나왔다. 하지만 그녀는 거기서 말을 멈추지 않았다.

"그날 당신이 했던 것처럼."

그가 얼굴을 일그러뜨렸다.

자신이 했던 것처럼 그녀 또한 하겠단다. 제 손을 붙잡고 도망가 주겠단다.

하아.

하하하.

한숨과 웃음이 동시에 흘러나왔다.

배를 붙잡고 웃음을 터뜨리는 그의 모습을 말간 눈동자로 내려다보던 보미가 손을 뻗어 그를 만지려 할 때였다.

허공에 떠 있는 손을 거칠게 내친 그가 이를 악물며 잇새로 말했다.

"그럼 그다음엔 내가 널 버리면 되는 거야? 그 짓을 또 하자고?"

낮은 분노가 쏟아졌다. 걷잡을 수 없는 감정의 소용돌이 속에 빠져 그가 허우적거렸다.

"성은 씨."

그녀의 부름에 성은의 고개가 옆으로 비스듬히 돌아갔다.

그는 알 수 있었다. 지금 그녀가 얼마나 큰 용기를 내는 것인지.

바들바들 떨리는 보미의 손을 내려다보던 성은은 눈을 질끈 감았다.

"좋아해요."

……만나지 말 것을.

끝까지 무시할 것을.

그랬다면 10여 년이 지나고 나서야 다시 나타난 여자가 자신에게 고백을 하는 이런 끔찍한 상황은 겪지 않았을 텐데.

"많이 후회했어요."

이 말을…… 듣지 않았을 텐데.

눈을 뜬 그가 보미의 얼굴을 바라보았다. 감정은 어느새 더한 격랑을 만난 뒤였다.

일그러진 미간이 그의 마음을 대변해 주고 있었다.

"빨리 돌아오지 못한 날, 용서해 줄래요?"

"아니, 용서 못 해."

그가 거칠게 몸을 돌렸다. 그러자 보미가 다시 한 번 손을 뻗어 그를 붙잡았다.

그 손길이 말하고 있었다. 도망가지 마세요. 나를 봐 주세요,

하고.

어쩜 이렇게 뻔뻔할 수가 있는가.

어쩜 이렇게 극악무도할 수가 있는가.

어떻게, 어떻게!

"용서하지 못해도 곁에 있어 줘요."

"김보미!"

그가 비명처럼 그녀를 불렀다. 갈가리 찢긴 그녀의 마음을 잘 알고 있다는 듯이.

"나 아직도 좋아하……."

그녀가 미처 말을 끝맺기 전에 성은이 손을 뻗었다. 그리고 느슨하게 묶여 있는 머리카락을 붙잡아 힘있게 잡아당겼다.

두 사람의 입술이 거칠게 맞춰졌다. 이곳이 탁 트인 로비라는 사실도 잊은 채, 도톰한 입술 사이로 혀를 밀어 넣은 그가 그 속을 휘저었다.

거친 키스에 보미의 몸이 휘청거렸다. 쓰러질 것처럼 흔들리는 몸에, 그가 가느다란 허리를 붙잡았다.

정신을 놓을 만큼 강한 키스에 도망치려는 보미의 뺨을 힘껏 붙잡은 성은은 비스듬히 고개를 비틀며 좀 더 깊숙한 곳으로 혀를 밀어 넣었다.

강력하게 옭아매는 물컹한 감촉에 보미가 작게 신음을 뱉었다.

"으으……."

흥분이 아닌 괴로움에 터져 나온 신음이었다.

입술을 뗀 성은은 질끈 눈을 감고 있는 보미를 보았다. 눈가엔 눈물이 고여 있었다.

거친 숨을 토해 내던 그가 분노에 찬 목소리로 말했다.

"제발 그 입 좀 닥쳐."

몸을 돌린 그는 도망쳤다.

chapter 3

내 안의 너는 여전히

어떠한 정신으로 살아왔을까.

알 수가 없다. 아니, 그녀와 헤어지는 순간부터 그는 제정신으로 살아온 적이 없었다.

그렇게, 그렇게 잊었던 그녀였다. 잊으려고 발악을 했었던 그였다.

배가 고프면 그녀가 잠시 잊혀졌다. 미친 듯이 피곤함이 몰려올 때 정신은 아득히 멀어졌다. 일에 집중할 때면 목표가 있어 그녀의 생각을 하지 않을 수 있었다.

그렇게 견디고 또 견뎌 왔는데, 그 모든 것이 헛짓거리임을 깨달은 순간 그는 또다시 절망에 빠졌다.

어떻게 해야 하나. 모든 짓을 다 해 보았는데, 발악을 해 보았는데, 그녀가 여전히 제 마음 속에 남아 있다 생각하니 돌아

버릴 것만 같았다. 속에 있던 잔혹한 생각이 생각만으로 끝나지 않을 것 같았다.

파괴하고 싶었다, 모든 걸.

모든 걸 파괴해 버리고 가루가 되어 버리고 싶은 마음뿐이었다.

무뎌지지 않으니, 부술 수밖에 없지 않은가!

그녀를 만난 후, 그는 하루도 빠짐없이 보미의 모습을 떠올렸다.

말랐다. 아파 보였다. 그가 원했던 대로 괴로워 보였는데, 이상하게도 기쁘지 않았다. 날 지옥에 처박았으면 너 역시 그러해야 한다고 생각했는데, 정말 그렇게 살았으리라 생각하니 마음이 시렸다.

낡은 건물 앞에 선 그가 말없이 숨을 몰아쉬었다. 다시 걸을 힘을 얻고 나서야 계단을 올랐다.

그리고 차디찬 바닥에 주저앉았다.

"후."

깊은 한숨을 흘린 그가 눈을 감고 무릎 사이에 얼굴을 묻었다.

"이번에는 내가 데리고 도망가 줄게요."

도망치고 싶은 존재는 너다.

"용서하지 못해도 곁에 있어 줘요."

네 체온이, 숨결이, 향기가 끔찍해 견딜 수가 없다.

왜 그녀는 괴롭기만 한 이 관계를 다시 이어 붙이려는 걸까. 과거에 겪었던 그 고통을 왜 다시 시작하려는 것일까.

아프다, 참 아프다. 눈물이 난다.

"누, 누구세요?"

그때 두려움에 찬 목소리가 들려왔다. 왈칵 숨을 몰아쉬는 소리에 고개를 든 그가 자리에서 일어났다.

게슴츠레 눈을 뜬 현서는 그제야 그의 모습을 알아본 것인지 눈을 동그랗게 떴다.

"조성은 씨?"

"미안합니다. 늦은 시각에 찾아와서."

"아니요, 그건 상관없는데…… 주말에 제가 이곳에만 있을 거라고 생각하신 거예요?"

"현서 씨, 워커홀릭 아닙니까."

"다른 사람들이 말하면 이해라도 하겠는데, 조성은 씨가 그렇게 말하니 기분이 나쁜데요?"

손을 든 그가 제 얼굴을 쓰다듬었다. 자신의 얼굴에 내리꽂히는 시선에 걱정이 가득했다.

그렇게 엉망인가?

그가 자조 섞인 웃음을 지었다.

"연락을 할까 했는데, 여기 오면 만날 수 있을 것 같아서요."

"그래도 연락을 했으면 기다리지 않았을 거 아니에요."

"생각을 정리할 게 있어서……."

말끝을 늘인 그가 덜 여문 웃음을 짓자 현서가 한숨을 내뱉었다. 그를 기다리고 있었으나 이런 모습으로 만나게 되리라고는 생각 못 했다는 듯이.

"우리 할 이야기가 있지 않습니까."

"들어오세요."

그녀는 기꺼이 자신의 사무실에 그를 들였다. 그가 자신을 속였다는 생각은 했지만, 그렇다고 원망할 수는 없었다. 지금 그의 표정을 보면 그 누구도 그러할 것이다. 그는 툭 건들면 와르르 무너질 것 같았다.

믹스커피 세 봉지를 머그컵에 와르륵 쏟아 넣은 그녀가 뜨거운 물을 받은 후 휘휘 저었다. 커피를 준비하는 그녀의 뒷모습을 바라보던 그는 자신에게 다가와 잔을 내미는 그녀를 향해 웃었다.

"이지욱 씨와는 어떻게 됐습니까?"

"나도 궁금한 게 있으면 막 물어봐도 되는 거예요?"

커피를 한 모금 마신 그녀가 따스하게 미소 지었다. 얼음장처럼 굳어진 그와는 달리.

"복잡해 보이네요."

"그렇습니까?"

그녀에게 물음을 던진 그는 답을 찾았다는 듯 중얼거렸다.

"그렇군요. 제가 지금 복잡하군요."

천천히 고개를 끄덕인 그가 숨을 왈칵 내쉬었다.

어쩌다가 여기까지 왔을까.

지욱의 말대로 그녀는 제삼자였다. 보미와 자신의 문제에 끼어든 것은 이지욱이었지, 그녀가 아니었다. 그런 그녀의 곁을 맴돌고 속인 것은 자신의 잘못이고, 죄였다. 그녀를 이 진창 같은 상황 속에 끌어들이는 것이 아니었다.

"미안합니다."

"뭐가요?"

하지만 김현서는 늘 그랬던 것처럼 크나큰 문제를 너무나 쉽게 넘겼다.

그런 사람이었다. 겉으로는 강하고 단단해 보였으나 속은 그렇지 않았다. 그녀는 자상했다. 그리고 용기가 넘치는 사람이었다. 그런 사람이었기에, 성은은 그녀를 진심으로 존경했었다.

"처음부터 다 알고 있었습니다."

"그러니까 뭐가요."

"김현서 씨가 이지욱 씨와 아는 사이라는 거."

"그럼 그 지질한 과거까지 다 알고 있었다는 거예요?"

"아니요. 두 사람의 관계는 몰랐습니다. 그저 친구인 줄 알았습니다."

시선을 차마 마주하지 못한 채 고개를 숙이고 있던 그가 현서를 보았다. 그녀의 눈동자에 풍당 하고 내던져진 감정의 조각을 발견한 그가 입가에 부드러운 웃음을 지었다.

"이지욱 씨를 처음 안 것은 10여 년 전입니다. 김보미 씨 때문에 알게 되었죠."

"두 사람 관계를 물어봐도 될까요?"

"사랑했습니다."

성은의 입에서 망설임 없는 답이 흘러나왔다.

눈시울이 붉어졌다.

그래, 그녀를 참 많이 사랑했다.

하지만 현서는 거기서 끝내지 않고 그의 마음을 더욱 흔들어
놓았다.

"과거형인가요?"

과거형.

과거형인가. 나에게 김보미는.

지나가 버린 사람인가.

"말하기 힘들면……."

추억 속의 그녀가 웃는다. 아주 오래된 기억이었으나 제 눈
앞에서 선명히 웃고 있었다.

미친놈.

머저리.

병신!

속으로 욕을 하였다. 하고 또 했다. 하지만 명확하게 끝맺지
못한 관계는 여전히 진행되고 흘러가고 있었다.

그녀는, 과거가 아니었다.

"현재 진행형인 것 같습니다. 웃기지 않습니까? 10년 동안……
만나지 못한 여자에게 여전히 이런 감정을 품고 있다는 게."

성은이 주먹을 움켜쥐었다. 그녀가 제 손에 있다는 듯이. 아니, 그녀를 향한 감정이 그곳에 있다는 듯이. 손가락이 차갑게 식으며 몸이 떨렸다. 그 떨림은 제일 차가운 손끝까지 전해졌다.

"미친놈 같지 않습니까? 그녀에게 여전히 마음을 품고 있다는 게."

"첫사랑이면 뭐, 이해해요."

현서가 고개를 끄덕였다. 그리고 말을 이었다.

"이지욱 그 인간도 제 첫사랑이거든요."

"처음……."

"네, 처음은 아주 중요하니까요."

단 한 사람과 한 일이고, 단 한 사람과 품은 감정이니까.

그것이 특별하지 않을 리 없다. 그것이…… 쉽게 잊혀질 리 없다.

그 사람과 함께 걸었던 거리, 맛있게 먹었던 음식, 그 체온까지도. 모두 뇌리 속에 강렬하게 남는 것이 어찌 보면 당연했다.

현서가 들고 있던 찻잔을 내려놓은 후 그를 보았다. 그리고 성마른 웃음을 지었다.

"첫사랑은 아주 특별하잖아요. 두 번째, 세 번째는 이름도 얼굴도 손쉽게 잊혀지지만 처음은 다르죠."

김현서는 이지욱을 그렇게 사랑했다. 멍청한 감정을 그렇게 오랫동안 품어 왔다. 그가 자신을 바라보지 않아도, 그가 자신을 밀어 낼 때도. 그리고 오랜 세월이 흘러 다시 사랑을 한다고 했을 때도.

그녀는 모두 감내했다.

그리고 현서는 예감하고 있었다. 성은도 그러리라는 것을.

"아주 오랜 시간이 흘러도 문득문득 생각이 나는 게 첫사랑이 죠. 상황이 불행하면 더더욱 좋았던 그날의 기억들을 미화시키고, 떠올리고. 그게 첫사랑 아닌가요?"

"……아닙니다."

그의 부정에 현서가 고개를 기울였다. 무엇이 아닌지 말을 해 보라는 듯이.

"미화시키지 않았습니다."

"그런데요?"

"그런데…… 너무 좋은 기억들만 가득해서…… 그게 너무 가득 해서."

절절했던 시간들. 늘 웃기에도 부족했던 나날.

좀 더 자주 만날걸, 그녀와 좀 더 많은 추억을 쌓을걸.

그럼 그 뒤의 괴로운 시간이 조금은 상쇄되었을까, 그런 생 각을 했던 적도 있었다.

추억이 너무 예뻐서, 그 추억 속의 그녀가 너무 사랑스러워서.

눈가가 뜨거워지자 성은이 눈을 좀 더 크게 떴다.

"서른 중반의 남자가 울고 싶을 만큼 행복했군요?"

그녀의 물음에 성은의 입가가 길게 늘어졌다.

참, 꼴사납다고 생각하며.

모든 것에 심드렁하며 뛰지 않던 가슴이 한꺼번에 뜀박질이

라도 하는 것처럼 보미를 생각할수록 빠르게 내달렸다. 이렇게
달리다간 터져 버릴 것만 같은데.

핏빛에 가까워진 눈망울로 현서를 바라보던 그는 이별했던
그날로 되돌아간 듯 슬피 말했다.

"갑작스러웠습니다, 이별은. 하지만 늘 생각하고 있었습니다.
일탈이었노라, 그러니까 미리 끝을 예상해 두자. 그래야 아프지
않다."

"많이 사랑했군요?"

그녀의 말에 그의 입에서 웃음이 터져 나왔다.

그녀는 참 결론을 잘 내렸다. 직업병인지는 몰라도.

"……네."

뒤늦은 답에 현서가 그제야 나른한 웃음을 짓고는 등을 소파
에 기대었다. 참, 우린 지독한 사랑을 하고 있다고, 다른 사람
들도 다 이런 것일까, 생각하며.

"난 인정하기로 했어요."

"김현서 씨?"

"마음 가는 대로 해 보려고요. 붙잡아도 괴롭고, 붙잡지 않아
도 괴롭다면, 역시 함께 있는 게 좋지 않을까 하는 생각이 들더
라고요."

세상 자체가 뒤흔들리는 것인지 그의 몸이 휘청거렸다.

"성은 씨가 그랬죠? 사람은 후회하는 동물이라고."

그녀의 물음에 성은의 입술에서 옅은 신음이 흘러나왔다.

"김보미 씨도 사람이에요."

언젠가 그가 했던 말이었다.

이지욱도 후회하는 사람이라고. 완벽하지 않은.

아아, 그런 것인가.

김보미 역시 사람이고, 그녀도 후회를 하고 있는 것일까. 그러기엔 결코 짧은 시간이 아니었는데. 너무나 오랜 시간을 떨어져 있었……

그의 생각이 길어질 때였다. 도망가려는 마음을 알고 있다는 듯 현서가 말했다.

"멍청하게 오랜 시간을 그냥 흘려보내셨죠? 그 시간이 아까워 어떻게 해요."

그녀가 조금 호들갑을 떨었다. 그리고 그를 애잔한 눈으로 바라봤다.

"빨리 받아들여 주는 게 최선인 것을."

"아무것도 하고 싶지 않았다면서요?"

"이제껏……"

그녀가 잠시 말을 끊었다. 그리고 들썩이는 가슴으로 제 감정을 토해 냈다.

"아무것도 하지 않았어요. 그래서 이제 하려고 하는 거예요."

그의 행동이 멈췄다. 과거, 그녀가 절망 속에 허덕이며 외쳤던 말.

난 아무것도 하지 않았어요.

제 곁에 남기 위해 그녀가 발악을 했던 모습이 떠올랐다.

소중한 손을 다치게 하면서까지 그녀는 제 곁에 있고 싶어 했었다. 그런 그녀가 자신의 곁을 너무나 쉽게 떠났다. 인생의 전부와 같은 피아노 대신 자신에게 친구가 되자고 말했었다.

선명하다, 아직도.

그녀의 감정이 잡힐 듯 그렇게 눈앞에 와 있었다.

"왜요. 과거에 김보미 씨가 나와 같은 이야기를 했나요?"

그녀의 물음에 성은이 힘없이 고개를 끄덕였다. 그러자 현서가 '지질한 사랑을 하는 사람들은 모두 똑같은 생각을 하나 봐요'라고 말하며 웃었다.

"내 등을 떠밀었잖아요, 이지욱을 받아들이라고. 그래서 나도 오지랖 부리는 거예요."

"복수입니까?"

"음, 일단은 그렇다고 해 두자고요."

현서가 식은 커피를 한 모금 마신 후, 평소의 모습으로 돌아온 성은을 보았다. 방금 전까지만 해도 괴로움이 가득했던 얼굴이 다시 평온해지자 다행이라는 생각에 안도의 한숨이 나왔다. 그리고 한결 가벼워진 마음으로 말했다.

"너무 멀리 돌아가지 마세요. 멍청한 짓 하지 말아요. 우리, 이젠 어린 나이 아니에요."

"……."

"사랑하는 것만으로도 인생은 너무 짧아요."

그녀의 말에 동감하듯 그가 눈을 감았다.

그때가 떠올랐다. 그녀와 만난 순간 1분 1초가 흘러가는 게 아쉽게 느껴졌던 때.

그때의 시간을 다시 되찾을 수 있을까.

그때와 같이 다시 그녀를 볼 수 있을까.

확신이 들지 않았다. 하지만 확실한 것이 단 하나 있었다.

"예쁜 사람이었어요."

고개를 돌린 그가 현서를 보았다. 의자 등받이에 엉덩이를 걸치고 앉아 여유롭게 커피를 마시던 그녀가 '지금 자랑하는 거예요?'라고 삐죽하게 눈을 떴다. 그 모습에 그가 와르륵 웃음을 터뜨렸다.

재밌는 이야기도 아닌데 한참 웃어 대던 그가 눈가에 맺힌 눈물을 닦아 냈다.

"여전히 예뻤으면 좋았을 것을."

그랬다면 이런 마음이 들지 않았을 텐데.

오늘은 술이 필요한 날이었다.

◆　　　◆　　　◆

며칠째일까. 그의 연락을 기다린 게.

보미는 멍하니 휴대전화를 바라보며 성은에게 연락이 오길 기다리고 있었다.

지금 생각해 보면 참 용감했다. 그 긴긴 시간을 보낸 게. 그에게 사랑하는 여자가 생겼으리란 불안감도 있었다. 그렇다면 자신은 영영 그에게 용서를 빌지도 못한 채 끝나겠지, 그런 생각도 했었다.

하는 수 없지.

그의 행복을 빌어 줘야 해.

사랑해서 이별한다는 웃기지도 않은 상황을 만든 것은 자신이었으니, 뒤에서 그의 행복을 빌어 줘야 한다고 생각했다.

하지만 그는 휴대전화 번호를 바꾸지 않았다. 그리고 여전히……

"아팠어."

입술을 어루만지던 그녀가 울먹였다.

키스를 해 주었다. 예전과는 달리 너무나 차가운 키스를.

방송국 로비에서 멀어지던 그의 모습을 떠올리던 그녀는 밑에서 느껴지는 인기척에 문을 열고 방을 나섰다. 막 서재로 들어가는 지욱의 모습이 보였다.

달칵.

문이 닫히자 그녀가 계단에 주저앉았다.

그녀의 부탁을 들어주기 위해 지욱이 왔다.

하나둘씩 그렇게 비웠다.

과거를.

무릎 사이에 얼굴을 묻은 그녀의 입가에 보드라운 웃음이 내걸렸다.

"너무…… 늦었을 수도 있어."

어머니에게서 벗어나기 위해 발버둥 쳤던 시간. 하지만 결국 그녀는 자살로 생을 마감한 어미의 곁으로 갈 수밖에 없었다. 그리고 그곳에서 만난 릴리는 매일 문을 멍하니 바라보며 자신을 기다렸던 어미에 대해 이야기해 주었다.

미운 사람이었다. 원망하는 사람이었다. 하지만 그녀가 찾아가지 않은 시간 동안 매일 문만 바라보며 기다렸다는 이야기에 가슴이 무너져 내렸다.

끝까지 원망했다. 원망하고 또 원망했다. 어머니, 이런 식으로 또 한 번 제 인생을 뒤흔드는군요, 하고.

자살로 생을 마감한 불쌍한 여인. 자신의 인생은 제 어미의 것처럼 여겨졌는데, 바꿔 생각해 보면 제 어미 역시 생을 딸에게 억압당하며 살아왔다는 생각이 들었다.

바꿔 생각해 보면 세상은 참 요지경이었다.

그때 서재 문이 열리는 소리가 들렸다. 고개를 든 보미가 자리에서 일어나 지욱을 바라봤다.

여전히 멋있는 이지욱. 내 친구 이지욱. 그에게 너무나 많은 빚을 졌다.

보통의 사람이라면 자신의 존재 따윈 인생에서 지워 버릴 텐데. 말도 안 되는 부탁을 하는 자신의 이야기를 들어주느라 엇갈린 사랑을 해 버렸다면, 원망하고 또 원망할 텐데. 그는 그러지 않았다.

"말씀드렸어."

"반응은 어때?"

"음, 반 협박?"

그의 말에 보미가 가볍게 웃음을 내뱉었다.

"이런, 나도 조심해야겠다."

"표정 좋아 보인다?"

"내가?"

보미가 제 얼굴을 더듬었다. 그에게 걱정하지 말라고 웃어 준 것이 오히려 좋아 보였나 보다.

그녀가 애써 입꼬리를 올리며 고개를 끄덕이자 지욱이 다행이라는 듯 미소 지었다.

"그 사람 만났구나. 오랜만에 만난 소감은?"

"화가 많이 났더라."

"나 같아도 10년 만에 만나서 그러면 화날 것 같아."

"매일 연락했어, 메일로. 기다려 달라고도 말했어."

기다려 달라는 말은…… 그에게 닿지 않았지만.

보미는 그가 메일을 읽지 않고 있다는 사실을 알면서도 제 소식을 간간이 전했다.

나 잘살고 있어요. 나 당신 잊고 잘 지내요. 그러니까 당신도 행복해야 해요.

현실은 진창이었으나 메일 속 그녀는 행복했다. 그러니 당신도 될 수 있으면 날 잊어요, 하고 속에도 없는 말을 그렇게 적었다.

"한 번도 답장이 온 적은 없지만."

기대한 적도 없었다. 하지만 이내 가라앉는 마음에 그녀는 음울한 표정을 지었다.

"김보미."

"왜?"

"이젠 더 이상 친구로도 지낼 수 없겠지."

"그래, 그래야지. 그게 상대에 대한 예의니까."

보미가 고개를 끄덕였다.

만약 약혼을 하지 않았다면 친구로라도 소개할 수 있었을 것이다. 하지만 과거에 했던 선택은 두 사람 사이에 커다란 강을 만들었다.

"서로 다른 방법으로 위로가 되었으면 좋았을 뻔했어."

약혼이 아닌 말로써, 행동으로써. 그렇게 위로를 해 주었다면 지금 두 사람이 이러한 몰골로 서 있진 않았을 것이다. 하지만 보미는 가볍게 고개를 저었다.

"어쩔 수 없었어, 그땐."

어쩔 수 없다.

참 한심한 말이었다.

"조성은 씨에게 사실대로 터놓는 게 좋지 않겠어?"

"이제 와서? 그건 좋은 방법이 아니야, 지욱아. 사랑이 미움으로 바뀌는 건 괜찮은데, 연민으로 바뀌면 정말 비참해지거든."

"괜찮겠어?"

"응, 괜찮아."

괜찮지 않아도 괜찮아야지. 아니, 괜찮은 척이라도 해야지.

손을 뻗은 지욱이 그녀의 머리를 쓰다듬어 주었다. 아주 오래전, 지욱은 보미가 울 때마다 이렇게 위로를 해 주었다.

지금은 이 커다란 손을 보미가 아닌 사랑하는 여인에게 온전히 주고 있었으나, 오늘은 두 사람이 친구로 지내는 마지막 날이었기에 그는 진심을 다해 위로해 주었다.

"괜찮을 거야."

보미가 눈을 감았다.

따스한 손길은 머리에서 떨어진 후였으나 그녀는 소중한 벗과의 추억을 떠올리고 있었다.

외톨이가 되지 않도록 해 주었던 사람. 오랜만에 만난 자신을 수렁에서 꺼내 준 사람. 끝까지 곁을 지켜 준 고마운 친구.

"고마워. 나와 약혼해 줘서. 파혼……해 줘서 고마워. 고마웠어."

"너라서 괜찮았어. 그러니까 고마워할 필요 없어."

눈물이 났다. 그에게 미안해서.

하지만 보미는 눈물을 참으며 고개를 끄덕였다.

"행복해라."

그의 손이 다시 머리에 닿았다. 고개를 뚝 떨어뜨린 그녀가 결국 울음을 터뜨렸다.

"너도."

이지욱, 너도 꼭 행복해.

이별을 고한 두 사람은 각자의 길을 갔다. 보미는 그 자리에서서 현관을 빠져나가는 지욱을 보았고, 지욱은 사랑하는 이에게로 향했다.

문이 닫히는 소리에 몸을 돌린 보미는 울고 있는 자신의 모습을 무심하게 바라보고 있는 재권에게 시선을 두었다.

저 사람은 언제부터 저 자리에 있었을까.

힘없이 웃어 준 그녀는 순간 일그러진 표정으로 허리를 숙이는 그를 보았다.

난 왜 이렇게 미안한 사람이 많을까.

알 수가 없었다.

"의원님께서 들어오시랍니다."

"네 짓이로구나."

보미는 서재에 들어가자마자 들려오는 날카로운 말에 걸음을 멈췄다.

창가에 서 있는 두영은 정말 화가 나 보였다. 그런 모습은 처음이라는 생각이 들 정도로.

너무 찔렸나?

한꺼번에 그의 심기를 어지럽혔기에 참지 못하리라 생각하던 그녀가 다시 걸음을 옮겼다. 그사이에도 두영은 말을 멈추지 않았다.

"예전에도 그랬고, 지금도 그렇고."

이지욱을 움직인 것은 너지?

그의 물음에 보미가 입가에 웃음을 머금었다.

"입 아프게 왜 물어보세요? 이미 답은 알고 계시……."

짝!

말이 끝나기도 전이었다. 두꺼운 손이 날아와 그녀의 뺨을 거칠게 내려쳤다.

아픔에 얼굴을 일그러뜨릴 법도 하건만 맞는 것에 익숙해지는 것인지 보미는 웃음밖에 나오지 않았다.

"습관이시네요. 처음이 어렵지 그 뒤론 쉽다더니. 아버지가 딱 그러세요."

짝!

"말을 안 듣는 아이에게는 매가 약이지."

"왜요? 부끄럽긴 하시……."

짝!

짝!

연달아 날아든 손길에 휘청거리던 그녀가 바닥에 풀썩 주저 앉았다.

뺨은 감각이 느껴지지 않았다. 화끈거리기만 할 뿐, 방금 전 자신이 맞았나 싶을 정도로 고통이 느껴지지 않았다.

그녀의 입술이 부드럽게 호를 그렸다.

"거래는 결렬이다. 그 남자를 부술 거다."

그의 말에 보미가 자리에서 일어났다. 두영의 입에서 가장 나오지 않았으면 했던 말이었다. 그 남자, 성은을 언급하는 것이 예전에는 참 무서웠다.

하지만 지금은 아니었다. 그녀는 울음만 터뜨리는 아이가 아니었으니까.

"경고 드렸을 텐데요. 그 남자 건드리면, 아버지의 기사가 내일 신문 1면을 장식할 거예요."

"뭐야?"

오묘한 웃음을 짓는 보미의 얼굴에 두영의 표정이 굳어졌다. 협박까지 서슴지 않는 그녀는 독기가 바짝 올라 있는 모습이었다.

그녀는 10년을 허투루 보낸 것이 아니었다. 그 시간 동안 성은을 그리워하며 아주 많은 일을 했다.

"화가 나면 저한테 말하세요. 그 사람 건들지 말고."

"오냐, 말 한번 잘했다."

짝!

다시 한 번 뺨을 내려친 두영이 눈을 내리깔며 오만하게 웃었다.

"이젠 됐니?"

2015년 첫 해가 떴다.

그 해를 보미는 멍하니 바라보고 있었다.

시간은 그렇게 무던히 흘러만 갔다.

고개를 돌린 그녀가 한쪽 벽에 세워진 거울 속 제 모습을 보았다. 뺨엔 푸르스름한 멍이 올라 있었다. 시간이 흐름에 따라 퉁퉁 붓기 시작한 얼굴은 마우스피스라도 한 것처럼 엉망이었다.

뒤늦은 아픔이 몰려왔지만 그녀는 초연했다. 거울 속 초라한 제 모습을 바라보던 그녀가 고개를 숙여 휴대전화를 응시했다.

성은에게선 여전히 연락이 없었다. 그가 자신을 용서해 주리라 생각하진 않았다. 그럼에도, 그에게서 연락이 오지 않자 마음이 아팠다.

"힘내자, 김보미."

그녀가 멍하니 읊조렸다.

거울을 본 보미는 멍 자국이 가신 얼굴을 보며 활짝 웃었다.

"좋아."

드디어 그를 만나러 갈 수 있게 되었다.

시퍼렇게 멍이 핀 얼굴로 성은을 만나러 갈 수는 없었기에 한동안 집에만 있어야 했다. 그리고 매일 울리지 않는 휴대전화를 멍하니 보았다.

몇 번이고 전화를 걸었지만 그는 받지 않았다.

문자도 보냈지만 모두 무시당했다.

보미는 집을 나서기 전 다시 한 번 전화를 걸었다. 하지만 통화음만 흘러갈 뿐 역시나 그는 전화를 받지 않았다.

난 그와 어쩌고 싶은 걸까.

한국에 돌아오기 전만 해도 그녀는 그의 안위만을 생각했다.

그가 건강하면 됐다, 행복하면 됐다, 그렇게 생각하며 고국 땅을 밟았다.

하지만 그를 만난 순간, 그 생각은 백팔십도 바뀌었다. 그의 옆에서 웃고 싶었다. 그와 함께 행복했으면 좋겠다.

어쩔 수 없다는 말로 내팽개친 과거처럼 그렇게 함께 있고 싶었다.

몇 번이고 무시당해도 좋았다.

몇 년이 걸려도 좋고, 이별한 시간만큼 자신을 받아들이지 않아도 좋았다.

그냥 곁에 있을 수 있다면. 그럴 수만 있다면 괜찮았다.

마지막으로 모자까지 푹 눌러쓴 그녀가 방을 나섰다. 한참 부엌에서 요리를 하고 있던 여주댁이 그녀의 걸음 소리에 순식간에 튀어나오더니 길을 막고 섰다.

"안 돼요, 아가씨. 의원님이 아가씨 외출을 금지……."

"아주머니, 저 어린애 아니에요."

"네?"

"아버지한테 용돈 받아 쓰는 철없는 20대도 아니고요."

"……."

"아, 여전히 이 집에 있으니 철없는 것 맞나?"

보미가 읊조렸다.

여주댁은 어릴 적 집에 붙어 있지 않은 친모 대신이었다. 그녀에게 말을 가르쳐 준 것도 그녀였고, 일거수일투족을 챙긴 것 역시 그녀였다.

아무리 월급을 받고 일을 하는 사람이라 하더라도, 그리고 보미를 돌보는 일이 그녀의 일에 포함되어 있었다 하더라도 키운 정을 무시할 수는 없었다.

줄기가 얇은 꽃처럼 예쁘고 나약했던 그녀가 가시를 세운 모습에 여주댁의 얼굴에 걱정이 머물렀다.

아가씨, 왜 이렇게 많이 변하셨나요? 세상 물정 모르던 고운 아가씨는 어디로 가고…….

"비켜 주세요."

그렇게 날카로운 표정을 짓게 되셨나요.

여주댁은 그녀의 말대로 옆으로 비켜 서려다 말고 고개를 저었다.

자신 역시, 보미의 길을 가로막고 싶진 않았다.

하지만 길을 열어 주어 그녀가 외출을 하게 된다면, 나중에 그 화가 모두 보미에게 닥칠 것이었다.

자신의 고용인인 김두영 의원은 자비가 없는 사람이었다.

아무리 딸이라 하더라도 심한 벌을 줄 것이 분명했다.

"그럼 분명 또……."

"화내실 거라고요? 아니면, 때릴 거라고요?"

"……."

정곡을 찔린 것인지 여주댁이 입을 굳게 다물었다.

"아주머니."

"아가씨…… 아시잖아요. 이번엔 정말 아가씨를…….

"네, 어머니한테 그랬던 것처럼 저조차 눈앞에서 치워 버릴

지 모르죠."

"……."

보미가 손을 뻗어 여주댁의 어깨를 움켜쥐었다. 그리고 고개를 숙여 귓가에 나근하게 속삭였다.

"아니면 외조부에게 했던 것처럼 사는 것이 더 끔찍하도록 만들어 버릴지도 모르죠."

어찌 된 일인지 보미의 목소리엔 웃음이 서려 있었다. 오히려 오금이 저릴 정도로 오싹 소름이 돋은 건 여주댁이었다.

천천히 고개를 든 보미는 입가에 머금고 있던 웃음을 더욱 진하게 만들었다.

볼우물이 쏙 들어가는 얼굴은 세상의 더러움 따위는 하나도 모르는 것처럼 순수하게 아름다웠다.

마치 예전의 그녀처럼.

"그런데 어쩌죠? 지금이 끔찍한 걸. 이보다 더 무서운 상황은 없어요."

고저 없는 목소리로 읊조린 보미가 걸음을 옮겼다.

여주댁은 끝끝내 그녀를 잡을 수가 없었다. 현실이 더 끔찍하다는데, 어떻게 그 앞을 막을 수가 있겠는가.

"아가씨……."

어떻게 하면 좋아요.

난 망가져 버린 당신이 안쓰러워서 어찌할 바를 모르겠어요.

지하에 있는 식당에서 식사를 마치고 올라온 성은은 사무실로 돌아오자마자 자신을 붙잡는 이 PD의 행동에 미간을 찌푸렸다.

　"저 양치하러 갈 겁니다?"

　점심 때 먹은 음식 종류 확인하지 말고 양치 후에 이야기하자는 뜻이었다. 하지만 그녀는 그 말에 답을 해 주기는커녕 관찰하는 시선으로 그의 얼굴을 훑었다.

　흐음, 콧소리에 성은이 왜 그러냐는 듯 그녀를 보았다.

　아침만 하더라도 자신의 일을 도와주지 않는다며, 대가리가 큰 거냐고 왁왁 소리를 질러 대던 그녀가 무엇을 알아내려는 탐정처럼 바라보고 있었다.

　무슨 일이냐고 물으려 할 때였다.

　"너 여자 친구 생겼냐?"

　"에?"

　전혀 예상하지 못한 물음에 당황한 성은이 이상한 표정을 지었으나 이 PD는 물러나지 않았다.

　턱을 쓱쓱 쓰다듬던 그녀가 날카롭게 눈을 빛냈다.

　"지금 밑에 와 있어. 보자…… 한 30분 정도 기다린 것 같다. 얼른 내려가 봐."

　시계를 확인한 그녀가 굳이 기다린 시간까지 읊어 주자 성은의 표정이 그제야 갈무리되었다.

　약속도 없이 찾아와 자신을 기다릴 여자. 거기에다가…….

"여자 친구 아닙니다."

"아니면 당장 관계 개선해. 엄청 예쁘더만."

"그렇습니까?"

무척 예쁘기까지 한 여자는 제 주위에 단 한 명뿐이었다. 김보미, 그녀겠지.

"칼 댄 얼굴은 아니지?"

짓궂은 물음에 성은이 고개를 저었다.

그녀는 아주 유명한 사람이었다. 어린 시절 무대에 올랐던 사진을 보며 참 예쁜 사람이라 생각했었다.

그녀는 다른 사람들이 보기에도, 화려한 브라운관 속 사람 같았다.

그랬기 때문일까. 지욱과 약혼식을 올렸을 때, 두 사람은 한 쌍의 새처럼 잘 어울렸다.

화려하고 예쁜 새.

그래서 입을 꾹 다문 그녀에게 아무것도 묻지 못했을지도 모르겠다.

"흠, 근데 그 여자 어디서 많이 본 얼굴인데……."

"30분째 밑에서 기다린다고 얼른 내려가라고 하지 않았습니까?"

그가 귀찮다는 듯 말하자, 이 PD는 그제야 정신이 돌아온 것인지 허공에서 손을 휘저었다.

"그래, 그래. 가 봐."

걸음을 옮긴 그가 자신의 자리로 돌아갔다. 그리고 서랍에서 치약과 칫솔을 꺼내 곧장 걸음을 옮겼다.

보미가 힐끗 로비에 놓인 소파를 보더니 이내 고개를 저었다. 저 자리에서 그와 두 번의 만남을 가졌다.

한 번은 이별이었고, 한 번은 슬픈 재회. 소파에 앉아 편히 기다리기엔 기억이 좋지 않았다.

손목시계를 확인한 그녀가 휴대전화를 꺼냈다.

몇 번이고 전화를 해도 그는 자신을 무시했다. 지난번, 푸닥 거리를 할 때 자신을 본 것인지 성은의 선배라는 사람을 우연히 만나 부탁을 해 두었지만, 이조차도 무시할지 몰랐다.

그녀는 직원만 드나들 수 있는 입구를 힐끗 보았다.

사원증이 없는 연예인이나 외부 사람의 경우 앞에 있는 경비에게 허락을 받아야만 들어갈 수 있는 모양이었다.

어떻게 하지? 그냥 몰래 들어갈까?

그녀가 힐끗힐끗 입구를 바라볼 때였다.

"아……."

성은이었다. 무심한 표정의 그가 곧장 그녀에게 다가왔다. 그와 그녀의 세계를 갈라 놓고 있는 것만 같던 개찰구를 가볍게 넘어서.

그는 하얀 티셔츠를 입고 있었다.

아무런 문양도 들어가 있지 않은, 구멍이 송송 난 티셔츠였으나 그에게 잘 어울렸다.

그는 예전과 같았다. 아주 잘생기고 멋있었다.

보미의 앞에 멈춰 선 성은은 아무 말 없이 떨리는 눈망울로 자신을 올려다보는 그녀를 봤다.

동그랗게 뜬 눈에 비친 제 모습을 한참이고 바라보던 그가 고개를 돌렸다.

"나갑시다."

"네?"

"이곳에서 또 좋은 구경거리를 만들어 줄 순 없지 않습니까."

딱딱한 극존칭에 몸을 움찔 떨던 그녀가 고개를 끄덕였다. 이곳은 그의 직장이었다. 민폐를 끼칠 수는 없었다.

두 사람은 방송국을 나와 한참 걸었다.

그는 예전과 달리 긴 보폭으로 성큼성큼 걸음을 옮겼다. 자신을 기다려 주지 않는 모습에 그녀 역시 빠르게 발을 움직일 수밖에 없었다.

외진 골목 안쪽에 위치한 커피숍에 들어가 자리를 잡은 둘은 말이 없었다. 입술을 뗀 것은 커피를 주문할 때뿐이었다.

낮에는 볕이 뜨거웠음에도 불구하고 보미는 따뜻한 아메리카노를 시켰고, 그는 시원한 아이스커피를 시켰다. 이렇게 두 사람은 사소한 것까지 달랐다.

만약 오랜 시간 함께 있었다면 1년 동안 닮아 갔던 취향처럼 같은 입맛이 되어 있었을지도 모르겠지만, 시간의 간극은 컸다.

"어쩐 일이십니까."

그의 물음에 보미는 커피 잔을 만지작거렸다.

커피가 나오고 그 안에 들어 있는 얼음이 조금 녹을 때까지, 아무런 말도 않은 채 침묵을 지키던 그가 처음으로 꺼낸 말이었다.

"연락을 피해서요."

"받는 게 이상한 것 아닙니까?"

"아니요, 안 받는 게 이상해요."

그녀가 대답하자 성은의 얼굴이 일그러졌다.

"키스까지 했잖아요."

당돌한 말에 이번엔 낯빛이 변했다.

그녀는 예전과 같았다. 여전히 직설적이고 놀라울 정도로 솔직했다. 시간이 그녀의 이러한 부분은 바꿔 놓지 않은 모양이었다.

한숨을 내뱉은 그는 그녀와 마찬가지로 솔직한 제 마음을 털어놓았다.

"피했습니다. 김보미 씨를 보고 싶지 않거든요."

"성은 씨, 난⋯⋯."

그녀가 서둘러 운을 뗄 때였다. 그가 고개를 내저었다. 그리고, 온몸을 얼릴 만큼 무심한 어조로 읊조렸다.

"머리로는 말끔하게 정리되었습니다."

차가웠다. 그래서 보미는 무서웠다. 사랑했던 입술을 통해 어떠한 말이 나올지 쉬이 예상이 되어서. 하지만 그는 의외의 말을 꺼냈다.

"저도 인정합니다. 여전히 김보미 씨를 좋아한다는 것."

사랑은 아니었다. 사랑이란 말을 내뱉기엔 그의 지난 시간이 그것을 막았다.

하지만 보미는 그것만으로도 충분한 모양이었다. 떨리는 눈망울로 그를 바라보던 그녀가 손을 뻗어 옷자락을 부여잡으려 할 때였다. 그가 팔을 들어 그녀의 손길을 피했다.

"하지만 말입니다. 이성이 당신에게 가지 말라고 합니다."

"아……."

"어쩌면 좋습니까?"

허공에 들린 그녀의 손이 힘없이 아래로 내려왔다. 그리고 그의 어투만큼이나 차갑게 식은 체온을 녹이기 위해 서둘러 잔을 붙들었다.

자신으로 인하여 그가 괴로운 표정을 짓고 있었다면 더 지독하게 매달릴 텐데. 그는 해탈한 사람처럼 아무런 표정도 없었다.

입을 통해선 좋아한다고 말하고 있으나, 표정만으로는 아무것도 느끼지 못하는 것처럼 보였다.

완벽한 타인.

그와 그녀의 사이에 기다란 선이 그어져 있는 것만 같았다.

"김보미 씨, 예전에 당신이 이별을 말했던 그때 말입니다."

아래로 뚝 떨어졌던 그녀의 고개가 위로 향했다. 아픈 기억을 꺼내는 그는 궁금한 것이 있는 사람처럼 그녀를 빤히 바라보다 진중한 어투로 물었다.

"김두영 의원 때문입니까?"

"……."

그녀의 얼굴이 딱딱하게 굳어졌다.

아무런 말도 내뱉지 못한 입술은 본드라도 발라 놓은 것처럼 딱 붙은 채였다.

그 모습을 바라보던 그가 입가에 느른한 웃음을 머금었다.

"그 사람 때문이군요."

왜 그는 속이 시원한 듯 웃을까. 왜, 왜.

알 수가 없었다. 하지만 그는 계속해 그녀에게 질문을 던졌다.

"왜 말하지 않았습니까?"

"……."

왜 말하지 않았냐…….

언젠가 그가 물을 줄 알고 있었다.

수없이 많은 변명을 생각해 두었다. 베스트 답도 있고, 워스트 답도 있었다.

베스트 답은 그의 옆에 아무도 없을 때 하려 했고, 워스트 답은 그에게 사랑하는 사람이 생겼을 때 하려 했다. 지금 그의 곁엔 아무도 없었다. 그렇다면 그가 듣고 싶을 법한, 아주 예쁜 답을 해 주면 될 것이었다.

하지만 그녀는 망설였다.

듣기 좋은 그 말을 하면 그가 제 곁으로 돌아온다고 하더라도 다시 실망하게 될 것이었다. 자신은 다시 만난 이후로도 아무런 '진실'을 알려 주지 않았으니까.

그렇다면…… 그렇다면…….

"당신이 다칠까 봐."

진실을 이야기해야 했다.

"아버지가 날 협박했어요. 당신은 다쳤고요."

하지만 그녀의 예상이 틀린 것일까. 그는 답을 듣자마자 얼굴을 일그러뜨렸다.

"……믿지 못했군요."

그리고 실망했다. 과거의 그녀에게. 과거의 자신에게.

자신이 그렇게 믿음직스럽지 못한 사람이었을까, 생각하던 그가 고개를 저었다. 그런 것은 이제 와 생각해 봤자 아무런 도움도 되지 않았다.

"아니요. 믿었어요. 믿었기 때문에 말 못 했어요."

그녀가 빠르게 말했다. 감정이 뚝뚝 묻어나는 그의 눈동자를 보며.

아무것도 느낄 수 없는 무미건조함 속에서도 그녀는 그의 마음을 알아내기 위해 바삐 눈을 움직였고, 귀를 세웠다.

"같이 그 진창에서 구르자고 당신이 말할 걸 알기 때문에, 그래서 말을 못 한 거예요."

"그렇군요. 이제야 이해가 되었습니다."

성은이 고개를 끄덕였다. 궁금한 것은 모두 풀렸다는 듯이.

"김보미 씨는 제게 궁금한 것, 없습니까?"

그의 물음에 보미가 성마른 손을 들어 이마를 쓰다듬었다.

자신이 생각했던 만남과는 달랐다.

감정적으로 부딪히며 또다시 그의 원망을 받아 낼 줄 알았는데, 아니었다. 그는 마치…… 자신을 끊어 내려는 것처럼 보였다.

안 돼, 안 돼…….

그녀의 마음이 비명을 질렀다.

"우린…… 다시 함께할 수 없나요?"

"……지금은."

말을 멈춘 그가 가슴을 크게 들썩이며 말을 골라 냈다.

"잘 모르겠습니다."

"난……."

당신과 다시 함께하고 싶어요. 다시 사랑하고 싶어……. 행복했던 그때로 돌아가고 싶어.

그렇게 애원을 하려고 했다. 하지만 성은은 그녀의 뒷말이 무엇일지 예상하고 있다는 듯이 고개를 내서었다.

"지금 와 다시 만나자는 말을 들어도, 좋았던 추억까지 모두 망가뜨리지 않을까, 과거와 같은 이유로 또 엇갈리게 되진 않을까, 그런 생각만 듭니다."

같은 이유로 헤어지게 된다면 좋았던 기억까지 모두 퇴색될 것이다.

그건 싫었다. 아무리 괴로운 과거였다 하더라도, 그 과거로 인해 자신의 삶 전체가 뒤틀렸다 하더라도 성은에게 역시 그녀와의 추억은 소중한 것이었다.

보미는 아무런 말도 하지 못했다. 말문이 막혔다. 그에게 자신 있게 아니에요, 라고 말을 하지 못했다.

한 모금도 마시지 않은 커피를 바라보던 그가 한숨을 쉬며 자리에서 일어났다.

"이만 가 봐도 되겠습니까?"

그를 보내면 안 된다는 생각에 보미는 팔부터 뻗어 그를 붙잡았다.

이렇게 그를 보낼 수는 없었다. 이번에 헤어지면 또 언제 만날지 몰랐으니까. 늘 그와의 만남을 구걸했던 예전처럼.

"성은 씨…… 가지 말아요. 내 옆에 있어 줘요."

거센 격랑을 만난 것처럼 일렁이는 눈에, 표정 한 점 없던 그의 얼굴이 일그러졌다.

사랑하는 여인이 애원하는 모습은 그에게도 상처가 되어 날아들었다.

성은은 자신의 옷자락을 붙잡은 손을 정중하게 떼어 냈다. 무지막지한 인내심은 뒤틀리는 감정 따윈 사뿐히 지르밟았다.

"일탈은 일탈로 끝내는 게 좋습니다."

세상엔 따스한 봄이 왔는데.

그녀의 마음은 아직 겨울에 멈춰 있었다.

보미는 멀어지는 그의 뒷모습을 바라보다 마른 손을 들어 입을 가렸다.

"가지 마."

손가락 사이로 거친 호흡이 새어 나왔다.

"내 옆에 있어 줘요……."

사랑과 함께.

♪   ♪   ♪

오직 피아노만이 놓여 있는 방. 그 방 앞에서 보미가 걸음을
멈췄다.

그렇게도 싫어했던 곳이었다. 방에 갇혀 지냈던 지난날을 떠
올리면 제 손으로 방문을 연다는 것은 생각하지도 못할 일이었
다.

하지만 오늘 그녀는 그 방문 앞에서 망설이고 있었다.

들어갈까, 말까.

몇 번이고 고민하던 그녀가 조심스레 문을 열고 안으로 들어
갔다.

아이보리색 피아노가 위용을 뽐내며 방 한가운데에 놓여 있
었다.

천천히 걸음을 옮긴 보미가 손을 뻗어 덮개를 더듬었다.

"잘 지냈니?"

그녀의 목소리가 음울하게 방 안을 울렸다.

스타인웨이에서 나온 이 피아노는 조금 특별했다. 상아로 조
각된 옆 부분은 어머니의 고상한 취미와 맞았고, 소리 또한 깨
끗하고 맑아 처음 건반을 두드렸을 때의 기억이 아직도 생생했
다.

아무리 잘사는 집이라 하더라도 부담되는 금액의 피아노였

다. 늘 물건을 쉽게 사고 버리는 어머니가 몇 달을 고민했던 피아노. 경매를 통해 이 피아노를 구입했던 어머니는 행복한 웃음을 지었었다.

"널 위해 주는 선물이야."

그렇게 말하며 웃던 어머니의 모습이 이제야 선명하게 떠올랐다.

이 피아노와 함께 유년 시절을 보냈다. 그리고, 성은에게 작업을 걸었다.

일부러 창을 활짝 열어 놓은 채 피아노를 연주했다. 연주로 그에게 속삭였다.

달빛이 비치는 이 밤, 당신에게 다가가고 싶어요.

사람에게 어떻게 다가가야 하는지 몰랐던 그녀는 연주로써 그에게 말을 걸었고, 다가갔었다.

지난날의 기억에 부드럽게 맺혀 있던 웃음이, 곁에 놓인 의자를 보자 와장창 깨졌다.

그녀의 연습실엔 항상 의자 하나가 놓여 있었다.

그것은 어머니를 위한 것이었다. 연습을 하는 그녀를 지켜보기 위해 놓아 두었던 의자.

하지만 의자의 주인공은 이제 그녀를 떠났다.

덮개를 연 그녀가 하얀 건반을 두드렸다.

띵, 띵.

여전히 맑고 아름다운 소리. 그 소리에 마음이 시려 왔다.

이 소리에 얽힌 과거가…… 너무나 많았다.

"여기 계셨습니까?"

갑작스레 들려오는 목소리에 보미의 고개가 힘껏 돌아갔다.

재권이었다.

서둘러 덮개를 덮은 그녀가 감정을 갈무리했다.

"무슨 일이세요?"

"의원님의 심부름입니다."

그의 말에 보미가 먼저 걸음을 옮겼다.

"거실에서 이야기해요."

자신의 감성이 여전히 묻어나 있는 이곳에서 아버지의 이야기를 듣고 싶지 않았다.

먼저 계단을 내려온 그녀가 소파에 앉자 여주댁이 다가왔다.

"뭐 필요하세요?"

거실로 나오는 일이 많지 않은 그녀를 향해 여주댁이 걱정스레 물었다. 고개를 저은 보미는 뒤따라 내려오는 재권의 모습을 올려다보며 말했다.

"잠시 자리만 피해 주시면 돼요."

"아…… 네."

여주댁이 현관문 바로 옆의 방으로 들어가는 것을 본 보미가 한숨을 내쉬었다. 맞은편에 자리 잡은 재권은 속주머니에서 딱딱한 종이를 꺼내 그녀의 앞으로 쭉 내밀었다.

새하얀 봉투에는 아무것도 적혀 있지 않았다. 하지만 척 보아도 그 정체가 초대장이라는 것쯤은 알 수 있었다.

"돌아오셨군요."

"처음이네요, 당신과 이렇게 이야기하는 건."

메마른 눈동자로 읊조린 그녀가 의미 모를 웃음을 지으며 말을 이었다.

"감사했어요."

한때는 결혼까지 할 뻔한 사이. 그러나 그런 사이라고 하기에 두 사람 사이에 흐르는 침묵은 너무나 길었다. 그녀의 인사에 그는 어떠한 답을 해야 할지 모르겠다는 듯 잠시 망설였다. 그리고 곧 자신의 솔직한 마음을 털어놓았다.

"김보미 씨, 참 잔인해지셨습니다."

보미가 입가에 맺힌 웃음을 더욱 진하게 만들었다.

"제가 생각하기에도 그래요. 난 참, 잔인해요."

미안한 사람이 너무 많았다.

갑작스러운 이별을 고한 성은도, 자신 때문에 오랫동안 참고 인내의 시간을 보내야 했던 지욱도, 그리고 눈앞의 남자도.

"미안해요."

몇 번이나 그 말을 해도 모자랐다.

"그리고 감사했어요."

과거형의 말에 그의 얼굴이 일그러졌다.

그녀는 그를 이용했다.

처음에는 감정조차 담겨 있지 않았던 그의 눈동자가 어떠한 식으로 변해 가는지 알면서도, 부러 모른 척 그에게 너무나 많은 것을 요구했었다.

그렇게 할 수밖에 없었다며 그녀는 또다시 한심한 생각을 했다. 그를 이용한 것은 제 이기심에서 시작된 것임을 알면서도.

"당신 덕분에, 버틸 수 있었어요."

"제 덕분에 의원님에게 엿도 먹일 수 있었죠."

거친 말에 놀란 표정을 지었던 그녀가 고개를 끄덕였다. 그의 말을 인정한다는 듯이.

"약속한 것은 지킬게요."

"제가 그런 것을 원하고 당신을 도운 것이 아니라는 걸 알잖습니까."

끝끝내 모르는 척하는 그녀에게 그가 화를 냈다. 자신의 감정에 대한 답을 원하는 것은 아니었으나, 애초에 없었던 것처럼 묵살하는 그녀의 모습에는 화가 났다.

화로 들끓는 그의 눈동자를 보던 보미가 고저 없이 말했다.

"받을 수 없는 감정이니까요."

"이용하셨다면 거기에 대한 보답 정도는 해 주십시오."

"……."

보답.

그 말에 보미는 잠시 혼란스러운 표정을 지었다. 그러다 제 감정을 갈무리하며 물었다.

"무엇을 원하나요?"

"당신의 마음이라고 하면 무슨 답을 하실 겁니까?"

"그 물음에 대한 답은 이재권 씨도 알고 계시잖아요."

"……그렇군요. 그 답은 예전에 들었군요."

한 템포 늦게 그가 답했다. 그녀는 평생 그의 여자가 될 리 없다고, 이미 아주 오래전에 들었다.

한숨을 내쉰 그가 그녀의 앞에 밀어 놓았던 초대장을 내려다보았다. 오늘 그가 온 것은 두영의 말을 전하기 위해서였다.

"대훈건설 60주년 창립 기념회 초대장입니다. 의원님께서 참석하라고 하셨습니다."

"파트너는 당신인가요?"

"아니요."

고개를 저은 그가 입을 다물었다.

두영이 정한 파트너를 그녀에게 말하고 싶지 않았다. 하지만 임무는 임무였다.

"대훈건설 삼남입니다."

대훈건설 삼남 김종훈이 얼마나 쓰레기인지 알고 있으면서도 그는 말할 수밖에 없었다.

고개를 끄덕인 보미가 초대장을 봉투에서 꺼냈다. 날짜는 내일이었다.

이런 일이 있으면 미리 말씀해 주시지.

속으로 웃음을 삼킨 그녀가 초대장을 원래 있던 자리에 내려놓으며 재권을 바라봤다.

"너무 오랫동안 떨어져 지냈나 봐요. 아버지는 아직 내 성질머리를 몰라요."

그렇죠?

보미가 눈빛으로 재권에게 물었다.

♦ ♦ ♦

권력과 부를 자랑하기 위해 세심히 준비한 파티는 성대했다.

윗대의 만남이라기보단 앞으로 후계를 이을 사람들의 모임이라고 할 정도로 젊은이들로 북적이는 파티장을 무심한 눈으로 바라보던 보미가 칵테일을 한 모금 마셨다.

술은 달콤했다. 성은에게 처음 배운 술은 썼는데.

그와의 분위기는 달콤하였으나 서민의 술은 입맛을 텁텁하게 했는데.

홀짝홀짝 칵테일만 들이켜며 마치 이곳과 전혀 관련 없는 제삼자인 것처럼 눈을 깜빡이던 보미는 제 옆에 털썩 앉는 종훈을 보았다.

자신의 파트너였다. 아버지가 새롭게 찍어 붙인 남자.

입술을 부드럽게 휜 그녀는 남자가 도수 높은 술을 들이켠 후 탁, 소리를 내며 잔을 내려놓아도 시선을 주지 않았다.

허공을 향해 목적 없는 눈빛을 휘돌리던 그녀는 비웃음이 섞인 목소리에 그제야 고개를 돌렸다. 남잔, 이 상황이 재미있다는 듯 웃고 있었다.

"김두영 의원도 급하셨나 봅니다. 딸을 사생아에게 팔다니."

"무례하시네요."

고저 없는 목소리에 남자가 살짝 풀린 눈을 깜빡였다.

"그랬나요?"

"네."

키득키득, 그녀의 반응이 재미있다는 듯 억눌린 웃음소리를 내던 그가 손을 들어 지나가던 웨이터를 불렀다. 그리고 쟁반 위에 있던 술 중 방금 전과 같은 것을 집은 뒤 한 모금 들이켰다. 그 모습은 참 위태로워 보였다.

고개를 돌린 보미가 사람들을 눈으로 훑었다. 교양 있는 척 웃으며 서로를 대했으나, 이 자리에 모인 사람들은 모두 정략적인 관계였다.

언젠가 적이 될 수도, 최고의 파트너가 될 수도 있다는 것을 어린 나이의 그들은 이미 알고 있었다. 그런 중압감을 가진 채 세상에 태어났으니까.

보미가 마치 그들을 철장 안에 갇힌 동물 보듯 바라보고 있을 때였다. 방금 전까지만 해도 웃고 있던 그가 낮고 음울하게 읊조렸다.

"어차피 위에서 정하는 결혼 아닙니까? 각자 프라이버시만 지켜 준다면 전 김보미 씨여도 상관없습니다."

"프라이버시라……."

예전에 두영이 그녀와 재권을 이으려고 할 때, 그와 결혼해도 자신에겐 다른 남자가 있을 것이라 말한 적이 있었다.

그때의 재권도 이렇게 기분이 더러웠으리라 생각하니 참으로 미안해졌다.

20대의 김보미는 어렸다. 남의 기분 따윈 상관하지 않았고,

오직 그만이 소중해 다른 사람들 따윈 보지 않았다. 어쩌면 그 때의 네 죄를 알라며 신이 이 남자를 보내 준 것은 아닐까, 하 는 멍청한 생각이 들었다.

"뭐, 김보미 씨와 즐기는 것도 나쁘지 않겠군요."

그가 몸을 그녀 쪽으로 기울였다. 한눈에도 비싸 보이는 시 계를 찬 팔목이 자신의 허벅지를 스치고, 커다란 손이 그 위에 얹어지는 것을 보미는 말없이 바라보았다.

손길이 허벅지의 은밀한 곳으로 향하고 있었으나 그녀는 손 을 떼어 낼 생각을 하지 않은 채 날카롭게 읊조렸다.

"교양 없으십니다."

"제가요? 설마요."

칼날처럼 잘 벼려진 반응에 양손을 허공에 들어 올린 그가 웃었다. 그녀의 고개가 다시 잔으로 향하자 그가 입술을 그녀 의 귓가로 가져가며 속삭였다.

"이미 정해진 혼사 아닙니까? 이런 관계도 이상할 건 없죠."

지금 당장 룸으로 올라가 침대에서 뒹굴자는 말이었다. 입술 을 비튼 그녀가 속으로 웃음을 삼켰다.

자신의 파트너로 정해진 이 남자는 자신보다 더 불쌍한 인생 을 사는 사람이었다.

그는 그의 어머니가 친모가 아니라는 사실을 어릴 적에 알았 다.

부모가 말해 준 것이 아니었다. 주위에서 속닥거리는 소리에 출생의 비밀을 안 그는 그 후 이 세계에서 최고의 난봉꾼이 되었다.

재력이 넘치는 그에게 여자를 취하는 것은 일도 아니었다. 얼굴 또한 모자람이 없었으니 더더욱 쉬웠으리라. 값비싼 약을 사 여자를 얻고, 매일 술에 취하는 사람. 그는 현실 도피를 음탕한 세계 속에서 찾는 사람이었다.

그녀는 그가 어떠한 식으로 살아가든 상관없었다. 자신과는 관계없는 사람이었으니까. 하지만 그가 자신을 능욕하고, 값싼 여자로 만드는 순간 마음이 차분하게 가라앉는 것은 어쩔 수가 없었다.

보미는 자리에서 일어나 사람들을 둘러보았다. 그러다 금오재화 딸이 든 와인 잔으로 손을 뻗으며 싱긋 웃었다.

"잠깐만 빌릴게요."

"에?"

동그랗게 눈을 뜬 여자를 바라보던 보미가 고개를 돌려 종훈을 내려다보았다. 그리고 방금 전보다 더 축 늘어져 있는 그에게 곧장 붉은 와인을 쏟았다.

"꺄!"

옆에서 지켜보던 금오재화 딸이 작은 비명을 질렀고, 종훈은 자리에서 일어나 물고기처럼 펄떡거렸다.

검은색 와이셔츠였기에 붉은 와인은 잘 보이지 않았다. 하지만 갑자기 와인을 뒤집어쓰게 된 종훈은 당장이라도 그녀를 후려칠 듯 위협적으로 말했다.

"이게 무슨 짓입니까!"

"같은 쓰레기가 되고 싶은 마음은 없어요."

허공을 향해 손을 번쩍 들어 올린 그가 놀란 듯 팔을 내렸다.

"당신 미쳤어요?"

그의 말에 무감각하게 굳어 있던 그녀의 얼굴 근육이 느른하게 풀렸다. 방금 전까지만 해도 잿빛으로 물들었던 눈망울에 조명이 스며들었다.

그렇게 빛났다. 그 빛은 시려 종훈의 몸을 움찔 떨게 만들었다.

"당신 눈에는 보여요?"

입술을 비튼 보미가 웃었다. 어딘가 공허한 물음에 그녀를 향해 있던 사람들의 시선에 놀라움이 머물렀다.

"나 미친 거."

그렇게 그녀가 웃었다.

날카로운 소리는 몸이 움찔 떨릴 만큼 컸다. 하지만 화끈거리는 뺨에도 입가에 웃음만 지을 뿐 아무런 반응도 보이지 않았다.

정말 습관이 되셨네.

자조 섞인 생각을 하던 보미는 다시 한 번 자신의 뺨을 거칠게 내려치는 두영 때문에 휘청거리다가 결국 바닥에 주저앉았다.

머릿속에 윙윙 위험 경보가 울렸다. 한 번 깨어난 사람의 잔혹성은 갈수록 무서워지는 법이라는 것을 알고 있었으니까.

하지만 그녀는 이런 위험 경보를 무시했다. 아니, 무시할 수밖에 없었다. 그저 속으로 더 강해져야 한다고 외치고 있었다.

더. 더.

손을 들어 입가를 어루만지던 그녀는 입술이 터져 따끔거리자 인상을 찌푸렸다.

아, 또 한동안 성은 씨는 못 만나겠네.

손가락에 묻어나는 붉은 피를 보며 그녀는 멍하니 생각했다.

"네가 무슨 짓을 했는지 알기나 해!"

분노에 찬 두영이 외쳤다.

보미의 입에서 웃음이 터져 나왔다.

바닥에 손을 짚은 채 키득키득 웃음을 터뜨리던 그녀가 몸을 일으켜 세웠다. 그리고 자신이 무슨 일을 했는지 명확히 알고 있다는 듯 말했다.

"아버지는 더 이상 제 인생에 관여할 수 없어요. 그것에 대한 경고였어요. 다시 한 번 말도 안 되는 자리에 보내면……."

짝!

얼얼한 뺨은 이제 감각이 없었다. 그리고 그녀에게 아무런 영향도 주지 못했다. 그 사실을 이제야 깨달은 것일까. 성큼성큼 걸음을 옮긴 그가 골프채를 꺼내 드는 것을 보던 그녀가 읊조렸다.

"권력에 눈이 멀면 아버지처럼 되는군요."

"뭐야!"

"왜요, 그걸로 후려치시게요?"

골프채를 든 손이 움찔 떨렸다. 하지만 그는 걸음을 옮겨 보미의 앞으로 다가왔다. 그녀의 얼굴 위로 그늘이 길게 졌다. 빛 한 점 들지 않게.

눈을 감은 그녀가 마치 무언가를 놓아 버린 사람처럼 말했다.

"죽이세요. 그럼 끝나겠네요."

항상 성은이 있는 세계로 가고 싶었다. 하지만 이제 와 그녀는 깨달았다.

자신의 끔찍한 세계는 스스로 만든 것이라고. 그것이 자의든 타의든.

그녀의 세계가 그렇게 무너져 내리고 있었다.

🌢　　　🌢　　　🌢

잔뜩 쌓여 있는 서류는 이지욱 검사의 일상이 얼마나 팍팍하고 바쁜지 이야기해 주고 있었다.

워낙 깔끔하고 정리 정돈을 잘하는 그였지만 최근 까다로운 사건을 맡으면서 정신없이 바빠 주위를 돌아볼 시간이 없었다.

이 일은 그가 검사로서 마지막으로 맡은 것이었다.

정든 직장이었고, 검사로서의 사명과 책임도 즐거운 마음으로 받아들였었다.

하지만 그는 이곳을 떠나야 했고, 이젠 구형을 하는 입장이 아닌 변호를 해야 하는 입장이 되었다.

마지막까지 잘해 내고 싶었던 그는 서류에서 시선을 떼지 못한 채 무서운 집중력을 보였다.

퇴근이 가까워진 시각. 지욱은 자리에서 일어나 셔츠를 팔꿈치까지 돌돌 말아 올린 채 서류를 보고 있었다. 서성이는 걸음과 달리 느른한 그의 시선은 빠르게 진술서를 읽어 내리고 있었다.

띠리리리.

책상 위에 올려 둔 휴대전화가 격렬히 울리고 있었으나 정작 주인인 지욱은 이를 눈치채지 못한 채 서류를 다음 장으로 넘겼다.

그는 집중력이 뛰어난 사람이었고, 한 번 맡은 일은 철두철미하게 해야 직성이 풀리는 사람이었다. 30초 정도 벨소리가 이어질 때까지도 그는 이를 알아차리지 못하고 있었다.

결국 보다 못한 고 서기관이 다가와 그에게 휴대전화를 내밀었다.

"검사님, 전화 왔는데요?"

"아, 아, 네."

눈을 동그랗게 뜬 그가 전화를 받아 들었다.

"죄송해요."

"아닙니다."

허리를 숙인 고 서기관이 다시 자리로 돌아가자 그제야 지욱의 시선이 휴대전화로 닿았다. 저장되어 있지 않은 번호였으나 벨은 끈질기게도 울렸다.

"누구시죠?"

전화를 받고 내뱉은 첫 마디가 그것이었다. 쓸데없는 스팸 전화라면 당장 끊어야겠다고 생각하던 그는 의외의 인물에 놀란 듯 입을 벌렸다.

—김두영 의원님을 모시고 있는 이재권 보좌관이라고 합니다.

"아⋯⋯."

그가 고개를 기울였다.

보미와 오랫동안 약혼 관계를 이어 왔지만 그와의 통화는 처음이었다.

"무슨 일이시죠?"

그래서 궁금했다. 파혼까지 한 마당에 그가 왜 자신에게 전화를 한 것인지. 두영과의 마지막 만남에서도 앞으론 볼일이 없을 거라는 식이었다.

아무리 생각해도 감이 잡히지 않자 그가 눈살을 찌푸렸다. 한동안 재권은 그의 궁금증을 풀어 주지 않고 침묵했다.

—지금 좀⋯⋯ 와 주셨으면 합니다.

"네?"

—아가씨가 다치셨습니다.

그가 아가씨라고 부를 만한 사람은 김보미뿐이었다.

그녀가 다쳤다고? 어쩌다가?

지욱은 들고 있던 서류를 책상 위로 툭 내려놓았다. 그리고 귀와 어깨 사이에 휴대전화를 끼우며 급히 지갑과 차 키를 집어 들었다.

"어쩌다가요?"

—…….

"김두영 의원입니까?"

재권은 답을 해 주지 않았다. 그 대신 지욱이 속히 와 주길 요청했다.

—지금 병원 응급실입니다. 저는 곧 의원님께 가 봐야 하기에, 아가씨의 곁에 있어 줄 사람이 없습니다.

"어떻게 맞으면 응급실에 실려 갈 정도가 됩니까?"

—……아가씨께서 의원님의 심기를 많이 건드리셨습니다.

바쁘게 움직이던 그의 손이 멈췄다.

심기를 건드렸다.

참 재수 없는 말이었다.

"어느 병원입니까?"

—대한세종대학병원입니다.

"사람을 보내죠."

—네?

"그 자리에 갈 사람은 제가 아닌 것 같으니까요."

차 키를 책상 위에 툭 내던진 그가 전화를 끊었다. 그리고 전화번호부에서 성은의 이름을 찾아 통화 버튼을 눌렀다.

"뭐하는 거야, 둘 다."

지욱이 짜증스럽게 인상을 굳혔다.

막 차에 올라탄 성은은 수첩과 가방을 보조석에 놓아둔 뒤 깊은 한숨을 내뱉었다. 요즘 그의 피로도는 극에 달하고 있었다. 고진경 사건의 주요한 열쇠인 류지혁 형사의 뒤를 쫓느라 정신이 없었다.

부산에서 지내고 있다는 사실을 알게 된 후로 일주일에 두 번씩 서울과 부산을 왕복하고 있으니 어찌 피곤하지 않을 수가 있겠는가.

고진경 사건뿐만이 아니라 다른 사건도 동시에 취재해야 했기에 몸이 열 개라도 부족했다.

"죽겠다."

아니, 몸뿐만이 아니었다. 심장조차 너덜너덜한 걸레 조각이 되어 그를 괴롭히고 있었다.

지친다. 정말 지쳐 버렸다. 눈을 감으면 그대로 졸도할 것 같았다.

후, 일단 집에 가서 뜨거운 물로 씻고 눈 좀 붙이자. 새벽에 사무실로 나가서 곧장…….

다음 스케줄을 찬찬히 생각하고 있던 그는 가방에 넣어 두었던 휴대전화가 진동하자 시선을 돌렸다.

일이 많아지면 그의 휴대전화도 쉬지 못했다. 또 누굴까, 팔을 뻗은 그가 휴대전화를 꺼내 액정을 확인했다.

〈이지욱 검사〉

최근 현서의 문제로 이 남자의 심기를 어지럽혔던 적이 있었던가?

그게 아니라면 바쁘신 양반이 자신에게 전화를 걸 일은 없었다.

한숨을 내뱉으며 전화를 받은 성은은 곧장 날아든 분노 가득한 목소리에 미간을 찌푸렸다.

―조성은 씨?

"무슨 일이십니까?"

진심으로 그러한 궁금증이 들었다. 이지욱을 화나게 만드는 일이 뭘까.

―당신 뭐하는 사람이야.

"……."

도대체 왜 이렇게 화가 났을까…….

이마를 긁적이던 성은은 곧이어 들려오는 말에 행동을 멈췄다.

―보미를 혼자 두지 마!

"이지욱 씨?"

―그렇게 원망스러우면 제발…… 곁에 두고 괴롭혀요.

"뭡니까."

―대한세종대학병원 응급실로 가 보십시오.

대한세종대학병원.

응급실은 보미와 함께 한 번 가 본 적이 있었다. 그녀가 자신의 손가락을 스스로 부러뜨렸을 때. 그의 얼굴이 창백하게 질렸다.

무슨 정신으로 운전을 했는지 모르겠다.

거칠게 주차를 한 그는 곧장 차에서 내려 응급실로 내달렸다.

잠시 잠깐 뛰는 것이었지만 긴장감 때문인지 이마에 송골송골 땀이 맺혔다.

응급실로 달려간 그는 아비규환이나 다름없는 사람들 속에서 보미를 찾았다. 열 개가 넘는 침대에 누워 있는 환자 중 보미의 모습은 보이지 않았다.

땀에 젖은 머리카락을 거칠게 쓸어 올리던 그가 고개를 돌렸다. 어디 있는 거지? 눈동자가 빠르게 사람들의 얼굴을 다시 훑을 때였다.

저 멀리 복도를 걷고 있는 여자의 모습이 보였다. 실처럼 가느다란 머리카락을 늘어뜨린 여자. 꼭 쥐면 부서질 것처럼 나약한 뒷모습에 그가 재빨리 발을 놀렸다.

호흡 하나 흐트리지 않은 채 여자에게 다가간 그는 가는 어깨를 붙잡았다. 고개를 돌린 사람은 예상대로 김보미였다.

"당신이 여긴 어쩐 일이에요?"

오른손에 붕대를 감고 있는 보미의 모습에 그가 안도의 한숨을 내쉬었다. 지욱의 전화를 받는 순간 놀라서 멈췄던 심장이 다시 거칠게 펌프질을 해 대며 온몸에 피를 돌렸다.

"오랜만에 보니까 더 멋있어진 것 같네요?"

장난스러운 말에 성은의 음성이 낮아졌다.

"……뭡니까?"

"우리 아버지가 요즘 폭력을 쓰기 시작했어요. 여기에 알코올 중독만 있으면 완벽……."

그녀는 애써 가볍게 말하고 있었다. 자신의 팔에 내려앉은 진득한 시선에.

두 사람은 순식간에 10여 년 전으로 돌아갔다. 이곳에서 나누었던 대화가 두 사람의 머릿속을 바삐 움직이게 만들었다.

"이제껏 아무 일도 하지 않았어! 그래서 이제 하려고 하는 거야! 당신 곁에 있으려고 하는 거야! 이까짓 손가락! 몇 번이고 부러뜨릴 수 있어! 난 이곳에 있고 싶어요! 당신의 옆에, 당신이 있는 세계에 있고 싶어!"

그녀는 그렇게 악을 썼었다.

하지만 두 사람은 여전히 같은 세계에 함께 있지 않았다.

무거운 시선으로 팔을 내려다보던 그가 어깨를 붙잡고 있던 아귀에 힘을 주었다. 보미의 얼굴이 일그러졌다.

"아픔을 느끼는 사람이긴 하군요."

"……네?"

"난 고통을 느끼지 못하는 멍청이인 줄 알았습니다."

그의 눈동자엔 비난이 역력했다. 어쩜 이렇게 멍청하냐고,

어쩜 이렇게, 어쩜 이렇게…….

조심스레 손을 뻗은 그가 그녀의 눈가를 어루만졌다. 지금은 붉은색이었으나 내일이 되면 푸르게 멍이 들 것 같은 상처가 새하얀 얼굴에 새겨져 있었다. 그의 미간이 일그러졌다.

"죽이라고 했는데, 그러진 못하더라고요."

"죽고 싶습니까?"

"아니요."

곧장 답한 그녀가 웃었다.

"살고 싶어요."

그가 숨을 왈칵 내뱉었다.

굳어진 표정의 그는 한참이고 보미의 얼굴을 살폈다. 정처 없이 그녀의 얼굴을 훑던 그가 강압적인 목소리로 말했다.

"그럼 부탁하세요."

"뭘요?"

부탁이라는 단어와 달리 그의 말투는 명령처럼 들렸다. 그녀가 고개를 기울이며 물었다. 무엇을 부탁해야 하느냐고.

"곁에 있어 달라고."

"……."

보미의 입술이 굳게 다물렸다.

떨리는 그의 목소리에.

분노로 가득 찬 그의 눈빛에.

"혼자 있게 하지 말라고."

"……."

"무릎이라도 꿇고 빌란 말입니다."

그럼 당신은 다시 예전처럼 날 받아 줄 건가요?

그녀는 그렇게 묻고 싶었다. 너무나 이기적인 물음을.

그가 괴로워한다면, 지금처럼 아파하기만 한다면 그녀가 떠나는 것이 맞았다. 이제 와 그에게 자신의 감정을 또다시 강요하는 일은 사랑이 아니었다. 아니, 사랑이란 이름 아래 학대를 하는 것이었다.

하지만 어떻게 하겠는가.

자신이 너무 나쁘다는 것을 알면서도 그의 곁에 있고 싶은데.

숨을 쉬는 것도 그 때문이었다. 밥을 먹는 일도, 잠을 자는 것도, 하루하루를 살아가는 것도 오직 그 때문이었다.

언제 그를 위협할지 모르는 아버지. 그 아버지에게서 그를 지켜야 한다는 생각만으로 살아왔었다.

무릎을 꿇을까?

그럼 그가 다시 예전처럼 자신에게 웃어 주려나?

괴로움에 일그러진…… 그의 얼굴이 반듯하고 예쁘게 펴지려나?

그녀가 시선으로 그의 얼굴을 더듬었다.

초연한 표정으로 자신을 바라보는 그녀의 모습에 그가 이를 악물었다. 뺨이 움푹 파이고 움찔거렸다.

괜찮은 척하고 있었으나 그는 알 수 있었다. 그녀의 눈동자에 담긴 깊은 음울함을. 참고 싶었다. 상처 받은 강아지처럼 떨고 있는 그녀를 보며.

하지만 참을 수가 없었다. 애써 괜찮은 척을 하니 더 화가 났다. 그녀의 목을 졸라 버리고 싶을 정도로 깊은 분노가 치솟았다.

"예전처럼 혼자 다 해결하려고 하지 말란 말입니다!"

어깨를 부술 듯 붙잡은 그가 소리쳤다. 주위 사람들의 시선은 아랑곳하지 않은 채.

보미가 놀란 듯 눈을 동그랗게 떴다. 그러다가 손을 올려 자신의 가슴께를 꾹 눌렀다.

"아, 기쁘다. 심장이 내려앉았어요."

팔딱팔딱, 심장이 살아 있는 것처럼 거칠게 뛰었다. 그가 자신으로 인하여 화를 내는 모습이 좋다는 듯이.

무심한 모습보다는 차라리 화를 내는 것이 그녀는 좋았다. 그가 아직 자신에게 마음을 쓰고 있다는 뜻이었으니까.

눈을 빛내는 모습에 그가 그녀의 손을 움켜쥐었다.

"갑시다."

"어디로요?"

"우리 집."

딱 잘라 하는 말에 보미가 서둘러 붙잡힌 손을 뺐다. 그리고 고개를 도리도리 저으며 거부했다.

"안 돼요."

그가 날카롭게 보미를 노려보았다.

움찔.

그의 시선에 보미가 몸을 떨었지만 이내 마음을 다잡으며 고개를 저었다.

"아버지 곁에 있어야 해요. 그래야 무슨 일을 벌이는지……."

"또 어디를 다쳤습니까?"

"아, 팔에 금이 조금……."

그 말에 성은은 환자를 위해 만들어 놓은 벽 손잡이를 바라보았다. 그러더니 제 팔을 힘껏 들어 쇳덩어리에 내려쳤다.

쾅!

무언가가 무너지는 소리였다.

눈을 동그랗게 뜨며 상황을 받아들이지 못하고 있던 그녀가 퍼뜩 정신을 차리고 아래로 뚝 떨어져 있는 그의 팔을 붙잡았다.

"뭐하는 거예요!"

"아직 안 부러졌습니다."

그가 그녀의 손을 떼어 내며 다시 팔을 허공에 들었다. 그녀의 낯빛이 창백하게 변했다.

"안 돼!"

와락 외친 그녀가 허공에 들린 그의 팔을 끌어안았다. 가슴에 꼭 끌어안고서 절대 놓아줄 수 없다는 듯 거칠게 고개를 저었다.

눈동자가 붉게 물들었다. 눈가엔 눈물도 맺혔다.

"왜 그러는 거예요. 아프잖아요. 그만해요……."

당신의 몸에 상처 내지 말아요.

그녀가 빠르게 말을 읊조렸다.

무심하게 그녀를 내려다보던 성은이 팔을 빼서 다시 내려치려고 하자 보미가 숨을 왈칵 토해 냈다.

"하지 마!"

아래로 축 늘어져 있던 눈꼬리가 삐죽 위로 올라갔다. 이를 아드득 깨문 그녀가 분노를 가득 담아 외쳤다.

"당신 몸에 상처 내지 마! 가만히 안 둘 거야!"

그의 입술이 비틀렸다. 그녀의 반항이 가소롭다는 듯이. 그것도 지금 협박이라고 하는 거냐고. 내려친 팔은 고통에 덜덜 떨리고 있었음에도.

"거기 있으면서 조금이라도 다치면 앞으로 나도 똑같이 상처를 만들 겁니다."

"하지 말아요, 하지 마……."

그녀가 붙잡은 팔을 꼭 끌어안으며 울음이 뒤섞인 목소리로 말했다.

충격을 받은 모습이었으나 그의 웃음은 더욱 진해졌다.

"아직도 집으로 가고 싶습니까?"

잠시 멈칫한 그녀가 곧 항복하듯 고개를 저었다. 고집을 꺾은 모습에 그제야 굳어 있던 그의 표정이 느른하게 풀렸다.

왼손을 들어 그녀의 머리를 쓰다듬은 성은이 한숨 섞인 목소리로 말했다.

"이러는 내가 싫죠? 무섭죠?"

끄덕.

힘겹게 끄덕여지는 고개를 보던 그가 한숨 섞인 목소리로 말했다.

"저도 그렇습니다."

"성은 씨, 난……."

"자신조차 사랑하지 않는 사람을 지금 저보고 사랑하라는 겁니까?"

그녀의 입이 다시 다물렸다.

"자신을 돌볼 줄 모르는 여자, 매력 없습니다."

보미의 입에서 흐느낌이 터져 나왔다. '그건 싫어요'라고 물음이 담긴 목소리로 거칠게 말했다.

그 모습을 가만히 내려다보던 그가 팔을 뻗어 그녀를 끌어안았다.

아직도 팔은 덜덜 떨렸고 아팠다.

하지만 그것보다 마음이 더 아팠다.

"이 아가씨는 누구니?"

성은은 눈을 동그랗게 뜨며 당혹스러운 표정을 짓는 차 여사를 보았다. 그건 옆에 있는 보미 또한 마찬가지인 듯 어쩔 줄 몰라 하며 몸을 배배 꼬았다.

두 사람의 모습을 번갈아 보던 성은은 어서 설명하라는 얼굴로 고집스레 자신을 노려보는 차 여사를 향해 말했다.

"예전에 어머니가 꼭 만나고 싶다고 했던 여자요."

순간 차 여사의 눈에 놀라움이 머물렀다.

"뭐?"

너 다시 만나는 거니? 그 여자랑?

차 여사가 눈으로 그리 물었다. 당사자가 앞에 있으니 궁금한 것들을 당장 풀어 놓지 못해 답답한 모양새였다.

고개를 끄덕인 성은이 시선을 돌려 긴장한 기색이 역력한 보미를 보았다. 퍼렇게 멍이 들기 시작한 부분 빼고는 온통 핑크빛으로 변한 얼굴을 보아하니 긴장과 더불어 부끄러움을 느끼는 모양이었다.

그가 등을 툭 치자, 보미가 자동적으로 허리를 굽히며 힘찬 목소리로 인사를 건넸다.

"안녕하세요, 처음 뵙겠습니다! 김보미라고 합니다."

자신의 목소리가 지나치게 컸다는 것을 깨달았을까. 살짝 고개를 든 그녀는 동그랗게 뜬 눈으로 자신을 내려다보는 차 여사를 향해 어색한 웃음을 흘렸다.

"잘 부탁드릴게요."

"이, 이게……."

"보다시피 저래서, 우리 집에서 지내도 되죠?"

"뭐, 뭐?"

"그럼."

아무런 말도 하지 못하는 차 여사를 두고 성은이 먼저 집 안으로 들어가 버리자 현관 앞에서 두 여자가 서로를 어색한 눈으로 바라보았다.

아, 무슨 말을 해야 하지?

보미가 주인 잃은 강아지처럼 안절부절못하다 이내 다시 한 번 허리를 숙였다.

"죄송합니다, 어머니."

"어, 어머니?"

"아."

기분이 나쁜 것일까?

아차 싶은 보미가 기어 들어가는 목소리로 읊조렸다.

"어떻게 불러야 할지……."

시무룩한 모습으로 말끝을 흐리는 보미를 바라보던 차 여사가 깊은 한숨을 내쉬었다.

매일 술에 찌들어 살던 아들의 모습을 생각하면 당장 소금을 뿌려도 시원찮을 판이었다. 하지만 한쪽 손에 붕대를 감고 얼굴엔 멍까지 들어 있는 그녀에게 무슨 말을 할 수 있을까.

"얼굴은 왜 그래요?"

"……."

보미가 더욱 깊숙이 고개를 숙였다. 당장 땅이라도 파고 들어갈 기세였다.

"사연 많은 아가씨인가 보네. 누추하지만 들어와요. 밥은 먹었어요?"

"네?"

깜짝 놀란 듯 눈을 깜빡이는 보미의 모습에 차 여사가 하는 수 없다는 듯 웃었다.

"막 저녁 먹으려던 참이에요."

차 여사가 몸을 옆으로 비키며 길을 만들어 주었다.

어서 들어와요, 상처 많은 아가씨.

출근 준비를 서두른 성은은 어수룩한 빛만 내려앉은 시각부터 바삐 부엌을 오고가는 차 여사의 뒷모습에 식탁 의자를 빼내 앉았다.

아버지는 국이 없으면 식사를 못 하는 양반이었다.

차 여사는 삼식이도 이런 삼식이가 없다며 한탄했지만 매일 아침 끓인 따스한 국은 가족에게 있어 하루를 여는 인사와 같은 것이었다.

부엌에 가득한 참기름 냄새에 취해 눈을 깜빡이던 그는 자신의 앞에 놓이는 그릇을 보며 고개를 들었다.

"일어났니?"

"네."

"출근이 이르구나."

평소 대하던 태도와는 백팔십도 다른 모습이었다. 앞치마를 척척 푼 그녀가 의자에 대충 걸쳐 둔 뒤 성은의 맞은편 자리에 앉았다.

어머니의 눈초리에 국을 몇 번 뜨던 그가 영 내키지 않는지 숟가락을 내려놓은 후 물로 입안을 헹궜다.

"더 먹지 않고."

"생각이 없네요."

그가 헛웃음을 짓자 차 여사의 눈매가 날카로워졌다.

"위에서 자고 있는 아가씨 때문이니?"

"……"

"맞나 보구나."

아득바득 집으로 돌아가겠다는 그녀를 자신의 옆방에서 재운 성은은 보미에게 한동안 이곳에서 지내라고 했다. 어색하고 불편해도 어쩔 수 없다고.

그녀를 다시 그 집으로 돌려보낼 수도, 혼자 둘 수도 없는 상황에서 최선이라 생각했다.

하지만 이 집은 엄연히 말하면 부모님의 것이었다. 사람을 들인다면, 그것도 여자를 들인다면 모든 것을 터놓고 양해를 구해야 했다.

그러나 어디부터 어디까지 말을 해야 할지 몰라 성은은 입을 다물었다.

국에 둥둥 떠다니는 참기름 방울을 보던 그가 고개를 들고 차 여사를 보았다.

차 여사는 평범한 어머니였다.

평생 전업주부로 살며 점차 나이가 들어가는 남편의 건강을 걱정하고, 하나밖에 없는 아들을 소중히 돌봤으며, 자식 걱정에 잠 못 이루시는, 그런 분이었다.

생각이 많아 보이는 차 여사의 눈빛에 성은의 입가에 웃음이 맺혔다.

"어머니, 부탁드릴게요."

"도대체…… 후."

그가 운을 떼자, 차 여사가 참아 왔던 말을 꺼내다 말고 한숨을 내뱉었다. 복잡한 심경이 고스란히 드러난 모습에 그가 입을 다물었다.

"예전에 만났던 아가씨 맞지? 집에 들어오기 전에 만나던 여자."

"네."

그를 사람답게 살지 못하도록 만든 보미였으나, 숨겨지지 않을 문제였다. 지금 필요한 것은 솔직함이었다.

"그렇게 헤어져 놓고 또 만나고 싶니?"

명백한 비난이었다. 그렇게 끔찍하게 아파했으면서 또다시 보미를 만나고 싶으냐고. 지긋지긋하게 사랑해 봤으면 이제 다른 여자를 만나는 편이 좋지 않겠느냐고.

차 여사의 속마음을 모두 읽어 낸 그가 고개를 저었다.

"어쩔 수 없잖아요."

"뭐?"

"사랑하고 있는 걸요."

과거형이 아닌 현재 진행형.

사랑은 강물처럼 흘렀고, 끊임없이 물길을 만들었다. 가뭄이 일었을 때도 물길이 좁혀지기만 했을 뿐 끊기지는 않았다. 그렇게 사랑한 여자였다.

자신에게 욕지거리를 해 봐도 어떻게 하겠는가. 달콤한 추억을 공유하고 있는 그 여자를 가슴이 잊을 수가 없다는데.

"아직 기반도 안 잡혔던 그때부터 미래를 약속했던 여자예요."

철없던 그 시절에도 지나가는 시간조차 아깝게 여기며 사랑한 여자인데.

"이번에 다시 만나고서 알았어요. 헤어질 수 없어요."

목소리는 격정적이지 않았다. 감정이 지극히 배제된 모습이었으나 그래서 더 와 닿았다. 아들의 마음이.

차 여사의 입에서 깊은 한숨이 흘러나왔다.

자식 이기는 부모는 없다고 하지 않는가.

그녀가 아무리 반대를 해 보았자 결국 아들의 옆엔 상처 많은 아가씨가 서게 될 것이다. 굳이 반대를 해 서로의 마음이 상할 필요는 없었다.

하지만, 하지만……

그녀는 계속 마음에 걸렸다. 보미의 얼굴에 나 있던 상처가. 오른손에 감겨 있던 붕대가.

마음에 어둠이 있는 아가씨면 어떻게 하지?

걱정이 깊어질 때였다. 그런 제 어미의 마음을 알고 있다는 듯 성은이 웃음기 섞인 목소리로 물었다.

"얼굴 보셨죠?"

"그래, 그 상처는……."

누가 봐도 맞아서 생긴 상처지 않니?

차 여사는 차마 뒷말은 잇지 못한 채 입을 다물었다. 폭력의 흔적이라니. 입에 담는 것만으로도 마음이 아팠다.

차분하게 가라앉은 차 여사의 눈망울을 보던 성은이 입술을 달싹였다.

"김두영 의원 딸이에요."

"기, 김두영 의원? 자유당의 김두영?"

"네."

"어머."

깜짝 놀란 차 여사가 눈을 동그랗게 떴다.

김두영 의원은 국회의원이라는 것은 둘째치더라도 대한민국 재계 5위 변성그룹 초대 회장의 손주로 변성자동차 최대주주였다.

어마어마한 재력과 권력을 가진 사람의 딸이라는 말에 그녀가 걱정스러운 표정을 지었다.

집안 차이가 너무 나네.

평범한 공무원인 남편과 가정주부인 자신과 비교해 봤을 때 집안이 너무 기운다 생각한 그녀가 한숨을 내쉬었다.

방금 전까지만 해도 반대하고 싶었던 마음은 엿이라도 바꿔 먹은 것처럼.

아들이 부모 때문에 사랑하는 사람과 헤어져야 한다면 그것보다 가슴 미어지는 일은 없으니까 말이다.

차 여사가 어떤 생각을 하고 있는지 빤히 보인다는 듯 성은이 웃었다. 하지만 그 웃음은 어쩐지 슬펐다.

"얼굴도, 팔도, 그 사람이 그렇게 만든 거예요."

"……."

차 여사의 입이 굳게 다물렸다. 하지만 성은의 말은 거기서 끝나지 않았다.

"어머니."

차 여사의 눈빛이 혼란스러움에 물들어 있는 것을 바라보던 그가 천천히 말을 이었다.

"저 여자가 얼마나 더 불쌍해져야 이 고통이 끝날까요?"

그것 또한 가늠해 보았다.

지난밤 동안.

잠들지 못한 채.

"어젯밤 내내 그런 생각을 했어요. 그러다가 깨달았습니다."

잘라 말한 그가 입가에 희미한 웃음을 띠었다.

"나라면 저 여자를 행복하게 해 줄 수 있지 않을까, 하고."

그래. 그녀에게 남은 것은 자신밖에 없지 않을까, 그런 생각을 했다.

그가 그녀와의 추억으로 살아왔던 것처럼, 그녀는 자신과의 추억으로 지금 살아가고 있으니까.

그렇게 생각하니 갑자기 심장이 왈칵 내려앉았다.

두 사람은 떨어져 있었으나 결국 같은 기억으로 살아가고 있었다는 뜻이었으니까.

"그렇게 힘든 상황에 놓인 사람이라면 난……."

차 여사가 힘겹게 운을 뗐다. 보미가 안쓰럽고 불쌍하다는 것을 머리로는 이해했지만 가족으로 받아들이는 것은 다른 문제였다.

"하나뿐인 며느리로 받아들이지 못한다고요?"

"……."

"아니죠? 어머닌 겉만 보고 사람을 판단하실 분이 아니시잖아요."

성은이 웃는 얼굴로 말했다.

그는 자신의 어머니가 어떤 사람인지 잘 알고 있었다. 사람의 근본을 파악하실 줄 아는 지혜로운 분. 그런 분이었으니 지금 당장은 보미가 마음에 안 들더라도 곧 받아들여 주실 거라 믿었다.

"사랑이 그리운 사람이에요. 그리고 난 넘치는 사랑을 받은 사람이고. 조금 나눠 주면 어때요? 어차피 어머니와 아버지가 계속 채워 주실 텐데."

"어머, 입술에 침이나 바르고 이야기해!"

"왜요? 진심인데요?"

그의 말이 나쁘지 않은 것인지 차 여사가 헛기침을 뱉었다. 아들이 충분한 사랑을 받으며 컸다고 제게 감사의 인사를 올리는데, 그것을 싫어할 어미는 없었다.

얼굴을 붉힌 차 여사가 '원, 네 꾐엔 안 넘어가!' 라며 소리쳤지만, 수저가 놓여 있는 자리는 보미의 것을 포함하여 네 개였다.

그 모습을 가만히 바라보던 그가 시선을 내렸다.

어제, 그녀가 저녁을 먹던 모습이 떠올랐다. 가족과 함께 둘러앉아 식사하는 일이 어색한지 연신 눈치를 보던 모습.

반찬도 앞에 있는 것만 집어 먹는 탓에, 숟가락 위에 아버지가 반찬을 올려주자 잠시 놀란 눈을 하기도 했다. 그리고 눈가에 눈물이 맺힌 채 씩씩하게 밥을 먹었다.

예전에는 울지 않았을 텐데. 예전이었다면 기쁘게 받아들이며 웃었을 텐데. 지금의 그녀는 얼마나 메마른 것일까. 이젠 더 이상……

"예전엔 참 예쁘게 웃는 사람이었어요. 그런 사람을 참 많이 사랑했어요."

예전처럼 웃을 수 없는 것일까.

까르르, 새의 지저귐처럼 웃던 그녀가 제 앞에 아른거렸다. 지금과는 다른…….

"그런데…… 오랜만에 만나니 웃는데도 괴로워 보여요. 그러니까 다시 웃게 해 주고 싶어요."

그녀가.

그의 말에 차 여사가 두 손 두 발 다 들었다는 듯 고개를 절레절레 저었다.

"단단히 빠졌구나. 얼빠진 녀석."

"그러니까 어머니도 동참해 주세요."

"내가 어떻게?"

차 여사가 턱을 괴며 한숨을 내쉬었다. 대충의 사정을 듣자 마음이 쓰이는 것은 어쩔 수 없는 모양이었다.

그 모습에 그가 피식 바람 빠진 소리를 내며 웃었다.

"음……. 어머니가 웃어 주면 아마 따라 웃을 거예요."

두꺼운 요에 누워 곤한 잠에 빠져 있던 보미가 몸을 뒤척였다.

걱정 근심 없이 마음을 내려놓고 잠든 것이 얼마 만일까. 옅은 숨을 내뱉는 그녀의 입술이 부드럽게 휘어 있었다.

평온했다. 사소한 잡음이 간간이 들려오는 집은 그녀가 마음을 툭 놓도록 도와주었다.

세상 밖이 밝아지고 한참이 지났는데도 보미는 잠에서 깨어나지 못하고 있었다. 하루에 다섯 시간 이상 수면을 취한 적이 없었음에도 불구하고, 몸을 꼼지락거리며 늦장을 부렸다.

"으음……."

옅게 신음을 내뱉으며 서서히 잠에서 깨어나던 그녀가 곧 무언가를 깨달은 듯 번뜩 눈을 떴다.

"헉!"

깜짝 놀라 거친 숨을 내뱉던 그녀가 주위를 돌아보았다. 어제 일이 꿈이 아니라는 듯 낯선 벽지가 보였다.

어떻게 해…… 늦잠 잤다!

아침 일찍 일어나 차 여사를 도우려고 했던 그녀가 헐레벌떡 자리에서 일어났다. 문을 열고 슬금슬금 밖으로 나온 순간, 식탁에 앉아 찻잔을 기울이고 있던 차 여사와 눈이 마주쳤다.

남편과 아들의 출근을 봐 준 후 간단한 집안일을 끝내고 휴식을 취하고 있는 듯, 그녀의 앞엔 쿠키 두 개까지 놓여 있었다.

"죄송해요."

보미가 허리를 숙이며 땀을 삐질삐질 흘렸다.

그녀의 정수리를 바라보던 차 여사가 고개를 기울이며 물었다.

"응? 뭐가?"

"늦잠을 자서……. 그게, 도와 드리려고……."

"그 손을 하고?"

"아!"

보미가 붕대로 감겨 있는 자신의 오른손을 바라보며 콧잔등을 찌푸렸다. 이 손으로는 도움을 주기는커녕 오히려 방해만 될 것임을 깨달았기 때문이다.

만약 대가를 원하는 사람들이었다면 차라리 마음이 편했겠지만 어제 식사 자리는 물론이고 잠자리까지 봐 준 차 여사는 그런 걸 바라는 인품처럼 보이지 않았다. 오히려 돈 봉투를 꺼내는 순간 경을 치며 자신을 쫓아낼 것 같았다.

하지만 뭐라도 해야 마음이 편할 듯했다. 아무런 도움도 못 되는 건 싫었다.

"저 튼튼해요! 손도 크게 다친 건 아니어서······."

보미가 씩씩하게 말했다. 애써 웃음을 짓느라 입술 끝을 파르르 떨며.

그 모습을 빤히 바라보던 차 여사가 가느다란 보미의 팔목을 보며 인상을 찌푸렸다.

성은이 이것저것 신경 써 달라고 부탁하지 않아도, 요즘 아가씨치고도 너무 마른 그녀의 몸을 보자 무엇이든 먹이고 싶은 마음부터 들었다.

통통하게 살을 찌워야겠어.

예전 성은과 같은 생각을 하던 차 여사가 말끝을 흐렸다.

"음, 그래요? 아가씨는 별로 튼튼해 보이지 않는데······."

"······."

보미가 입을 꾹 다물었다.

눈동자가 잔잔하게 흔들렸다.

잔뜩 기가 죽은 얼굴로 어깨를 축 늘어뜨리는 그녀의 모습을 바라보던 차 여사가 들고 있던 찻잔을 내려놓으며 자리에서 일어났다.

"손이 나을 때까지 내 말 상대가 되어 줄래요, 아가씨?"

"······네!"

"그럼 우선 씻고 와요. 그사이에 차를 준비해 놓을 테니까."

그제야 자신이 씻지도 않은 채 대화를 나눈 것이 인지가 됐는지 보미의 양 뺨이 핑크빛으로 물들었다.

부끄러워하며 손으로 얼굴을 가리는 보미의 모습에 차 여사가 몸을 움찔 떨었다.

어쩔 줄 몰라 하는 모습이 순수했고 강아지처럼 귀여웠다.

저 모습이구나, 아들 녀석이 넋을 놓은 게.

속으로 웃음 짓던 차 여사가 몸을 돌려 찻잔이 놓여 있는 찬장으로 향할 때였다. 뒤에서 안절부절못하는 목소리가 들려온 것은.

"저……."

"네?"

차 여사가 고개만 돌려 보미를 보았다. 그녀는 하고 싶은 말이 있는 모양인지 우물쭈물거리고 있었다.

차 여사가 말하라는 듯 고개를 끄덕이자 보미가 주먹을 꽉 쥐며 용기 내어 말했다.

"이름으로 불러 주세요. 말씀은 낮추시고요."

"음……."

뜸을 들이던 차 여사가 어깨를 으쓱였다.

"그건 차차 할게요."

"네."

또다시 시무룩. 원하는 것을 얻지 못한 강아지처럼 축 늘어지는 모습에 차 여사가 몸을 돌려 그녀를 바라보았다.

어쩔까.

휘적휘적 욕실로 걸음을 옮기는 보미의 뒷모습을 바라보던 차 여사가 무언가를 결심한 듯 조심스레 입술을 뗐다.

"보미 양?"

그녀가 몸을 돌려 차 여사를 바라보았다.

동그란 눈을 보니 차 여사의 고민에 대한 답이 순간 내려졌다.

"어머니가 웃어 주면 아마 따라 웃을 거예요."

아침에 아들과 나눈 대화를 떠올린 차 여사가 부드러운 웃음을 지었다. 성은과 꼭 닮은 웃음에 보미의 몸이 뻣뻣하게 굳어졌다.

"이슬차 괜찮죠?"

"……아."

보미가 얼이 빠진 시선으로 차 여사의 얼굴을 더듬었다.

눈시울을 붉힌 그녀가 힘차게 고개를 끄덕였다.

"네, 좋아요!"

꽃처럼 예쁘게 피어나는 웃음을 바라보던 차 여사가 그녀를 따라 미소 지었다. 방금 전보다 더욱 진하게.

"그럼 얼른 씻고 나와요."

"네, 저 엄청 빨리 씻고 올게요!"

신이 나 욕실로 뛰어 들어가는 보미의 뒷모습을 보던 차 여사가 다시 몸을 돌려 찻잔을 준비했다.

달그락달그락.

유리가 부딪혀 요란한 소리를 냈다. 찻잔에 막 찻잎을 넣던 차 여사가 손을 멈추며 허탈한 웃음을 내뱉었다.

"나 참."

저 웃음에 홀린 거구만?

사랑할 수밖에 없는 웃음에 차 여사가 기가 막힌다는 듯 고개를 내저었다.

🌢   🌢   🌢

"바쁘신 분을 여기까지 오게 해서 죄송합니다."

성은은 언제나 그랬던 것처럼 반듯하게 앉아 있는 지욱을 보며 말했다. 그 말에 지욱은 괜찮다는 듯 고개를 내저었다.

"제가 백수가 됐거든요. 시간이라면 넘쳐흐릅니다."

"그만두셨습니까?"

"네. W&B에 들어가게 되었습니다."

의외의 결정에 성은이 눈을 동그랗게 떴다. 그는 상류계의 사람답지 않게 집안과 연관되는 것을 좋아하지 않았다. W&B 이경욱 대표와 사이가 좋지 못한 것도 이 바닥에선 공공연한 비밀이었다.

그런 그가 아버지의 회사에 들어갔다라……

심상치 않은 이유가 있을 것 같았지만 성은은 깊이 생각하는 것을 그만두었다. 괜히 알아서 좋을 건 없었으니까.

"오호. 법조계도 권력을 대물림한다, 라는 주제로 방송 기획을 해 봐야겠군요."

"제가 주인공이라면 좋습니다."

"원, 당연히 이지욱 검사…… 아니, 이젠 검사가 아니군요. 뭐라고 불러야 합니까?"

"편하게 부르십시오."

성은이 피식 웃음을 뱉었다.

"편하게라……. 그렇게 될 수 있는 사이였군요, 우리."

씁쓸한 말에 지욱이 어깨를 으쓱였다.

"현서에게만 접근하지 않으신다면요. 결혼하자고 하셨을 땐 충격이었습니다."

"굳이 제 경우도 말씀드려야 합니까?"

성은의 말에 이타적일 만큼 흠잡을 곳 없던 얼굴이 왈칵 일그러졌다. 그러더니 회의실이 곧 지욱의 웃음으로 가득 찼다.

"죄송합니다. 그렇군요."

웃음기가 섞인 목소리로 답한 지욱이 말을 이었다.

"용케 살려 두셨습니다."

"뭐, 지나간 일이니까 그만합시다."

성은이 한숨 섞인 목소리로 말한 후 입을 다물었다.

복잡한 얼굴로 생각하던 성은의 입이 열린 것은 그로부터 약간의 시간이 흐른 후였다.

"집에 있습니다."

"……감사합니다."

지욱 역시 성은과 다를 바 없는 표정이었다. 그의 모습을 보던 성은이 입가에 잔잔한 웃음을 지으며 고개를 저었다.

"아닙니다. 제가 감사해야죠."

"무례한 부탁이 아닌가 생각했었습니다."

"조금 무례하긴 했습니다. 하지만 결과적으론 감사하고 있습니다."

성은의 말에 지욱이 다행이라는 듯 웃었다.

끝이 난 두 사람의 관계에 괜히 기름을 붓는 것은 아닐까, 고민했었으니까.

잘되었다니 다행이라며 읊조리는 지욱의 모습에 성은은 앞에 놓여 있는 커피 잔으로 손을 뻗었다. 갑자기 카페인이 당겼다.

몇 모금을 들이켠 그가 잔을 내려놓으며 본론을 꺼냈다.

"오늘 굳이 뵙자고 한 이유는 따로 있습니다."

그래, 실례라는 것을 알면서도 방송국으로 지욱을 부른 것은 꼭 듣고 싶은 이야기가 있기 때문이었다.

말하라는 듯 지욱이 침묵을 지켜 주자 성은은 이제껏 한 번도 묻지 못했던 말을 꺼냈다.

"이야기해 주십시오. 김보미의 과거."

"……"

지욱의 입술이 굳게 닫혔다. 그걸 왜 자신에게 묻느냐는 표정이었다.

그 모습에 성은이 쓴웃음을 지었다.

"예전에 만났을 때도…… 한마디도 안 했습니다. 그저 삶을 찾고 싶다고만 했죠."

보미는 그녀의 과거를 말해 주지 않았다. 아니, 그녀의 상황을 이야기해 주지 않았다.

몇 번이고 묻고 싶었다. 하지만 자신이 묻기 전에 그녀가 먼저 이야기해 주길 바랐다. 허튼 희망이라는 것도 모른 채.

그녀는 끝까지 침묵을 지켰다. 그리고 상처 받고 다쳐 자신의 앞에 나타났다.

더 이상 기다릴 순 없었다. 앞으로 어떻게 행동할지는 지욱의 입을 통해 듣고 결정하기로 했으니까.

"세상을 아주 신기한 눈으로 바라보더군요. 자신은 아무것도 해 보지 않아서 하고 싶은 일이 아주 많다고 했습니다."

10여 년 전의 일을 떠올린 성은이 담담한 목소리로 말했다.

신기할 정도로 아무것도 모르던 여자. 그녀는 단순히 세상 물정을 모른다고 말하기엔 어폐가 있을 정도였다. 다섯 살짜리 어린아이처럼 보였으니까.

그것이 처음엔 신기했다. 순수하다고 생각했다. 하지만 이제와 생각해 보면 그 정도로 지식이 없는 것은 비상식적이었다. 몇십 년 동안 깜깜한 방에 갇힌 채 방치된 아이 같았다.

방치 또한, 학대다.

굳어 있는 성은의 표정을 살피던 지욱이 턱을 쓰다듬었다. 자신이 이야기를 해도 되는 문제인지 가늠해 보던 그는 진중한 성은의 모습에 결심한 것인지 운을 뗐다.

"소꿉친구입니다."

그 정도는 예상하고 있었다. 두 사람은 단순한 친구라고 하기에는 깊은 친밀감을 가지고 있었으니까.

그가 팔짱을 끼며 눈을 내리깔자 지욱이 뒷말을 이었다.

"열두 살에 유학을 가기 전까지 친구로 계속 지냈고, 그 뒤론 간간이 연락을 주고받았습니다."

"열두 살에 갔군요."

"네, 아마 보미에게 있어 가장 친한 친구는 저일 겁니다. 어릴 때도 연습실에 갇혀 지냈으니까요. 다행인지 불행인지 저희 어머니와 보미의 어머니가 친하셨습니다. 그래서 자주 그 집에 놀러 갔죠."

학교 친구를 제외하고 또래와 이야기한 건 제가 처음이라고 보미가 웃으며 이야기했었습니다.

뒷말을 듣던 성은이 미간을 찌푸렸다.

놀이터를 데리고 가도 신기해하겠군.

그의 입술이 시니컬하게 휘어졌다.

"네 살에 피아노에 재능이 있다는 걸 어머니가 아셨나 봅니다. 너무 어린 나이였지만 그런 건 생각하지 않으셨죠. 그 후론 매일 학교와 연습실을 오고 갔죠. 가뒀습니다, 보미의 어머니가."

"……."

"계속 갇혀 지냈습니다."

지욱은 다시 한 번 강조해 말했다. 허튼소리가 아니라는 듯이.

그의 이야기가 이어질수록 성은의 얼굴은 차디차게 굳어졌다. 어린 꼬마가 연습실에 갇혀 커다란 창으로 세상 밖을 바라보는 모습이 눈앞에서 휘리릭 펼쳐졌다.

그것 역시, 학대다.

"그리고 당신과 헤어질 때쯤, 절 찾아왔습니다. 나와 약혼하면 후에 당신을 만나러 갈 수 있다고, 거래를 하자고 했습니다."

"……."

"약혼을 하고 떠나서 몇 년 지나지 않아 어머니가 돌아가셨습니다. 뉴욕에 있으면서 한 번도 찾아가지 않았던 보미 때문이었죠."

성은이 기억하고 싶지 않을 때의 이야기였다. 그녀가 떠났고, 지욱과 약혼을 했다. 그리고 오랫동안 제 눈앞에서 사라졌다.

"자살이었습니다."

"으."

성은의 입술에서 옅은 신음이 터져 나왔다. 막지 못한 나머지 신음을 집어삼키려는 것처럼 그가 입을 손으로 꽉 눌렀다. 얼굴이 금세 붉어졌다.

"그 후로 어머니가 남긴 빚을 갚았습니다. 김두영 의원에게 손을 벌리면 쉬웠겠지만 혼자 아득바득 갚더군요."

"큰 금액이 아니었……."

성은이 말을 덧붙였다. 그러자 지욱은 힘없이 말했다.

"더 이상 피아노를 연주할 수 없는 피아니스트에겐 큰돈이었을 겁니다."

"언제부터…… 아팠습니까."

처음 듣는 이야기에 놀랄 법도 했건만 성은의 표정은 더욱 차분하게 가라앉을 뿐이었다.

이 여자는 얼마나 더 많은 비밀을 자신에게 숨기고 있을까.

그저 그 생각만 들었다.

이 괘씸한 여자가.

"한국에서 손을 다쳤던 적이 있지 않습니까?"

"······네."

"뼈는 붙었는데 계속 아팠다고 하더군요."

"······."

성은의 눈이 질끈 감겼다.

그 손은 자신 때문에 다친 것이었다. 자신의 옆에 있고 싶어서. 갑자기 심장이 떨어져 나가는 기분이 들었다.

세상에서 가장 화려한 무대에 서던 여자.

자신의 인생 전부와 다름없던 피아노를 놓아 버려야 했던 여자.

지금의 김보미에겐 도대체 무엇이 남은 것일까.

아무리 생각해 보아도 찾을 수가 없었다. 분명 평생을 열심히 살아왔는데 정작 그녀에게 남은 것은 없었다. 아무것도.

"하루에 열 시간 이상 아이들을 가르쳤습니다. 그 후엔 다른 일을 했죠."

"······."

"아득바득 살았습니다. 당신 때문에."

기뻐해야 하는 걸까. 아니면 화를 내야 하는 걸까. 모르겠다. 어떤 표정을 지어야 할지, 가늠할 수가 없었다. 그래서 무심하게 굳어졌다.

"손잡아 보셨나요?"

"아니요."

"거칠어졌습니다. 그녀의 인생만큼이나."

"나에겐 아무런 말도……."

"혹시 메일 주소를 바꿨습니까?"

지욱의 물음에 성은이 눈을 게슴츠레 떴다. 왜 그런 것을 물어보냐는 표정이었다.

"네, 지금은 회사 것을 씁니다."

그의 말에 지욱의 입에서 깊은 한숨이 터져 나왔다.

참 이상하게도 엇갈린다고 생각하며.

"그럼 예전 메일을 열어 보십시오. 그녀의 거짓이 가득할 겁니다."

왜 예전 메일을 확인하면 거짓을 확인할 수 있다는 것인지 알지 못한 성은은 끝까지 의아한 표정만 지었다. 그 모습에 지욱이 어깨를 으쓱였다.

"혼자 있을 때 보십시오. 욕을 하게 될지도 모르니까."

지욱이 떠난 회의실.

성은은 식어 버린 커피 잔을 한참이나 뚫어지게 바라보았다.

팔짱을 낀 손에 힘이 들어갔다. 손등이 바들바들 떨릴 정도로.

"오랫동안 혼자 두었다고 화가 나실 겁니다. 그런데 말입니다."

지욱이 떠나기 전, 성은을 보며 했던 말이었다.

그 역시 현서의 곁에서 오랫동안 그녀를 밀어냈었다. 어쩔 수 없다는 한심한 이유로. 친구의 탈을 쓰고서 그렇게 지냈었다.

보미의 상황을 알고 있고, 보미와 같은 상황에 놓인 그는 안타까운 목소리로 말을 이었다.

"힘들었을 겁니다. 그리고…… 혼자 있으며 많이 외로웠을 겁니다."

그래서 용서하라는 말입니까?

성은의 질문에 지욱은 고개를 저었다.

그것은 당신이 결정할 일이라고.

"그녀의 옆엔 아무도 없습니다. 그래서 자신이 내린 결정에 대해 물어볼 사람이 없죠. 평생 동안 무엇 하나 결정해 본 적이 없는 사람이니까."

힘들어도 혼자 묵묵히 견뎌 왔다고 했다. 그 시간을 견뎌 온 것은 그녀 스스로가 빚을 갚기 위한 것. 그리고…….

"아마 보미는 자신의 아버지 김두영 의원을 무너뜨리려 할 겁니다, 그녀의 방법으로. 때가 되었기에 한국으로 돌아왔을 거예요."

그녀의 방법.

그 방법이 무엇일까.

물어볼 것이 많았다. 그것들을 알아내야 그녀를 이해할 수 있을 것 같았다.

한참 생각에 잠겨 있던 성은은 시간을 확인하고 나서 일어섰다. 머릿속은 김보미로 가득하였으나 일은 해야 했다.

회의실을 나선 성은이 자리에서 가방과 노트북을 챙겨 사무실을 벗어났다.

집중하자, 집중.

그가 눈에 힘을 주었다.

성은은 하늘이 밝을 때 방송국 근처에 위치한 커피숍에서 현서와 만나 장기간 미팅을 가졌다. 세상에 어둠이 내려앉자 옆에서 기지개를 켜고 있는 현서를 향해 그가 물었다.

"차 안 가지고 오셨죠? 데려다 드릴게요, 타세요."

"어머, 사양할 수가 없네요."

호호호, 장난스럽게 웃는 그녀와 함께 주차장으로 향했다.

차에 오른 현서가 안전벨트를 매자 성은이 부드럽게 핸들을 움직였다.

승차감 좋은 차에 졸음이 몰려오는 것인지 눈을 몇 번 깜빡이던 그녀가 창으로 고개를 돌렸다. 하루 종일 함께 대화를 한 탓일까, 차 안엔 잠시 침묵이 내려앉았다.

아무 말 없이 창밖만 바라보던 그녀가 문득 떠오른 듯 물었다.

"보미 씨랑은 어때요?"

그녀의 물음에 성은이 핸들을 돌리며 무심한 어조로 말했다.

"지금 저희 집에 있어요."

"예? 벌써 그런 사이예요?"

동거하냐는 물음에 성은이 웃음을 내뱉었다.

"저 부모님이랑 사는 거 아시죠?"

"그런데 왜 성은 씨 집에 있어요?"

"이런 말을 해도 되나……."

말끝을 흐린 성은은 신호에 따라 차를 멈춘 후 피곤한 눈가를 문질렀다.

"맞았더라고요."

"맞아요? 헉!"

"날 사랑한다고 했더니, 김두영 의원이 때렸다고 하더라고요. 눈두덩이 시퍼렇게 되어서 나타났는데, 어떻게 할 수 있겠어요."

그렇게 말하는 그의 입가는 부드럽게 휘어 있었다. 그의 모습을 꼼꼼히 뜯어보던 현서가 기가 막힌다는 듯 말했다.

"포기하는 사람치고는 너무 화가 나 보이시네요."

"이지욱 씨에겐 감사하고 있습니다."

"그게 무슨 말씀이에요?"

"연락을 줬거든요. 보미의 상태가 어떠한지."

처음 지욱의 연락을 받았을 때처럼 심장이 내려앉았다.

자신의 마음은 인정하였으나 어떻게 할 생각은 없었다. 한 번 끊어졌던 연을 이어 봤자 좋은 꼴을 보지 못할 것이라 생각했으니까.

하지만 그는 자신도 모르게 내달리고 있었다. 응급실에 있다는 말을 듣는 순간 다른 것은 생각할 수가 없었다. 괴롭히려면 곁에 두고 괴롭히라던 그 말을 떠올리며 애써 그렇게 하자고 생각했다.

위태로운 그녀를 모습을 보자 화가 나면서도 받아들일 수밖에 없었다. 긴 시간이었지만 마음은 여전히 그 자리에 있었으니까. 자신의 수많은 변명들은 그렇게 설득력을 잃었다.

"김두영 의원이 어떤 사람인지 정치계에서는 유명합니다. 하지만 다 큰 딸을 때리는 무식한 사람인 줄은 몰랐습니다."

"아."

"이지욱 씨가 부탁하더군요, 친구로서. 그녀를 그 집에서 데리고 나와 달라고."

"부탁이라……. 저 같으면 직접 달려가서 잡아끌고 나왔겠지만, 지욱이가 그렇게 하긴 힘들었겠네요."

그녀의 말에 성은은 이해한다는 듯 웃음기 섞인 목소리로 답했다.

"파혼한 입장이니 그렇겠지요."

신호가 빨간불에서 녹색불로 변했다. 다시 차를 출발시킨 성은이 대화를 이어 나갔다.

"이기적일 수밖에 없었던 이유도 모두 들었습니다. 다 알고 나니 결론은 하나더군요."

"좋은 쪽으로 결론이 났나 봐요?"

조금은 즐거운 목소리였다. 그래서 알 수 있었다. 현서가 지금 보미와 그가 다시 만난 상황을 기쁘게 생각하고 있다는 것을.

그러고 보니 지욱에게뿐만 아니라 그녀에게도 많은 도움을 받았다.

"나도 이기적이었구나. 알아보려면 알아볼 수도 있었는데 그렇게 하지 않았거든요. 그녀가 불행하리란 것을 알면서도 외면했죠. 그렇게 인정하니 마음이 편안해졌습니다. 각기 다른 방법으로 이기적이었구나. 그렇다면 용서해야죠."

대책 없는 여자. 왜 고스란히 맞고 있었냐고, 차라리 도망치지 그랬냐고. 그렇게 말하고 싶었다. 하지만 그녀가 그렇게 변한 것엔 자신의 이기심도 한몫했다고 생각했다.

물어볼 것을.

왜 자신의 곁을 떠나려 하냐고, 왜 약혼을 하냐고. 11년 전에 물어볼 것을.

그러지 않은 자신을 먼저 탓하게 되는 상황에 그는 모든 것을 순응하기로 하였다.

"죄를 고백한 사람을 용서해야겠군요."

현서의 말에 성은이 '네'라고 답하며 고개를 끄덕였다. 그리고 처연한 그녀의 음성에 통렬히 공감했다.

"우린 다 이기적이니까."

현서를 데려다주고 집으로 온 그는 문을 열자마자 자신을 반겨 주는 보미의 모습을 내려다보았다.

"피곤하죠?"

그녀의 물음에 가볍게 고개를 끄덕인 그가 집 안으로 들어서자 부모님이 웃는 얼굴로 반겼다. 방금 전까지 다과를 하고 있었던 것인지 테이블 위엔 찻잔이 세 개 놓여 있었다.

"왔니? 많이 피곤하지? 저녁은 먹었니?"

차 여사가 연달아 물음을 던지자 옆에 서 있던 보미가 고개를 들어 그를 보았다.

"네, 먹었어요."

시선을 무시한 채 성은이 방으로 걸음을 옮기자 보미가 그의 뒷모습을 빤히 바라봤다.

시무룩한 그녀의 모습을 보던 차 여사가 일도의 귓가에 속삭였다.

"저것 봐요, 강아지 같죠?"

"사내자식이 쌀쌀맞긴."

"당신 닮아서 그렇죠, 뭐."

차 여사가 일도를 흘겨본 후 성은의 방문에서 시선을 떼지 못하는 보미를 보았다.

아이고, 정말.

속으로 혀를 찬 차 여사가 자리에서 일어났다.

"보미 양?"

"네?"

"나 좀 도와줄래요?"

"뭐가 필요하신데요?"

겨우겨우 방문에서 시선을 뗀 보미가 자신을 바라보자 차 여사가 부엌으로 향하며 말했다.

"지금부터 과일을 깎을 거거든요. 그거 성은이 좀 가져다줄래요?"

"네, 어머니!"

밝은 목소리로 따라붙는 보미의 모습에 차 여사가 고개를 절레절레 저었다.

오랫동안 잊고 있던 메일 주소를 떠올린 성은은 비밀번호를 찾는 수고까지 한 후에야 접속할 수 있었다.

처음엔 가득 차 있는 메일에 놀랐다. 그리고 보낸 이 대부분이 보미라는 사실에 두 번 놀랐다. 간간이 스팸 메일이 섞여 있긴 했지만, 300통이 넘는 메일은 모두 보미가 보낸 것이었다. 가끔 풍경 사진까지 섞인 채로.

제목은 날짜였다. 성은은 두 사람이 헤어진 지 6개월도 지나지 않아 도착한 메일부터 읽어 갔다.

짧은 메일도, 긴 메일도 있었으나 그 속에서 그녀는 항상 행복했다.

"그럼 예전 메일을 열어 보십시오. 그녀의 거짓이 가득할 겁니다."

그녀가 메일을 꾸준히 보냈다는 것을 알려 줌과 동시에 그가 했던 말이 떠올랐다. 그리고 혼자 있을 때 보라던 충고도.

"이지욱 씨, 당신 참 똑똑한 사람입니다."

성은이 거친 욕설을 내뱉으며 읊조렸다. 사무실에서 보았다면 분명 지금처럼 욕을 했을 것이 분명했다.

눈으로 빠르게 메일을 읽어 가던 그가 서른 통을 넘게 읽었을 때였다.

똑똑.

노크 소리와 함께 보미가 고개만 쏙 빼낸 채 물었다.

"들어가도 돼요?"

빙그르르 의자를 돌려 보미를 바라본 그가 기다란 다리를 꼬며 고개를 끄덕였다. 그의 허락이 떨어지자 보미가 활짝 웃으며 다가와 접시를 내밀었다.

"어머니께서 가져다주래요."

접시엔 사과가 가지런히 놓여 있었다.

그것을 테이블 위에 올려놓은 그는 눈을 내리깔며 턱을 치켜올렸다. 날카롭게 관찰하는 그의 시선에 보미가 자신도 모르게 걸음을 뒤로 물렸다.

"아직 다 읽지 못했는데 말입니다."

"뭘요?"

"사귄 남자 친구는 금발이었습니까?"

"네?"

커다랗게 눈을 뜬 그녀가 또다시 더듬더듬 걸음을 뒤로 물렸다.

금방이라도 도망갈 것처럼 구는 모습에 자리에서 벌떡 일어난 그가 천천히 다가섰다. 마치 최상위 포식자처럼 어슬렁어슬렁 걷는 걸음과 날카로운 눈빛이 위협적이었다.

"노래를 불러 줬다고 하는데, 무슨 노래를 불러 줬습니까?"

"그, 그게……."

걸음을 물리며 도망가던 보미는 등에 문이 닿자 몸을 떨었다.

도망갈 곳이 없었다.

뒤는 문이었고, 앞은 성벽처럼 단단하고 높은 그가 가로막고 있었다. 그녀가 금방이라도 눈물을 터뜨릴 것처럼 올려다보았지만 그는 입술을 비틀며 그녀의 목을 더욱 죄었다.

"아니, 근본적인 걸 물어보죠. 당신이 사랑하는 남자는 어떤 남자였습니까?"

"그, 그게……."

"연습실이 아주 컸다고 하는데 주소는 어떻게 됩니까?"

"……."

"아이들을 가르치는 게 즐겁다고 했죠? 어떤 느낌이었습니까?"

그녀가 보낸 메일 내용들이었다. 곁눈질을 해 그의 뒤를 바라보자 컴퓨터 모니터에 떠 있는 글자들이 보였다.

무슨 내용인지는 보이지 않았지만 그가 메일을 읽었다는 것쯤은 알 수 있었다.

눈을 질끈 감은 보미가 어쩔 줄 몰라 당혹스러워하고 있을 때였다.

어쩌지, 어떻게 하지?

가루가 되어 사라져 버리고만 싶었다.

"내가 사랑한 남자는 금발에……."

"이번에 깨달은 게 있습니다. 김보미 씨는 말로 해선 들어 먹지 않는 고집쟁이라는 거."

히끅! 화났다!

위협적으로 자신을 바라보는 시선에 보미가 어쩔 줄을 몰라 했다. 그 모습에 그가 입꼬리를 비틀었다.

천천히 고개를 내린 그는 도톰한 입술에 부드럽게 입을 맞췄다. 부드러운 입술은 그녀의 상처 받은 마음을 달래 주는 것 같았고, 따스한 체온은 얼어 버린 그녀의 마음을 녹여 주었다.

바들바들 떨며 자신을 받아 내는 보미의 모습을 보던 그가 혀를 빼내 입술을 핥았다. 이에 그녀가 천천히 눈을 뜨며 촉촉하게 젖은 얼굴로 성은을 올려다봤다.

"……"

"거짓말하지 마세요. 또 틀어막을 거니까."

"미, 미안……."

"아니, 당장 침대로 옮기죠. 이 집은 방음이 잘 안 됩니다. 당신은 우리 어머니의 얼굴을 다신 볼 수 없게 되겠죠?"

원하던 답이 들려오지 않자 그가 보미의 어깨를 붙잡았다. 정말 당장이라도 침대로 끌고 갈 것처럼.

성은은 자상하고 좋은 사람이었다. 하지만 화가 나면 어떻게 되는지 잘 알고 있는 보미는 겁을 잔뜩 집어먹은 얼굴로 눈을 깜빡였다.

"그러지 말아요. 이제 겨우……."

어머니의 마음에 들었는데, 큰일 나요.

그녀가 문을 힐끗 바라보며 말하자 그가 장난스러운 웃음을 지었다.

"그럼 진실을 말하세요."

아니면 용서하지 않을 겁니다.

그 말에 보미가 말간 눈동자에 성은의 모습을 담았다.

그녀의 삶에 남잔 그뿐이었다. 그래서 그렇게 맹목적이었고, 무서우리만치 그만 보았다.

답을 하는 것은 어렵지 않았다. 어려운 것은 자신의 이 마음을 어떻게 그에게 온전히 전할 수 있을지에 관한 것뿐. 하지만 그 어떠한 미사어구를 생각해 보아도 다 담을 수가 없었다.

"내가 사랑한 건, 사랑하는 건 오직 당신뿐이이에요."

그래서 꾸밈없이 솔직히 말했다. 제 마음을.

그러자 그의 얼굴이 나른하게 풀렸다.

성은이 보미의 손을 붙잡았다. 그리고 의자에 가 앉은 후 그녀를 침대에 앉혔다.

"계속해요."

그녀의 입으로 모든 것을 들으리라 마음먹은 그가 채근했다. 그러자 보미는 지난 10년을 떠올리며 성마른 목소리로 운을 뗐다. 그가 시키는 대로. 거짓 없이.

"아이를 가르치는 건…… 너무 힘들었어요."

"그리고요?"

"계속 당신만 생각하며 견뎠어요."

보미의 팔목을 붙잡고 있는 손에 힘이 들어갔다. 그는 우는 것인지, 아님 웃는 것인지 모를 얼굴로 그녀를 바라봤다.

"왜 계속 난 화가 날까요, 김보미 씨."

"미안해요."

"내가 모르는 것이 또 있나요?"

보미가 천천히 고개를 저었다.

이제 더 이상 숨기는 것은 없었다.

성은은 더 이상 저 말을 믿어도 될까라는 생각은 하지 않았다. 그녀가 그렇다면 그런 것이다. 그렇게 믿어야 했다.

의심으로 인하여 그녀와의 사이가 벌어지는 짓은 이제 하고 싶지 않았다. 그게 얼마나 멍청한 짓인지 알고 있었으니까.

"후."

한숨을 내뱉은 그가 그녀를 향해 팔을 뻗었다.

"이리 와요."

이리 와 안기라고.

너른 그의 품을 바라보던 보미의 눈시울이 붉어졌다.

"나 진짜 한심하지 않아요?"

"그건 이미 알고 있습니다."

"……."

"자전거를 탈 때 힐을 신고 나왔잖아요."

투둑, 투두둑.

더 이상 무슨 말이 필요할까.

눈물을 쏟아 낸 그녀가 두어 걸음 옮겨 그의 품에 와락 안겼다.

그의 품은 늘 그랬던 것처럼 따스했다. 이 품이 너무나 그리워 견딜 수가 없었다.

품에 얼굴을 묻은 보미가 엉엉 울음을 터뜨리자, 그가 등을 토닥토닥 두드려 주었다.

"예쁩니다, 아직도."

젖은 얼굴을 든 그녀는 그의 행동에 따라 시선을 옮겼다. 보미의 거친 손을 붙잡은 그가 손가락에 입을 맞췄다.

"미안합니다. 혼자 둬서."

"흐……."

"거칠게 대해서…… 미안합니다."

흐느낀 그녀가 고개를 저었다. 그리고 미안하다는 말 대신 속삭였다.

사랑해요, 사랑해요.

수분이 모두 빠져나갈 때까지 울음을 터뜨린 그녀는 힘없이 몸을 축 늘어뜨렸다.

예전엔 이렇게 울면 지지대가 없어 바닥에 풀썩 쓰러졌다. 하지만 지금은 자신을 안아 주는 품이 있고, 자신의 등을 부드럽게 두드려 주는 손길이 있었다.

이젠 부러질 때까지 강해질 필요가 없다 말하고 있었다, 그 손길이.

자신을 파괴하면서까지 스스로를 몰아붙이지 말라 말하고 있었다, 그의 체온이.

훌쩍이던 그녀가 힘없이 품에 안기자 그의 손길이 조금 더 다정해졌다. 좀 더 안정될 때까지 기다리던 그는 팔이 아플 때가 되어서야 운을 뗐다.

"부탁이 있습니다."

그녀가 고개를 들어 성은을 봤다. 무엇이든 들어주겠다는 눈빛으로.

"김두영 의원은…… 어떻게 할 생각입니까?"

"성은 씨."

그녀의 몸이 굳어졌다.

"어떻게 그걸……."

"계획이 있다면 그만둬요. 내가 할 테니까."

"아니요, 난……."

그녀가 고개를 젓자 그가 양 뺨을 붙잡으며 움직임을 막았다.

입술을 깨문 그는 쓰읍 소리를 내며 물었다.

"아직도 제가 못 미덥습니까?"

"……아니요."

"그럼 나한테 맡겨요."

"……."

어떻게 해야 할까.

그녀가 어떠한 결정도 내리지 못한 채 그를 바라보았다. 하지만 그는 더 이상 생각할 문제가 아니라는 듯 잘라 말했다.

"다음에 또 대책 없이 굴면 그땐 엉덩이를 때려 줄 겁니다."

이젠 내가 당신을 지켜 줄게요.

해가 뜨기도 전에 출근한 그는 두꺼운 서류에서 시선을 떼지 못한 채 펜으로 테이블을 툭툭 두드렸다.

어둠이 가신 뒤 사무실은 다시 활력을 되찾았고 곧이어 점심을 먹기 위해 사람들이 이동했지만 그는 여전히 의자에 앉아 있었다.

방대한 서류를 다 읽은 것은 퇴근 시간이 가까워서였다. 상황 판단을 끝낸 그는 맞은편에 앉아 머리를 벅벅 긁고 있는 이 PD를 보았다.

"선배, 나 좀 봐요."

"왜?"

"핫 아이템."

"응? 핫 아이템?"

이 PD가 되물었으나 성은은 대답하지 않은 채 책상 위에 쌓여 있는 서류를 모두 끌어안고 회의실로 걸음을 옮겼다. 이 PD가 그의 뒤를 바짝 따라붙으며 물었다.

"뭔데, 뭔데?"

"들어가서 이야기해요."

"응?"

"오프 더 레코드. 실현이 되기 전까지요."

발로 회의실 문을 열고 들어간 그가 책상 위에 서류를 내려놓았다.

탕!

꽤 방대한 양이어서 그런지 종이 뭉치를 내려놓는 소리치고는 요란했다. 이 PD의 얼굴이 더욱 의아함으로 물들었다.

두 사람이 서로 마주 보고 앉았다. 이 PD는 서류를 보여 주든 빨리 이야기를 하든 둘 중에 하나는 하라며 그에게 말했고, 성은은 서류 위에 손바닥을 올려놓으며 웃었다.

"예전에 김두영 의원, 아직 때가 아니라고 기다리라고 했죠?"

"그런데?"

"이젠 때가 되지 않았어요?"

"하아, 그게 벌써 몇 년 전이냐? 11년이다, 11년. 처음 김두영 의원 정치자금 사건 터졌을 때부터 팠는데 확실한 게 안 나와서 포기했잖아."

이 PD가 또다시 그 문제를 꺼내냐며 타박했다. 11년 전 처음 취재를 시작하면서부터 지금까지 그는 계속 언급이 되어 왔다. 하지만 딱 한 번 정치자금 사건으로 다루어졌을 뿐, 그 후로 방송에 두영의 이름이 나온 적은 없었다.

정·재계에서도 강한 힘을 가졌던 그를 방송화시키는 것에는 무리가 있었다.

지금은 뒷방 늙은이처럼 물러나 있다고 하더라도 아직 그의 힘을 무시할 수는 없었다. 잘못했다가는…….

"너도 알다시피 정치인을 건드리는 건 위험해. 확실한 증거가 없으면 역으로……."

방송 프로그램의 존폐 위기까지 갈지도 모른다.

걱정 어린 그녀의 눈빛에 성은의 시선이 다시 서류로 향했다. 자신을 믿어 달라는 말에 그녀가 건네준 것.

"지난 10년간 모은 거예요."

"이게……."

"당신과 떨어져 있으면서 얻은 대가예요."

이것이 세상에 드러나게 되면 두영은 의원직은 물론이요, 최대주주로 회사를 휘젓는 일 또한 포기해야 할 것이다.

그녀는 그렇게 차근차근 준비했다. 그러면서 그들과 함께 진창에서 뒹굴었다.

성은은 서류를 손바닥으로 쓰다듬었다. 그리고 이내 이 PD의
앞으로 밀어 놓으며 힘 있게 말했다.

"파묻어요, 우리."

chapter 4

네가 젖은 줄도 모르고

이 서류 속에 적힌 것들이 모두 진실인지 파악하는 것은 언론인으로서 중요한 사명과도 같았고, 성은과 이 PD는 며칠째 그 작업을 함께하고 있었다.

두꺼운 문서를 살피는 이 PD는 연신 감탄사를 토해 냈다. 계속되는 감탄에 오히려 감흥이 느껴지지 않는다고 성은은 생각했다.

"이 아가씨, 정말 무섭네. 진단서까지 끊어 놨어."

"무서운 건가요?"

성은의 눈망울이 어둡게 가라앉았다. 이 PD가 '음?' 하고 묻자, 성은은 테이블 위에 가득 펼쳐진 서류들을 눈으로 훑으며 시린 웃음을 뱉었다.

"나름 자신을 지키는 방법이었을 거예요. 바보 같은 방법이지만."

　이젠 그녀에게 왜 홀로 나를 두고 갔느냐, 물음을 던지는 것도 무의미해졌다. 아니, 그럴 필요가 없어졌다. 그녀의 지난 10년이 저 속에 모두 담겨 있었다.

　서류 속 김두영 의원의 행적은 너무 은밀해 측근이 아니면 알 수 없는 내용까지 포함되어 있었다. 아무리 딸이라 하더라도 해외에 있었던 보미가 어찌 이런 것들을 모을 수 있었는지 의구심이 들 정도로.

　11년 전 그가 정치자금법 위반으로 구속을 당했을 때, 그의 뒤를 봐준 검사부터 시작하여 회사에 만연한 비리조차 빠짐없이 모두 기록되어 있었다.

　이것이 세상 밖으로 나오면 어떻게 될까.

　아마 김두영 의원은 몰락할 것이다. 그리고 보미는 그가 무너지는 것을 보며 울지도 모른다. 아무리 자신을 이용하고 괴롭힌 그라 할지라도.

　혈연이 그렇게 무서운 것이라는 사실을, 성은은 알고 있었다.

　"근데 이거 우리 둘이 다 할 수 있을까?"

　이 PD가 서류를 보며 난감하다는 듯 물었다. 워낙 방대한 분량이었고, 진위 여부를 알아내기 까다로운 것들이었다. 아무리 생각해도 무리였지만 성은은 끝까지 고집을 피웠다.

　"다른 PD들은 모두 기획 하나씩 잡고 있잖아요. 거기에 곁다리로 고진경 씨 사건까지 취재하느라 정신없을 거예요."

"넌?"

"……."

"너 지금 완전 썩은 동태 눈깔이거든? 언제 잤어?"

갑자기 걱정이 성은에게 튀었다.

그는 이 PD의 말에 웃을 뿐, 아니라는 말은 하지 못했다. 굳이 언급을 해 주지 않더라도 자신의 상태가 꽤 나쁘다는 것을 알고 있었다.

며칠째, 집은 보미의 웃음이 가득했다.

덕분에 차 여사의 시선이 자신에게서 떨어져 있어 그는 제멋대로 생활하고 있었다.

"잠이 안 와요, 다시."

마치 보미가 떠났던 그날처럼.

보미의 과거를 본 그는, 그날로 되돌아가 버렸다.

그가 손등으로 눈을 비비며 앓는 소리를 내자 이 PD가 한심하다는 듯 볼펜으로 테이블을 탁탁 내려쳤다.

아, 저 머저리.

그녀의 손길이 그에게 거친 욕설을 토해 내는 것 같았다.

"그럼 약이라도 먹어."

"그것 말고 좋은 게 있는데……."

"눈빛이 음흉하다?"

주어가 빠진 말이었으나 이 PD는 용케 그것이 무엇인지 알아들은 듯 보였다.

서늘한 표정을 지은 그녀가 날카롭게 말했다.

"짜증 나, 아주! 짜증 나 죽겠어!"

이 서류를 가져다준 사람이 보미라는 것을 이 PD는 알고 있었다. 그리고 그녀와 그의 관계도.

"너 이거 다 어디서 났어?"

경찰 똥구멍이라도 핥아 받아 낸 것이냐며 이 PD가 그를 윽박질렀다. 정보원의 신상은 지켜야 했으나, 확실하지 않은 정보원이 내던진 먹잇감을 덥썩 물었다가는 낭패를 보기 십상이었다.

그래서 그는 모든 것을 털어놓았다.

"김두영 의원 딸이 건넸습니다."
"그 사람 딸이 왜 이런 걸 건네? 자기 아빠 조져 버리고 싶대?"

난 그 여자 못 믿어!

거친 이 PD의 말에 성은은 음울하게 웃었다.

"사랑하는 사람입니다."

사랑하는 사람.

그 말을 하는 순간 어지럼증을 느낀 그는 자리에서 비틀거렸다.

한참 말없이 성은을 살피던 이 PD가 다시 서류를 보았다. 더 이상 왜 딸이 이 서류를 건넨 것인지 묻지 않았다. 그럴 수밖에.

아버지를 파멸로 이끄는 이 서류를 건넨 것엔 엄청난 이유가 있을 것이고, 성은이 동의했다는 것은 그만큼 처절한 사연이 있으리라 결론 내렸기 때문이다.

좋아, 해 보자.

결론을 내리자 일은 착착 진행되었다.

김두영 의원이 다시 정계로 진출하려 준비한다는 소문이 이 바닥에 파다하게 돌고 있었다. 이번 총선을 통해 화려하게 재기하려는 그를 막기 위해선 서둘러야 했다.

성은이 입가에 씁쓸한 웃음을 머금으며 턱을 괴었다. 피곤이 그득 내려앉은 얼굴이었으나 어찌 된 일인지 밝아 보였다.

"다시 만나니까 어떻게 해야 할지 모르겠는 거 있죠?"

아니, 기뻐한다고 해야 하나?

이 PD가 이를 부득부득 갈았다.

누군 지금 토끼 같은 자식들도 보지 못하고 시궁창 냄새나 풍기고 있는데, 함께 일하고 있는 녀석은 꽃향기를 뿜어내고 있으니 어찌 짜증이 안 날 수가 있겠는가!

우라지일!

"아 나, 누군 연애 안 해 봤는 줄 아나! 닭털 날릴 시간 있으면 수면실 가서 눈이나 붙이고 와! 잠 안 오면 베개라도 끌어안든가!"

"베갠 향기가 없잖아요."

"······."

망할 놈.

순간 말문이 막힌 이 PD는 생글생글 웃고 있는 성은을 한참이고 바라보더니 들고 있던 볼펜을 던졌다.

"진짜 짜증 나는 자식."

아, 묻어 버리고 싶다.

🌢　　🌢　　🌢

상처가 많은 하얀색 캐리어를 보던 보미가 고개를 들어 이번엔 가방을 들고 와 준 상대를 봤다.

마른 것일까.

보미는 움푹 파인 뺨을 보며 무던히 생각을 이어 나갔다.

무슨 말을 해야 할지 몰라서.

그렇게 보고 있을 수밖에 없었다.

결국 기다림에 지친 그가 먼저 입술을 뗐다.

"오랜만입니다, 아가씨."

허리를 숙인 재권이 인사를 건넸다. 이에 그녀는 마른 손을 들어 눈가를 더듬었다.

"좋아 보이십니다."

"미안해요, 이런 일까지 부탁해서."

잠시 말을 멈춘 그녀가 차마 보기 힘든 재권의 얼굴에 시선을 꽂으며 씁쓸하게 웃었다.

"당신에게도 피해가 가겠죠?"

알고도 묻는 말. 그 말에 재권은 작게 고개를 저었다. 그녀가 부담을 가지지 않길 바라며. 그리고 걱정했다.

"직접 나서십니까?"

그녀의 안위를.

보미는 잡힐 듯 보이는 그의 감정에 눈망울을 찰랑였다.

자신이 너무 못나 많은 사람들에게 상처를 주고 살았다. 그중 가장 큰 피해를 끼친 사람이 바로 눈앞에 있는 재권이었다.

그의 감정을 알고 있었다. 그래서 부탁했다.

"아버지의 소식을 전해 주세요."

주기적으로.

그 말을 그는 거절하지 못했다.

거절하지 못할 것을 알고서 그에게 부탁했다. 지난 10년간.

그녀가 그에게 줄 것은 아무것도 없는데.

두영의 문제가 본격적으로 사람들에게 알려지게 된다면 보좌관인 그 역시 피해를 입게 될 것이었다. 그의 입으로 두영의 모든 죄를 말해야 할 것이고 책임을 져야 할 것이다.

그는 어떤 기분으로 제 부탁을 들어줬을까. 가슴이 시렸다.

"아니요."

고개를 저은 보미가 말을 이었다.

"그 사람이 그러더라고요. 자신의 여자는 자신이 지키게 해 달라고."

"마지막까지 잔인하십니다."

재권의 웃음에 보미가 눈을 감았다.

"완벽하게 끝맺지 않은 감정이 얼마나 괴로운지 알고 있으니까요."

현실을 마주할 수 없어서.

"재권 씨가 아프지 않았으면 좋겠어요."

나는 무슨 짓을 했던가.

통렬하게 와 닿는 죄책감에 그녀의 몸이 휘청거렸다. 하지만 진심을 다해 빌었다.

"행복했으면 좋겠어."

진심으로.

그녀가 어둡고 기나긴 터널을 걸을 때, 함께 걸어 주었던 남자.

그 남자의 행복을 빌었다.

그가 그녀에게 힘을 주었듯, 그녀도 그가 자신의 옆에서 정체되어 있지 않은 채 힘차게 앞으로 걸어 나가길 바라며 등을 떠밀었다.

"더 이상 무모한 짓은 하지 않으실 거지요?"

보미가 고개를 주억거렸다.

더 이상 당신을 걱정시키는 일은 없을 거라고.

더 이상 당신에게 자신의 괴로운 모습 따윈 보이지 않을 거라고.

재권이 자신의 곁에 있을 때의 일들이 주마등처럼 지나갔다.

그리고 그 끝,

"그럼 됐습니다."

그는 웃었다.

         🌢   🌢   🌢

세상의 따스함을 알아 간다, 또다시.

그의 이별과 함께 멈춰 있던 마음이 다시 힘차게 앞으로 걸어 나가고, 그렇게도 싫었던 탑에서 뛰어나와 잔디밭에 발을 디디고 세상의 볕을 쬐며 웃었다.

보미는 자신의 앞으로 스윽 내밀어지는 약과에 눈을 동그랗게 떴다.

일도가 그녀와 눈을 마주하자 눈가를 부드럽게 휘며 웃었다.

"독 안 들었다?"

"네?"

"먹으라고."

다정한 어조에 약과를 받아 든 보미가 어쩔 줄을 몰라 했다.

차 여사와 일도의 시선이 동시에 그녀에게 닿았다. 갑작스러운 주목에 그녀가 약과를 한 입 베어 문 후 배시시 웃었다.

"맛있어요."

"정말?"

"네, 정말 맛있어요."

"자, 그럼 많이 먹어라."

일도가 약과가 든 접시를 보미의 앞으로 바싹 밀어 놓은 후 웃자 옆에서 가만히 보고 있던 차 여사의 눈이 삐죽 떠졌다.

"이이가 정말. 내 앞에서 그러고 싶어요?"

찰싹!

"아, 왜 때려!"

"안 때리게 생겼냐고요!"

찰싹찰싹!

일도의 어깨를 힘껏 때린 그녀가 연이어 불만을 토로했다.

"생전 나한테는 뭐 하나 집어 준 적이 없으면서. 나 참, 기가 막혀서!"

"당신도 성은이만 챙기잖아? 그래서 나도 보미 좀 챙기겠다는데, 그게 그렇게 눈꼴시럽나? 그럼 내 지난 30년이 어땠는지 이젠 알겠지?"

"여보!"

"아, 왜!"

투닥투닥 다투는 모습에 안절부절못하던 보미가 허공으로 팔을 내밀었다.

"어, 어, 저기……."

그, 그만. 그만하세요.

그녀가 당장 울음을 터뜨릴 것처럼 둘을 바라보자 차 여사가 보미를 홱 노려보았다.

"아, 거참. 안 먹고 뭐해요?"

"네?"

"무심한 양반이 먹으라고 줬잖아요. 그럼 냅다 다 먹어야지, 뭐하냐고."

"아, 네."

고개를 주억거린 보미가 약과를 집어 들었다. 그리고 반쯤은 울 것처럼 얼굴을 일그러뜨리며 다디단 약과를 우적우적 씹어 먹었다.

그 모습을 보던 일도와 차 여사가 서로를 마주 보며 피식 웃는 것도 모른 채.

젊은 아가씨 놀리는 게 왜 이렇게 재미있지?

두 사람이 속으로 키득키득 웃음을 삼켰다.

🌢　　🌢　　🌢

탁, 탁.

펜으로 테이블을 두드리던 성은이 손을 뻗어 머그컵을 쥐었다. 분명 조금 쓴 원두 맛이 나야 하는데, 입술을 통해 들어오는 것은 바람뿐이었다.

바닥을 드러낸 컵을 보며 입맛을 쩝쩝 다시던 성은은 고개를 돌려 계산대를 보았다. 타이밍이 좋지 못한 것인지 줄이 참 길었다.

후우, 어쩔까.

커피 한 잔을 마실 때까지만 사무실을 비우려고 했는데, 한 잔 더 마시고 싶었다.

커피숍을 옮길까?

어질러진 테이블을 난감하다는 눈으로 바라볼 때였다.

드르륵, 의자가 끌리는 소리와 함께 몸에 피트되는 옷을 입은 남자가 자리에 앉았다. 그의 모습을 살피던 성은은 낯익은 얼굴에 인상을 찌푸렸다.

이재권 보좌관.

오랫동안 두영을 보좌했던 인물이었다.

"막막하시죠?"

그는 앞으로 내밀어지는 아이스커피를 보았다. 방금 전까지 마시던 커피와 같은 종류였다.

"무슨 말씀이신지 모르겠습니다."

"알고 있습니다. 김두영 의원과 관련하여 취재하고 계신 거요."

그 말에 성은의 표정이 굳어졌다. 혹여 벌써 눈치챈 걸까? 아직은 이 PD와 둘만 일을 진행하고 있었다. 뒤에서 몰래 사람들과 접촉하며 취재하고 있긴 하였으나 새어 나갈 때가 아니었다.

직장 내에서도 입을 다물고 있는데, 벌써 냄새를 맡았다는 것은 말도 안 됐다.

"허튼 소문을 들으셨나 봅니다."

성은이 놓여 있던 커피를 들어 허공에서 흔들었다. 잘 마시겠다는 몸짓에 재권이 고개를 끄덕였다. 그는 들고 있던 가방에서 노란색 서류 봉투 하나를 꺼냈다. 봉투는 안에 무언가가 들어 있나 싶을 정도로 얇았다.

"도움이 될 겁니다."

성은은 자신의 앞에 내밀어진 봉투를 향해 손을 뻗었다. 안을 살피자 열 장 정도 되는 서류가 들어 있었다.

차근차근 살피던 성은의 눈동자가 순간 놀라움으로 물들었다. 시선을 다시 재권에게로 옮기자 그가 고개를 끄덕였다.

"금방 알아보시는군요."

서류의 무게는 가벼웠으나, 가진 힘은 무거웠다.

"여기까진 위험해서 아가씨께 전해 드리지 못했습니다. 이걸 쥐시면 앞뒤 가리지 않으실 것 같았거든요."

"당신도 구속을 면치 못할 겁니다."

서류는 김두영 의원이 돈을 건넸거나 혹은 받은 사람들의 목록이었다. 11년 전 김두영 의원이 구속되었을 때 집중적으로 지급이 되었고, 내역은 모두 다른 사람의 명의였다.

이름 모를 통장은 재권의 차명계좌인 것처럼 보였다.

성은의 말에 재권이 어깨를 으쓱였다.

"압니다."

"이렇게까지 하시는 이유가 뭡니까?"

아무리 가까운 이더라도 구속이 되는 사항이었다. 형을 살 수도 있다. 그런데도 그는 이 순간 웃고 있었다.

"첫째……."

운을 뗀 그가 웃음기 섞인 목소리로 말했다.

"저 역시 그 죄에 동참했습니다."

누군가 등을 떠밀어서 한 일이 아니었다. 지시를 받고 한 행동이라 하더라도 결국 자신이 선택한 것이었다. 불법적인 일들도 별말 없이 했다. 성공을 위해서. 그 결과에 대해 벌을 받는 것뿐이었다.

아무것도 느낄 수 없을 만큼 이성적인 성은의 표정에 재권이 다시 운을 뗐다.

"둘째, 계속 김두영 의원 옆에 있으면 그 죄가 더 많아질 것 같기 때문입니다."

발을 뺄 때를 아는 거죠.

가볍게 말한 그가 고개를 숙였다.

잠시 호흡을 가다듬은 재권이 다시 입을 뗀 것은 그로부터 5분여의 시간이 흘러서였다.

"셋째, 전 아가씨가 행복하길 바랍니다."

"……."

무겁게 입을 닫은 성은은 굳어진 재권의 얼굴을 보았다.

"구미호라도 되시나 봅니다."

"뭐가 말입니까?"

"목숨이 아홉 개는 있어야 제게 와서 그런 말을 할 수 있는 것 아닙니까?"

"후후."

가볍게 고개를 저은 그가 성은을 바라보며 말을 이었다.

"승자가 패자에게 자비를 베풀어 주겠지요."

커피를 마시는 재권의 모습에 성은이 노란 봉투를 내려다보았다. 무감한 눈을 하고 있던 그가 서류를 앞으로 내밀었다.

"이건 묻어 두죠."

"네?"

"당신의 결정 때문에 보미가 슬퍼하는 건 싫으니까."

그럼 당신이 평생 그 여자의 마음에 남지 않겠습니까? 그건 싫습니다.

집착이 가득한 말에 멍한 표정을 짓던 재권이 박장대소를 터뜨렸다. 눈가에 눈물이 찔끔 맺힐 때까지 웃던 재권은 급기야 테이블을 탕탕 내려쳤다. 하지만 성은은 여전히 그를 무감한 눈으로 바라보고 있었다.

"막히신 것 아닙니까?"

"절 뭘로 보신 겁니까. 이 바닥에서 구른 게 몇 년인데요. 걱정하실 필요 없습니다."

재권이 눈가에 맺힌 눈물을 닦으며 묻자 성은이 심드렁한 얼굴로 의자에 등을 편히 기댔다. 자기 자랑처럼 느껴지는 말이었다.

이 남자가 이렇게까지 말한다면 허튼소리는 아니겠지.

국회의장까지 한 번 날려 버린 적이 있는 악명 높은 남자였으니 걱정할 필요는 없을 것이다.

재권이 느른한 표정을 짓고 있는 그를 보며 말했다.

"그럼 인터뷰는 하게 해 주십시오. 뭔가 돕고 싶으니까."

"카메라발 잘 받게 조명까지 신경 써 드리죠."

"좋습니다."

고개를 끄덕인 재권이 말을 이었다.

"김두영 의원의 눈과 귀를 가리겠습니다. 예고, 내보내지 마세요. 당일에 방송 내용 공개하십시오. 김두영 의원에게 대처할 시간을 주면 안 됩니다."

성은 역시 알고 있다는 듯 고개를 끄덕였다.

방송국 내에서도 비밀리에 일을 진행하고 있으니 걱정하지 말라고 답한 그는, 하고 싶은 말을 끝낸 듯 홀가분한 표정을 짓는 재권을 보았다.

두 사람 사이에 흐르던 긴장감은 어느새 풀려 있었다. 하지만 아직도 그는 재권에게 앙금이 남았다는 듯 입술을 비틀었다.

"그럼 전 당신에게 뭘 해 주면 됩니까? 훌륭한 변호사라도 선임해 드려야 합니까? 아주 솜씨 좋은 사람을 알고 있는데."

"조성은 씨야말로 절 뭘로 보는 겁니까? 저도 이 바닥에서 구를 만큼 굴렀습니다."

방금 전 성은이 했던 말로 되받아친 재권이 어깨를 으쓱였다. 그러자 비틀렸던 성은의 입술이 시니컬하게 휘어지고 곧 유쾌한 웃음으로 변했다.

"당신은 마음에 들지 않지만 좋은 편은 될 수 있을 것 같군요."

"이하 동감입니다."

같은 목적을 가진 남자들이 한 배를 탔다.

비틀비틀.

반쯤 감긴 눈으로 방문을 열고 들어온 성은은 불도 켜지 않은 채 침대에 쓰러지듯 누웠다. 폭신한 매트리스의 느낌에 그의 입술이 호를 그렸다.

아, 좋다.

3일 만에 집에 돌아온 성은은 매트리스가 자신을 빨아들이는 기분에 무거운 눈꺼풀을 닫았다.

아, 이대로 잠들면 좋겠다.

샤워도 해야 하고, 봐야 할 일도 있었으나 그는 모두 내일로 미루고 조금씩 꿈속으로 빠져들었다.

고단한 하루를 그렇게 마감하려 할 때였다. 조심스럽게 문이 열리고 작은 머리가 불쑥 들어왔다.

"자요오?"

보미였다. 침대에 쓰러지듯 누워 있는 성은의 모습에 눈치를 보던 그녀가 방 안으로 발을 디뎠다.

"나 들어가요."

이미 들어오고 나서 묻다니.

점차 정신이 명확해지고 있었지만 눈은 여전히 감은 채였다.

침대맡에 다가온 그녀가 속눈썹을 길게 늘어뜨린 성은을 바라봤다.

헤헤, 예쁘다.

그녀가 침대에 턱을 괴고 그의 모습을 한참 바라봤다.

방 안엔 두 사람의 숨소리만 간간이 들렸다. 달큰한 호흡을 내뱉으며 그녀는 그를 바라보았고, 그는 그녀를 느꼈다.

아, 눈뜰까?

괜히 자는 척을 했나, 생각하던 성은은 곧이어 시작되는 이야기에 귀를 기울였다.

"오늘 어머니, 아버지랑 차를 마셨는데, 두 분이 짜고 날 놀렸어요. 난 그것도 모르고 혀가 얼얼할 때까지 약과를 모두 먹어 치웠고요."

어릴 적 차 여사가 그에게 동화책을 읽어 줄 때처럼 조곤조곤한 목소리였다.

신데렐라, 백설공주, 인어공주, 라푼젤.

사내 녀석이 듣기엔 시시한 공주 이야기들뿐이었지만 차 여사는 그녀가 좋아하는 공주 이야기를 가만히 듣고 있도록 종용했다.

기왕이면 읽어 주는 사람도 재미있어야 하지 않겠어?

그렇게 말했던 것이 언뜻 떠올랐다.

"또 어머니와 장도 보러 갔어요. 싱싱한 과일은 무엇인지 처음 배웠어요. 예전에는 그냥 제일 가격이 싼 걸 사 먹었었거든요."

"……."

"음, 또……."

있었던 일들을 보고하던 보미가 잠든 성은의 모습을 보았다.

더 이상 할 말이 없는 모양이었다. 하지만 그와 더 함께 있고 싶었던 보미는 부러 할 말을 찾다가 이내 싱긋 웃었다.

"손잡아도 돼요?"

잠든 이가 답을 해 줄 리 없다는 것을 알고 있으면서도 물었다. 답은 필요하지 않았다. 허락이 떨어지지 않더라도 잡을 거니까.

그녀가 힘없이 침대 위에 놓여 있는 손을 향해 스멀스멀 손을 움직일 때였다.

"그만 나가요, 잡아먹기 전에."

성은이 잠기운이 그득한 목소리로 말했다.

'안 잤어요?' 라고 물으려던 그녀가 눈을 동그랗게 떴다. 하지만 곧 그가 잠이 들었든 들지 않았든 상관없다는 결론을 내린 후 웃었다.

"잡아먹어 주면 땡큐인데."

성은이 무거운 눈꺼풀을 들어 올리고 게슴츠레 보미를 보았다. 눈을 뜨자마자 그녀의 모습이 시야에 가득 찼다.

방은 어두웠다. 어둠은 늘 그들을 질식시켜 버릴 것처럼 강력했다.

달빛. 달밤.

그 밤에 두 사람은 만났다.

그리움이 가득한 나날들은 제정신으로 버틸 수 없을 만큼 힘들었다.

그런 시간을 아주아주 오래 보낸 후 둘은 다시 만났다. 그리고 지금 서로를 바라보고 있었다.

성은이 손을 뻗어 보미의 뺨을 더듬었다.

그녀의 손이 거칠어진 것처럼 뺨 또한 거칠어져 있었다. 하지만 그것조차 예쁘다고 생각했다. 그녀가 세상의 풍파를 겪은 것은 자신 때문이니까.

이젠 웃게 해 주리라. 예전처럼.

그녀가 원하는 것이 자신이 있는 세상이라면 지금처럼 가장 깊숙하고 은밀한 곳까지 그녀를 들여놓을 것이리라.

성은은 욕망이 진득하게 묻어나는 목소리로 말했다.

"가장 후회됐던 게 보미 씨랑 연애하기 전에 관계부터 가진 겁니다."

잠시의 일탈이라 생각했던 그때.

파도 소리가 그들의 마음을 두드렸던 그때.

그때, 그렇게 그녀를 안는 것이 아니었다.

"이젠 순서 바꾸는 짓 안 해요."

순서를 지키지 못한 관계는 그를 갈팡질팡하게 만들었다. 그녀의 마음을 가늠해 보기 바빴으니까. 그리고 종국에 이별을 고하는 그녀를 붙잡지 못하게 만들었다.

후회되는 과거를 통해 배운 교훈에 그는 그렇게 하기로 했다. 하지만 보미의 생각은 다른 듯했다.

그녀의 모습을 보자 그리움으로 가득했던 어둠은 어느새 그에게 평온을 주었다. 잠이 몰려왔다.

"응? 그럼 언제……."

새의 지저귐처럼 예쁜 목소리에 그가 눈을 감았다.

"성은 씨? 성은 씨, 자요?"

보미가 눈을 동그랗게 뜨며 물었다. 하지만 그는 곤한 숨만 내뱉을 뿐이었다.

"나빠, 정말."

난 아직도 두근거린단 말이에요.

성은을 흘겨보던 그녀가 하는 수 없다는 듯 한숨을 내뱉었다. 그의 고단함은 그녀 때문에 생긴 것이니까.

달빛이 스며든 눈 속에 성은을 담던 그녀가 천천히 고개를 숙였다. 그리고 늘 그리웠던 그의 입술에 제 입술을 사뿐히 내려놓았다.

밤거리를 걸었다.

하나는 둘이 되었고, 또다시 하나가 되었다.

홀로 남은 사람은 떠나간 님을 그리워하며 옆자리를 보았다.

혼자 있었으나 둘이었다.

하나가 떠나간 자리는 누군가가 그곳에 있을 수 있다는 것을 알려 주었고, 그 빈자리를 절실히 깨닫게 했다.

둘이 되었을 땐 힘차게 옮겨지던 걸음이 점점 느려졌다.

묵묵히 옮겨지던 걸음이 멈춘 것은 얼마 가지 않아서였다.

멈춰 선 자리에서 홀로 남은 하나는 서글피 울었다.

떠나간 하나를 그리워하며.

그런 밤이었다. 그런 밤을 살았다. 그런데 천천히 눈을 뜬 성은은 어느새 제 곁으로 돌아온 하나를 보았다.

새액, 새액.

옅은 숨소리에 그의 눈망울이 슬픔을 담았다.

"이젠 압니다."

하나의 빈자리를.

빠져나간 하나를.

하나가 부족할 때, 얼마나 아픈지 그는 알고 있었다.

하나는 또 다른 하나를 만났다. 그래서 둘이 되었다. 하지만 지금 이 순간 둘은 또다시 하나가 되었다. 둘이 있어야 비로소 하나가 된다는 것을 성은은 알고 있다.

"지켜 줄게요."

천천히 입술을 내린 그가 보미의 입술을 머금었다.

하나가 잠에서 깨어나지 않게.

아니, 반쪽이 즐거운 꿈을 계속 꿀 수 있게.

다녀왔다는 인사와 함께 비척거리며 제 방으로 들어가는 성은의 모습에 차 여사가 걱정스러운 기색을 비쳤다.

"또 저러네."

또.

그 단어가 보미의 가슴에 훅 와 닿았다.

보미는 성은의 뒤를 따르려다 말고 차 여사를 보았다. 그녀는 성은에게 간단하게라도 음식을 먹이려는 것인지 부엌으로 곧장 향하고 있었다.

다 큰 아들 식사를 걱정하는 모습을 다른 사람들이 본다면 그녀의 행동이 과하다고 느낄지도 몰랐다.

하지만 엉망으로 망가졌던 예전의 성은을 떠올리면 심장이 왈칵 내려앉아 뭐라도 더 먹여야 마음이 진정되었다.

차 여사의 곁으로 다가간 보미가 접시를 꺼내 들었다. 붕대를 풀고 차 여사를 돕기 시작하면서부터의 포지션이었다. 그녀는 음식을 준비하는 차 여사의 옆에 붙어 접시와 수저를 준비했다.

보미가 말없이 도와주는 것을 소리로 감지하던 차 여사가 냄비에 물을 받다 말고 손을 놓았다.

"예전에 저랬어요. 보미 양이랑 헤어졌을 때."

갑자기 걱정이 치밀어 오른다는 듯이. 보미와 다시 만난 아들은 예전으로 돌아간 것 같았다.

"난 보미 양이 미워요."

차 여사의 말에도 보미는 손을 움직이는 것을 멈추지 않았다.

달그락달그락.

그녀의 마음과 비슷한 소리를 내며.

"내 아들이 참 힘들어했거든. 그리고 다시 만난 걸 보니 저 나이까지 독수공방한 것도 보미 양 때문인 것 같아서. 미워요, 보미 씨가."

"죄송합니다."

고개를 푹 숙인 보미가 말했다. 죄송하다고. 하지만 차 여사는 가볍게 고개를 저었다.

"아니, 이제 와 사과를 들으려고 하는 말은 아니에요."

"그럼……."

"아직 잘 모르겠어요. 보미 양을 가족으로 받아들일 수 있을지."

보미의 눈망울이 흔들렸다.

코앞까지 다가온 행복. 그 훈풍이 갑자기 차가운 돌풍으로 바뀌었다.

"걱정이 되거든요. 아들이 예전으로 돌아갈까 봐."

그렇게 말한 차 여사가 다시 손을 움직였다. 간단하게 죽이라도 끓일 참이었다. 요즘 도통 먹지 못하는 것인지 비썩 말라가는 아들에겐 거나한 한식보단 그것이 좋겠다고 생각했다.

"저 아이의 인생이니까 내가 결정할 문제는 아니지만."

그의 인생.

그가 자상하고 좋은 사람이었던 이유였다. 김보미를 김보미로만 봐 줘서. 그런데 이제 보니 그녀가 반한 것은 차 여사의 가르침이었다.

내가 반한 조성은이 어머님이기도 했구나.

그런 생각을 하자, 보미의 마음이 들썩였다.

다가가고 싶었다. 다가가는 방법을 몰랐지만.

"노력할게요."

할 수 있는 말은 그것뿐이었다.

"마음에 안 드시리라는 거, 알고 있어요. 그러니까 엄청 노력할게요."

사랑받고 싶었다. 사랑받는 방법을 몰랐지만.

"어머니한테 사랑받으려고 노력할 거예요."

그녀가 할 수 있는 것은 노력하겠다는 말뿐이었다.

툭툭.

눈물이 중력을 이기지 못하고 아래로 떨어졌다. 눈물방울은 확연히 보일 정도로 컸다. 그녀의 슬픔은 크게 응축되어 있었다.

그 모습을 바라보던 차 여사가 손을 뻗어 티슈를 빼 그녀에게 내밀었다.

"울지 말아요."

말간 눈으로 티슈를 받아 드는 그녀의 붉어진 코끝이 안쓰럽게 느껴졌다.

"이제부터 내 아들한테 잘해 주면 되지. 그럼 나도 보미 양을 무척 사랑하게 될 거예요."

그래서 같이 코끝이 찡잉, 찡잉 울렸다.

한 손에 도시락을 든 보미가 씩씩하게 걸음을 옮기고 있었다. 택시를 타고 방송국 앞까지 갈 수도 있었으나 그녀는 부러 조금 떨어진 거리에서 내렸다. 그리고 즐거운 마음으로 사람 속에 섞여 걸음을 옮기고 있었다.

거리는 다양한 소음과 냄새로 가득했다. 길가에 있는 포장마차에선 침이 고일 만큼 맛있어 보이는 떡볶이가 보글보글 끓고 있었고, 계절과는 조금 어울리지 않는 붕어빵도 팔고 있었다.

소음은 더욱 다양했다. 도로에서 들려오는 클랙슨 소리와 급출발하는 엔진 소리. 조잘조잘 사람들이 만들어 내는 소리. 길거리에 액세서리를 풀어 놓고서 손님과 대화를 나누고 있는 젊은 사장님의 외침.

멀리선 보이지 않던 것들이 손을 뻗으면 잡힐 듯 가까운 곳에 있자 그녀의 마음이 들떴다.

낮은 단화를 신고 있던 그녀의 걸음이 멈춘 것은 바로 앞에 방송국이 보였을 때였다. 몇 걸음만 더 떼면 그와 만나기로 한 장소에 도착할 수 있었으나 그녀는 어찌 된 일인지 앞으로 나아가지 못하고 있었다. 곧 그와 만나기로 한 시각이었음에도 불구하고.

쇼윈도에 전시되어 있는 새하얀 그랜드 피아노가 그녀의 마음을 사로잡았다. 한참이고 멍하니 그것을 바라보던 그녀가 매장 문을 열고 안으로 들어갔다.

꼬마 손님을 상대하고 있는 종업원을 스쳐 지나간 그녀는 다양한 금관악기로 가득한 상점을 둘러보다 나뭇결이 살아 있는 피아노 앞으로 천천히 걸음을 옮겼다.

덮개를 바라보는 그녀의 얼굴에 고민이 가득했다. 어쩔 줄을 몰라 그것을 그렇게 바라보고만 있었다.

만져도 될까?

아니야, 만지면……

수만 가지 생각이 그녀의 머릿속을 가득 채우며 갈팡질팡하게 만들었다.

고민 끝에 내린 결론. 보미는 손을 뻗어 덮개를 열었다. 그리고 하얀 건반 사이사이 자리하고 있는 검은 건반을 보며 입가에 희미한 웃음을 띠었다.

안녕.

참 오랜만이야.

반가움의 인사를 건넨 그녀가 손가락으로 건반을 눌렀다.

딩.

하나의 음은 아름답지가 않다. 열 손가락을 이용하여 다양한 음을 구현해야만 사람의 마음을 뒤흔드는 진정한 음악이 된다. 하지만 그녀는 검지손가락만을 이용하여 건반을 차례대로 눌렀다.

도. 도샵. 레. 미. 미샵. 파. 파샵. 솔. 솔샵. 라. 시. 시샵. 도.

딩. 딩. 딩. 딩. 딩.

피아노를 칠 줄 모르는 아이가 호기심을 가지고서 처음 건반을 마주하는 것처럼.

차례대로 꾹꾹 누르며 웃었다.

반가워, 얘야.

잘 지냈니?

그런 인사 같았다.

한참을 그렇게 건반만 두드리고 있을 때였다.

딸랑, 종소리와 동시에 성은이 거친 숨소리를 내뱉으며 매장 안으로 급히 들어왔다. 그리고 피아노에 정신이 팔려 세상과 완벽하게 단절된 채 서 있는 보미의 모습을 발견했다.

그가 성급한 걸음을 옮겼다. 그리고 그녀를 뒤에서 와락 껴안으며 안도의 한숨을 내뱉었다.

그녀가 어떻게 된 줄만 알았다. 그가 지금 하고 있는 일로 인하여, 두영이 또다시 그녀를 높은 탑에 가둬 버리는 것인 줄만 알고 깜짝 놀랐다.

"아……."

성은의 체취를 맡은 그녀가 정신이 번뜩 드는 듯 신음을 내뱉었다. 그리고 제 목을 껴안고 있는 단단한 팔을 붙잡으며 그의 가슴에 몸을 밀착시켰다.

"늦었잖아요. 그래서 찾으러 왔어요."

걱정이 뚝뚝 묻어나는 목소리.

보미는 그제야 잊고 있던 성은을 떠올리며 눈을 감았다.

"또 미아가 되었을까 봐."

"미안해요, 걱정시켰네요."

그가 고개를 저었다. 괜찮다는 듯이.

그는 여전히 그녀를 뒤에서 껴안은 채였다. 아직도 제 품에 있는 그녀의 체온을 느껴야만 안심이 된다는 것처럼.

거친 숨이 일정해지고, 펄떡펄떡 뛰던 심장이 제 속도를 찾아서야 그는 그녀를 놓아주었다. 그리고 그녀가 방금 전까지 대화를 나누고 있던 피아노를 보며 미간을 찌푸렸다.

아프다고 했다.

그래서 이것을 놓아 버렸다고.

혹여 아직도 피아노에 미련이 남아 있는 것은 아닐까, 그가 그녀의 표정을 살폈다.

"피아노는 더 이상 연주하지 않을 생각이에요?"

"아직은요."

"왜요?"

아직 때가 아니라는 말에 성은의 미간이 찌푸려졌다. 하고 싶은 것이 있으면 해도 된다고, 당신의 인생이라고 말했던 것이 떠올랐다.

혹여 자살로 생을 마감한 어미 때문에 다시 피아노를 연주하지 않는 것은 아닌지, 걱정이 되었다.

하지만 그녀의 입에선 의외의 말이 흘러나왔다.

"또 피아노에 의지할까 봐."

잠시 침묵하던 그녀가 호흡을 가다듬은 후 말을 이었다.

"또 피아노를 친구 삼아서 지내게 될까 봐, 그게 무서워요."

사람과 섞여 살기로 한 그녀는 아직 자신이 없었다. 또다시 피아노를 연주하고, 전 세계를 돌아다니며 연주회를 여는 것.

너무 오랫동안 손을 놓아 버린 피아노의 앞에 다시 앉는다는 것은 그 세계로 돌아가야 한다는 말과 같았다.

아직은 싫었다. 아직은 이들과 함께하고 싶었다. 그가 만들어 준 이 세계에서 녹녹하게 지내고 싶었다.

"전 사람과 대화를 하고 싶어요. 성은 씨에게 어떻게 다가갈 줄 몰라 피아노만 연주했던 그때의 김보미는 싫어요."

몸을 돌린 그녀가 성은을 올려다보았다. 그녀의 얼굴에 슬픔 따윈 없었다. 평범한 이들처럼 웃고 있었다.

그가 준 것들만 누리며 살기에도 인생은 너무 짧게만 느껴졌다.

"때가 되면 말해 줄래요?"

"왜요?"

"나 곧 적금 만기거든요. 아주 근사한 피아노를 사 줄게요."

그 말에 보미의 입술이 커다랗게 벌어졌다. 뺨을 붉히며 해사하게 웃은 그녀가 고개를 기울이며 말했다.

"성은 씨가 골라 주는 피아노면 뭐든 좋아요."

툭.

무심한 손길이 그녀의 머리에 닿았다.

"분명 아름다운 소리를 낼 테니까."

그리고 따스하게 쓰다듬었다.

두 사람은 손을 잡고 그곳을 나와 길을 걸었다. 방송국 쪽이 아닌 근처에 있는 공원으로 향하는 와중에도 그는 그녀의 손을 놓지 않았다. 맞잡은 손에 땀이 차올랐으나 두 사람 모두 놓을 생각은 하지 못했다. 보폭을 맞추고 어깨를 부딪치며 걷는 이 순간에.

보미는 앞을 보고 있지 않았다. 시선은 정면이 아닌 그를 향해 있었다. 길잡이는 오롯이 그에게 내맡긴 모습이었다.

그녀는 연신 도시락 반찬에 대해 이야기하고 있었다. 보기만 해도 사랑스러운 노란빛의 계란말이부터 시작하여, 오늘 반찬은 자신이 직접 만든 불고기라는 것까지. 기대해도 좋다는 말을 하던 보미가 문득 떠오른 생각에 눈을 반짝였다.

"오늘 저녁은 아버지께서 함께 먹자고 하셨어요. 일찍 들어오래요."

"흠, 되려나."

스케줄을 가늠하던 성은이 이내 고개를 저었다.

"무리예요."

"모자라요?"

"……."

"내 10년으로도 모자라는구나……."

우울함이 섞인 목소리로 말한 그녀가 한숨을 내뱉었다.

그 시간들로도 모자랐다니. 아마 그녀 혼자서 정보를 모았다면 더 긴 시간이 필요했을지도 모르겠다.

역시나. 난 그렇게 보잘것없는 노력을 했던가.

그녀의 눈빛이 어두워졌다.

"그게 아니에요. 방송국 높으신 양반 중에서도 권력에 눈이 먼 자들이 있어 그러는 겁니다. 최소한의 인력으로 하려니 일이 더뎌 보일 뿐이에요."

황급히 설명한 그가 말을 덧붙였다.

"곧 방송이에요. 정말 괜찮겠어요?"

아무리 밉다 하더라도 생부였다. 그녀를 키워 준 사람. 예전엔 그림자도 밟을 수 없었던 아버지의 치부를 세상에 낱낱이 고하는 일은 죄책감을 느끼고도 남을 만했다.

하지만 보미는 작게 고개를 저었다.

"성은 씨가 예전에 그랬잖아요. 의혹이 있으면 당당히 밝히라고."

처음 그들이 만났을 때 했던 말이었다.

그녀는 그의 짐을 덜어 주려는 듯 말을 마쳤다.

"죄가 있으면 벌을 받아야겠죠."

♦   ♦   ♦

그러던 어느 날, 왕자의 귀에 낯익은 노랫소리가 들려왔다. 마녀에게 쫓겨난 라푼젤이 왕자를 그리워하며 부르는 노래였다.

왕자는 라푼젤의 목소리를 따라갔다.

"왕자님, 저예요."

라푼젤은 얼른 뛰어가 그의 품에 안겼다.

"라푼젤, 당신이군요."

왕자 또한 그녀를 꼭 끌어안았다.

라푼젤의 뜨거운 눈물이 그의 눈에 닿자, 감겨 있던 눈이 번뜩 뜨였다.

너무나 오랫동안 헤어져 있던 두 사람은 서로를 꼭 끌어안은 채 한참이고 오열했다.

불도 켜 놓지 않은 편집실 안, 성은은 빠르게 흘러가는 화면을 훑어보고 있었다.

이제 고지였다. 마지막까지 집중력을 흐트러뜨리지 않은 채 모니터에 시선을 고정한 그의 손이 바삐 움직였다.

빠르게 손을 움직이던 성은이 정지 버튼을 눌러 화면을 멈췄다. 새하얀 배경 가운데 앉아 있는 남자가 초연한 표정을 짓고 있었다.

"김두영 의원에게 2억을 받아 박인강 의원에게 전달하였습니다. 전당대회가 있었던 날이라 똑똑하게 기억납니다."

재권이었다. 그가 카메라 앞에서 두영의 죄를 낱낱이 고백하고 있었다.

깔끔한 슈트 차림의 그는 마치 장례식장에 가는 사람처럼 머리부터 발끝까지 온통 검정색이었다. 그의 심경이 그 색을 통해 투영되는 것만 같았다.

성은의 눈빛이 어둡게 가라앉을 때였다.

벌컥! 거칠게 편집실 문이 열렸다.

"너, 내가 방금 들은 이야기에 대해 똑바로 설명해!"

이 PD였다. 서릿발 어린 눈동자로 성큼성큼 다가온 그녀가 그의 멱살을 쥐며 흔들어 댔다. 분노에 가득 찬 그녀는 지금 당장 그에게 주먹을 날려도 이상하지 않을 만큼 흥분해 있었다.

이제야 귀에 들어간 건가? 그의 입가에 웃음이 맺혔다.

"제작 책임, 제 이름으로 올려 주세요. 책임은 제가 지겠습니다."

"아니야, 이렇게 위험한 건 내가 해야지! 선배가 왜 있는 건데!"

"제가 책임지게 해 주세요, 선배."

"조성은, 이거 잘못하면……! 아니, 아니."

이 PD가 거칠게 고개를 젓더니 혼란스러운 얼굴로 이마를 짚었다. 성은이 이렇게 나올 줄은 몰랐기에 당혹스러운 마음이 들었다. 지금 그는 고집을 피워선 안 되는 상황이었으니까.

"너 이미 투아웃이야. 고진경 씨 사건 있은 지 얼마나 됐다고!"

"언론 탄압으로 시위라도 하게 되면 그때 제 편에 서 주세요. 그거면 됩니다."

희미한 웃음에 이 PD가 혀를 차며 거친 욕설을 내뱉었다.

"지랄하고 있네."

후, 그녀의 입에서 깊은 한숨이 흘러나왔다.

평소의 그는 능글맞은 사람이었다. 웬만한 것에는 집착을 보이지도 않고 두루뭉술하게 넘겼다. 일에 대한 열정은 높이 사 줄 만했지만, 그런 태도에 답답했던 적이 한두 번이 아니었다.

하지만 지금과 같은 표정을 짓고 있을 땐 달랐다.

"정말 이 꼴통."

그녀의 말에 성은이 고개를 끄덕였다. 고집을 꺾지 않겠다는 듯이.

고민하는 기색으로 성은을 보던 그녀가 어깨를 으쓱였다. 말려서 되는 상황이 아니니 받아들이는 수밖에.

"국장님이랑 계속 이야기했었어. 그 양반, 요즘 많이 늙었나 봐. 예전처럼 전투적이지가 않아."

"당장 이번 주 방송입니다."

"장 PD가 편집하는 것으로 대체해서 나갈 수도 있어. 내가 계속 고집 부려서 이러고 있지만."

"흠……."

한숨을 내뱉은 그가 턱을 쓰다듬었다.

그의 눈빛이 어두워지는 것을 보던 이 PD가 물었다.

"그 고집, 이제 네가 부릴 거란 말이지?"

"네. 제가 할 겁니다."

"국장님 뵙고 왔어. 책임 프로듀서에는 너랑 나랑 같이 이름

올라가는 걸로. 그리고 국장님께 고집부리는 건 네가 하고 와."

"선배……."

"다음 주 편성, 따 와."

그렇게 말한 이 PD가 힘없이 웃었다.

'네 고집을 누가 꺾냐' 라며.

창가에 난이 주르륵 일렬종대로 놓여 있었다.

최 국장이 최근 난 키우기에 열을 올린다더니 그게 허튼 소문은 아닌 모양이었다.

SBC 시사국 수장인 그는 성은이 멀뚱히 서 있다는 것을 알면서도 난잎만 정성스레 닦고 있었다. 마치 벌을 주듯이.

"지금 진행 중인 기획, 그만둬."

"싫습니다."

성은은 두 번 생각할 필요도 없는 문제라는 듯이 잘라 말했다. 잎을 쥐고 있던 손에 힘이 들어갔다. 결국 난을 똑 부러뜨린 그가 자리에서 일어나 성은을 보았다.

"김두영 의원이야, 김두영 의원!"

"그게 뭐요."

"그, 그게 뭐요? 너 이 자식!"

순간 치밀어 오르는 화에 최 국장이 손에서 일그러지는 잎사귀를 집어 던지며 성은에게 손가락질을 했다.

"이제껏 가만히 있었더니……!"

내가 가마니로 보이냐!

그의 얼굴이 붉게 달아올랐다. 하지만 성은은 마치 처음 안 사실이라는 것처럼 뻔뻔스러운 표정으로 어깨를 으쓱였다.

"언제 가만히 계셨습니까? 최근만 두 번째입니다."

"뭐야!"

이게 귀엽다고 오냐오냐했더니!

벼락처럼 내지르는 소리에 성은의 표정이 굳어졌다. 그가 화를 내서 그런 게 아니었다. 가볍게 얘기해서는 자신이 원하는 것을 받아 내지 못하리란 사실을 깨달았기 때문이다.

무언가를 얻어 낼 때 화를 내는 것보단 웃는 얼굴이 좋다. 웃는 얼굴에 침 못 뱉는다는 말도 있지 않은가. 하지만 웃어서 얻어 내지 못하는 문제에 있어선 협박이 좋다. 그것도 상대를 옴짝달싹못하게 할 만한 걸로.

"언론 탄압이라고 SNS에 올려야 속이 시원하겠습니까? 고진경 사건에 이어 두 번째라 시청자들이 가만히 있지 않을 텐데요?"

"너!"

그의 예상이 들어맞았는지 최 국장의 얼굴이 일그러졌다. 여론은 무서운 법이었다. 더욱 공영방송사로서 그러한 상황이 된다면 시사국은 물론이요, 보도국까지 피해가 끼칠 게 분명했다.

성은이 정말 그렇게 할 인간이라는 것을 알고 있었기에 최 국장의 얼굴에 핏기가 가셨다. 이러다가 방송국의 위신이 바닥에 떨어지는 것은 둘째치고 제 목이 떨어질 판이었다.

"지금 날 협박이라도 할 셈이냐?"

"아니요."

짧게 답한 그가 웃었다. 순식간에 변한 제 행동에 얼떨떨한 표정을 짓고 있는 최 국장을 보며 천천히 몸을 낮췄다.

오른쪽 무릎, 그다음엔 왼쪽 무릎을 꿇었다. 그리고 무릎 위에 손을 얹은 후 최 국장을 봤다. 그의 얼굴이 뭐라 설명할 수 없을 정도로 오묘하게 굳어져 있었다.

"뒷말 안 나오게 하겠습니다."

"……조, 조 PD?"

당황한 최 국장이 말을 더듬었다. 이런 성은의 모습은 처음이었다.

"부탁드립니다."

"성은아."

십수 년 그를 봐 왔던 최 국장임에도 불구하고.

친숙하게 이름을 부른 그가 걸음을 성큼성큼 옮겨 성은의 앞에 섰다. 그리고 그의 팔을 붙잡아 일으켜 세우려 힘을 주었다.

"일어나, 일단 일어나서 대화로……."

"저희 드라마국 아니잖아요. 교양국도 아니잖아요. 시사국입니다."

"……."

"저희가 해야 할 일은 하면서 살 수 있도록 도와주세요."

끝끝내 일어나지 않은 성은이 머리를 숙였다.

그의 정수리를 내려다보던 최 국장이 몸을 돌렸다. 그리고 거친 숨을 토해 내며 잘 빗어 넘겼던 머리를 벅벅 긁었다.

"사직서 써 와라."

"국장님!"

성은이 외쳤다.

언론인의 신의마저 버린 것이냐며.

그 모습을 바라보던 최 국장이 천천히 운을 뗐다.

"문제 생기면 너랑 나랑 옷 벗을 각오는 되어 있겠지?"

"아⋯⋯."

"방송 내보내자."

플라스틱 장바구니 위로 파가 삐죽 올라와 있었다. 보미와 차 여사는 각기 장바구니를 하나씩 들고서 근처의 전통시장을 찾았다.

나란히 걸으며 과일 가게 앞에 멈춘 차 여사는 향긋한 사과향을 맡다가 보미에게 건네주며 물었다.

"향 너무 좋지 않니?"

"정말요."

킁킁, 능금의 향을 맡던 보미가 입가를 느른하게 늘어뜨렸다.

"달콤해요."

"오늘 저녁엔 사과를 먹을까?"

"아버님이 별로 안 좋아하시잖아요."

"그 나이 먹어서 편식이라니. 참 마음에 안 들어."

뚱하게 말한 차 여사였지만 결국 사과를 제자리에 내려놓았다. 그리고 옆에 있던 달콤한 복숭아를 골라 값을 치렀다.

두 사람이 다시 걸음을 옮겼다. 이번에 멈춘 곳은 생선 가게였다.

고등어 두 마리와 꽁치 두 마리.

자식은 어미의 입맛을 꼭 닮는다더니 성은과 차 여사는 고등어를 참 좋아했다. 하지만 반대로 일도는 고등어를 먹지 못했고, 꽁치를 가장 좋아했다.

"그런데 참 신기해. 보미 너도 고등어를 못 먹으니."

"네, 저도 신기했어요."

보미 역시 고등어를 먹지 못했다.

"좋아하는 생선까지 같잖아요."

보미가 작은 공통점에도 기쁘다는 듯 해사하게 웃자 차 여사가 키득키득 웃으며 장난스럽게 말했다.

"그런 점을 보면 성은이가 아니라 네가 조일도 씨 딸 같아."

"정말요?"

차 여사는 가볍게 한 말이었는데 보미는 진심으로 받아들인 것인지 눈을 동그랗게 뜨며 되물었다. 그러다가 입술을 오물거리더니 밝은 표정으로 고개를 끄덕였다.

"그랬으면 정말 좋았을걸."

"그럼 성은이는 보미 네 친오빠가 되는데?"

"아!"

손뼉을 친 그녀가 고개를 저었다.

"그럼 안 돼요."

"당연히 안 되지, 안 되고말고."

두 사람이 마주 보며 키득키득 웃었다. 기가 막힌 상상이 꽤 재미있었다는 듯이.

그때 손질된 생선을 차 여사에게 건넨 생선 가게 주인이 물었다.

"차 여사님, 이렇게 예쁜 아가씨랑 무슨 일이야?"

오랜 단골이었기에 차 여사에겐 아들 하나만 있다는 것을 주인은 알고 있었다. 처음 보는 아가씨의 정체를 묻자 차 여사가 보미를 바라보았다.

"어머, 저번에 아들이 가게 지키고 있어서 못 봤구나?"

차 여사가 팔을 뻗어 아래로 뚝 떨어져 있던 보미의 손을 붙잡았다.

"우리 며느리 될 사람."

"정말? 와, 성은이도 능력 있네?"

주인이 예쁘장한 보미를 칭찬했다. 그러자 차 여사가 어깨를 펴더니 떵떵거렸다.

"아무렴, 내 아들인데. 그럼 다음에 또 올게. 우린 갈 곳이 있어서."

내 아들이 얼마나 잘났는데!

차 여사가 온몸으로 그렇게 말하며 인사를 건넸다. 하지만 정작 대화의 주제가 되어 버린 보미는 아무런 반응 없이 붙잡힌 제 손을 멀뚱멀뚱 내려다보고만 있을 뿐이었다.

그러다가 차 여사가 먼저 걸음을 옮기자 한 발자국 뒤에 떨어져 걸으며 맞잡은 손을 한참이고 내려다봤다.

손은 거칠었다. 친모의 손은 보들보들 처녀의 것 같았는데. 하지만 그 거침이 싫지 않았다. 아니, 좋았다. 너무 너무 좋았다.

그녀의 뒤를 따르던 보미가 고개를 아래로 뚝 떨어뜨렸다.

너무, 너무 좋아서.

그 거침이. 그 체온이.

"감사해요, 어머니."

뚝뚝, 눈물이 흘렀다.

고개를 돌린 차 여사는 보미가 우는 것을 알고 있었던 듯 손을 잡아당겼다. 성큼성큼 차 여사에게 다가온 보미가 눈물을 지웠다.

"그런 말 할 필요 없어, 보미야."

"아……."

"왜, 보미라고 불러도 되지?"

"네."

그녀의 답에 울음이 섞여 있었다.

닦고 또 닦아 보아도 눈물은 계속해서 흘렀다. 수도꼭지라도 틀어 놓은 것처럼 계속 그렇게 눈물이 났다.

그 모습을 애잔한 눈으로 바라보던 차 여사가 주머니에서 손수건을 꺼내 보미에게 내밀었다. 향긋한 섬유유연제 냄새가 나

는 손수건으로 연신 눈물을 닦는 보미를 바라보던 차 여사가
'뚝!' 이라고 말하더니 이내 싱긋 웃었다.

"그럼 보미도 엄마라고 부를래?"

"……."

"엄마가 되어 줄게."

아아. 보미의 입에서 옅은 신음이 흘러나왔다. 겨우 멈췄던
눈물이 또다시 흘렀다.

따스한 분이었다. 바보 같지만 성은에게서 빼앗고 싶을 정도
로. 그런데 차 여사가 그녀에게 어머니가 되어 주겠다고 말했
다.

"싫지 않지?"

보미가 힘껏 고개를 끄덕였다. 어찌 싫을 수가 있겠는가.

그녀는 그 따스함이 좋았다. 여전히 자신의 손을 부드럽게 잡
고 있는 차 여사의 손이 너무 좋았다.

보미가 연신 훌쩍이며 눈물을 참아 내자 차 여사가 곁으로
바짝 다가섰다. 그리고 장난스럽게 주위를 힐끗거렸다.

"누가 보면 시어머니가 며느리 구박해서 울린 줄 알아요. 그
러니까 그만 우시죠?"

"아니요, 구박 안 했어요."

"어머, 애!"

보미가 깜짝 놀라 주위 사람들에게 변명을 하듯 팔을 젓자
깜짝 놀란 차 여사가 눈을 동그랗게 떴다. 그러다가 와르륵 웃
음을 터뜨렸다.

"이제 보니 우리 보미, 유머 감각도 있네?"

"그, 그게 아닌데……."

깜짝 놀란 보미의 눈물이 뚝 멈췄다.

머리카락이 뺨에 달라붙자 차 여사가 장바구니를 바닥에 내려놓았다. 제 손을 보미가 놓아줄 생각이 없는 것 같으니, 하는 수없이 왼손을 비운 후 일일이 머리카락을 떼어 주었다.

"그럼 성은이를 홀릴 만한 반지를 고르러 가 볼까?"

보미가 가볍게 고개를 끄덕였다. 그리고 자신의 뺨에 닿는 손길에 희미한 웃음을 머금었다.

"근데 보미 네가 정말 프러포즈할 거야?"

"네."

장바구니를 든 차 여사가 먼저 앞장섰다. 근처에 있는 주얼리숍으로.

"그런데 성은 씨 취향을 전혀 몰라서……."

"나도 걔 취향은 몰라."

"네?"

보미가 눈을 커다랗게 뜨며 되물었다.

그럼 안 되는데…….

보미가 어쩔 줄을 몰라 하자 차 여사가 힐끗 그녀의 얼굴을 올려다본 후 피식 웃었다.

"널 보니 예쁜 게 취향인 건 알겠다."

가자, 얼른.

차 여사가 여전히 그녀의 손을 꼭 잡은 채 걸음을 옮겼다.

보미의 걸음은 어느새 그녀의 곁에 바짝 붙어 있었다.

♦　　　♦　　　♦

문이 닫히는 소리가 들리자, 차 여사가 찻잔을 내려놓으며 자리에서 일어났다. 지친 기색이 역력한 성은이 현관에서 막 신발을 벗고 있었다. 팔짱을 낀 그녀가 심통 맞은 표정으로 제 아들을 내려다보았다.

"귀가가 빠르구나, 아들."

두어 시간 뒤면 보통 새 하루를 맞이할 시각이었다. 하지만 성은은 그 시각이 되어서야 퇴근해 집으로 돌아왔다.

차 여사가 깨어 있을 거라고는 생각하지 못했던 것인지 그의 눈이 커다랗게 떠졌다.

"너 일주일 동안 며칠을 집에 들어왔는지 아니? 너 때문에 보미 속이 새까맣게……."

"어머니 속은 안 타들어 가고요?"

"이 녀석이."

철썩!

그의 어깨를 때린 차 여사가 그걸 지금 말이라고 하냐며 투덜거렸다. 성은에게서 가방을 받아 든 차 여사는 그의 뒤를 따르며 물었다.

"밥은 잘 먹고 다니지?"

"네, 잠도 잘 자요. 오늘 언론에 얼굴을 비칠 일이 좀 있을 것 같아서 옷 갈아입으러 왔어요."

"뭐?"

"퇴근하자마자 출근, 뭐 그런 거?"

성은의 말에 차 여사가 기가 막히다는 듯이 눈을 동그랗게 떴다. 그러니까 저 말은 씻고 바로 출근을 하겠다는 뜻이었다.

"SBC 방송국 일은 너 혼자 다 하니? 그러다 너 40대에 요절해, 애!"

"그럼 몇 년 안 남았는데요?"

"이 녀석이 정말!"

성은이 장난스럽게 답하자 차 여사가 못 참겠다는 듯 소리를 질렀다. 아직 일도와 보미가 잠에서 깨지 않았다는 것을 인지하지 못한 채.

그녀의 모습에 성은이 검지손가락을 입술 위에 세우며 '쉿' 하고 소리를 냈다. 차 여사가 두 손으로 입을 꾹 틀어막는 것을 보던 그는 잔소리가 끝났다는 사실을 깨달은 것인지 작은 목소리로 속살거렸다.

"씻고 나올게요. 아침 부탁해도 되죠?"

"후."

차 여사가 방으로 들어가는 성은의 뒷모습을 바라보다 말고 한숨을 내뱉었다. 그리고 부엌으로 걸음을 옮겼다.

아침이라고 하기에는 거나한 상이었다. 하지만 성은은 수고롭게 밥상을 차려 준 차 여사 때문인지 꾹꾹 눌러 담은 밥을 모두 먹은 후에야 수저를 내려놓았다.

물로 입안을 헹구던 그가 물었다.

"보미는 어때요?"

"너 없이도 잘 지낸다."

차 여사가 무심한 아들이 밉다는 듯 흘겨보았다. 하지만 성은은 어깨만 으쓱일 뿐 가볍게 답했다.

"문자랑 전화가 줄었더라고요. 어머니한테 보미를 빼앗길 줄은 몰랐어요."

"말하는 것 좀 봐. 네가 혼자 두니까 그렇지."

외출은 하지 않고 자신과 지내는 보미가 안쓰러웠던 것인지 차 여사가 한동안 잔소리를 해 댔다.

젊은 아가씨인데 어떻게 집에만 둘 수 있냐며, 연애할 때가 좋다고 어디 가서 바람이라도 쐬고 오라며 신신당부를 하는 모습에 성은이 피식 웃음을 내뱉었다. 그의 모습을 보던 차 여사의 말이 순간 뚝 끊겼다.

"감사해요."

그 인사가 어쩐지 애잔하게 들렸다. 단순히 감사의 인사로만 느껴지지 않았던 것인지 차 여사가 아들의 얼굴을 시선으로 더듬었다. 그러다가 물었다.

"오늘 무슨 일 있니?"

"김두영 의원, 방송이 오늘 나가요."

아들의 마음을 제 손바닥처럼 들여다본 차 여사가 한숨을 내뱉었다.

성은이 맡고 있는 방송은 시사 프로그램이었다. 좋은 일로 방송에 나오는 것은 아닐 테니, 또다시 보미 걱정에 그녀의 가슴이 왈칵 내려앉았다.

어쩜 인생이 그렇게 기구한지.

아직도 상처 받은 모습으로 처음 이 집에 발을 디뎠을 때의 보미가 선명하게 떠올랐다. 작은 일에도 움찔움찔 떨고 눈치를 보던 그녀가 최근 많이 밝아졌다고 생각했는데 또다시 힘겨운 일이 시작될 것 같았다.

"잘 부탁드립니다, 어머니."

성은의 말에 차 여사가 천천히 고개를 끄덕였다.

"곁을 지켜 주세요."

"네가 말 안 해도 알아."

차 여사가 자리에서 일어났다. 그리고 말끔하게 비워진 접시를 차곡차곡 쌓으며 말했다.

"이젠 내 며느리니까."

"그러실 줄 알았어요."

차 여사의 성미를 알기에 보미를 굳이 이곳으로 데리고 왔다.

가장 힘든 순간 따뜻한 이곳에서, 아픔을 이겨 내길 바라며.

금요일 저녁 11시 2분.

정확하게 시작된 방송에 사람들의 시선이 일제히 쏠렸다.

목요일에 나가야 하는 예고편을 방영하지 않았음에도 금요일 오전부터 '더러운 정치—지금의 대한민국은 어떤가' 편의 관련 기사가 신문과 인터넷을 뒤덮었으니 그럴 법도 했다.

TV 앞에 앉아 있던 보미는 눈을 깜빡이는 시간을 제외하고 브라운관에서 시선을 떼지 않았다. 그리고 방송이 모두 끝나자마자 자리에서 일어났다.

"저 먼저 들어가 볼게요."

보미의 표정은 평소와 같았다. 오히려 일도와 차 여사가 안절부절못하고 있었다.

조심스럽게 방문을 닫은 보미는 바닥에 깔려 있는 요에 앉았다. 무릎을 끌어안고 그 사이에 얼굴을 묻으며 깊은 한숨을 내뱉었다.

끝인가.

지금쯤 언론에서는 난리가 났을 것이다.

아버지의 살갗이 세상에 낱낱이 고해졌으니까.

정치인의 사생활은 예민한 문제였다. 한 번 터질 때마다 높은 자리에 앉아 있던 사람이 관직을 내려놓기도 했고, 국민들에게 엄청난 비난을 받기도 했다.

정치인이라 하여 정치만 잘하면 되는 것이 아니었다. 국민은 그 사람이 깨끗하고 올바르길 바랐다.

그리고 오늘, 김두영은 그런 사람이 아니라는 게 세상에 고해졌다.

아닌가……

"이제 시작인 건가……"

보미가 힘없이 읊조렸다. 모르겠다, 참 모르겠다, 라고 생각하며.

노크 소리와 함께 차 여사가 문을 열고 방 안으로 들어왔다. 무릎에 얼굴을 묻고 있던 보미가 고개를 들어 차 여사를 보았다.

예상과 달리 그녀는 울고 있지 않았다.

"불도 안 켜고 뭐하니?"

그렇게 물었지만 차 여사는 불을 켜지 않은 채 보미의 곁에 다가갔다. 그리고 옆에 엉덩이를 붙이고 앉으며 아무 말도 하지 못하는 그녀를 보았다.

"괴로웠구나, 보미야."

차 여사가 손을 뻗어 보미의 어깨를 끌어안았다. 하지만 보미는 아무런 답도 하지 못했다. 괴로운 것인지, 아픈 것인지, 아무것도 알 수가 없었다. 아무것도 느끼지 못하고 있었다.

"아프지는 않았니?"

차 여사의 물음이 현재가 아닌 과거의 일임을 안 보미가 고개를 저었다.

"아픈 줄도 몰랐어요. 정말 아무것도 몰랐거든요."

비가 내리지 않아 쩍쩍 금이 간 바닥처럼 그녀의 목소리가 갈라졌다. 잔뜩 잠긴 목소리에 차 여사가 걱정 어린 눈으로 그녀를 보았다. 그러자 보미는 걱정할 필요 없다는 듯 고개를 저었다.

"그런데 이젠 알고 있어요."

"무엇을……?"

"행복과 불행은. 그래서 알 수 있어요."

담담한 목소리에 차 여사가 손을 들어 제 가슴께를 눌렀다. 보미는 아무렇지도 않게 웃고 있었으나 차 여사는 너무나 슬펐다. 마치 그녀를 대신하여 슬퍼할 책임감을 느끼듯이.

"전 지금 행복해요, 어머니. 그러니까 저 때문에 우실 필요 없어요."

그래서 차 여사는 그녀를 대신하여 울어 주었다.

◆ ◆ ◆

세상이 온통 그들의 이야기를 떠들어 대고 있었다.

―김두영 의원, 전당대회 뒷거래?

―삼오식품의 어두운 과거, 그들의 결말.

―정치판을 뒤흔든 더러운 거래.

―가정 폭력의 그늘, 피아니스트 김보미의 아픔.

시사란부터 시작하여 연예란까지.

김두영 의원을 비난하는 기사들이 순식간에 자리를 채웠다.

이미 공소시효가 끝난 사건도 있었고, 현재 진행형인 것도 있었다. 하지만 단순히 법으로 따져 묻기 전에 그가 가정에 휘둘렀던 권력에 대해 사람들은 차갑게 쏘아 댔다.

어쩜 친아버지가 저럴 수 있는가. 그 바닥 사람들은 모두 그런가? 설마, 아니라고 믿고 싶다.

반응은 가지각색이었다. 사람마다 느끼는 점이 다를 테니 그럴 수밖에 없었지만 기본적으로는 이 상황에 대해 믿지 못하는 이들이 대부분이었다.

그는 훌륭한 사업가였고, 유명 정치인이었으며, 세계적인 피아니스트 김보미의 아버지이기도 했으니까. 그리고 최근 시작한 자선 사업 또한 사람들에게 알려져 있어 그가 한 일에 대해 쉽사리 믿을 수가 없었다.

하지만 방송에 나온 남자로 인해 사람들은 믿을 수밖에 없었다.

—이재권 보좌관 구속 영장 심사 중!

10년이 넘는 시간 동안 김두영을 모셨던 사람이 직접 방송에 모자이크도 없이 나와 인터뷰를 했다. 어디 그뿐이던가, 직접 의혹에 대한 증거까지 드밀었다.

게임 끝.

김두영 의원이라 하더라도 이러한 언론의 흐름을 막을 수는 없었다.

차 여사가 방문을 보며 걱정스레 서성거렸다.

들어갈까, 말까.

손톱을 뜯으며 고민하던 그녀는 현관문이 열리는 소리와 함께 집 안으로 들어오는 성은의 모습에 쪼르르 걸음을 옮겼다.

"몹쓸 녀석! 왜 이제 와."

그녀가 소리쳤다. 어쩜 이 상황에서 보미를 혼자 둘 수 있냐며. 하지만 성은 역시 일이 끝나자마자 곧장 달려온 것인지 숨을 헐떡이고 있었다.

"보미는요?"

"방에."

성은이 곧장 보미가 지내는 방으로 걸음을 옮기자 차 여사가 그 뒤를 바짝 따르며 말했다.

"못 들어가겠어. 울지도 않아."

어제부터 눈물 한 방울 보이지 않는 보미의 모습에 그녀가 고개를 절레절레 저었다.

"무섭구나, 성은아."

"걱정 마세요."

짧게 말한 성은이 곧장 문을 열고 방으로 들어갔다. 예상과 달리 그녀는 깨어 있었다. 창틀에 걸터앉아 무심히 창밖을 보던 그녀가 고개를 돌려 성은을 보았다.

"어? 왔어요?"

보미가 밝은 얼굴로 자리에서 일어났다.

"괜찮습니까?"

"응? 뭐가요?"

쪼르르 그에게 다가간 보미가 품에 폭 안겼다.

"아, 좋다."

그녀가 읊조리는 말에도 성은은 걱정스러운 기색으로 표정을 살폈다.

숨기고 있는 걸까? 또다시.

무언가를 속에 꼭꼭 감춰 두고 보이지 않는 것일까?

불안한 표정이었다.

"울보가 안 울고 있으니 놀라워서요."

"너무 많이 울었거든요."

보미가 숨을 깊이 들이마신 후 내뱉었다.

"당신을 보면 울기만 했잖아요."

웃음이 뒤섞인 목소리에 그가 커다란 손으로 그녀의 등을 쓰다듬어 주었다. 그 손길이 너무나 자상해서 순간 눈물이 비집고 나올 뻔했지만 그녀는 애써 집어삼켰다.

"그래도 난 김보미가 울보였으면 좋겠는데?"

그 말에 그녀가 고개를 들었다. 그리고 미간을 찌푸리며 자신을 내려다보는 성은을 향해 싱긋 웃었다.

"앞으로는 행복해서 많이 울게요."

"……"

"행복하면…… 그렇게 눈물이 나요. 평생 행복하게 해 줄래요? 그럼 평생 당신의 곁에서 울보가 되어 줄게요."

애잔한 웃음에 성은의 손길이 멈췄다.

과거는 온통 슬픔뿐이었다. 그래서 참 많이 울었다. 그녀도 자신도.

그런데 이젠 행복해 울고 싶다는 그녀의 말에 그는 어떤 말을 해야 할지 몰라 잠시 입을 다물었다.

왜 그 말만으로도 가슴이 뛰는 걸까.

가슴에 시린 바람이 불었다. 조금만 더 불면 피가 철철 흐를 것처럼.

그래서 그는 부러 가벼운 목소리로 말했다.

"그럼 평생 개구리눈으로 살게 해 주죠, 뭐."

그렇게 말하니, 정말 그녀가 울었다.

다시 만난 라푼젤과 왕자는 평생을 함께 있기로 했다.

왕자는 라푼젤을 자신의 성으로 데리고 갔다.

그는 라푼젤이 있을 곳을 만들어 주었고, 라푼젤은 그의 꽃이 되어 주었다.

그 후 두 사람의 마음은 변치 않은 채 오랫동안 행복하게 살았다.

아찔한 높이의 탑 안.

보미는 한동안 그곳에서 빠져나왔다는 착각을 했었다.

아니, 쫓겨났다고.

사랑하는 남자가 생긴 그녀에게 분노한 마녀가 그녀를 쫓아

냈다고 생각했다.

하지만 아니다.

아니었다.

악령은 끈질기게 그녀의 뒤를 쫓았다.

그래서 부쉈다.

부숴 버렸다. 제 손으로.

그에게 아버지의 추악함을 던진 것은 자신이었다.

그리고 외쳤다.

내 앞에서 사라져.

꺼져!

비명을 지르고 악을 지르며 탑을 부쉈다.

그리고, 그 탑을 부수는 순간⋯⋯.

보미가 비척비척 걸음을 옮겼다. 뉴스 속에서 보았던 세상이 눈앞에 펼쳐져 있었다.

"김두영 의원님! 현재 제기되고 있는 의혹에 대해 모두 인정하십니까!"

"검찰에서 이재권 보좌관에게 이례적일 만큼 빠르게 구속영장을 청구했는데, 어떻게 생각하십니까!"

쏴아아―

비가 내렸다.

비에 젖는다.

빠르게 내리는 비는 살갗을 에고 찢어 버릴 듯 날카로웠다.

폭우였다. 세상을 온통 젖게 만들고 시야를 흐릿하게 만들어 버릴 만큼 강력한 비.

그 빗속에 보미는 홀로 서 있었다.

천천히 주저앉은 그녀가 사람들 사이에 파묻혀 있는 제 아비를 바라봤다.

의미 모를 감정은 그녀의 표정을 앗아 갔다.

탁탁탁.

비가 그녀의 뺨을 때렸다.

멍하니 혼돈 속에 남은 그녀가 힘없이 주저앉았다.

울음을 터뜨리면 속이 조금은 시원해질까.

알 수 없는 이 묘한 기분이 사라질까.

뇌를 간질이는 이 말도 안 되는 감정이 사라질까.

검찰로 출두하기 전, 검은 차량에 오르던 두영은 저 멀리 타인처럼 주저앉아 있는 보미를 발견하고 걸음을 멈추었다.

너무나 먼 거리 때문일까.

아니면 보이지 않는 선으로 그어진 다른 세상에 있기 때문일까.

두영은 한참이고 그 자리에 서서 비 때문에 희미하게 보이는 자신의 딸에게 시선을 두었다.

우산도 없이 홀로 비에 젖어 가는 그녀를.

그러다 이내 그가 고개를 돌렸다. 동시에 보미의 마음이 와락 내려앉았다.

"아아……."

입에서 신음이 흘렀다. 그리고 그 신음은 곧 울먹임으로 바뀌었다.

붉어진 눈망울 속에 담긴 것은 원망이었다.

"웃지 말아요."

왜 이제 와 나에게 웃어 주는 거예요.

"웃지 말란 말이야, 나쁜 아버지."

그냥 당신은 나에게 악인으로 남아 주세요.

나의 결정에 후회하지 않도록.

쏴아아—

빗줄기가 더 굵어졌다. 차라리 다행이었다. 이 비에 울음이 모두 묻혔으면.

보미의 몸이 젖는다. 마음도 젖는다. 하지만 세상 그 누구도 그녀가 젖어 들어가는 것을 몰랐다.

쏴아아아—

파도 소리와 닮은 빗줄기가 그녀의 모든 것을 젖게 만들었다.

그때였다.

고개를 든 그녀는 우산을 쓰고 자신을 내려다보고 있는 성은과 눈이 마주쳤다.

"왜 이러고 있어요."

"……"

보미는 말없이 그의 모습을 올려다보았다. 웃고 있는 것인지 혹은 울고 있는 것인지 모를 표정을 그가 지었다.

그의 눈빛이 말했다.

여기 있었네요. 어머니의 전화를 받고 얼마나 놀랐는지 몰라요.

아직은 위태로운 여자.

그녀가 괴로움에 몸부림치며 이렇게 비를 맞으리란 것을 그는 알고 있었다.

성은은 아무런 말도 하지 않는 보미를 내려다보았다. 그러다 곧 손을 움직여 그녀가 비에 젖지 않도록 우산을 씌워 주었다.

이제 젖어 들어가는 것은 그였다. 그도 그녀처럼 셔츠와 머

리카락이 비에 젖었다. 머리카락을 따라 흐른 비가 그의 뺨을
거쳐 턱 끝에 맺혔다.

그가 다시 웃는다.

아니, 울었다.

하지만,

아픔에, 슬픔에 젖어 가던 그녀의 몸은 더 이상 젖지 않았
다.

"젖었어요."

이젠 같이 맞아 줄게요.

그 비.

—fin

epilogue

시간이 흘러도

"어머니, 결혼하려고요."

달그락.

달그락.

쨍그랑!

보미와 일도는 깜짝 놀란 마음에 들고 있던 잔을 테이블에 소리 내어 놓아 버렸다. 차 여사의 반응은 더했는데, 그녀는 입을 떡 벌린 채 들고 있던 포크를 떨어뜨려 버렸다. 요란한 소리와 반응에도 그는 무심한 표정이었다.

"그, 그래? 언제?"

"세 달 정도 뒤에요. 지금부터 알아봐야죠."

"세, 세 달? 너무 빠른 거 아니니?"

차 여사가 고개를 돌려 성은의 손을 확인하더니 이번엔 옆에 앉아 있는 보미를 보았다. 성은의 손가락엔 보미가 구입한 반지가 끼워져 있지 않았다.

도대체 어떻게 된 일이지?

하지만 보미 역시 처음 듣는 이야기라는 듯 멍한 눈으로 그를 보고 있었다.

방송이 나간 후로도 성은은 거의 집에 들어오지 못했다.

후속 보도를 내야 했고, 언론사에 그들이 취재한 자료를 배포하는 등 두영이 도망갈 통로를 완벽히 차단하느라 여전히 바빴었다.

일이 겨우 진정되자 성은은 가족들에게 공표했다. 이미 생각은 다들 하고 있었지만 결혼 이야기를 이처럼 빨리 꺼내리라곤 예상하지 못했기에 모두 당황한 모양이었다.

성은은 당황한 기색이 역력한 보미의 얼굴을 내려다보며 말했다.

"왜요, 싫어요?"

"아, 아니요!"

그는 미간을 찌푸린 채였다. 당연히 기뻐할 것이라고 생각했는데, 창백하게 질린 그녀의 얼굴은 마치 못 들을 말이라도 들은 사람처럼 보였다.

하지만 허락이 떨어졌으니 다음 타자로 시선을 돌린 성은이 대각선 방향에서 입을 떡 벌리고 있는 차 여사를 향해 물었다.

"어머니는 싫으세요?"

"그, 그럴 리가 있겠니?"

그녀 역시 당황한 듯 말을 더듬었으나 이내 고개를 끄덕였다.

"아버진 표정이 왜 그러십니까?"

"가, 갑작스러워서 그렇지."

마지막으로 일도의 의사까지 확인한 성은이 말을 이었다.

"이 근처로 집도 봐 뒀습니다."

"뭐? 나가서 살게?"

"그럼요?"

오히려 성은이 되묻자 차 여사가 입술을 꼬옥 깨물었다.

뭔가 할 말이 많은 표정이었으나 보미가 여전히 당혹스러운 표정으로 아무런 말도 못 하고 있으니 자신이 나설 문제는 아니라 판단한 모양이었다.

"신혼부부가 부모님과 함께 사는 건 정신 건강에 안 좋습니다."

"……."

폭풍 같은 말을 내던진 성은이 입술 끝을 휘며 웃었다.

이 자식이 부모 앞에서 못 하는 말이 없어!

와락 외치려던 차 여사는 이 역시 듣지 못한 것인지 손가락을 꼼지락거리는 보미를 보며 한숨을 내뱉었다.

잔을 내려놓은 그가 자리에서 일어났다.

"그럼 전 이만 출근하겠습니다."

"아, 아. 그래, 출근. 출근해야지."

고개를 끄덕인 차 여사가 찻잔을 들었다. 출근 배웅 담당이 차 여사에게서 보미에게로 넘어간 지는 이미 오래였다. 보미는 자신의 손을 잡아당기는 손길을 따라 걸음을 옮겼다. 그리고 현관 앞에 멈춰 서 신발을 신는 그를 보았다.

쪽.

입술이 가볍게 내려와 마음을 간질였다.

방금 전까지 굳어 있던 얼굴과는 달리 그가 달콤하게 웃음 지으며 보미의 머리카락을 귀 뒤로 넘겨 주었다.

"연락할게요."

"네, 오늘도 힘내세요."

그가 가볍게 고개를 숙인 후 현관문을 나서자 보미가 눈치를 보고 있는 차 여사를 향해 섰다.

그녀는 방금 전까지 '결혼하자'라는 말을 들은 사람이라고 하기엔 너무 우울해 보였다.

"어머니, 어떻게 해요."

보미가 콧잔등을 찌푸리며 말을 이었다.

"선수를 뺏겼어요."

"오늘 당장이라도 해야지, 그럼."

차 여사가 속상한 마음을 거두라는 듯 말했지만 보미의 얼굴은 도통 펴지질 않았다.

"어떻게요?"

"음…… 반지 끼워 주면서 나와 결혼해 주세요, 이렇게?"

일도가 막 출근 준비를 마치고서 현관으로 다가왔다.

"뭐야, 우리 아들 프러포즈 받는 거야?"

껄껄, 웃음을 터뜨리는 걸 보니 이 상황이 재미있는 모양이었다. 하지만 보미는 계획을 망쳤다는 생각에 여전히 죽상인 채로 말했다.

"네! 결혼 이야기도 제가 먼저 하려고 했는데……. 아버지, 망했어요."

그녀가 바닥을 발로 툭툭 찼다.

어떻게 하지? 어쩌지?

보미는 성은의 방 앞을 서성이고 있었다.

오늘에라도 당장 계획을 실행해야 하는데 좀처럼 용기가 나지 않았다. 그녀의 시선이 제 손으로 향했다.

남색 벨벳 반지 케이스엔 그녀가 손수 고른 반지가 들어 있었다.

평소 액세서리를 하지 않는 성은의 취향을 생각해 심플한 디자인을 고른 보미는 이 반지를 건네며 그에게 미래를 함께해 달라고 이야기하려 했다.

하지만 그가 먼저 선수를 쳐 버리고 말았다. 하루 종일 어떻게 그에게 프러포즈를 할지 고민하고 또 고민해 보았지만 명확한 답은 내려지지 않았다.

아흑.

그녀가 흐느끼며 어쩔 줄을 몰라 했다. 그러다가 이내 굳게 결심한 얼굴로 주먹을 움켜쥐었다.

"김보미, 할 수 있어!"

이것보다 더한 일도 용기를 내서 했었잖아. 할 수 있어!

그녀가 연신 용기를 불어넣은 후 가볍게 노크를 했다. 하지만 안에선 아무런 말도 들려오지 않았다.

벌써 잠든 걸까?

보미가 조심스럽게 문을 열고 안으로 슬금슬금 걸음을 옮겼다.

방 안은 컴컴했고, 성은은 침대에 축 늘어져 잠들어 있었다. 가까이 다가가 달빛에 비친 얼굴을 보니 피곤이 가득 내려앉은 것이 오늘 하루도 참 고되었구나, 하는 생각이 들었다.

그의 곁에 엉덩이를 내리고 앉은 보미가 머리카락을 조심스레 넘겨 주었다.

"아, 예쁘다."

남자에게 예쁘다고 말하는 것이 과연 칭찬인가 싶었으나 보미는 길게 드리워진 그의 속눈썹을 보며 웃음기 담긴 목소리로 속살거렸다.

속눈썹이 참 길구나.

톡 건드리고 싶은 마음에 손을 들었으나, 그의 잠을 깨울지도 모른다는 생각에 저절로 자제력이 생겼다.

"후."

한숨을 내쉰 그녀가 잠든 그의 얼굴과 반지 케이스를 번갈아 보았다.

내일 아침에 말할까?

오늘도 하루 종일 일에 치여 피곤했을 그를 깨우고 싶지 않았던 그녀가 조심스레 케이스를 열었다.

두 개의 반지 중 사이즈가 더 큰 것을 뺀 그녀가 그의 네 번째 손가락에 그것을 밀어 넣었다. 다행히도 반지가 꼭 맞자 그녀는 자신의 손에도 반지를 끼운 후 그의 손등에 제 손을 내려놓았다.

"헤헤."

한 쌍이었다.

두 개가 만나 하나.

똑같은 디자인의 반지를 보고 또 보는 그녀의 뺨이 발그레 물들었다.

이야기는 내일 하자.

나와 평생을 함께해 달라고.

세상에 어수룩 빛이 찾아올 시각.

좁은 침대에서 잠든 두 사람은 누가 뭐라 할 것도 없이 한 몸처럼 착 달라붙어 있었다.

보미는 그의 너른 품 안에서 작은 숨을 내뱉으며 웃고 있었고, 성은은 그녀의 몸을 조금 더 그의 쪽으로 밀착시킨 채였다.

세상이 그러하듯 두 사람 사이에도 고요한 분위기가 흘렀다.

달빛이 물러나고 동이 트기 시작했다.

꿈틀, 반듯하게 펴져 있던 그의 미간이 구겨졌다.

천천히 눈을 뜬 그는 보미가 눈앞에 잠들어 있자 입꼬리를 휘어 웃었다.

또 언제 온 거야?

입가에 웃음을 머금은 그는 자신과 똑같은 샴푸향이 나는 머리에 코를 묻은 후 숨을 깊이 들이마셨다.

함께 살고 있으니 같은 체취가 났다. 샴푸도, 바디샤워도 같은 제품이었으니까. 하지만 어찌 된 일인지 그녀의 원래 체향과 섞여 너무나 달콤하게 느껴졌다.

가만히 그녀를 느끼던 그는 고개를 돌려 벽에 걸린 시계를 확인했다. 아직 두어 시간 정도는 더 잘 수 있었다.

좀 더 눈을 붙일까?

고민하던 그가 문득 왼쪽 네 번째 손가락에서 느껴지는 이물감에 팔을 들었다.

"이런."

그의 입에서 옅은 신음이 흘러나왔다.

반지였다. 심플한 링을 끼워 놓은 것이 누구인진 굳이 생각하지 알아도 알 수 있었다.

시선을 내린 그가 보미를 보았다. 그녀의 네 번째 손가락에도 그의 것과 똑같은 반지가 끼워져 있었다.

"제가 신부입니까?"

그가 허탈한 목소리로 말하자 몸을 부르르 떤 보미가 눈을 떴다.

여전히 잠결이 가득하던 그녀의 눈동자는 성은을 담고 이내 또렷해졌다.

"일어났어요?"

"이거."

그가 제 왼손을 보미의 앞에 내밀며 뚱한 표정을 지었다.

"데리고 살 겁니까?"

"네, 밥 많이 먹어도 구박 안 할게요."

배시시 웃는 보미를 보던 성은이 머리를 손으로 받치며 납작한 그녀의 배를 손으로 더듬었다. 은밀한 손길에 보미의 얼굴이 순간 굳어졌다.

"난 능력 있는 가장이 좋은데."

"저 능력 있어요."

당당하게 말하긴 했지만 그 뒤에 뭐라고 덧붙여야 할지 알수 없었다. 거기에다가 그의 손길이 어느새 아래로 내려가 허벅지를 더듬자 머릿속이 새하얗게 변하는 기분이 들었다.

그녀가 그의 손을 다급하게 붙잡으며 말했다.

"건강하고, 잘 웃고, 당신만 보잖아요."

웃는 얼굴이 어색했다.

파르르 떨리는 입꼬리가 마치 남자의 손길을 어떻게 받아야하는지 모르는 숙녀처럼 보이기도 했다.

물론 그녀는 그와 관계를 가졌었다. 자그마치 11년 전에.

다시 만난 이후로는 차례대로 하겠다는 그의 공언에 한 번도관계를 가지지 않았었기에 처녀라고 해도 딴지를 걸 사람이 없을 정도였다.

하지만 이런 그녀의 모습에 그의 시선이 굳어졌다. 당장 그녀에게 손을 뻗어 거칠게 취할까 싶어 그는 손을 뗐다. 그리고 몸을 일으켜 머리를 거칠게 헤집었다.

네놈은 짐승이냐?

성은은 발딱 일어선 남성을 보며 얼굴을 일그러뜨렸다.

사춘기 청소년도 이 정도로 반응을 하지 않을 텐데 툭 건들면 끝에서 뽀얀 정액이 퐁퐁 솟을 것만 같았다.

그의 뒷모습을 바라보던 보미가 슬그머니 자리에서 일어났다.

혹시 화가 난 것일까?

그녀가 눈치를 살피며 말을 이었다.

"어제 당신이 먼저 결혼 이야기를 꺼내서 얼마나 슬펐는지 몰라요. 한 달간의 내 계획이 물거품이 되어 버렸어요."

"그렇습니까?"

그가 고개를 돌려 보미를 보고 애써 웃었다.

"다행입니다. 오늘 아침에 혼인 신고서를 내밀려고 했는데."

"으아, 그럼 더 슬펐을 것 같아요."

그녀가 기어 들어가는 목소리로 말한 후 그의 얼굴을 살폈다. 화가 난 것 같진 않은데 무심한 표정 때문에 무슨 생각을 하고 있는 것인지 모르겠다.

눈치를 살피던 그녀는 결국 자신이 내내 하고 싶었던 말을 꺼냈다.

"그리고 한동안 이곳에서 지내면 안 돼요? 어머니가 없으면 너무 외로울 것 같아요."

그의 얼굴이 일그러졌다.

"이봐요, 김보미 씨."

"네?"

그가 몸을 홱 돌렸다. 그리고 보미의 가느다란 양 팔목을 붙잡은 후 침대에 쓰러뜨렸다.

순식간에 그의 모습이 시야에 가득 차올랐다. 갑작스러운 자세 변화에 대응도 하지 못한 채 입만 살짝 벌리고 있던 보미는 곧이어 이를 악물며 읊조리는 말에 깜짝 놀라 숨을 허덕거렸다.

"나 성인 남자입니다."

"그, 그런데요?"

"얼마나 참을 수 있을 거라 생각합니까?"

그가 아랫도리를 보미에게 바싹 들이밀었다.

"히끅!"

딸꾹질을 터뜨리는 얼굴이 붉게 달아올랐다. 당장 안으로 들어온다 해도 이상하지 않을 상태였다.

어쩌지?

그녀가 당혹스러운 마음에 어쩔 줄을 몰라 할 때였다.

티셔츠 끝자락을 잡아 순식간에 벗은 그가 그녀에게 손을 뻗었다.

바싹 올라간 원피스가 새하얀 허벅지를 모두 노출시키고 있었다. 가느다란 허벅지를 붙잡고 위로 들어 올린 그가 혀를 길게 빼내 이를 맛봤다. 꿀이라도 발라 놓은 것인지 아주 달콤했다.

"서, 성은 씨?"

보미가 숨을 헐떡이며 당혹스러운 눈으로 그를 올려다보았다. 하지만 새하얀 허벅지를 핥고 힘껏 빨아들이며 마킹을 하는 그 때문에 곧 입술을 꾹 깨물었다.

열락이 담긴 손길은 거침이 없었다. 새하얀 팬티까지 벗겨 낸 후 치마를 그녀의 상체 위로 모두 들친 그가 가운데에 자리를 잡았다.

검은 숲 사이에 손가락을 찔러 넣은 그는 벌써 질척이는 소리가 날 정도로 젖은 여성을 느꼈다. 꿈틀꿈틀, 그녀의 흥분이 보였다.

부드러운 액을 뿜어 대는 여성을 보던 그가 몸을 낮춰 혀를 밀어 넣었다.

"아!"

보미의 입에서 거친 신음이 터져 나왔다. 성은은 손을 뻗어 보미의 입술을 꾹 눌렀다.

"읍!"

갑자기 입이 틀어막힌 보미가 눈을 동그랗게 뜨자, 그가 개구쟁이처럼 웃었다.

"소리 내면 부모님이 들을 겁니다."

낮은 목소리엔 욕망이 가득했다. 당장 그녀를 한입에 밀어 넣고 씹어 먹어도 모자라다며.

하지만 그는 무시무시한 인내력으로 이를 참아 내며 손가락을 여성 안으로 밀어 넣고 또다시 자극했다.

"으응."

그녀의 입에서 달큰한 신음이 터지자 그의 눈빛이 더욱 어두워졌다.

그는 알고 있었다. 이 속이 얼마나 따뜻한지. 올가미처럼 자신을 얼마나 죄는지.

"이제 알겠습니까, 왜 집에서 나가야 하는지?"

끄덕끄덕.

보미가 힘차게 고개를 끄덕였다. 그럼 그만할 줄 안 모양이었다. 하지만 그는 다시 입을 내려 여성을 맛보았다.

"으."

입술을 새하얗게 질릴 정도로 악문 그녀의 눈가에 눈물이 찔끔 맺혔다.

열락이 그녀의 몸을 휘저었다.

🌢　　　🌢　　　🌢

떠날 준비는 모두 끝났다.

하지만 성은은 몇 안 되는 마지막 짐을 모두 실은 뒤에도 한참 집 앞을 떠나지 못하고 있었다.

차에 몸을 비스듬히 기댄 그가 팔짱을 끼며 인상을 찌푸렸다.

그는 보미와 헤어지고 난 후 최악의 상황부터 생각하는 버릇이 생겼다. 그래서 하는 일들이 잘 풀리더라도, 무언가에 쫓기는 사람처럼 살았었다.

하지만 그런 그도 이 상황은 예상하지 못했다. 보미는 마치 새끼 새처럼 차 여사에게 찰싹 달라붙어 고개를 저어 대고 있었다.

"어머니, 싫어요. 저 어머니랑 지낼래요."

"그래, 지금이라도 늦지 않았⋯⋯."

얼씨구? 어머니까지.

그의 눈이 서릿발을 내뿜었다.

사이좋게 지내는 것까진 좋았다.

고부 갈등으로 살인까지 일어나는 세상이니, 차 여사가 보미를 한 가족으로 받아들여 함께 지내는 모습은 그에게 안도의 한숨마저 내뱉게 만들었다.

하지만 이건 아니다. 아무리 생각해 봐도 아니었다.

마치 어머니에게 보미를 빼앗긴 것 같은 기분이 드는 이 상황은 아니란 말이다!

그의 얼굴이 종잇장처럼 일그러졌다.

"어머니, 김보미. 그만하시죠?"

"하, 하지만⋯⋯."

"낮에 집에 혼자 있으면 외로운데."

"그럼 놀러 오세요. 걸어서 3분도 안 됩니다."

"그래도⋯⋯."

"그래! 식 올리고 나가서 살아도 늦지 않……."

두 여자가 찰싹 붙어 떨어질 생각을 하지 않자 그의 인내심도 점점 한계에 달했다.

까드득, 이를 악문 그는 화난 자신의 모습에 몸을 움찔 떠는 여인들을 보다가 고개를 돌렸다. 그리고 뒤에 꿔다 놓은 보릿자루처럼 서 있는 일도를 보며 물었다.

"아버지, 저 이야기에 대해 어떻게 생각하십니까?"

그의 물음에 일도가 가자미눈을 뜨는 차 여사를 힐끗 바라보았다. 말을 잘하라는 뜻이었다. 그래서 일도는 어깨만 으쓱일 뿐 답을 회피했다. 하지만 성은은 거기서 말을 멈추지 않았다.

"남자들 언제까지 독수공방시킬 거냐고 톡 쏘아붙여 주십시오. 고추 달린 사내로 태어났으면 그래야 한다고 말한 건 아버지 아닙니까."

"그, 그렇지……."

일도가 성은에게 왜 결혼 생각이 없냐며 타박했을 때 했던 말이었다. 하는 수 없이 고개를 끄덕이며 긍정을 표하자 차 여사가 '여보!'라며 빽 소리를 질렀다.

보미의 어깨를 끌어안고 있던 차 여사가 성큼성큼 걸음을 옮겨 일도에게로 향했다. 그러고는 당신이 보미 대신 말동무도 되어 주고, 집안일도 도와주며, 함께 쇼핑까지 가 줄 것이냐 따져 묻기 시작했다.

일도가 당혹스러운 얼굴로 성은을 보았다. 어서 돕지 않고 뭐하냐는 표정이었다.

하지만 그의 시선은 보미를 향해 있었다. 집 앞에서 미적거리린 지도 벌써 30분이나 흘렀다.

따로 사는 문제는 벌써 두 달 전에 이야기를 마쳤고, 집에 있는 물건들도 손수 그녀가 골랐건만. 근처로 나가 사는 것도 아쉬운지 그녀는 차 여사에게서 시선을 떼지 못하고 있었다.

두영과의 일로 인하여 그녀를 홀로 둘 수 없다고 생각했다. 누군가가 그녀의 곁을 지켜 줘야겠다고 생각해 집으로 데리고 온 것이었다.

하지만 지금은 제 결정이 조금 후회되었다. 2순위로 밀려나는 건 생각보다 더 충격이었으니까.

"버리고 가 줘요?"

그가 무심한 목소리로 물었다.

움찔.

몸을 떤 그녀가 입을 꾹 다문 채 그를 올려다봤다.

"……."

그 모습이 마치 버림받은 강아지처럼 가엽고 불쌍하게 느껴졌다. 하지만 딱 거기까지였다. 그는 더 이상 물러날 수 없다는 듯 더욱 몰아붙이기 시작했다.

"퇴근하고 나서도 어머니랑 붙어 있죠? 어디 그뿐이랍니까? 주말에도 어머니랑 쇼핑이다, 영화다, 연극이다, 뮤지컬이다, 막 돌아다니죠?"

"서, 성은 씨……."

"당신과 미래를 약속한 사람은 나지, 어머니가 아니지 않습니까? 그런데 왜 요즘 낙동강 오리알이 된 것 같죠?"

"……."

차 여사와 함께 외출하는 것에 맛을 들인 보미는 그에게 잠시의 시간도 내주지 않았다.

며칠 전엔 일도와 성은을 버려두고 두 사람이 한 방에서 자기까지 했으니 말 다 하지 않았는가.

부모의 손길을 그리워하는 보미였기에 이해해 보려 했다. 하지만 이젠 한계였다.

그에게 현재 최고의 적은 자신의 어미인 차 여사였다.

"지금도 그렇습니다. 난 둘만의 시간이 필요한데 보미 씨는 그렇지 않나 봅니다?"

"……."

"언제까지 참아 주리라 생각하는 건 아니죠?"

"화났어요?"

"안 나게 생겼습니까?"

"……."

나, 나게 생겼어요.

그렇게 말하려던 보미가 날카로운 시선에 입을 꾹 다물었다.

잘못 건드렸다간 또……!

그녀가 새하얗게 질린 얼굴로 고개를 푹 숙였다. 마치 선생님에게 혼나는 어린아이처럼. 그 모습을 무시무시한 눈으로 내려다보던 그가 고개로 턱을 가리켰다.

"타요."

"네."

짧은 대답과 함께 고개를 꾸벅 숙인 그녀가 힘차게 걸음을 옮겼다. 부러 차 여사 쪽은 바라보지 않은 채.

하지만 보조석 문을 열고 차에 오르는 순간 이별의 아쉬움을 참지 못한 보미가 여전히 일도와 투닥거리고 있는 차 여사를 향해 말했다.

"어머니, 저 가요."

"진짜 가?"

"네."

짧게 답한 보미가 눈가에 고이기 시작한 눈물을 털어내며 씩씩하게 말했다.

"집에 도착하자마자 연락드릴게요."

한숨을 푹 내쉰 성은이 보조석 문을 닫은 후 보닛을 돌아 운전석으로 향할 때였다. 쪼르르 달려온 차 여사가 그의 팔을 붙잡아 세웠다.

차 여사의 눈동자에 걱정이 뚝뚝 떨어졌다.

"아직도 밤에 잘 못 자."

"네, 알아요."

"가끔 밥도 안 먹으려 하니까 잘 먹이고."

"네."

성은이 한숨 섞인 대답을 내놓았음에도 차 여사는 눈치 없이 이것저것 일러 주었다.

두 사람만 있는 집. 외로움을 많이 타는 보미 혼자 그곳에 두는 것이 걱정되는 것은 어쩔 수가 없었다.

이것저것 생각하던 차 여사가 또다시 걱정을 늘어놓았다.

"그리고 영 표정 안 좋으면 술이라도 한잔 같이……."

"어머니, 압니다."

성은은 말이 끝나기도 전에 잘라 대답했다.

모두 알고 있었다.

김보미의 연인은 차 여사가 아닌 자신이니까!

그런데도 차 여사는 그가 못 미덥다는 듯 힐끗 본 후 고개를 절레절레 저었다.

"후. 걱정이 되어서 그래, 걱정이 되어서."

"전 걱정 안 하십니까?"

미간을 찌푸린 그가 묻자 차 여사가 흥 하며 콧방귀를 꼈다.

"다 큰 녀석 무엇하러."

"김보미 씨도 다 컸습니다."

"그래도!"

와락 소리친 차 여사는 차 안에서 궁금한 눈으로 바라보는 보미에게 생글생글 웃어 주었다. 그러다 이제껏 궁금했지만 묻지 못했던 말을 꺼내 놓았다.

"김두영 의원은 어떻게 됐니? 그 친하다는 보좌관은?"

"그 친하다는 보좌관은 어제 나왔습니다. 정상참작 되어 불구속수사로 진행될 것 같고, 김두영 의원은 구속수사 중이죠."

"아유, 정말."

또다시 한숨을 푹푹 내쉰 차 여사가 곧이어 바로 말을 이었다.

"그 재판은 언제 끝난다니?"

"반년은 걸리지 않겠습니까?"

"반년씩이나? 그때까지 저 아이 가슴이 남아나질……."

않을 텐데!

차 여사가 말을 끝맺기도 전이었다.

"걱정하지 마십시오. 그렇게 약한 여자 아니니까."

성은이 딱 잘라 말했다. 그녀는 이제 많이 강해졌다고. 그가 만들고, 차 여사가 가꾼 울타리 안에서 그녀는 더 이상 울지 않았다. 항상 웃었고, 작은 것에도 감사하며 지내고 있었다.

이젠 보통의 여자처럼 살아가고 있었고, 앞으로도 그러할 것이었다. 그러니 너무 걱정할 필요 없다고 차 여사를 안심시킨 그가 운전석 문을 열었다.

"그럼 갑니다. 제발 보미와는 적당한 거리를 유지해 주십시오."

"이 유치한 녀석! 나까지 질투하는 거야?!"

쾅!

차 여사의 고함에 답할 가치도 없다는 듯 문을 닫은 그가 안전벨트를 맸다. 새 집으로 가기 전 근처에 들러 간단히 장을 봐야 하니 10여 분 정도는 차를 타고 나가야 했다.

창문에 찰싹 붙어 차 여사에게 손을 흔드는 보미를 보던 그가 차에 시동을 걸며 물었다.

"그렇게 싫습니까, 저와 사는 게?"

"아니요."

보미가 조금은 성급하게 답했다. 고개까지 힘껏 저으며 온몸으로 그건 아니라고 표했다.

안전벨트를 꼭 붙잡고 있던 그녀는 부드럽게 차가 출발하자 창밖으로 시선을 돌렸다. 좁은 골목 안은 사람 하나 없이 조용했다.

"그냥 이제 집에 어머니가 없다고 생각하니까……."

말끝을 흐린 그녀가 입을 굳게 다물자 성은의 시선이 보미를 향했다가 다시 정면으로 움직였다.

"조용한 집은 싫어요."

그녀의 뒷말이 가슴 아팠다.

늘 조용한 집에서 지냈던 그녀가 자신의 집에 처음 왔을 때 했던 말이 떠올랐다.

"소음이 좋아요."

누군가의 인기척. 그녀는 그것이 좋다고 했다. 마치 죽은 것처럼 아무것도 들리지 않는 공간과는 달리 생기가 넘친다며.

무색무취의 세상에 색깔을 덧바르고 향을 더해 가며 그녀는 밝게 변했다. 어쩜 부모님과 함께 사는 것이 그녀에게 더 좋을지도 모른다. 하지만 성은은 수도승과 같은 삶을 더 이상 살고 싶지는 않았다.

그럼 한 가지 방법이 있지.

붉은색 신호에 차를 부드럽게 세운 그가 여전히 시무룩한 얼굴의 보미를 보며 웃었다.

"그럼 서둘러야겠군요."

"네?"

"그런 게 있습니다."

그의 머릿속이 꿍꿍이로 가득 차올랐다.

머리가 어지러웠다.

뿌옇게 변한 시야는 마치 술에 취한 사람처럼 흔들렸다.

보미는 힘겹게 소파 팔걸이로 손을 뻗었다. 하지만 가죽에 쓸리는 무릎까지는 어떻게 할 수가 없었다.

자신의 엉덩이를 움켜쥐는 손길에 그녀는 옅은 신음을 뱉었다. 사타구니가 따갑고, 당장 다리가 무너져 내릴 것처럼 지쳤으나 애써 힘을 주며 중심을 잡았다.

"서, 성은 씨……."

찰싹, 찰싹.

엉덩이를 때리는 마찰음에 그녀의 다리가 결국 아래로 와르르 무너졌다. 여성과 연결되어 있던 남성을 빼낸 그가 바닥에 주저앉아 있는 보미의 몸을 번쩍 안아 소파에 눕혔다.

실오라기 하나 걸치지 않고 있는 그녀는 아름다웠다. 방금 전까지만 해도 두 사람의 몸은 하나로 연결되어 있었는데 그 모습을 보는 것만으로 또다시 욕정이 치솟았다.

성은의 얼굴이 와락 일그러졌다.

뜨거운 남성을 여성 안으로 힘껏 밀어 넣은 그의 몸이 뻣뻣하게 굳어졌다. 꽉 죄이고, 자신을 놓아주지 않는 여성에 정신이 아득하게 멀어지는 것을 느꼈다.

"읍."

보미가 손을 들어 입을 틀어막은 후 고개를 옆으로 돌렸다.

"이젠 내질러도 되는데."

손등을 아작아작 씹는 보미의 모습에 그의 입가에 음흉한 웃음이 떠올랐다. 잇자국이 남은 손등에 부드럽게 입을 맞춘 그는 몸을 내려 뜨거운 키스를 하면서 그녀의 몸 안에 열기를 더욱 불어넣었다.

소담한 가슴이 그의 허릿짓을 따라 흔들렸다. 쾌락에 젖어 일그러지는 보미의 얼굴에 그는 더욱 이성의 끈을 붙잡아야 했다.

그녀가 힘겹게 손을 들어 그의 뺨을 감싸 쥐었다. 그리고 공기가 모자란 사람처럼 허덕거리는 숨결을 그의 입안으로 밀어넣었다.

"어, 어떻게 해요."

그녀가 안달을 냈다.

너무나 좋아 머리가 어떻게 되어 버릴 것만 같다며 그의 등을 끌어안았다.

아랫도리가 더욱 밀착되고 남성이 깊숙한 곳으로 매끄럽게 들어가자 그의 입에서 짧은 신음이 터져 나왔다.

"윽!"

절정을 향해 그가 힘차게 달려 나갔다.

타닥, 타닥.

무언가가 몸속에서 타들어 가고, 뇌리를 활활 불 싸질렀다.

"그, 그만."

그녀가 사정했다.

하지만 그는 더욱 무언가를 갈구하는 얼굴로, 그녀의 몸을 부술 것처럼 더욱 강렬하게 몰아붙였다.

아래에서 그의 몸을 끌어안고 있던 보미가 엉덩이를 위로 밀었다. 꼼지락거리며 이 상황에서 도망가기 위해 애를 썼다.

하지만 이런 생각은 곧 그에게 들켜 버리고, 소파 위에 엎드린 자세가 되었다.

앞으로 휘청거리는 몸에 그녀의 입에서 괴로움에 찬 신음이 터져 나왔다.

죽을 것 같아요.

언뜻 그런 말을 한 것 같기도 했다.

하지만 곧게 뻗은 척추와 날개뼈에 자잘하게 입을 맞추는 그에게선 그녀를 경악시킬 말이 흘러나왔다.

"모자라."

몇 번을 가져도.

모자랐다.

이 밤이 너무나 짧다고 느껴질 정도로.

해가 밝아 올 때쯤.

그녀가 기절한 듯 잠이 들고 나서야 겨우 두 사람의 관계는 끝났다.

성은은 소파에서 그대로 잠든 보미의 얼굴을 내려다보고 있었다. 눈동자엔 아직도 채우지 못한 욕망이 드글거렸다. 하지만 입술을 통해 흘러나오는 목소리는 달콤했다.

"언제쯤 오려나."

우리에게 새 가족이.

그는 땀으로 젖어 있는 보미의 이마에 입을 맞췄다.

◊   ◊   ◊

시간의 무서움을 두 사람은 알고 있었다. 작은 아픔도 무서운 속도로 커져 가며, 무게를 더한다는 것을.

하지만 행복 역시 그렇다는 것은 알지 못했다.

푸르던 잎들이 색색의 옷으로 갈아입은 가을, 결혼식을 올렸다. 가족만 참석한 아주 작은 결혼식. 소중한 사람들만 초대해 올린 식은 따뜻했다.

신혼여행은 지중해로 다녀왔고, 그곳에서 두 사람은 뜨거운 사랑을 나눴다.

고삐가 풀린 성은은 그녀를 마음껏 품었고, 그녀는 그의 품에서 안도했다.

평화로운 시간이었다.

그 평화로운 시간은 두 사람의 많은 것을 바꿔 놓았다.

"그런데 왜 날 좋아하게 됐어요?"

보미가 막 차에 오르는 성은을 보며 물었다. 그러자 그는 갑자기 그게 무슨 말이냐며 그녀를 힐끗 바라본 후 차에 시동을 걸었다.

"뭐야, 그 근본적인 질문은."

바뀐 점 한 가지.

그는 여전히 다정한 눈으로 그녀를 봐 왔지만 말투는 더욱 친숙해졌고 가까워졌다.

"그렇잖아요. 당신이 날 좋아하게 된 게 너무 이상하잖아요."

바뀐 점 두 가지.

보미는 더 이상 그의 눈치를 보지 않았다. 처음 스며들었던 그때처럼 직설적이고 솔직하게 자신의 생각을 전했다.

"아주 나쁜 짓을 했는데 쉽게 용서도 해 주고."

바뀐 점 세 가지.

그녀는 그에게 죄의식을 느끼고 있었다. 자신이 한 이별은 아주 나쁘고 고약했다는 걸 순순히 인정했으니까.

그녀의 말에 성은이 시니컬하게 웃었다.

"그래서 나도 내 눈을 원망 중이야. 이렇게 속 썩이는 여자를……."

"뭐, 뭐예요?"

보미가 화들짝 놀라 눈을 동그랗게 떴다. 그리고 외쳤다.

"당신, 변했어요!"

예전엔 우리 보미, 우리 보미, 하더니, 이젠 아니야!

갑작스러운 심경 변화를 보이던 보미가 어느새 눈망울을 적시더니 펑펑 울기 시작했다.

사랑이 식었다며 그녀가 손등으로 눈물을 닦아 내자 운전을 하던 성은이 당황해 물었다.

"울지 마, 갑자기 왜 울고 그래?"

"흑, 나도 모르게 눈물이……."

울먹이던 그녀는 그러다가 문득 깨달은 것인지 손가락으로 제 배를 가리켰다.

"내가 우는 게 아니라 우리 딱지가 우는 거예요."

새 생명이 자라고 있는 배를.

팔다리가 앙상한데도 배는 만삭이었다.

"후."

한숨을 내뱉은 그는 연신 코를 훌쩍이는 보미를 힐끗 바라본 후 다시 정면을 주시했다.

"예뻤어. 몇 번이고 말했잖아?"

"그럼 얼굴 때문에 10년 만에 나타난 날 받아 줬단 말이에요? 이래서 남자들은……!"

웃다가, 화내다가, 울다가. 이번엔 또다시 화를 낸다.

처음과는 달리 이제는 협박을 하는 것도 서슴지 않았다.

"현서 씨한테 이를 거예요!"

"거기서 김 변호사 이야기가 왜 나와?"

"왜 나오긴! 현서 씨는 내 편이니까!"

보미의 말에 성은의 얼굴이 황망히 굳어졌다.

뭐? 내 편?

유치해서 상대할 수준도 되지 못했지만 부부는 닮는다고 했던가.

성은은 저 멀리 보이기 시작한 집을 노려보며 말했다.

"그럼 난 이지욱한테 이야기할 거야."

움찔.

보미가 몸을 떨자 그가 승리의 미소를 지었다.

이지욱은 김보미를 이겨 먹을 수 있는 유일한 남자였다. 과거에 신세를 진 것도 있어 더욱 저자세니 이름을 듣는 것만으로도 목을 쏙 넣는 것이리라.

하지만 여기서 밀릴 수 없다고 생각한 것인지 보미가 입술을 삐죽하게 내밀었다.

"괘, 괜찮아요, 지욱인. 현서 씨가 이겨요."

"……흠, 그렇게 얘기하면 할 말 없고."

이제야 정신이 돌아온 것인지 성은이 입술을 휘어 씁쓸하게 웃었다.

"처음엔 연민, 그다음엔 사랑. 나도 모르게 사랑했어. 그걸 어떻게 딱 규정지어?"

"그럼 나도 오빠 잘생겨서 첫눈에 반한 걸로 할래요!"

"그럼 좋지. 소문도 좀 내주라."

"……속았어."

이 능글맞은 인간!

이런 남자인 줄 몰랐단 말이야!

보미가 눈꼬리를 축 늘어뜨리며 발을 쾅쾅 굴렸다. 차가 부드럽게 멈춰 서자마자 그녀가 뛰어내렸다.

차 여사가 집 밖에 나와 보미를 기다리고 있었다. 그녀는 만삭의 보미가 뒤뚱뒤뚱 뛰자 깜짝 놀라 허공에 손을 휘저었지만, 지금의 보미에게 그런 모습 따윈 보이지 않았다.

눈가에 눈물이 맺힌 보미가 차 여사에게 달려가 와락 안겼다.

"어머니, 저희 왔어요!"

"애기 왔구나!"

저건 또 무슨 이산가족 상봉이지?

뒤에서 바라보고 있던 성은이 한숨을 푹 내쉬었다.

이틀에 한 번 꼴로 만나면서, 만날 때미다 버라이어티한 모습을 보여 주었다.

"어머니, 성은 씨가, 성은 씨가……."

"어머! 보미야, 왜 울어?"

보미가 울먹거리며 말을 잇지 못하자 차 여사가 깜짝 놀라 눈을 크게 떴다. 천천히 말하라고 달래자 그녀가 참고 있던 숨을 토해 냈다.

"저 계속 놀려요!"

"어이고, 그랬구나."

토닥토닥.

차 여사가 보미의 등을 두드려 주며 뒤에서 심드렁한 모습으로 이를 지켜보는 성은을 노려보았다. 어깨를 으쓱이는 그는 자신의 탓은 없다는 듯 뻔뻔한 모습이었다.

저 화상.

차 여사가 입술로 뻐끔거리며 제 아들을 따끔하게 혼냈다.

푸르른 잔디가 인상적인 단독주택.

크지는 않았지만 아담하고 예쁜 집엔 야트막한 울타리가 쳐져 있었다.

집 바로 앞에는 아이들을 위한 커다란 그네와 미끄럼틀이, 그 옆에는 티테이블 하나가 놓여 있었다.

날이 좋은 날, 이 테이블엔 많은 사람들이 모여들었다.

울타리문을 열고 안으로 들어온 성은이 곧장 집으로 향했다.

달칵.

들어서자마자 부드러운 피아노 선율이 그를 맞이했다.

실내화를 신고서 걸음을 옮긴 그가 모서리를 돌자, 따사로운 광경이 펼쳐졌다.

보미가 피아노 앞에 있었다. 그녀의 무릎에는 아직 말도 제대로 하지 못하는 딸 은아가 앉아 있고, 옆에는 다섯 살 아들 은후가 앉아 있었다.

부쩍 피아노에 관심을 가지는 아들을 위해 보미는 부드러운 얼굴로 피아노 건반을 두드리고 있었다.

성은은 그들에게 다가가다 말고 기둥에 몸을 기댔다. 세 사람은 마치 한 폭의 그림처럼 따뜻한 분위기로 가득했다. 엄마의 곁에 앉아 신기한 듯 손을 바라보는 은후도, 그녀의 무릎에 앉아 꾸벅꾸벅 졸고 있는 은아도.

골드베르크 변주곡(Glenn Gould:Bach—Goldberg Variations)이었다.

가볍게 노니는 음은 통통 튀었으나 느렸다.

"예뻐."

은후가 헤벌쭉 웃으며 보미를 봤다. 그러자 그녀가 기쁘다는 듯 눈을 초롱초롱 빛냈다.

"엄마가?"

"아니."

짧게 고개를 내저은 아들이 가리킨 것은 방금 전까지 다양한 음을 이야기하던 피아노였다.

그녀가 서운하다는 듯 아들을 힐끗 노려보며 말했다.

"나쁜 녀석."

"난 거짓말 못해."

그 말에 성은이 와락 웃음을 터뜨렸다.

"어? 언제 왔어요?"

"아, 방금."

그가 여전히 키득키득 웃으며 답했다. 그리고 자신에게 달려온 아들을 번쩍 들어 올린 후 목덜미에 얼굴을 지분거렸다. 아이가 간지럽다고 자지러졌으나 그는 벌을 주는 것처럼 한동안 장난을 멈추지 않았다.

"아들아, 아빠 여자 욕하면 못쓴다."

"은후 엄마야."

"은후는 엄마가 안 예쁘다며. 그럼 아빠가 온전히 가져야지."

"싫어."

아이가 울음을 터뜨릴 것처럼 얼굴을 일그러뜨리자 성은이 은후를 내려놓았다. 그리고 자신에게 다가온 보미에게 CD를 내밀었다.

"선물."

피아니스트 김보미.

휘갈겨 쓴 멋들어진 필체가 그녀의 사진 위에 떡 박혀 있었다.

피아니스트 김보미가 결혼한 후에 처음으로 내는 클래식 앨범.

기교가 가득했던 과거 앨범과 달리 이 앨범은 따뜻하고 다정한 음악들로 가득 차 있었다. 베토벤과 차이콥스키 대신 바흐

와 슈베르트가.

그녀는 이제 더 이상 피아노에 매달리지 않았다.

피아노로 그녀의 세상 전부를 채우진 않았다.

그녀는 피아노를 오랜 친구로 두는 법을 배웠다.

"와, 벌써 나왔어요?"

보미가 CD를 받아 들며 활짝 웃자 그가 어깨를 감싸 안으며
고개를 내렸다.

"오는 길에 받았어."

보미의 입술 위에서 웅얼거린 그가 짧게 입을 맞추었다.

따스하게.

thanks to

대구에 사시는 정 여사님께서 말씀하셨습니다.

"제발 책 좀 읽어라."

그럼 전 뻔뻔스럽게 말했죠.

"동화책도 안 읽었는데, 이제 와 교과서는 무슨."

어머니가 그렇게 읽으라고 할 땐 읽지 않았던 동화책을 요즘 붙잡고 있는 일이 많아졌습니다. 선견지명이 있으셨나 봅니다.

아이들이 읽는 책이라지만 글귀가 가진 힘은 묘하죠. 많은 생각을 하게 만듭니다.

요즘 그 매력에 푹 빠져 있습니다.

이 책이 세상에 나오기까지 많은 도움 주신 님들 감사합니다.

괴발개발 난리인 글을 잘 수습해 주신 정수경 편집 팀장님께도 감사의 인사 전합니다.

1984 디자이너님께도 감사의 인사 전합니다.

그녀의 서재 작가, 독자님들, 평소 응원을 보내 주시는 독자님들께도 감사의 인사 전합니다.

그리고 마지막으로, 이 페이지를 읽고 있는 독자님께도, 감사의 인사 전합니다.

온통 감사할 일뿐입니다.

—2015. 5.
이아현 올림